牡丹亭

（明）汤显祖／著
朱铭／校点

金城出版社
GOLD WALL PRESS
·北京·

图书在版编目（CIP）数据

牡丹亭 / （明）汤显祖著；朱铭校点 .—北京：
金城出版社有限公司，2023.10
ISBN 978-7-5155-2523-5

Ⅰ. ①牡… Ⅱ. ①汤… ②朱… Ⅲ. ①传奇剧（戏曲）
—剧本—中国—明代 Ⅳ. ① I237.2

中国国家版本馆 CIP 数据核字（2023）第 184785 号

牡丹亭

作　　者　（明）汤显祖／著　朱　铭／校点
责任编辑　欧阳云
责任校对　杨　超
责任印制　李仕杰
开　　本　710 毫米 ×1000 毫米　1/32
印　　张　10
字　　数　100 千字
版　　次　2023 年 10 月第 1 版
印　　次　2023 年 10 月第 1 次印刷
印　　刷　天津旭丰源印刷有限公司
书　　号　ISBN 978-7-5155-2523-5
定　　价　68.00 元

出版发行　金城出版社有限公司　北京市朝阳区利泽东二路 3 号
邮编：100102
发 行 部　（010）84254364
编 辑 部　（010）64214534
总 编 室　（010）64228516
网　　址　http://www.jccb.com.cn
电子邮箱　jinchengchuban@163.com
法律顾问　北京植德律师事务所　（电话）17600603461

目录

牡丹亭还魂记题解

天下女子有情，宁有如杜丽娘者乎！梦其人即病，病即弥连，至手画形容，传于世而后死。死三年矣，复能溟莫中求得其所梦者而生。如丽娘者，乃可谓之有情人耳。情不知所起，一往而深。生者可以死，死可以生。生而不可与死，死而不可复生者，皆非情之至也。梦中之情，何必非真？天下岂少梦中之人耶？必因荐枕而成亲，待挂冠而为密者，皆形骸之

牡丹亭還魂記題解

天下女子有情寧有如

杜麗娘者乎夢其人即

病病即彌連至手畫形容

傳于世而後死死三年矣

论也。传杜太守事者，彷佛晋武都守李仲文、广州守冯孝将儿女事。予稍为更而演之。至于杜守收拷柳生，亦如汉睢阳王收考谈生也。嗟夫！人世之事，非人世所可尽。自非通人，恒以理相格耳。第云理之所必无，安知情之所必有邪！

万历戊戌秋 清远道人题

復能溟莫中求得其所
夢者而生如麗娘者乃可
謂之有情人耳情不知所
起一往而深生者可以死死可
以生生而不可與死死而不可

復生者皆非情之至也夢
中之情何必非真天下豈
少夢中之人耶必因薦枕
而成親待挂冠而為密者
皆形骸之論也傳杜太守

事者仿佛晉武都守李
仲文廣州守馮孝將兒女
事予稍為更而演之至於
杜守收拷柳生亦如漢睢
陽王收考談生也嗟夫人

世之事非人世所可盡自非通人恒以理相格耳第云理之所必無安知情之所必有耶

萬曆戊戌秋清遠道人題

第一出 标目

蝶恋花（末上）忙处抛人闲处住，百计思量，没个为欢处。白日消磨肠断句，世间只有情难诉。　玉茗堂前朝复暮，红烛迎人，俊得江山助。但是相思莫相负。牡丹亭上三生路。

汉宫春 杜宝黄堂，生丽娘小姐，爱踏春阳。感梦书生折柳，竟为情伤。写真留记，葬梅花道院凄凉。三年上，有梦梅柳子，于此赴高唐。　果尔回生定配，赴临安取试，寇起淮扬。正把杜公围困，小姐惊惶。教柳郎行探，反遭疑激恼平章。风流况，施行正苦，报中状元郎。

杜丽娘梦写丹青记，
陈教授说下梨花枪。
柳秀才偷载回生女，
杜平章刁打状元郎。

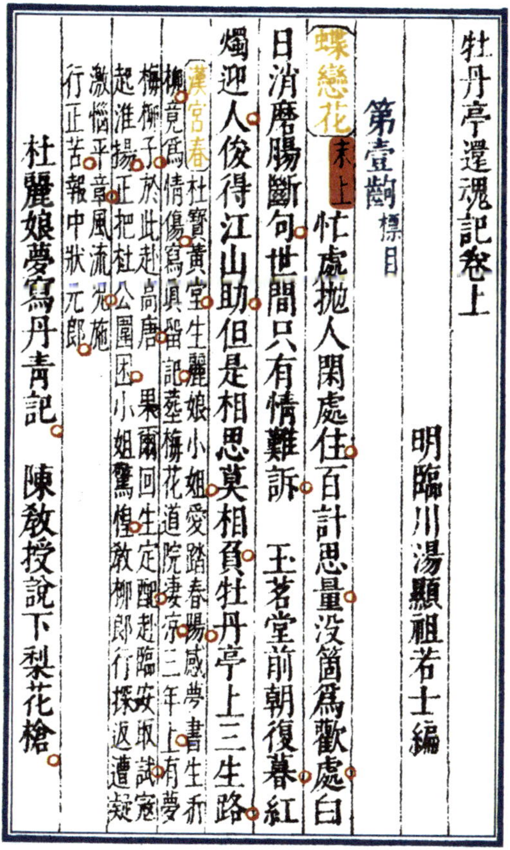

牡丹亭還魂記卷上

明臨川湯顯祖若士編

第壹齣 標目

蝶戀花（末上）忙處抛人閑處住。百計思量沒箇爲歡處。白日消磨腸斷句。世間只有情難訴。　玉茗堂前朝復暮。紅燭迎人俊得江山助。但是相思莫相負。牡丹亭上三生路。

漢宮春 杜寶黃堂。生麗娘小姐。愛踏春陽。感夢書生折柳。竟爲情傷。寫眞留記。葬梅花道院淒涼。三年上。有夢梅柳子。於此赴高唐。果爾回生定配。赴臨安取試。寇起淮揚。正把杜公圍困。小姐驚惶。教柳郎行探。返遭疑激惱平章。風流況。施行正苦。報中狀元郎。

杜麗娘夢寫丹青記。　陳教授說下梨花槍。

第二出 言怀

真珠帘（生上）河东旧族、柳氏名门最。论星宿，连张带鬼。几叶到寒儒，受雨打风吹。慢说书中能富贵，颜如玉，和黄金那里？贫薄把人灰，且养就这浩然之气。

鹧鸪天 刮尽鲸鳌背上霜，寒儒偏喜住炎方。凭依造化三分福，绍接诗书一脉香。 能凿壁，会悬梁，偷天妙手绣文章。必须砍得蟾宫桂，始信人间玉斧长。小生姓柳，名梦梅，表字春卿，原系唐朝柳州司马柳宗元之后，留家岭南。父亲朝散之职，母亲县君之封。（叹介）所恨俺自小孤单，生事微渺。喜的是今日成人长大，二十过头，志慧聪明，三场得手。只恨未遭时势，不免饥寒。赖有始祖柳州公，带下郭橐驼，柳州衙舍，栽接花果。橐驼遗下一个驼孙，也跟随俺广州种树，相依过活。虽然如此，不是男儿结果之场。每日情思昏昏，忽然半月之前，做下一梦。梦到一园，

柳秀才偷載回生女　杜平章刁打狀元郎

第貳齣 言懷

真珠簾（生上）河東舊族柳氏名門最論星宿連張帶鬼幾葉到寒儒受雨打風吹慢說書中能富貴顏如玉和黃金那裡貧薄把人灰且養就這浩然之氣

鷓鴣天 刮盡鯨鰲背上霜寒儒偏喜住炎方憑依造化三分福紹接詩書一脉香能鑿壁會懸梁偷天妙手繡文章必須砍得蟾宮桂始信人間玉斧長小生姓柳名夢梅表字春卿原係唐朝柳州司馬柳宗元之後留家嶺南父親朝散之職母親縣君之封（嘆介）所恨俺自小孤單生事微渺喜的是今日成人長大二十過頭志慧聰明三場得手只恨未遭時勢不免飢寒賴有始祖柳州公帶下郭橐駝柳州衙舍栽接花果橐駝遺下一箇駝孫也跟隨俺廣州種樹相依過活雖然如此不是男兒結果之場每日情思昏昏忽然半月之前做下一

梅花树下，立着个美人，不长不短，如送如迎。说道：『柳生，柳生，遇俺方有姻缘之分，发迹之期。』因此改名梦梅，春卿为字。正是：梦短梦长俱是梦，年来年去是何年！

【九回肠】解三酲 虽则俺改名换字，俏魂儿未卜先知，定佳期盼煞蟾宫桂，柳梦梅不卖查梨。还则怕嫦娥妒色花颓气，等的俺梅子酸心柳皱眉，浑如醉。三学士 无萤凿遍了邻家壁，甚东墙不许人窥。有一日春光暗度黄金柳，雪意冲开了白玉梅。急三枪 那时节走马在，章台内，丝儿翠，笼定个百花魁。

虽然这般说，有个朋友韩子才，是韩昌黎之后，寄居赵佗王台。他虽是香火秀才，却有些谈吐，不免随喜一会。

门前梅柳灿春晖，
梦见君王觉后疑。
心似百花开未得，
托身须上万年枝。

夢。夢到一園梅花樹下。立着箇美人。不長不短。如送如
迎。說道。柳生。柳生。遇俺方有姻緣之分。發跡之期。因此
改名夢梅。春卿爲字。正是。夢短
夢長俱是夢。年來年去是何年。
九廻腸 解三醒 雖則俺改名換字。俏魂兒未卜先知。定佳期
盼煞蟾宮桂。柳夢梅不賣查梨。還則怕嫦娥妬色花頹氣。
等的俺梅子酸心柳皺眉。渾如醉。三學士 無螢鑿遍了鄰家
壁。甚東牆不許人窺。有一日春光暗度黃金柳。雪意沖開
了白玉梅。急三鎗 那時節走馬在章臺內。絲兒翠。籠定箇百
花魁。
雖然這般說。有箇朋友韓子才。是韓昌黎之後。寄居趙
佗王臺。他雖是香火秀才。却有些談吐。不免隨喜一會。
門前梅柳爛春暉。夢見君王覺後疑。

第三出 训女

满庭芳（外扮杜太守上）西蜀名儒，南安太守，几番廊庙江湖。紫袍金带，功业未全无。华发不堪回首。意抽簪万里桥西，还只怕君恩未许，五马欲踟蹰。

一生名宦守南安，莫作寻常太守看。到来只饮官中水，归去惟看屋外山。自家南安太守杜宝，表字子充，乃唐朝杜子美之后。流落巴蜀，年过五旬。想廿岁登科，三年出守，清名惠政，播在人间。内有夫人甄氏，乃魏朝甄皇后嫡派。此家峨眉山，见世出贤德。夫人单生小女，才貌端妍，唤名丽娘，未议婚配。看起自来淑女，无不知书。今日政有余闲，不免请出夫人，商议此事。正是：中郎学富单传女，伯道官贫更少儿。

绕地游（老旦上）甄妃洛浦，嫡派来西蜀，封大郡南安杜母。

心似百花開未得。托身須上萬年枝。

第叄齣 訓女

滿庭芳（外扮杜太守上）西蜀名儒。南安太守。幾番廊廟江湖。紫袍金帶。功業未全無。華髮不堪回首。意抽簪萬里橋西。還只怕君恩未許。五馬欲踟躕。

一生名宦守南安。莫作尋常太守看。到來只飲官中水。歸去惟看屋外山。自家南安太守杜寶。表字子充。乃唐朝杜子美之後。流落巴蜀。年過五旬。想廿歲登科。三年出守。清名惠政。播在人間。內有夫人甄氏。乃魏朝甄皇后嫡派。此家峨眉山。見世出賢德。夫人單生小女。才貌端妍。喚名麗娘。未議婚配。看起自來淑女。無不知書。今日政有餘閒。不免請出夫人。商議此事。正是。中郎學富單傳女。伯道官貧更少兒。

遶地遊（老旦上）甄妃洛浦。嫡派來西蜀。封大郡南安杜母。

（见介）（外）老拜名邦无甚德，（老旦）妾沾封诰有何功。（外）春来闺阁闲多少，（老旦）也长向花阴课女工。（外）女工一事，想女儿精巧过人。看来古今贤淑，多晓诗书。他日嫁一书生，不枉了谈吐相称。你意下如何？（老旦）但凭尊意。

前腔（贴持酒壶随旦上）娇莺欲语，眼见春如许。寸草心，怎报的春光一二！

（见介）爹娘万福。（外）孩儿，后面捧着酒肴，是何主意？（旦跪介）今日春光明媚，爹娘宽坐后堂，女孩儿敢进三爵之觞，少效千春之祝。（外笑介）生受你。

玉山颓（旦进酒介）爹娘万福，女孩儿无限欢娱。坐黄堂百岁春光，进美酒一家天禄。祝萱花椿树，虽则是子生迟暮，守得见这蟠桃熟。（合）且提壶，花间竹下，长引着凤凰雏。

（外）春香，酌小姐一杯。

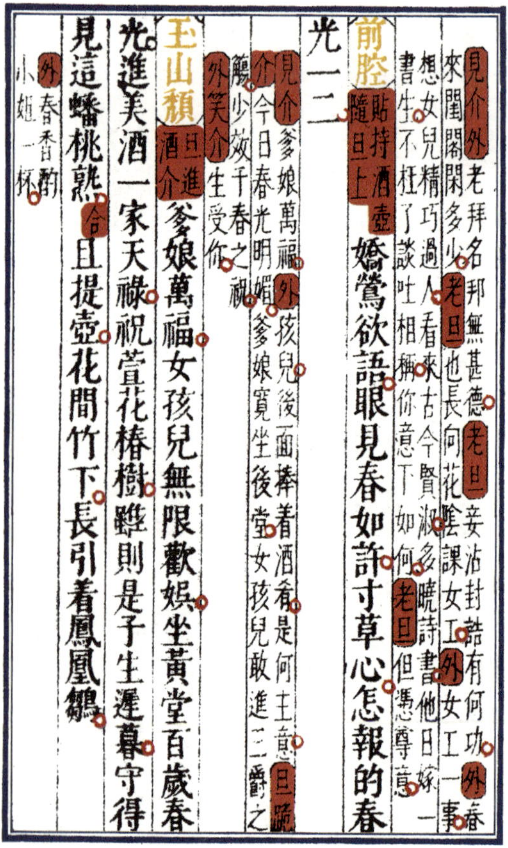
見介外老拜名邦無甚德。老旦妾沾封誥有何功。外春來閨閣閑多少。老旦也長向花陰課女工。外女工一事。想女兒精巧過人。看來古今賢淑。多曉詩書。他日嫁一書生。不枉了談吐相稱。你意下如何。老旦但憑尊意。

前腔貼持酒壺隨旦上嬌鶯欲語。眼見春如許。寸草心。怎報的春光一二。

見介爹娘萬福。外孩兒。後面捧着酒肴。是何主意。旦跪介今日春光明媚。爹娘寬坐後堂。女孩兒敢進三爵之觴。少效千春之祝。外笑介生受你。

玉山頹旦進酒介爹娘萬福。女孩兒無限歡娛。坐黃堂百歲春光。進美酒一家天祿。祝萱花椿樹。雖則是子生遲暮。守得見這蟠桃熟。合且提壺。花間竹下。長引着鳳凰雛。

外春香酌小姐一杯。

【前腔】（外）吾家杜甫，为飘零老愧妻孥。（泪介）夫人，我比子美公公更可怜也。他还有念老夫诗句男儿，俺则有学母氏画眉娇女。（老旦）相公休焦，倘然招得好女婿，与儿子一般。（外笑介）可一般呢？（老旦）做门楣古语，为甚的这叨叨絮絮，才到的中年路。（合前）

（外）女孩儿，把台盏收去。（旦下介）（外）叫春香。俺问你，小姐终日绣房，有何生活？（贴）绣房中则是绣。（外）绣的许多？（贴）绣了打绵。（外）甚么绵？（贴）睡眠。（外）好哩，好哩。夫人，你才说长向花阴课女工，却纵容女孩儿闲眠，是何家教？叫女孩儿。（旦上）爹爹有何分付？（外）适问春香，你白日眠睡，是何道理？假如刺绣余闲，有架上图书，可以寓目。他日到人家，知书知礼，父母光辉。这都是你娘亲失教也。

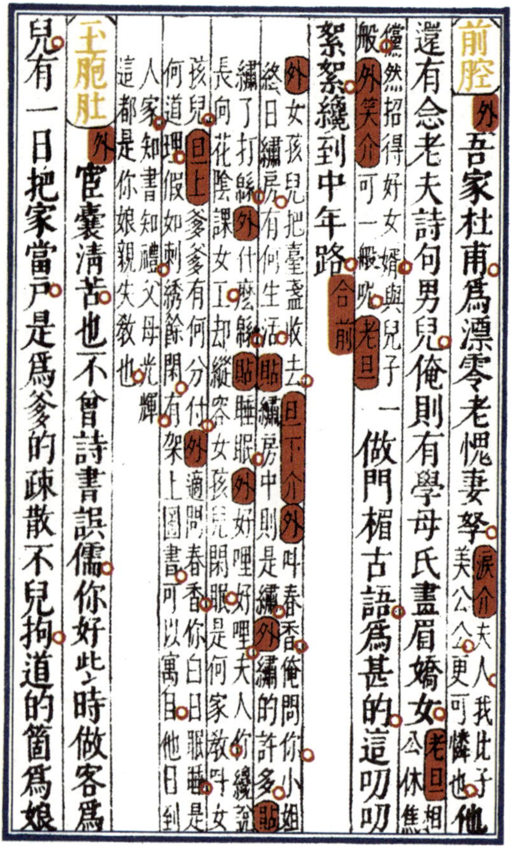
前腔 外 吾家杜甫爲漂零老愧妻孥 淚介 夫人我比子美公公更可憐也他還有念老夫詩句男兒俺則有學母氏畫眉嬌女 老旦 相公休焦儻然招得好女婿與兒子一般 外笑介 可一般呢 老旦 做門楣古語爲甚的這叨叨絮絮纔到中年路 合前
外 女孩兒把臺盞收去 旦下介 外 叫春香俺問你小姐終日繡房有何生活 貼 繡房中則是繡 外 繡的許多 貼 繡了打緜 外 什麼緜 貼 睡眠 外 好哩好哩夫人你纔說長向花陰課女工却縱容女孩兒閑眠是何家教叫女孩兒 旦上 爹爹有何分付 外 適問春香你白日眠睡是何道理假如刺繡餘閑有架上圖書可以寓目他日到人家知書知禮父母光輝這都是你娘親失教也
玉胞肚 外 宦囊清苦也不曾詩書誤儒你好些時做客爲兒有一日把家當戶是爲爹的疎散不兒拘道的箇爲娘

玉抱肚（外）宦囊清苦，也不曾诗书误儒。你好些时做客为儿，有一日把家当户。是为爹的疏散不儿拘，道的个为娘是女模。

前腔（老旦）眼前儿女，俺为娘心苏体恸。娇养他掌上明珠，出落的人中美玉。儿呵，爹三分说话你自心模，难道八字梳头做目呼。

前腔（旦）黄堂父母，倚娇痴惯习如愚。刚打的秋千画图，闲榻着鸳鸯绣谱。从今后茶余饭饱破工夫，玉镜台前插架书。

（老旦）虽然如此，要个女先生讲解才好。（外）不能勾。

前腔（外）后堂公所，请先生则是黉门腐儒。（老旦）女儿呵，怎念遍的孔子诗书，但略识周公礼数。（合）不枉了银娘玉姐只做个纺砖儿，谢女班姬女校书。

（外）请先生不难，则要好生馆待。

尾声（外）说与你夫人爱女休禽犊，馆明师茶饭须清楚。你看俺治国齐家，也则是数卷书。

是女模。

前腔 老旦 眼前兒女。俺爲娘心蘇體劬。嬌養他掌上明珠。出落的人中美玉。兒呵 爹三分說話你自心模。難道八字梳頭做目呼。

前腔 旦 黃堂父母。倚嬌痴慣習如愚。剛打的鞦韆畫圖。閑榻着鴛鴦綉譜。從今後茶餘飯飽破工夫。玉鏡臺前插架書。

老旦 雖然如此。要箇女先生講解纔好。外 不能勾。

前腔 外 後堂公所。請先生則是黌門腐儒。老旦 兒呵。女 怎念遍的孔子詩書。但略識周公禮數。合 不枉了銀娘玉姐只做

往年何事乞西宾，
主领春风只在君。
伯道暮年无嗣子，
女中谁是卫夫人。

第四出 腐叹

双劝酒（末扮老儒上）灯窗苦吟，寒酸撒吞。科场苦禁，蹉跎直恁。可怜辜负看书心。吼儿病，年年迸侵。

咳嗽病多疏酒盏，村童俸薄减厨烟。争知天上无人住，吊下春愁鹤发仙。

自家南安府儒学生员陈最良，表字伯粹。祖父行医，小子自幼习儒。十二岁进学，超增补廪。观场一十五次。不幸前任宗师，考居劣等停廪。兼且两年失馆，衣食单薄。这些后生都顺口叫我『陈绝粮』，因我医卜地理，所事皆知，又改我表字伯粹做『百杂碎』。明年是第六个旬头，也不想甚的了。有个祖父药店，依然开张在此。『儒变医，菜变齑』，这都不在话

啇紡磚兒謝女班姬女校書。

（外）請先生不難。則要好生館待。

尾聲（外）說與你夫人愛女休禽犢。館明師茶飯須清楚。你看俺治國齊家也則是數卷書。

往年何事乞西賓。主領春風只在君。

伯道暮年無嗣子。女中誰是衛夫人。

第肆齣 腐嘆

雙勸酒（末扮老儒上）燈窗苦吟。寒酸撒吞。科場苦禁。蹉跎直恁。可憐辜負看書心。吼兒病年來迸侵。

咳嗽病多疎酒盞。村童俸薄減廚烟。爭知天上無人住。弔下春愁鶴髮仙。自家南安府儒學生員陳最良表字

下。昨日听见本府杜太守，有个小姐，要请先生。好些奔竞的钻去。他可为甚的？乡邦好说话，一也；通关节，二也；撞太岁，三也；穿他门子管家，改窜文卷，四也；别处吹嘘进身，五也；下头官儿怕他，六也；家里骗人，七也。为此七事，没了头要去。他们都不知，官衙可是好踏的！况且女学生一发难教，轻不得，重不得。倘然间体面有些不臻，啼不得，笑不得。似我老人家罢了。正是有书遮老眼，不妨无药散闲愁。**（丑扮府学老门子上）**天下秀才穷到底，学中门子老成精。**（见介）**陈斋长报喜。**（末）**何喜？**（丑）**杜太爷要请个先生教小姐，掌教老爷开了十数名去都不中，说要老成的。我去掌教老爹处禀上了你，太爷有请帖在此。**（末）**『人之患在好为人师。』**（丑）**是人之饭，有得你吃哩。**（末）**这等便行。**（行介）**

洞仙歌 **（末）**咱头巾破了修，靴头绽了兜。**（丑）**你坐老斋头，衫襟没了后

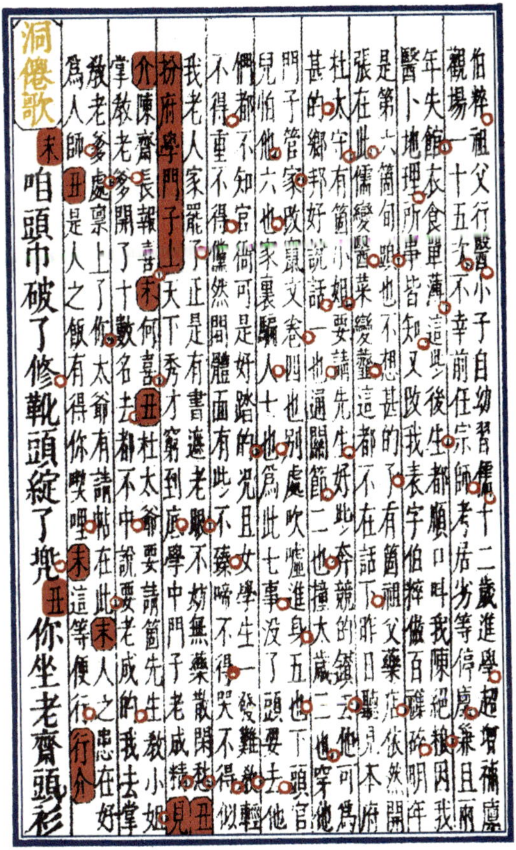
怕粹祖父行醫。小子自幼習儒。十二歲進學。超增補廩。觀場一十五次。不幸前任宗師考居劣等停廩。兼且兩年失館。衣食單薄。這些後生都順口叫我陳絕糧。因我醫卜地理。所事皆知。又改我表字伯粹做百雜碎。明年是第六箇旬頭。也不想甚的了。有箇祖父藥店。依然開張在此。儒變醫。菜變虀。這都不在話下。昨日聽見本府杜太守有箇小姐。要請先生。好些奔競的鑽去。他可爲甚的。鄉邦好說話。一也。通關節。二也。撞太歲。三也。穿他門子管家。改竄文卷。四也。別處吹噓進身。五也。下頭官兒怕他。六也。家裏騙人。七也。爲此七事。沒了頭要去。他們都不知。官衙可是好踏的。况且女學生一發難教。輕不得。重不得。儻然間體面有些不臻。啼不得。笑不得。似我老人家罷了。正是有書遮老眼。不妨無藥散閒愁。（丑扮府學門子上）天下秀才窮到底。學中門子老成精。（見介）陳齋長報喜。（末）何喜。（丑）杜太爺要請箇先生教小姐。掌教老爹開了十數名去都不中。說要老成的。我去掌教老爹處稟上了你。太爺有請帖在此。（末）人之患在好爲人師。（丑）是人之飯。有得你喫哩。（末）這等便行。（行介）

洞僊歌（末）咱頭巾破了修。靴頭綻了兜。（丑）你坐老齋頭。衫

头。（合）砚水嗽净口，去承官饭溲，
剔牙杖敢黄齑臭。
前腔（丑）咱门儿寻事头，你斋长干
罢休？（末）要我谢酬，知那里留不
留？（合）不论端阳九，但逢出府游，
则捻着衫儿袖。
（丑）望见府门了。

（丑）世间荣乐本逡巡，
（末）谁睬髭须白似银。
（丑）风流太守容闲坐，
（合）便有无边求福人。

第五出　延师

浣沙溪（外引贴扮门子，丑扮皂隶上）山色好，讼庭稀。朝看飞鸟暮飞回，印床花落帘垂地。

杜母高风不可攀，甘棠游憩在南安。
虽然为政多阴德，尚少阶前玉树兰。

我杜宝出守此间，只有夫人一女。寻个老儒教训他。昨日府学开送一

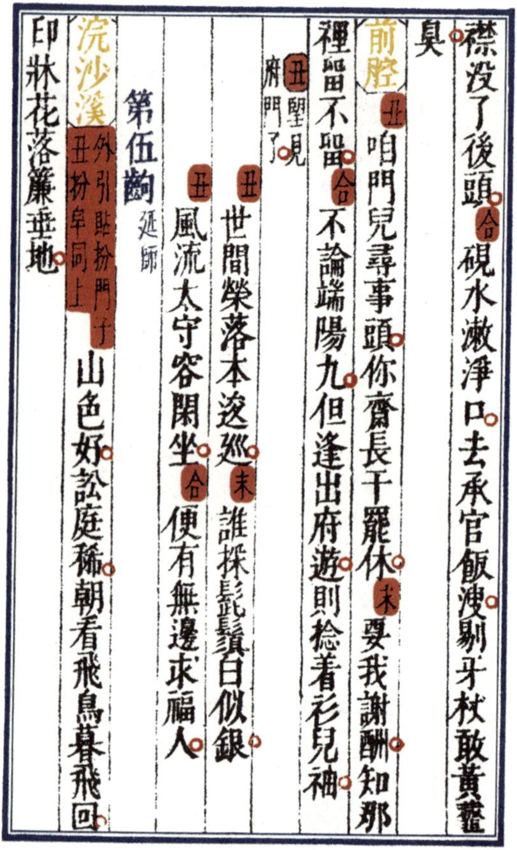
襟沒了後頭。合硯水漱淨口。去承官飯溲。剔牙杖敢黃虀臭。
前腔 丑 咱門兒尋事頭。你齋長干罷休。末 要我謝酬。知那裡留不留。合 不論端陽九。但逢出府遊。則捻着衫兒袖。
丑 望見府門了。
丑 世間榮落本逡巡。末 誰採髭鬚白似銀。
丑 風流太守容閑坐。合 便有無邊求福人。
第伍齣 延師
浣沙溪 外引貼扮門子 丑扮皁同上 山色好。訟庭稀。朝看飛鳥暮飛回。
印牀花落簾垂地。

名廪生陈最良，年可六旬，从来饱学。一来可以教授小女，二来可以陪伴老夫。今日放了衙参，分付安排礼酒，叫门子伺候。（众应介）

前腔（末儒巾蓝衫上）须抖擞，要拳奇。衣冠欠整老而衰。养浩然分庭还抗礼。（丑禀介）陈斋长到门。（外）就请衙内相见。（丑唱门介）南安府学生员进。（下）（末跪，起揖，又跪介）生员陈最良禀拜。（拜介）（末）进学开书院，（外）崇儒引席珍。（末）献酬樽俎列，（外）宾主位班陈。叫左右，陈斋长在此清叙，着门役散回，家丁伺候。（众应下）（净扮家童上）（外）久闻先生饱学，敢问尊年有几？祖上可也习儒？（末）容禀。

琐南枝（末）将耳顺，望古稀，儒冠误人霜鬓丝。（外）近来？（末）君子要知医，悬壶旧家世。（外）原来世医。还有他长？（末）凡杂作，可试为；但诸家，略通的。

前腔（外）这等一发有用。闻名久，识面初，果然大邦生大儒。（末）不敢。（外）有女颇知书，先生长训诂。（末）

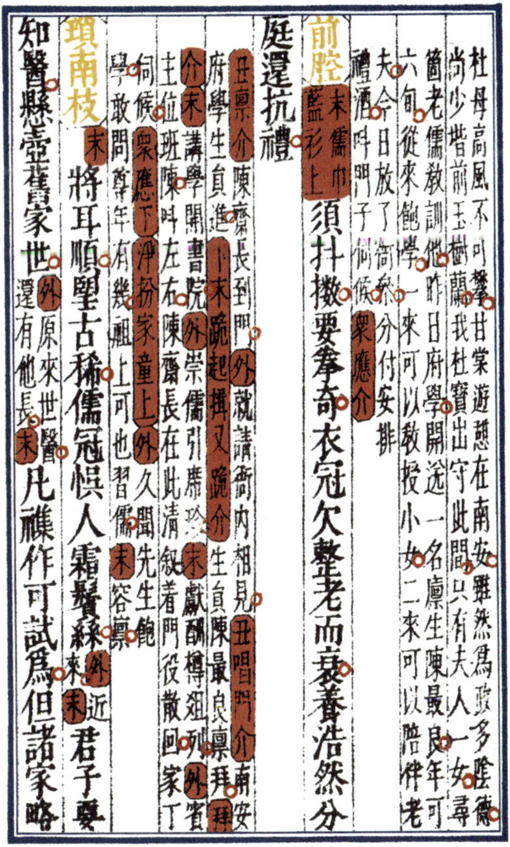
杜母高風不可攀甘棠遊憩在南安雖然爲政多陰德尚少階前玉樹蘭我杜寶出守此間只有夫人一女尋箇老儒教訓他昨日府學開送一名廩生陳最良年可六旬從來飽學一來可以教授小女二來可以陪伴老夫今日放了衙參分付安排禮酒叫門子伺候（眾應介）

前腔（末儒巾藍衫上）須抖擻要拳奇衣冠欠整老而衰養浩然分庭還抗禮

（丑禀介）陳齋長到門（外）就請衙內相見（丑唱門介）南安府學生員進（下）（末跪起揖又跪介）生員陳最良禀（拜介）（末）講學開書院（外）崇儒引席珍（末）獻酬樽俎列（外）賓主位班陳叫左右陳齋長在此清敘着門役散回家丁伺候（眾應下淨扮家童上）（外）久聞先生飽學敢問尊年有幾祖上可也習儒（末）容禀

瑣南枝（末）將耳順望古稀儒冠悞人霜鬢絲（外）近來（末）君子要知醫懸壺舊家世（外）原來世醫還有他長（末）凡雜作可試爲但諸家略

当得。则怕做不得小姐之师。（外）那女学士，你做的班大姑。今日选良辰，叫他拜师傅。（外）院子，敲云板，请小姐出来。

前腔（旦引贴上）添眉翠，摇佩珠，绣屏中生成士女图。莲步鲤庭趋，儒门旧家数。（贴）先生来了，怎好？（旦）少不得去。丫头，那贤达女都是些古镜模。你便略知书，也做好奴仆。

（净报介）小姐到。（见介）（外）我儿过来。『玉不琢，不成器；人不学，不知道。』今日吉辰，来拜了先生。（内鼓吹介）（旦拜）学生自愧蒲柳之姿，敢烦桃李之教。（末）愚老恭承捧珠之爱，谬加琢玉之功。（外）春香丫头，向陈师父叩头。着他伴读。（贴叩头介）（末）敢问小姐所读何书？（外）男女《四书》，他都成诵了。则看些经旨罢。《易经》以道阴阳，义理深奥；《书》以道政事，与妇女没相干；《春秋》《礼记》，又是孤经；则《诗经》开首便是后妃之德，四个字儿顺口，且是学生家传，习《诗》罢。其余书史尽有，则可惜他是个女儿。

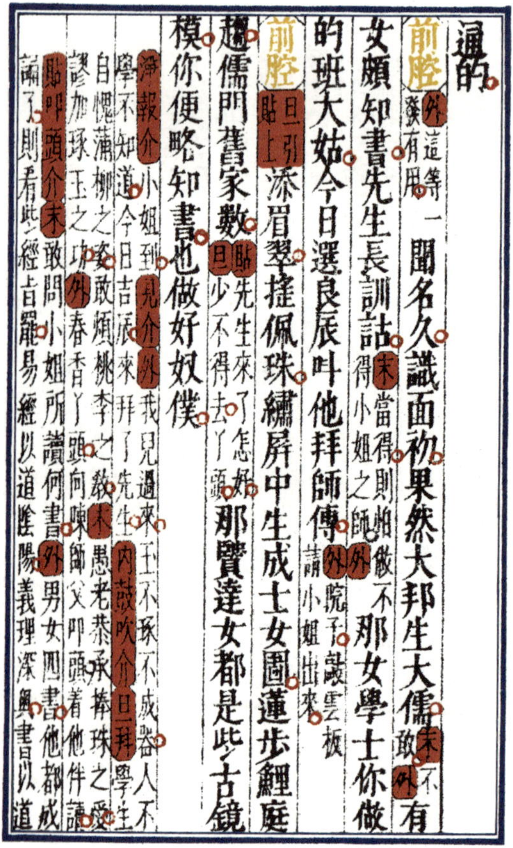
通的
前腔（外）這等發有用一聞名久識面初果然大邦生大儒（末）不敢（外）有女頗知書先生長訓詁（末）當得則怕做不得小姐之師（外）那女學士你做的班大姑今日選良辰叫他拜師傅（外）院子敲雲板請小姐出來
前腔（旦引貼上）添眉翠搖佩珠繡屏中生成士女圖蓮步鯉庭趨儒門舊家數（貼）先生來了怎好（旦）少不得去丫頭那賢達女都是些古鏡模你便略知書也做好奴僕
（淨報介）小姐到（見介）（外）我兒過來玉不琢不成器人不學不知道今日吉辰來拜了先生（內鼓吹介）（旦拜）學生自愧蒲柳之姿敢煩桃李之教（末）愚老恭承捧珠之愛謬加琢玉之功（外）春香丫頭向陳師父叩頭着他伴讀（貼叩頭介）（末）敢問小姐所讀何書（外）男女四書他都成誦了則看些經旨罷易經以道陰陽義理深奧書以道

前腔（外）我年将半，性喜书，牙签插架三万余。（叹介）我伯道恐无儿，中郎有谁付？先生，他要看的书尽看。有不臻的所在，打丫头。（贴）哎哟！（外）冠儿下，他做个女秘书。小梅香，要防护。

（末）谨领。（外）春香伴小姐进衙，我陪先生酒去。（旦拜介）酒是先生馔，女为君子儒。（下）（外）请先生后花园饮酒。

（外）门馆无私白日闲，
（末）百年粗粝腐儒餐。
（外）在家弄玉惟娇女，
（合）花里寻师到杏坛。

第六出　怅眺

番卜算（丑扮韩秀才上）家世大唐年，寄籍潮阳县。越王台上海连天，可是鹏程便。

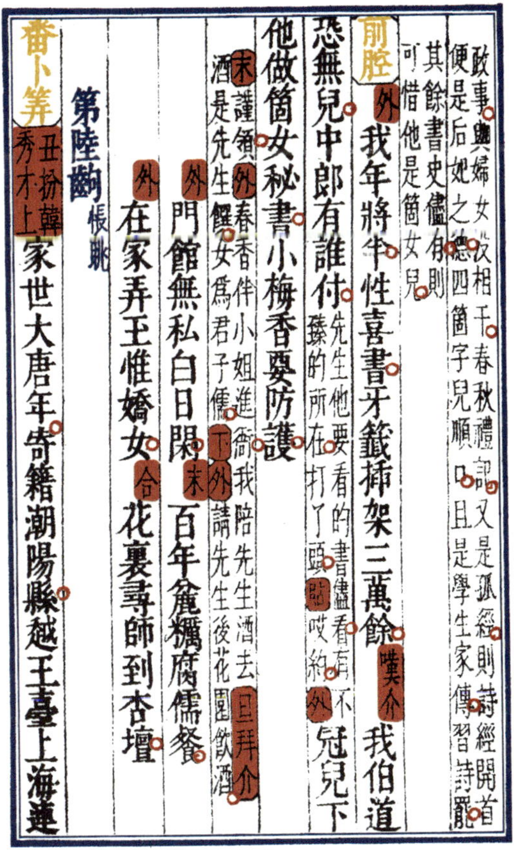
政事。與婦女沒相干。春秋禮記。又是孤經。則詩經開首便是后妃之德。四箇字兒順口。且是學生家傳。習詩罷。其餘書史儘有。則可惜他是箇女兒。

前腔 外 我年將半。性喜書。牙籤插架三萬餘。嘆介 我伯道恐無兒。中郎有誰付。先生他要看的書儘看。有不臻的所在。打丫頭。貼 哎約。外 冠兒下他做箇女秘書。小梅香要防護。

末 謹領。外 春香伴小姐進衙。我陪先生酒去。旦拜介 酒是先生饌。女爲君子儒。下 外 請先生後花園飲酒。

外 門館無私白日閑。末 百年麤糲腐儒餐。
外 在家弄玉惟嬌女。合 花裏尋師到杏壇。

第陸齣 悵眺

番卜算 丑扮韓秀才上 家世大唐年。寄籍潮陽縣。越王臺上海連榕树梢头访古台，下看甲子海门开。越王歌舞今何在，时有鹧鸪飞去来。自家韩子才，俺公公唐朝韩退之，为上了《破佛骨表》，贬落潮州。一出门，蓝关雪阻，马不能前。先祖心里暗暗道，第一程采头罢了。正苦中间，忽然有个湘子侄儿，乃下八洞神仙，蓝缕相见。俺退之公公一发心里不快，呵融冻笔，题一首诗在蓝关草驿之上。末二句单指着湘子说道：『知汝远来应有意，好收吾骨瘴江边。』湘子袖了这诗，长笑一声，腾空而去。果然后来退之公公潮州瘴死，举目无亲。那湘子恰在云端看见，想起前诗，按下云头，收其骨殖。到得衙中，四顾无人，单单则有湘子原妻一个在衙。四目相视，把湘子一点凡心顿起。当时生下一支，留在水潮，传了宗祀。小生乃其嫡派苗裔也，因乱流来广城。官府念是先贤之后，表请敕封小生为昌黎祠香火秀才，寄居赵佗王台子之上。正是：虽

天可是鵬程便

榕樹梢頭訪古臺下看甲子海門開越王歌舞今何在時有鷓鴣飛去來自家韓子才俺公公唐朝韓退之爲上了破佛骨表貶落潮州一出門藍關雪阻馬不能前先祖心裏暗暗道第一程采頭罷了正苦中間忽然有箇湘子姪兒乃下八洞神仙藍縷相見俺退之公公一發心裏不快呵融凍筆題一首詩在藍關草驛之上末二句單指着湘子說道知汝遠來應有意好收吾骨瘴江邊湘子袖了這詩長笑一聲騰空而去果然後來退之公公潮州瘴死舉目無親那湘子恰在雲端看見想起前詩按下雲頭收其骨殖到得衙中四顧無人單單則有湘子原妻一箇在衙四目相視把湘子一點凡心頓起當時生下一支留在水潮傳了宗祀小生乃其嫡派苗裔也因亂流來廣城官府念是先賢之後表請敕封小生爲昌黎祠香火秀才寄居趙佗王臺子之上正是雖然乞相寒儒却是仙風道骨呀早一位朋友上來誰也

【前腔】【生上】經史腹便便晝夢人還倦欲尋高聳看雲煙海

然乞相寒儒，却是仙风道骨。呀！早一位朋友上来。谁也？

前腔（生上）经史腹便便，昼梦人还倦。欲寻高耸看云烟，海色光平面。（相见介）（丑）是柳春卿。甚风儿吹的老兄来？（生）偶尔孤游上此台。（丑）这台上风光尽可矣。（生）则无奈登临不快哉。（丑）小弟此间受用也。（生）小弟想起来，到是不读书的人受用。（丑）谁？（生）赵佗王便是。

锁寒窗（生）祖龙飞、鹿走中原，尉佗呵，他倚定着摩崖半壁天。称孤道寡，是他英雄本然。白占了江山，猛起些宫殿。似吾侪读尽万卷书，可有半块土么？那半部上山河不见。（合）由天，那攀今吊古也徒然，荒台古树寒烟。

（丑）小弟看兄气象言谈，似有无聊之叹。先祖昌黎公有云：『不患有司之不明，只患文章之不精；不患有司之不公，只患经书之不通。』老兄还则怕工夫有不到处？（生）这话休

提。比如我公公柳宗元，与你公公韩退之，他都是饱学才子，却也时运不济。你公公错题了《佛骨表》，贬职潮阳；我公公则为在朝阳殿，与王叔文丞相下棋子，惊了圣驾，直贬做柳州司马。都是边海烟瘴地方。那时两公一路而来，旅舍之中，两个挑灯细论。你公公说道：『宗元，宗元，我和你两人文章，三六九比势。我有《王泥水传》，你便有《梓人传》；我有《毛中书传》，你便有《郭驼子传》；我有《祭鳄鱼文》，你便有《捕蛇者说》。这也罢了。则我进《平淮西碑》，取奉取奉朝廷；你却又进个平淮西的雅。一篇一篇，你都放俺不过。恰如今贬窜烟方，也合着一处。岂非时乎！运乎！命乎！』韩兄，这长远的事休提了。假如俺和你论如常，难道便应这等寒落？因何俺公公造下一篇《乞巧文》，到俺二十八代玄孙，再不曾乞得一些巧来？便是你公公立意做下《送穷文》，到老兄

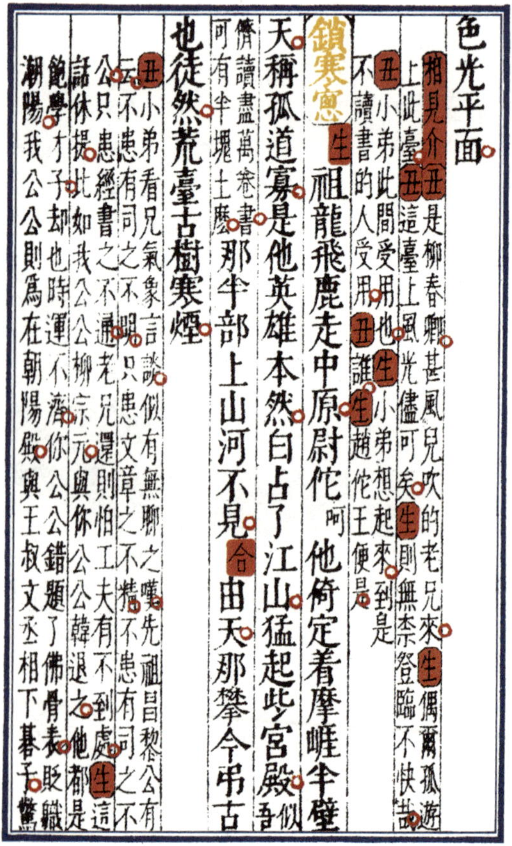

色光平面

相見介 丑 是柳春卿甚風兒吹的老兄來 生 偶爾孤遊上此臺 丑 這臺上風光儘可矣 生 則無柰登臨不快哉 丑 小弟此間受用也 生 小弟想起來到是不讀書的人受用 丑 誰 生 趙佗王便是

鎖寒窗 生 祖龍飛鹿走中原尉佗呵他倚定着摩崖半壁天稱孤道寡是他英雄本然白占了江山猛起些宮殿似吾儕讀盡萬卷書可有半塊土麼那半部上山河不見 合 由天那攀今弔古也徒然荒臺古樹寒煙

丑 小弟看兄氣象言談似有無聊之嘆先祖昌黎公有云不患有司之不明只患文章之不精不患有司之不公只患經書之不通老兄還則怕工夫有不到處 生 這話休提比如我公公柳宗元與你公公韓退之他都是飽學才子却也時運不濟你公公錯題了佛骨表貶職潮陽我公公則為在朝陽殿與王叔文丞相下碁子驚

二十几辈了，还不曾送的个穷去？算来都则为时运二字所亏。（丑）是也，春卿兄。

前腔（丑）你费家资制买书田，怎知他卖向明时不值钱。虽然如此，你看赵佗王当时，也有个秀才陆贾，拜为奉使中大夫到此。赵佗王多少尊重他。他归朝燕，黄金累千。那时汉高皇厌见读书之人，但有个带儒巾的，都拿来溺尿。这陆贾秀才，端然带了四方巾，深衣大摆，去见汉高皇。那高皇望见，这又是个掉尿鳖子的来了。便迎着陆贾骂道：『你老子用马上得天下，何用诗书？』那陆生有趣，不多应他，只回他一句：『陛下马上取天下，能以马上治之乎？』汉高皇听了，呀然一笑，说道：『便依你说，不管甚么文字，念了与寡人听之。』陆大夫不慌不忙，袖里出一卷文字，恰是平日灯窗下纂集的《新语》一十三篇，高声奏上。那高皇才听了一篇，龙颜大喜。后来一篇一篇，都喝采称善，立封他做个关内侯。那一日好不气象！休道汉高皇，便是那两班文武，见者皆呼万

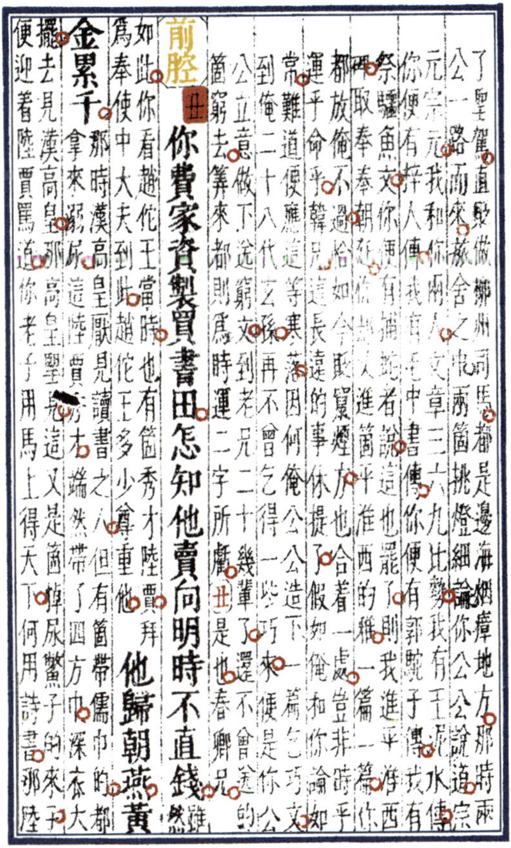
了聖駕直取做了郴州司馬都是邊海烟瘴地方那時兩
公一路而來蔡舍之中兩箇挑燈細論你公公說道宗
元宗元我和你兩人文章三六九比勢我有王泥水傳
你便有梓人傳我有毛中書傳你便有郭駝子傳我有
祭鱷魚文你便有捕蛇者說這也罷了則我進平淮西
的碑你取奉奉朝廷你也又進箇平淮西的雅一篇一篇你
都放俺不過恰如今貶竄煙方也合着一處豈非時乎
運乎命乎韓兄這長遠的事休提了假如俺和你論如
常難道便應這等寒落因何俺公公造下一篇乞巧文
到俺二十八代玄孫再不曾乞得一些巧來便是你公
公立意做下送窮文到老兄二十幾輩了還不曾送的
箇窮去算來都則為時運二字所虧（丑）是也春卿兄
前腔（丑）你費家資製買書田怎知他賣向明時不直錢雖然
如此你看趙佗王當時也有箇秀才陸賈拜
為奉使中大夫到此趙佗王多少尊重他他歸朝燕黃
金累千那時漢高皇厭見讀書之人但有箇帶儒巾的都
拿來溺尿這陸賈秀才端然帶了四方巾深衣大
擺去見漢高皇那高皇望見這又是箇掉尿鱉子的來了
便迎着陸賈罵道你老子用馬上得天下何用詩書那陸

岁。一言掷地，万岁喧天。（生叹介）则俺连篇累牍无人见。（合前）

（丑）再问春卿，在家何以为生？（生）寄食园公。（丑）依小弟说，不如干谒些须，可图前进。（生）你不知，今人少趣哩。（丑）老兄可知，有个钦差识宝中郎苗老先生，到是个知趣人儿。今秋任满，例于香山岙多宝寺中赛宝。那时一往何如？（生）领教。

应念愁中恨索居，
青云器业俺全疏。
越王自指高台笑，
刘项原来不读书。

第七出　闺塾

（末上）吟余改抹前句，饭后寻思午晌茶。蚁上案头沿砚水，蜂穿窗眼咂瓶花。我陈最良杜衙设帐，杜小姐家传《毛诗》。极承老夫人管待。今日早膳已过，我且把《毛诗》潜玩一

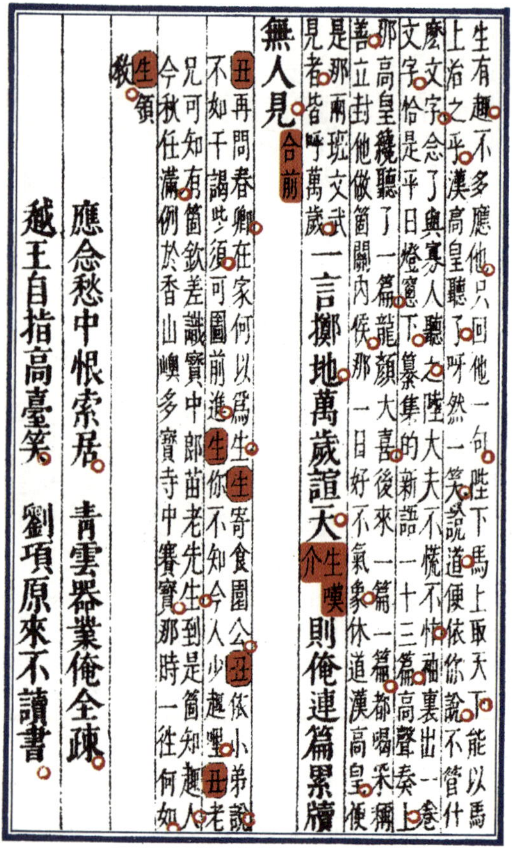
生有趣。不多應他。只回他一句。陛下馬上取天下。能以馬上治之乎。漢高皇聽了。呀然一笑。說道便依你說。不管什麼文字。念了與寡人聽之。陸大夫不慌不忙。袖裏出一卷文字。恰是平日燈窗下纂集的新語一十三篇。高聲奏上。那高皇纔聽了一篇。龍顏大喜。後來一篇一篇。都喝采稱善。立封他做箇關內侯。那一日好不氣象。休道漢高皇便是那兩班文武。見者皆呼萬歲。一言擲地。萬歲諠天。生嘆介則俺連篇累牘無人見。合前
丑再問春卿。在家何以爲生。生寄食園公。丑依小弟說。不如干謁些須。可圖前進。生你不知。今人少趣哩。丑老兄可知。有箇欽差識寶中郎苗老先生。到是箇知趣人。今秋任滿。例於香山嶴多寶寺中賽寶。那時一往何如。生領教。
應念愁中恨索居。青雲器業俺全疏。
越王自指高臺笑。劉項原來不讀書。

遍。（念介）『关关雎鸠，在河之洲。窈窕淑女，君子好逑。』好者好也，逑者逑也。（看介）这早晚了，还不见女学生进馆。却也娇养的凶。待我敲三声云板。（敲云板介）春香，请小姐上书。

绕地游（旦引贴捧书上）素妆才罢，缓步书堂下。对净几明窗潇洒。（贴）《昔氏贤文》，把人禁杀，恁时节则好教鹦哥唤茶。

（见介）（旦）先生万福。（贴）先生少怪。（末）凡为女子，鸡初鸣，咸盥漱栉笄，问安于父母。日出之后，各供其事。如今女学生以读书为事，须要早起。（旦）以后不敢了。（贴）知道了。今夜不睡，三更时分，请先生上书。（末）昨日上的《毛诗》，可温习？（旦）温习了，则待讲解。（末）你念来。（旦念书介）『关关雎鸠，在河之洲。窈窕淑女，君子好逑。』（末）听讲。『关关雎鸠』，雎鸠是个鸟，关关鸟声也。（贴）怎样声儿？（末作鸠声）（贴学鸠声诨介）（末）此鸟性喜

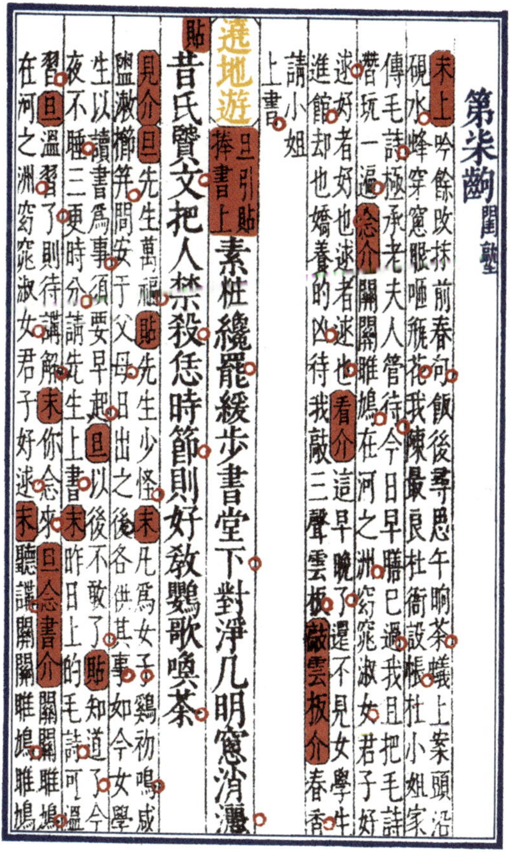
第柒齣 閨塾

（末上）吟餘改抹前春句。飯後尋思午晌茶。蟻上案頭沿硯水。蜂穿窗眼咂瓶花。我陳最良杜衙設帳。杜小姐家傳毛詩。極承老夫人管待。今日早膳已過。我且把毛詩潛玩一遍。（念介）關關雎鳩。在河之洲。窈窕淑女。君子好逑。好者好也。逑者逑也。（看介）這早晚了。還不見女學生進館。却也嬌養的凶。待我敲三聲雲板。（敲雲板介）春香請小姐上書。

遶地遊（旦引貼捧書上）素粧纔罷。緩步書堂下。對淨几明窗消灑。（貼）昔氏賢文。把人禁殺。恁時節則好教鸚哥喚茶。

（見介）（旦）先生萬福。（貼）先生少怪。（末）凡爲女子。雞初鳴。咸盥漱櫛笄。問安于父母。日出之後。各供其事。如今女學生以讀書爲事。須要早起。（旦）以後不敢了。（貼）知道了。今夜不睡。三更時分。請先生上書。（末）昨日上的毛詩。可溫習。（旦）溫習了。則待講解。（末）你念來。（旦念書介）關關雎鳩。在河之洲。窈窕淑女。君子好逑。（末）聽講。關關雎鳩。

幽静，在河之洲。（贴）是了。不是昨日是前日，不是今年是去年，俺衙内关着个斑鸠儿，被小姐放去，一去去在何知州家。（末）胡说！这是兴。（贴）兴个甚的那？（末）兴者起也，起那下头。窈窕淑女，是幽闲女子，有那等君子好好的来逑他。（贴）为甚好好的求他？（末）多嘴哩。（旦）师父，依注解书，学生自会。但把《诗经》大意，教演一番。

掉角儿（末）论六经，《诗经》最葩，闺门内许多风雅。有指证，姜嫄产哇。不嫉妒，后妃贤达。更有那咏鸡鸣，伤燕羽，泣江皋，思汉广，洗净铅华。有风有化，宜室宜家。（旦）这经文偌多？（末）《诗》三百，一言以蔽之。没多些，只『无邪』两字，付与儿家。

（末）书讲了。春香，取文房四宝来模字。（贴下取上）纸墨笔砚在此。（末）这甚么墨？（旦）丫头错拿了，这是螺子黛，画眉的。（末）这甚么笔？（旦作笑介）这便是画眉细笔。（末）俺从不曾见。拿去拿去。这是甚么纸？（旦）薛涛笺。（末）拿去拿去。只拿那蔡伦造的来。这是甚么

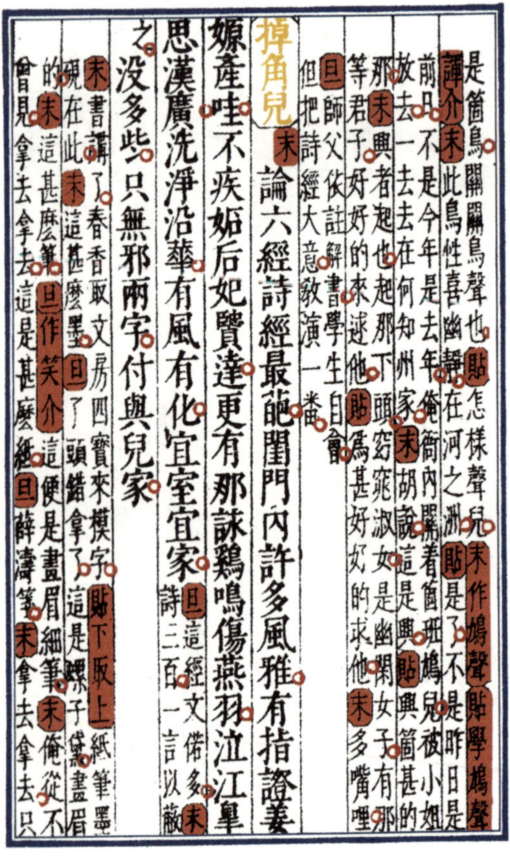
是箇鳥關關鳥聲也。貼怎樣聲兒。末作鳩聲。貼學鳩聲諢介。末此鳥性喜幽靜。在河之洲。貼是了。不是昨日是前日。不是今年是去年。俺衙內關着箇斑鳩兒。被小姐放去。一去去在何知州家。末胡說。這是興。貼興箇甚的那。末興者起也。起那下頭。窈窕淑女。是幽閒女子。有那等君子好好的來逑他。貼爲甚好好的求他。末多嘴哩。旦師父依註解書。學生自會。但把詩經大意敷演一番。

掉角兒末論六經詩經最葩。閨門內許多風雅。有指證姜嫄產哇。不嫉妬后妃賢達。更有那詠雞鳴。傷燕羽。泣江皋。思漢廣。洗淨鉛華。有風有化。宜室宜家。旦這經文偌多。末詩三百。一言以蔽之。沒多些。只無邪兩字。付與兒家。

末書講了。春香取文房四寶來模字。貼下取上紙筆墨硯在此。末這甚麼墨。旦了頭錯拿了。這是螺子黛。畫眉的。末這甚麼筆。旦作笑介這便是畫眉細筆。末俺從不曾見。拿去拿去。這是甚麼紙。旦薛濤箋。末拿去拿去。只

砚？是一个是两个？（旦）鸳鸯砚。（末）许多眼？（旦）泪眼。（末）哭甚么子？一发换了来。（贴背介）好个标老儿！待换去。（下换上）这可好？（末看介）着。（旦）学生自会临书。春香还劳把笔。（末）看你临。（旦写字介）（末看惊介）我从不曾见这样好字。这甚么格？（旦）是卫夫人传下美女簪花之格。（贴）待俺写个奴婢学夫人。（旦）还早哩。（贴）先生，学生领出恭牌。（下）（旦）敢问师母尊年？（末）目下平头六十。（旦）学生待绣对鞋儿上寿，请个样儿。（末）生受了。依《孟子》上样儿，做个『不知足而为屦』罢了。（旦）还不见春香来。（末）要唤他么？（末叫三度介）（贴上）害淋的！（旦作恼介）劣丫头！那里来？（贴笑介）溺尿去来。原来有座大花园，花明柳绿，好耍子哩。（末）哎也！不攻书，花园去，待俺取荆条来。（贴）荆条做甚么？

前腔（贴）女郎行、那里应文科判衙？只不过识字儿书涂嫩鸦。（起介）（末）

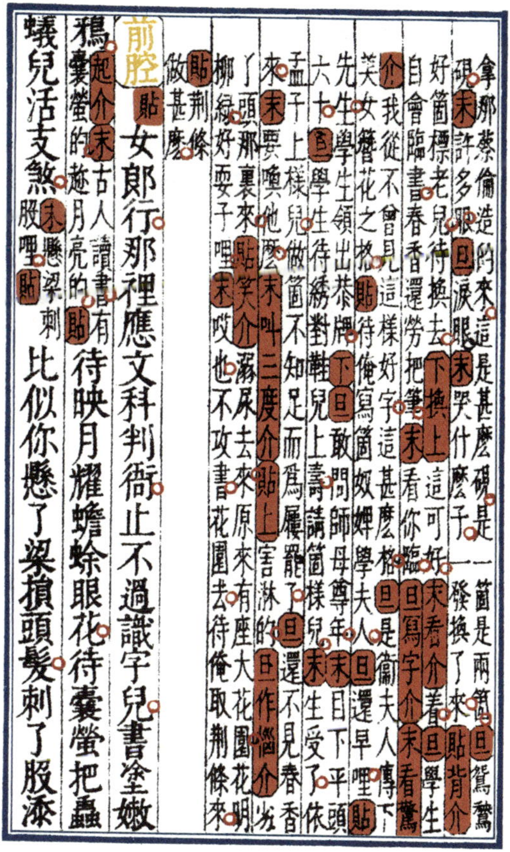
拿那蔡倫造的來這是甚麼硯是一箇是兩箇（旦）鴛鴦硯（末）許多眼（旦）淚眼（末）哭什麼子一發換了來（貼背介）好箇標老兒待換去（下換上）這可好（末看介）着（旦）學生自會臨書春香還勞把筆（末）看你臨（旦寫字介）（末看驚介）我從不曾見這樣好字這甚麼格（旦）是衛夫人傳下美女簪花之格（貼）待俺寫箇奴婢學夫人（旦）還早哩（貼）先生學生領出恭牌（下）（旦）敢問師母尊年（末）目下平頭六十（旦）學生待繡對鞋兒上壽請箇樣兒（末）生受了依孟子上樣兒做箇不知足而爲屨罷了（旦）還不見春香來（末）要喚他麼（末叫三度介）（貼上）害淋的（旦作惱介）劣丫頭那裏來（貼笑介）溺尿去來原來有座大花園花明柳綠好耍子哩（末）哎也不攻書花園去待俺取荊條來（貼）荊條做甚麼

前腔（貼）女郎行那裏應文科判衙止不過識字兒書塗嫩鴉（起介）（末）古人讀書有囊螢的趁月亮的（貼）待映月耀蟾蜍眼花待囊螢把蟲蟻兒活支煞（末）懸梁刺股哩（貼）比似你懸了梁損頭髮刺了股添

古人读书，有囊萤的，趁月亮的。（贴）待映月，耀蟾蜍眼花。待囊萤，把虫蚁儿活支煞。（末）悬梁、刺股哩？（贴）比似你悬了梁，损头发；刺了股，添疤纳疤。有甚光华！（内叫卖花介）（贴）小姐，你听一声声卖花，把读书声差。（末）又引逗小姐哩，待俺当真打一下。（末做打介，贴闪介）你待打、打这哇哇，桃李门墙，险把负荆人唬煞。（贴抢荆条投地介）（旦）死丫头，唐突了师父，快跪下。（贴跪介）（旦）师父看他初犯，容学生责认一遭儿。

前腔（旦）手不许把秋千索拿，脚不许把花园路踏。（贴）则瞧罢。（旦）还嘴！这招风嘴，把香头来绰疤；招花眼，把绣针儿签瞎。（贴）瞎了中甚用？（旦）则要你守砚台，跟书案，伴『诗云』，陪『子曰』，没的争差。（贴）争差些罢。（旦挦贴发介）则问你几丝儿头发，几条背花？敢也怕些些，夫人堂上那些家法。（贴）再不敢了。（旦）可知道？（末）也罢，松这一遭儿。起来。（贴起介）（末）

尾声 女弟子则争个不求闻达，和男学生一般儿教法。你们工课完了，方可回

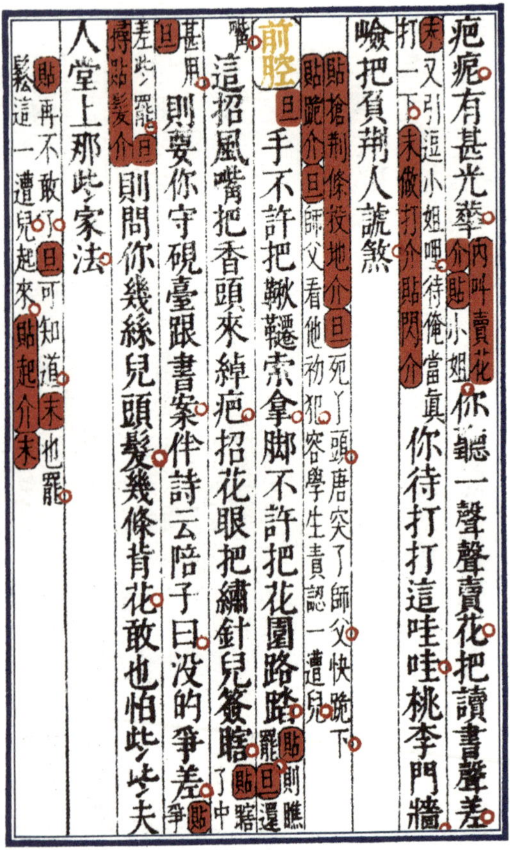
疤疤有甚光華（内叫賣花介）（貼）小姐你聽一聲聲賣花把讀書聲差（末）又引逗小姐哩待俺當眞打一下（末做打介貼閃介）你待打打這哇哇桃李門牆嶮把負荆人諕煞（貼搶荆條投地介）（旦）死丫頭唐突了師父快跪下（貼跪介）（旦）師父看他初犯容學生責認一遭兒

前腔（旦）手不許把鞦韆索拿脚不許把花園路踏（貼）則瞧罷（旦）還嘴這招風嘴把香頭來綽疤招花眼把繡針兒簽瞎（貼）瞎了中甚用（旦）則要你守硯臺跟書案伴詩云陪子曰沒的爭差（貼）爭差些罷（旦挦貼髮介）則問你幾絲兒頭髮幾條背花敢也怕些些夫人堂上那些家法（貼）再不敢了（旦）可知道（末）也罷鬆這一遭兒起來（貼起介）（末）

衙，咱和公相陪话去。（合）怎辜负的这一弄明窗新绛纱。

（末下）（贴作从背后指末骂介）村老牛！痴老狗！一些趣也不知。（旦作扯介）死丫头，『一日为师，终身为父』，他打不的你？俺且问你，那花园在那里？（贴做不说）（旦笑问介）（贴指介）兀那不是！（旦）可有甚么景致？（贴）景致么，有亭台六七座，秋千一两架。绕的流觞曲水，面着太湖山石，名花异草，委实华丽。（旦）原来有这等一个所在。且回衙去。

（旦）也曾飞絮谢家庭，
（贴）欲化西园蝶未成。
（旦）无限春愁莫相问，
（合）绿阴终借暂时行。

第八出 劝农

夜游朝（外引净扮皂隶，贴扮门子同上）何处行春开五马？采邠风物候秾华。竹宇闻鸠，朱幡引鹿。且留憩甘棠之下。

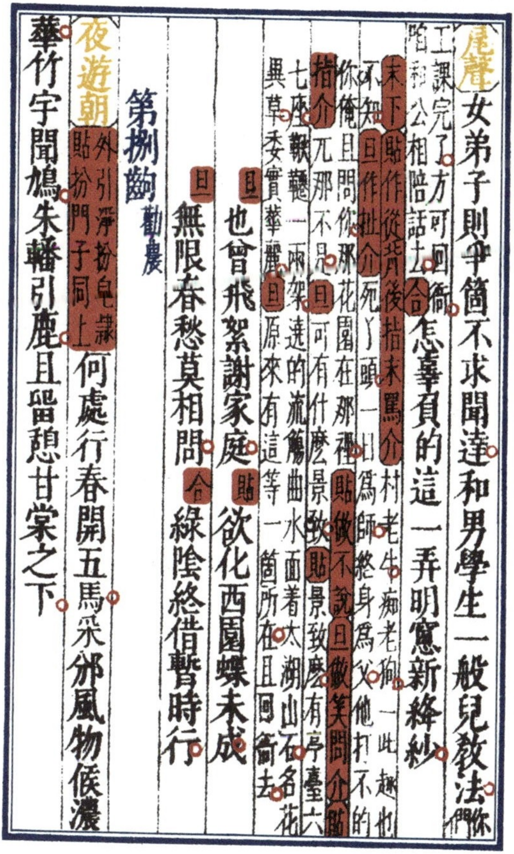

尾聲 女弟子則爭箇不求聞達和男學生一般兒教法你們工課完了方可回衙咱和公相陪話去 合 怎辜負的這一弄明窗新絳紗
末下 貼作從背後指末罵介 村老牛癡老狗一些趣也不知 旦作扯介 死丫頭一日為師終身為父他打不的你俺且問你那花園在那裡 貼做不說 旦做笑問介 貼指介 兀那不是 旦 可有什麼景致 貼 景致麼有亭臺六七座鞦韆一兩架遶的流觴曲水面着太湖山石名花異草委實華麗 旦 原來有這等一箇所在且回衙去
旦 也曾飛絮謝家庭
貼 欲化西園蝶未成
旦 無限春愁莫相問
合 綠陰終借暫時行
第捌齣 勸農
夜遊朝 外引淨扮皂隸 貼扮門子同上 何處行春開五馬采邠風物候濃華竹宇聞鳩朱幡引鹿且留憩甘棠之下

古调笑时节时节，过了春三二月。乍晴膏雨烟浓，太守春深劝农。农重农重，缓理征徭词讼。俺南安府在江广之间，春事颇早。想俺为太守的，深居府堂，那远乡僻坞，有抛荒游懒的，何由得知？昨已分付该县置买花酒，待本府亲自劝农。想已齐备。（丑扮县吏上）承行无令史，带办有农民。禀爷爷，劝农花酒，俱已齐备。（外）分付起行。近乡之处，不许多人 喤。（众应，喝道起行介）（外）正是：为乘阳气行春令，不是闲游玩物华。（下）

前腔（生、末扮父老上）白发年来公事寡，听儿童笑语喧哗。太守巡游，春风满马。敢借着这务农宣化？俺等乃是南安府清乐乡中父老，恭喜本府杜太爷，管治三年，慈祥端正，弊绝风清。凡各村乡约保甲，义仓社学，无不举行，极是地方有福。现今亲自各乡劝农，不免官亭伺候。那祗候们扛抬花酒到来也。

古調笑時節時節過了春三二月乍晴膏雨煙濃太守春深勸農農重農重緩理征徭詞訟俺南安府在江廣之間春事頗早想俺爲太守的深居府堂那遠鄉僻塢有抛荒遊懶的何由得知昨已分付該縣置買花酒待本府親自勸農想已齊備（丑扮縣吏上）承行無令史帶辦有農民禀爺爺勸農花酒俱已齊備（外）分付起行近鄉之處不許多人囉唣（衆應喝道起行介）（外）正是爲乘陽氣行春令不是閑遊玩物華（下）

前腔（生末扮父老上）白髮年來公事寡聽兒童笑語諠譁太守巡遊春風滿馬敢借着這務農宣化

俺等乃是南安府清樂鄉中父老恭喜本府杜太爺管治三年慈祥端正弊絕風清凡各村鄉約保甲義倉社學無不舉行極是地方有福現今親自各鄉勸農不免官亭伺候那祗候們扛擡花酒到來也

普賢歌（丑老旦扮公人扛酒提花上）俺天生的快手賊無過衙舍裏消消沒的睃扛酒去前坡（做跌介）幾乎破了哥摔破了花花你

普贤歌（丑、老旦扮公人，扛酒提花上）俺天生的快手贼无过。衙舍里消消没的睃，扛酒去前坡。（做跌介）几乎破了哥，摔破了花花你赖不的我。（生、末）列位祇候哥到来。（老旦、丑）便是这酒埕子漏了，则怕酒少，烦老官儿遮盖些。（生、末）不妨。且抬过一边，村务里嗑酒去。（老旦、丑下）（生、末）地方端正坐椅，太爷到来。（虚下）

排歌（外引众上）红杏深花，菖蒲浅芽。春畴渐暖年华。竹篱茅舍酒旗儿叉。雨过炊烟一缕斜。（生、末接介）（合）提壶叫，布谷喳。行看几日免排衙。休头踏，省喧哗，怕惊他林外野人家。

（皂隶介）禀爷，到官亭。（生、末见介）（外）众父老，此为何乡何都？（生、末）南安县第一都清乐乡。（外）待我一观。（望介）（外）美哉此乡，真个清而可乐也。长相思 你看，山也清，水也清，人在山阴道上行。春云处处生。（生、末）正是。官也清，吏也清，村民无事到公庭。农歌三两声。（外）父老，知我春游之意乎？

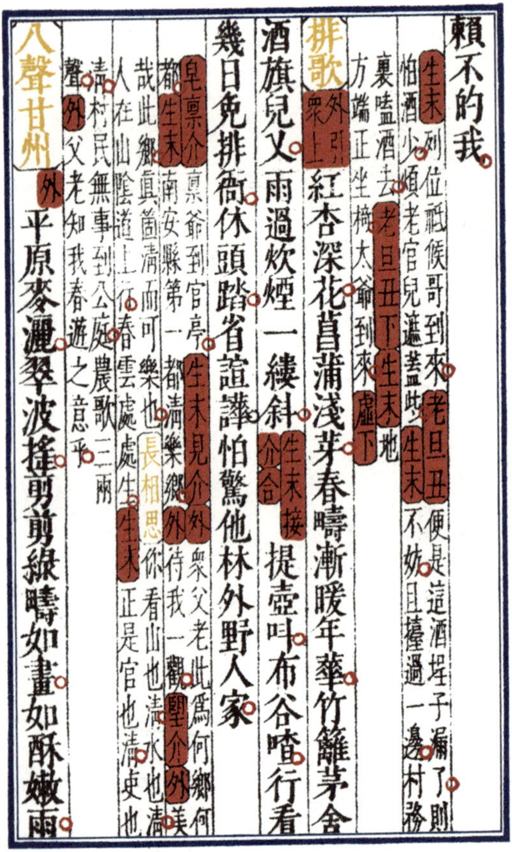

賴不的我。生末列位祇候哥到來。老旦丑便是這酒埕子漏了則怕酒少煩老官兒遮蓋些。生末不妨且擡過一邊村務裏嗑酒去。老旦丑下生末地方端正坐椅太爺到來。虛下

排歌 外引衆上 紅杏深花菖蒲淺芽春疇漸暖年華竹籬茅舍酒旗兒叉。雨過炊煙一縷斜。生末接介合 提壺叫布谷喳行看幾日免排衙。休頭踏省諠譁怕驚他林外野人家。

皂隸介 禀爺到官亭。生末見介外 衆父老此爲何鄉何都。生末 南安縣第一都清樂鄉。外 待我一觀。望介外 美哉此鄉眞箇清而可樂也。長相思 你看山也清水也清人在山陰道上行。春雲處處生。生末 正是官也清吏也清村民無事到公庭。農歌三兩聲。外 父老知我春遊之意乎。

八聲甘州 外 平原麥灑翠波搖剪剪綠疇如畫如酥嫩雨

八声甘州（外）平原麦洒翠波摇，翦翦绿畴如画。如酥嫩雨，绕塍春色蠢苴。趁江南土疏田脉佳。怕人户们抛荒力不加。还怕，有那无头官事误了你好生涯。（父老）以前昼有公差，夜有盗警。老爷到后呵。

前腔（外）千村转岁华。愚父老香盆，儿童竹马。阳春有脚，经过百姓人家。月明无犬吠黄花，雨过有人耕绿野。真个村村雨露桑麻。（内歌《泥滑喇》介）（外）前村田歌可听。

孝白歌（净扮田夫上）泥滑喇，脚支沙，短耙长犁滑律的拿。夜雨撒菰麻，天晴出粪渣，香风醃鲊。（外）歌的好。『夜雨撒菰麻，天晴出粪渣，香风』，是说那粪臭。父老呵，他却不知这粪是香的。有诗为证：『焚香列鼎奉君王，馔玉炊金饱即妨。直到饥时闻饭过，龙涎不及粪渣香。』与他插花赏酒。（净插花饮酒，笑介）好老爷，好酒。（合）官里醉流霞，风前笑插花，把农夫们俊煞。（下）

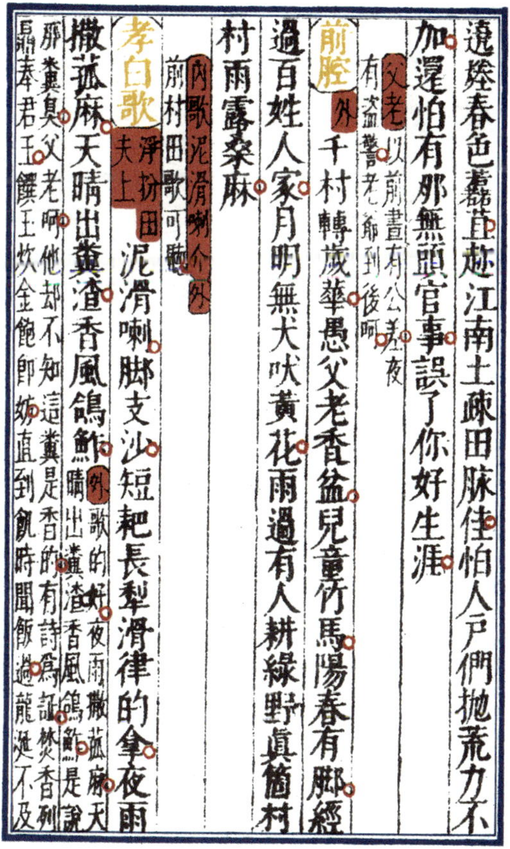
遶塍春色蠢苴趁江南土疎田脉佳怕人户們抛荒力不加還怕有那無頭官事誤了你好生涯父老以前晝有公差夜有盜警老爺到後呵
前腔外千村轉歲華愚父老香盆兒童竹馬陽春有脚經過百姓人家月明無犬吠黃花雨過有人耕綠野眞箇村村雨露桑麻內歌泥滑喇介外前村田歌可聽
孝白歌淨扮田夫上泥滑喇脚支沙短耙長犁滑律的拿夜雨撒菰麻天晴出糞渣香風醃鮓外歌的好夜雨撒菰麻天晴出糞渣香風醃鮓是說那糞臭父老呵他却不知這糞是香的有詩爲證焚香列鼎奉君王饌玉炊金飽即妨直到飢時聞飯過龍涎不及

（门子禀介）一个小厮唱的来也。

前腔（丑扮牧童拿笛上）春鞭打，笛儿吵，倒牛背斜阳闪暮鸦。（笛指门子介）他一样小腰㩸，一般双髻髽，能骑大马。（外）歌的好。怎生指着门子唱『一样小腰㩸，一般双髻髽，能骑大马』？父老，他怎知骑牛的倒稳。有诗为证：『常美人间万户侯，只知骑马胜骑牛。今朝马上看山色，争似骑牛得自由。』赏他酒，插花去。（丑插花饮酒介）（合）官里醉流霞，风前笑插花，村童们俊煞。（下）

（门子禀介）一对妇人歌的来也。

前腔（旦、老旦采桑上）那桑阴下，柳篓儿搓，顺手腰身翦一丫。呀，甚么官员在此？俺罗敷自有家，便秋胡怎认他，提金下马？（外）歌的好。说与他，不是鲁国秋胡，不是秦家使君，是本府太爷劝农。见此勤劬采桑，可敬也。有诗为证：『一般桃李听笙歌，此地桑阴十亩多。不比世间闲草木，丝丝叶叶是绫罗。』领酒，插花去。（二旦背插花，饮酒介）（合）官里醉流霞，风前笑插花，采桑人俊煞。（下）

蕙渲香。與他插花賞酒。（淨插花飲酒笑介）好老爺好酒。（合）官裏醉流霞風前笑插花把農夫們俊煞。（下）

（門子稟介）小廝唱的來。一箇

（前腔）（丑扮牧童拿笛上）春鞭打。笛兒吵。倒牛背斜陽閃暮鴉。（笛指門子介）他一樣小腰㩸。一般雙髻髽。能騎大馬。（外）歌的好。怎生指著門子唱一樣小腰㩸。一般雙髻髽。能騎大馬。父老他怎知騎牛的到穩。有詩為證。常美人間萬戶侯。只知騎馬勝騎牛。今朝馬上看山色。爭似騎牛得自由。賞他酒。插花去。（丑插花飲酒介）（合）官裏醉流霞風前笑插花村童們俊煞。（下）

（門子稟介）一對婦人歌的來也。

（前腔）（旦、老旦採桑上）那桑陰下。柳簍兒搓。順手腰身翦一丫。呀。甚麼官

（门子禀介）又一对妇人唱的来也。

前腔（老旦、丑持筐采茶上）乘谷雨，采新茶，一旗半枪金缕芽。呀，甚么官员在此？学士雪炊他，书生困想他，竹烟新瓦。（外）歌的好。说与他，不是邮亭学士，不是阳羡书生，是本府太爷劝农。看你妇女们采桑采茶，胜如采花。有诗为证：『只因天上少茶星，地下先开百草精。闲煞女郎贪斗草，风光不似斗茶清。』领了酒，插花去。（老旦、丑插花，饮酒介）（合）官里醉流霞，风前笑插花，采茶人俊煞。（下）

（生、末跪介）禀老爷，众父老茶饭伺候。（外）不消。余花余酒，父老们领去，给散小乡村，也见官府劝农之意。叫祗们候起马。（生、末做扳留不许介）（起叫介）村中男妇，领了花赏了酒的，都来送太爷。

清江引（前各众插花上）黄堂春游韵潇洒，身骑五花马。村务里有光华，花酒藏风雅。男女们请了。你德政碑随路打。（下）

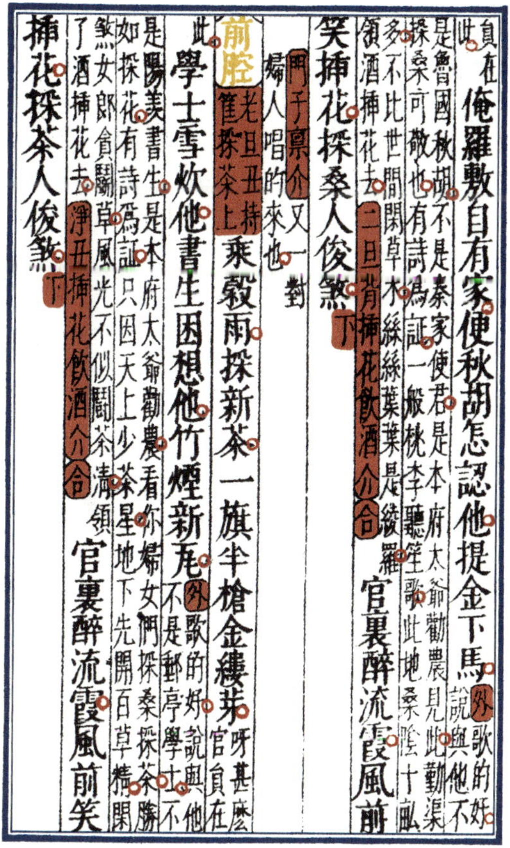
負在此。俺羅敷自有家，使秋胡怎認他，提金下馬。（外）歌的好。說與他，不是魯國秋胡，不是秦家使君，是本府太爺勸農。見此勸渠採桑可敬也，有詩爲証：一般桃李聽笙歌，此地桑陰十畝多，不比世間閑草木，絲絲葉葉是綾羅。領酒插花去。（二旦背插花飲酒介）（合）官裏醉流霞，風前笑插花，採桑人俊煞。（下）

（門子稟介）又一對婦人唱的來也。

前腔（老旦丑持筐採茶上）乘穀雨，採新茶，一旗半槍金縷芽。呀，甚麼官員在此。學士雪炊他，書生困想他，竹煙新瓦。（外）歌的好。說與他，不是郵亭學士，不是陽羨書生，是本府太爺勸農。看你婦女們採桑採茶，勝如採花。有詩爲証：只因天上少茶星，地下先開百草精。閑煞女郎貪鬬草，風光不似鬬茶清。領了酒插花去。（淨丑插花飲酒介）（合）官裏醉流霞，風前笑插花，採茶人俊煞。（下）

阊阖缭绕接山巅，
春草青青万顷田。
日暮不辞停五马，
桃花红近竹林边。

第九出 肃苑

一江风（贴上）小春香，一种在人奴上，画阁里从娇养。侍娘行，弄粉调朱，贴翠拈花，惯向妆台傍。陪他理绣床，陪他烧夜香。小苗条吃的是夫人杖。

花面丫头十三四，春来绰约省人事。终须等着个助情花，处处相随步步觑。俺春香日夜跟随小姐。看他明为国色，实守家声。嫩脸娇羞，老成尊重。只因老爷延师教授，读到《毛诗》第一章『窈窕淑女，君子

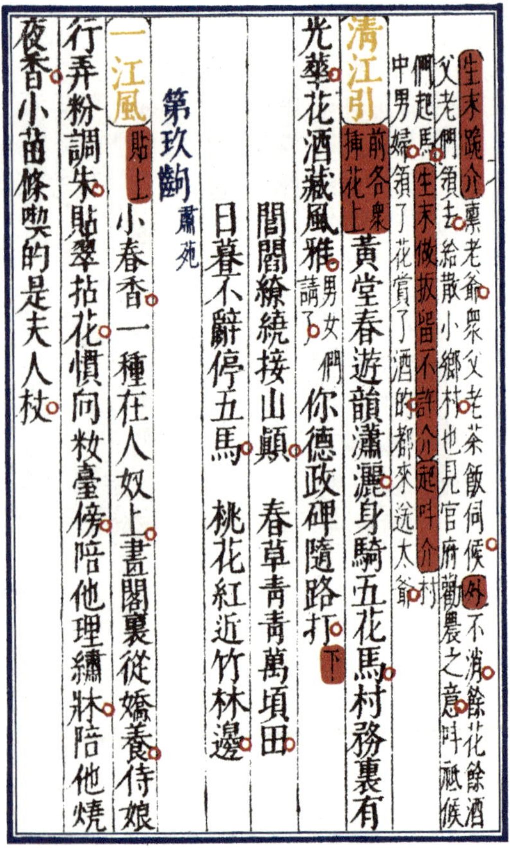

（生末跪介）稟老爺，衆父老茶飯伺候。（外）不消。餘花餘酒，父老們領去，給散小鄉村，也見官府勸農之意。叫祗候們起馬。（生末做扳留不許介）（起叫介）村中男婦領了花賞了酒的，都來迸送太爺。

清江引（前各衆插花上）黃堂春遊韻瀟灑，身騎五花馬。村務裏有光華，花酒藏風雅。（男女們）請了，你德政碑隨路打。（下）

閶闔繚繞接山顛，春草青青萬頃田。
日暮不辭停五馬，桃花紅近竹林邊。

第玖齣 肅苑

一江風（貼上）小春香，一種在人奴上，畫閣裏從嬌養。侍娘行，弄粉調朱，貼翠拈花，慣向妝臺傍。陪他理繡牀，陪他燒夜香。小苗條喫的是夫人杖。

好逑』。悄然废书而叹曰：『圣人之情，尽见于此矣。今古同怀，岂不然乎？』春香因而进言：『小姐读书困闷，怎生消遣则个？』小姐一会沉吟，逡巡而起。便问道：『春香，你教我怎生消遣那？』俺便应道：『小姐，也没个甚法儿，后花园走走罢。』小姐说：『死丫头，老爷闻知怎好？』春香应说：『老爷下乡，有几日了。』小姐低回不语者久之，方才取过历书选看。说明日不佳，后日欠好，除大后日是个小游神吉期。预唤花郎，扫清花径。我一时应了，则怕老夫人知道。却也由他，且自叫那小花郎分付去。呀，回廊那厢，陈师父来了。正是：年光到处皆堪赏，说与痴翁总不知。

前腔（末上）老书堂，暂借扶风帐，日暖钩帘荡。呀，那回廊，小立双鬟，似语无言，近看如何相？是春香。问你：恩官在那厢？夫人在那厢？女书生怎不把书来上？

花面丫頭十三四春來綽約省人事終須等着箇助情花處處相隨步步觑俺春香日夜跟隨小姐看他明爲國色實守家聲嫩臉嬌羞老成尊重只因老爺延師教授讀到毛詩第一章窈窕淑女君子好逑悄然廢書而嘆曰聖人之情盡見於此矣今古同懷豈不然乎春香因而進言小姐讀書困悶怎生消遣則箇小姐一會沉吟逡巡而起便問道春香你教我怎生消遣那俺便應道小姐也沒箇甚法兒後花園走走罷小姐說死丫頭老爺聞知怎好春香應說老爺下鄉有幾日了小姐低回不語者久之方纔取過曆書選看說明日不佳後日欠好除大後日是箇小遊神吉期預喚花郎掃清花逕我一時應了則怕老夫人知道卻也由他且自叫那小花郎分付去呀迴廊那廂陳師父來了正是年光到處皆堪賞說與痴翁總不知

前腔 末上 老書堂暫借扶風帳日暖鈎簾蕩呀那迴廊小立雙鬟似語無言近看如何相是春香問你恩官在那廂夫人在那廂女書生怎不把書來上

（贴）原来是陈师父。俺小姐这几日没工夫上书。（末）为甚？（贴）听呵。

【前腔】甚年光，忒煞通明相，所事关情况。（末）有甚么情况？（贴）老师父还不知，老爷怪你哩！（末）何事？（贴）说你讲《毛诗》，毛的忒精了。小姐呵，为诗章，讲动情肠。（末）则讲了个『关关雎鸠』。（贴）故此了。小姐说，关了的雎鸠，尚然有洲渚之兴。何以人而不如鸟乎！书要埋头，那景致则抬头望。如今分付，明后日游后花园。（末）为甚去游？（贴）他平白地为春伤。因春去的忙，后花园要把春愁漾。

【前腔】（末）一发不该了。论娘行，出入人观望，步起须屏障。春香，你师父靠天也六十来岁，从不晓得伤个春，从不曾游个花院。（贴）为甚？（末）你不知。孟夫子说得好，圣人千言万语，则要人『收其放心』。但如常，着甚春伤？要甚春游？你放春归，怎把心儿放？小姐既不上书，我且告归几

貼原來是陳師父俺小姐這幾日沒工夫上書末爲甚貼聽呵

前腔 甚年光忒煞通明相所事關情況末有甚麼情況貼老師父還不知老爺怪你哩末何事貼說你講毛詩毛的忒精了小姐呵爲詩章講動情腸末則講了箇關關雎鳩貼故此了小姐說關了的雎鳩尚然有洲渚之興可以人而不如鳥乎書要埋頭那景致則擡頭望如今分付明後日遊後花園末爲甚去遊貼他平白地爲春傷因春去的忙後花園要把春愁漾

前腔 末一發不該了論孃行出入人觀望步起須屏障春香你師父靠天也六十來歲從不曉得傷箇春從不曾遊箇花院貼爲甚末你不知孟夫子說得好聖人千言萬語則要人收其放心但如常着甚春傷要甚春遊你放春歸怎把心兒放小姐既不上書我且告歸幾日春香呵你尋常到講堂時常向瑣窗怕燕泥香點

日。春香呵，你寻常到讲堂，时常向琐窗，怕燕泥香点涴在琴书上。

我去了。绣户女郎闲斗草，下帷老子不窥园。（下）（贴吊场）且喜陈师父去了，叫花郎在么？（叫介）花郎！

普贤歌（丑扮小花郎醉上）一生花里小随衙，偷去街头学卖花。令史们将我揸，祇候们将我搭，狠烧刀、险把我嫩盘肠生灌杀。

（见介）春姐在此。（贴）好打。私出衙前骗酒，这几日菜也不送。（丑）有菜夫。（贴）水也不挑。（丑）有水夫。（贴）花也不送。（丑）每早送花，夫人一分，小姐一分。（贴）还有一分哩？（丑）这该打。（贴）你叫甚么名字。（丑）花郎。（贴）你把花郎的意思，撇个曲儿俺听。撇的好，饶打。（丑）使得。

梨花儿（贴）小花郎看尽了花成浪，则春姐花沁的水洗浪。和你这日高头偷眼眼，嗏，好花枝干鳖了作么朗？

（贴）待俺还你也哥。

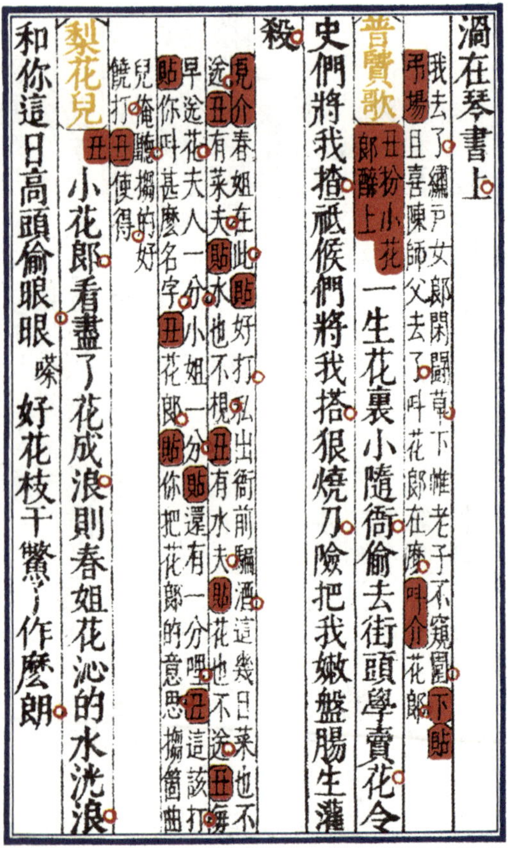

涴在琴書上○

我去了○繡戶女郎閑鬬草○下帷老子不窺園○下 貼吊場 且喜陳師父去了○叫花郎在麽○叫介 花郎○

普賢歌 丑扮小花郎醉上 一生花裏小隨衙偷去街頭學賣花令史們將我揸○祇候們將我搭○狠燒刀○險把我嫩盤腸生灌殺○

見介 春姐在此○貼 好打○私出衙前騙酒○這幾日菜也不送○丑 有菜夫○貼 水也不挑○丑 有水夫○貼 花也不送○丑 每早送花夫人一分○小姐一分○貼 還有一分哩○丑 這該打○貼 你叫甚麽名字○丑 花郎○貼 你把花郎的意思○攝個曲兒俺聽○攝的好饒打○丑 使得○

梨花兒 丑 小花郎看盡了花成浪○則春姐花沁的水洗浪○和你這日高頭偷眼眼○嗏 好花枝干鱉了作麽朗○

前腔 小花郎做尽花儿浪，小郎当夹细的大当郎？（丑）哎哟！（贴）俺待到老爷回时说一浪，（採丑发介）嗏，敢几个小榔头把你分的朗。（丑倒介）罢了，姐姐为甚事光降小园？（贴）小姐大后日来瞧花园，好些扫除花径。（丑）知道了。

（贴）东郊风物正薰馨，
（丑）应喜家山接女星。
（贴）莫遣儿童触红粉，
（丑）便教莺语太丁宁。

第十出 惊梦

绕地游（旦上）梦回莺啭，乱煞年光遍。人立小庭深院。（贴）炷尽沉烟，抛残绣线，恁今春关情似去年？

乌夜啼（旦）晓来望断梅关，宿妆残。（贴）你侧着宜春髻子，恰凭阑。（旦）剪不断，理还乱，闷无端。（贴）已分付催花莺燕借春看。

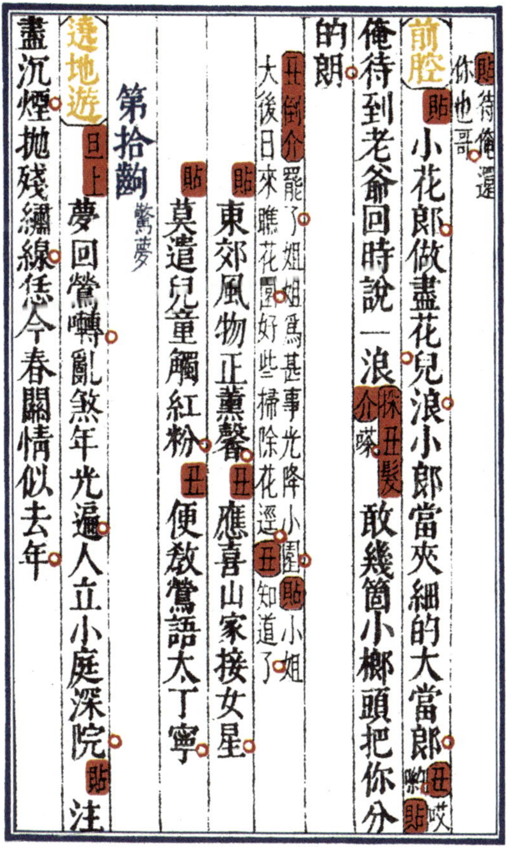
（貼）待俺還你也哥
前腔（貼）小花郎做盡花兒浪小郎當夾細的大當郎（丑）哎（貼）俺待到老爺回時說一浪（採丑髮介）嗏敢幾箇小榔頭把你分的朗
（丑倒介）罷了姐姐爲甚事光降小園（貼）小姐大後日來瞧花園好些掃除花逕（丑）知道了
（貼）東郊風物正薰馨（丑）應喜山家接女星
（貼）莫遣兒童觸紅粉（丑）便敎鶯語太丁寧
第拾齣 驚夢
遶地遊（旦上）夢回鶯囀亂煞年光遍人立小庭深院（貼）注盡沉煙抛殘繡線恁今春關情似去年

（旦）春香，可曾叫人扫除花径？（贴）分咐了。（旦）取镜台、衣服来。（贴取镜台、衣服上）云髻罢梳还对镜，罗衣欲换更添香。镜台衣服在此。

步步娇（旦）袅晴丝吹来闲庭院，摇漾春如线。停半晌、整花钿。没揣菱花，偷人半面，迤逗的彩云偏。（行介）步香闺怎便把全身现！

（贴）今日穿插的好。

醉扶归（旦）你道翠生生出落的裙衫儿茜，艳晶晶花簪八宝填，可知我常一生儿爱好是天然。恰三春好处无人见。不提防沉鱼落雁鸟惊喧，则怕的羞花闭月花愁颤。

（贴）早茶时了，请行。（行介）你看：画廊金粉半零星，池馆苍苔一片青。踏草怕泥新绣袜，惜花疼煞小金铃。

（旦）不到园林，怎知春色如许！

皂罗袍（旦）原来姹紫嫣红开遍，似这般都付与断井颓垣。良辰美景奈何

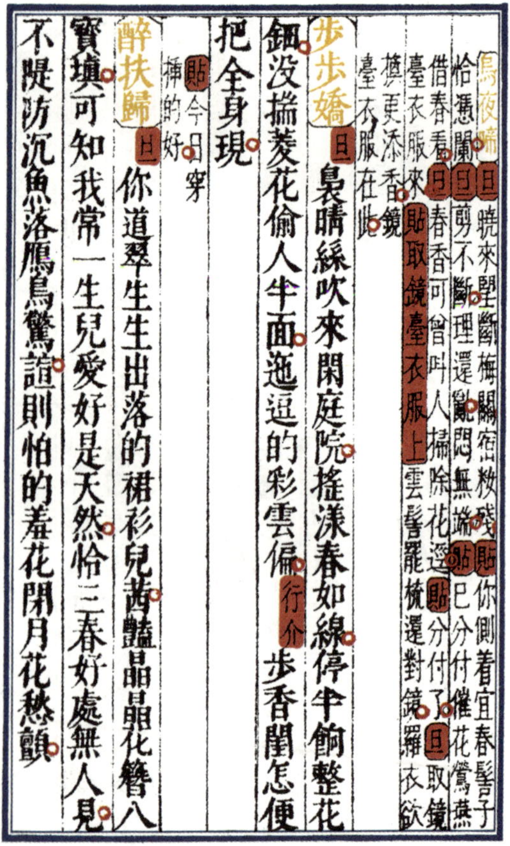
烏夜啼（旦）曉來望斷梅關宿粧殘（貼）你側着宜春髻子恰憑闌（旦）剪不斷理還亂悶無端（貼）已分付催花鶯燕借春看（旦）春香可曾叫人掃除花逕（貼）分付了（旦）取鏡臺衣服來（貼取鏡臺衣服上）雲髻罷梳還對鏡羅衣欲換更添香鏡臺衣服在此

步步嬌（旦）裊晴絲吹來閑庭院搖漾春如線停半晌整花鈿沒揣菱花偷人半面迤逗的彩雲偏（行介）步香閨怎便把全身現

（貼）今日穿插的好

醉扶歸（旦）你道翠生生出落的裙衫兒茜艷晶晶花簪八寶填可知我常一生兒愛好是天然恰三春好處無人見不隄防沉魚落鴈鳥驚諠則怕的羞花閉月花愁顫

天，赏心乐事谁家院。恁般景致，我老爷和奶奶再不提起。（合）朝飞暮卷，云霞翠轩；雨丝风片，烟波画船。锦屏人忒看的这韶光贱。

（贴）是花都放了，那牡丹还早。

好姐姐（旦）遍青山啼红了杜鹃，荼蘼外烟丝醉软。春香呵，牡丹虽好，他春归怎占的先！（贴）成对儿莺燕呵。（合）闲凝眄，生生燕语明如剪，呖呖莺歌溜的圆。

（旦）去罢。（贴）这园子委是观之不足也。（旦）提他怎的！（行介）

隔尾 观之不足由他缱，便赏遍十二亭台是枉然。到不如兴尽回家闲过遣。

（作到介）（贴）开我西阁门，展我东阁床。瓶插映山紫，炉添沉水香。小姐，你歇息片时，俺瞧老夫人去也。（下）（旦叹介）默地游春转，小试宜春面。春呵，得和你两留连，春去如何遣？咳，恁般天气，好困人也。春香那里？（作左右瞧介）（又低首沉

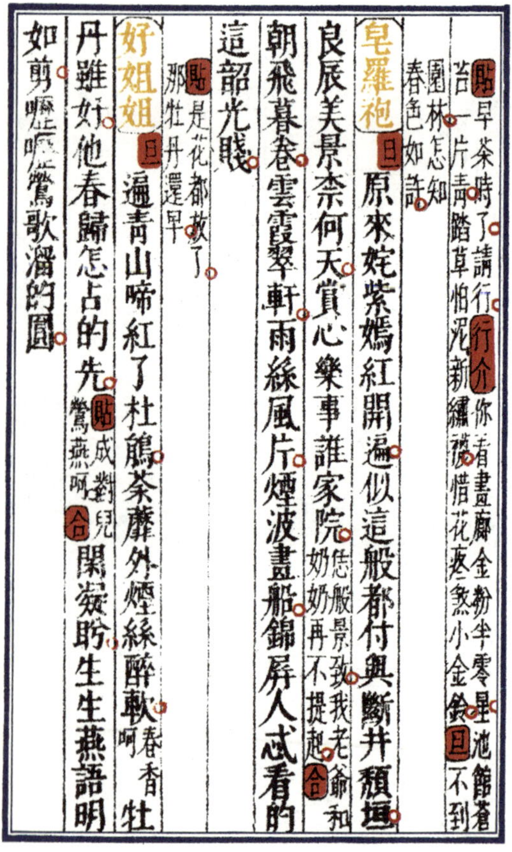

貼 早茶時了請行 行介 你看畫廊金粉半零星池館蒼苔一片青踏草怕泥新繡襪惜花疼煞小金鈴 旦 不到園林怎知春色如許

皂羅袍 旦 原來姹紫嫣紅開遍似這般都付與斷井頹垣良辰美景奈何天賞心樂事誰家院 恁般景致我老爺和奶奶再不提起 合 朝飛暮卷雲霞翠軒雨絲風片煙波畫船錦屏人忒看的這韶光賤

貼 是花都放了那牡丹還早

好姐姐 旦 遍青山啼紅了杜鵑荼蘼外煙絲醉軟 春香呵 牡丹雖好他春歸怎占的先 貼 成對兒鶯燕呵 合 閑凝眄生生燕語明如剪嚦嚦鶯歌溜的圓

吟介）天呵，春色恼人，信有之乎！常观诗词乐府，古之女子，因春感情，遇秋成恨，诚不谬矣。吾今年已二八，未逢折桂之夫；忽慕春情，怎得蟾宫之客？昔日韩夫人得遇于郎，张生偶逢崔氏，曾有《题红记》《崔徽传》二书。此佳人才子，前以密约偷期，后皆得成秦晋。（长叹介）吾生于宦族，长在名门，年已及笄，不得早成佳配，诚为虚度青春，光阴如过隙耳。（泪介）可惜妾身颜色如花，岂料命如一叶乎！

山坡羊（旦）没乱里春情难遣，蓦地里怀人幽怨。则为俺生小婵娟，拣名门，一例、一例里神仙眷。甚良缘，把青春抛的远！俺的睡情谁见？则索因循腼腆。想幽梦谁边，和春光暗流转？迁延，这衷怀那处言！淹煎，泼残生，除问天！身子困乏了，且自隐几而眠。（睡梦生介）（生持柳枝上）莺逢日暖歌声滑，人遇风晴笑口开。一径落花随水

旦去罷貼這園子委是觀之不足也旦提他怎的行介

隔尾旦觀之不足由他繾便賞遍了十二亭臺是枉然到不如興盡回家閑過遣

作到介貼開我西閣門展我東閣牀瓶插映山紫爐添沉水香小姐你歇息片時俺瞧老夫人去也下旦嘆介默地遊春轉小試宜春面春呵得和你兩留連春去如何遣咳恁般天氣好困人也春香那裏作左右瞧介又低首沉吟介天呵春色惱人信有之乎常觀詩詞樂府古之女子因春感情遇秋成恨誠不謬矣吾今年已二八未逢折桂之夫忽慕春情怎得蟾宮之客昔日韓夫人得遇于郎張生偶逢崔氏曾有題紅記崔徽傳二書此佳人才子前以密約偷期後皆得成秦晉長嘆介吾生於宦族長在名門年已及笄不得早成佳配誠爲虛度青春光陰如過隙耳淚介可惜妾身顏色如花豈料命如一葉乎

山坡羊旦沒亂裏春情難遣驀地裏懷人幽怨則爲俺生

入，今朝阮肇到天台。小生顺路儿跟着杜小姐回来，怎生不见？（回看介）呀，小姐，小姐！（旦作惊起介）（相见介）（生）小生那一处不寻访小姐来，却在这里！（旦作斜视不语介）（生）恰好花园内折取垂柳半枝。姐姐，你既淹通书史，可作诗以赏此柳枝乎？（旦作惊喜欲言又止介）（背想）这生素昧平生，何因到此？（生笑介）小姐，咱爱杀你哩！

山桃红（生）则为你如花美眷，似水流年，是答儿闲寻遍。在幽闺自怜。小姐，和你那答儿讲话去。（旦作含笑不行，生作牵衣介）（旦低问介）那边去？（生）转过这芍药栏前，紧靠着湖山石边。（旦介）秀才，去怎的？（生低介）和你把领扣松，衣带宽，袖稍儿揾着牙儿苫也，则待你忍耐温存一晌眠。（旦作羞，生前抱，旦推介）（合）是那处曾相见，相看俨然，早难道这好处相逢无一言？

（生强抱旦下）（末扮花神束发冠，

小嬋娟揀名門一例一例裏神僊眷甚良緣把青春拋的遠俺的睡情誰見則索因循腼腆想幽夢誰邊和春光暗流轉遷延這衷懷那處言淹煎潑殘生除問天

身子困乏了且自隱几而眠（睡介夢生介）（生持柳枝上）鶯逢日暖歌聲滑人遇風情笑口開一逕落花隨水入今朝阮肇到天台小生順路兒跟着杜小姐回來怎生不見（回看介）呀小姐小姐（旦作驚起介）（相見介）（生）小生那一處不尋訪小姐來却在這裡（旦作斜視不語介）（生）恰好花園內折取垂柳半枝姐姐你既淹通書史可作詩以賞此柳枝乎（旦作驚喜欲言又止介）（背想）這生素昧平生何因到此（生笑介）小姐咱愛殺你哩

山桃紅（生）則為你如花美眷似水流年是答兒閑尋遍在幽閨自憐小姐和你那答兒講話去（旦作含笑不行）（生作牽衣介）（旦低問介）那邊去（生）轉過這芍藥欄前緊靠着湖山石邊（旦介）秀才去怎的（生低介）和你把領扣鬆

红衣插花上）催花御史惜花天，检点春工又一年。蘸客伤心红雨下，勾人悬梦彩云边。吾乃掌管南安府后花园花神是也。因杜知府小姐丽娘，与柳梦梅秀才，后日有姻缘之分。杜小姐游春感伤，致使柳秀才入梦。咱花神专掌惜玉怜香，竟来保护他，要他云雨十分欢幸也。

鲍老催（末）单则是混阳蒸变，看他似虫儿般蠢动把风情扇。一般儿娇凝翠绽魂儿颤。这是景上缘，想内成，因中见。呀！淫邪展污了花台殿。咱待拈片落花儿惊醒他。（向鬼门丢花介）他梦酣春透了怎留连，拈花闪碎的红如片。秀才才到的半梦儿，梦毕之时，好送杜小姐仍归香阁。吾神去也。（下）

山桃红（生、旦携手上）这一霎天留人便，草藉花眠。小姐可好？（旦低头介）（生）则把云鬟点，红松翠偏。小姐，休忘了呵，见了你紧相偎，慢厮连，恨不得肉儿般团成片也，逗的个日下胭脂

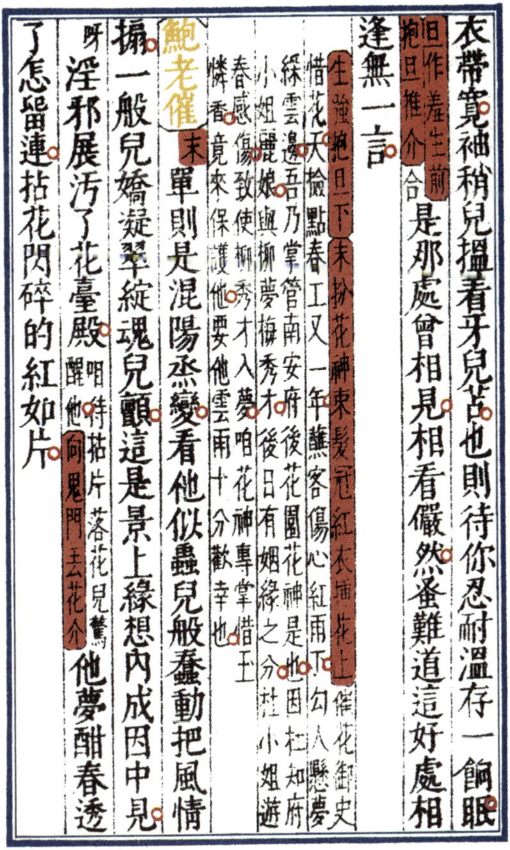
衣帶寬袖稍兒搵着牙兒苫也則待你忍耐溫存一餉眠

旦作羞　生前抱　旦推介　合　是那處曾相見相看儼然蚤難道這好處相逢無一言

生強抱旦下　末扮花神束髮冠紅衣插花上　催花御史惜花天撿點春工又一年蘸客傷心紅雨下勾人懸夢綵雲邊吾乃掌管南安府後花園花神是也因杜知府小姐麗娘與柳夢梅秀才後日有姻緣之分杜小姐遊春感傷致使柳秀才入夢咱花神專掌惜玉憐香竟來保護他要他雲雨十分歡幸也

鮑老催　末　單則是混陽烝變看他似蟲兒般蠢動把風情搧一般兒嬌凝翠綻魂兒顫這是景上緣想內成因中見呀淫邪展汚了花臺殿　咱待拈片落花兒驚醒他　向鬼門丟花介　他夢酣春透了怎留連拈花閃碎的紅如片

雨上鲜。（旦）秀才，你可去呵？（合前）（生）姐姐，你身子乏了，将息将息。（送旦依前作睡介）（轻拍旦介）姐姐，俺去了。（作回顾介）姐姐，你可十分将息。（生下）（旦作惊醒，低叫介）秀才，秀才，你去了也？（又作痴睡介）（老旦上）夫婿坐黄堂，娇娃立绣窗。怪他裙衩上，花鸟绣双双。孩儿，孩儿，你为甚瞌睡在此？（旦作醒，叫秀才介）咳也！（老旦）孩儿，怎的来？（旦作惊起介）奶奶到此！（老旦）我儿何不做些针指，或观玩书史，舒展情怀？因何昼寝于此？（旦）孩儿适花园中闲玩，忽值春喧恼人，故此回房。无可消遣，不觉困倦少息。有失迎接，望母亲恕儿之罪。（老旦）孩儿，这后花园中冷静，少去闲行。（旦）领母亲严命。（老旦）孩儿，学堂看书去。（旦）先生不在，且自消停。（老旦叹介）女孩儿长成，自有许多情态，且自由他。正是：宛转随儿女，辛勤做老娘。（下）（旦长叹介）（看老旦下介）哎

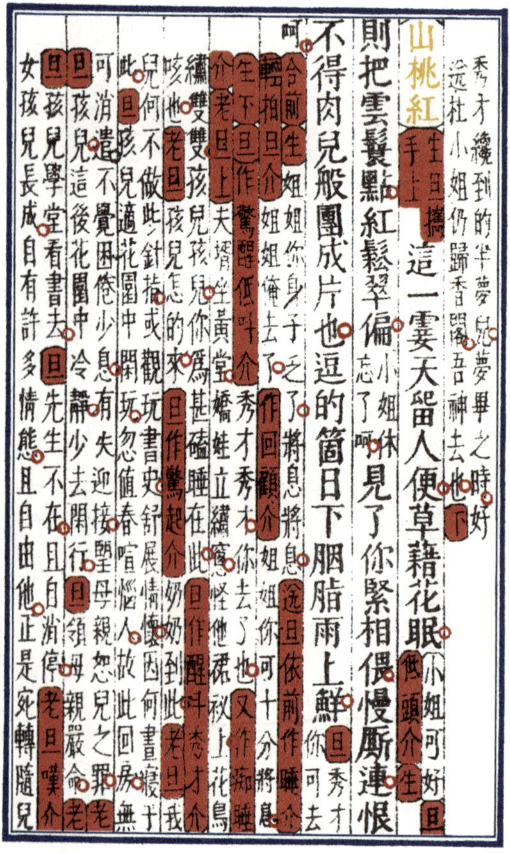
秀才纔到的半夢兒夢畢之時好送杜小姐仍歸香閣吾神去也下
山桃紅生旦攜手上這一霎天留人便草藉花眠小姐可好旦低頭介生則把雲鬟點紅鬆翠偏小姐休忘了呵見了你緊相偎慢廝連恨不得肉兒般團成片也逗的箇日下胭脂雨上鮮旦秀才你可去呵合前生姐姐你身子乏了將息將息送旦依前作睡介輕拍旦介姐姐俺去了作回顧介姐姐你可十分將息生下旦作驚醒低叫介秀才秀才你去了也又作痴睡介老旦上夫婿坐黃堂嬌娃立繡窗怪他裙衩上花鳥繡雙雙孩兒孩兒你爲甚瞌睡在此旦作醒叫秀才介咳也老旦孩兒怎的來旦作驚起介奶奶到此老旦我兒何不做些針指或觀玩書史舒展情懷因何晝寢于此旦孩兒適花園中閑玩忽值春喧惱人故此回房無可消遣不覺困倦少息有失迎接望母親恕兒之罪老旦孩兒這後花園中冷靜少去閑行旦領母親嚴命老旦孩兒學堂看書去旦先生不在且自消停老旦嘆介女孩兒長成自有許多情態且自由他正是宛轉隨兒

也天那！今日杜丽娘有些侥幸也。偶到后花园中，百花开遍，睹景伤情。没兴而回，昼眠香阁。忽见一生，年可弱冠，丰姿俊妍。于园中折得柳丝一枝，笑对奴家说：『姐姐既淹通书史，何不将柳枝题赏一篇？』那时待要应他一声，心中自忖素昧平生，不知名姓，何得轻与交言。正如此想间，只见那生向前说了几句伤心话儿，将奴搂抱去牡丹亭畔，芍药阑边，共成云雨之欢。两情和合，真个是千般爱惜，万种温存。欢毕之时，又送我睡眠，几声『将息』。正待自送那生出门，忽值母亲来到，唤醒将来。我一身冷汗，乃是南柯一梦。忙身参礼母亲，又被母亲絮了许多闲话。奴家口虽无言答应，心内思想梦中之事，何曾放怀。行坐不宁，自觉如有所失。娘呵，你叫我学堂看书去，知他看那一种书消闷也！（作掩泪介）

绵搭絮 （旦）雨香云片，才到梦儿边。无奈高堂唤醒，纱窗睡不便。泼新鲜冷汗黏煎，闪的俺心悠步亸，意软鬟偏。

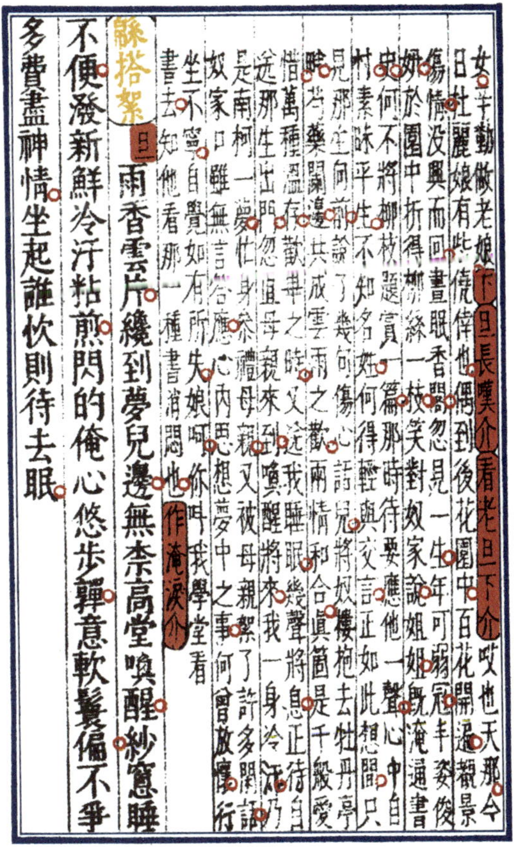
女孩兒勤做老娘 下 旦長嘆介 看老旦下介 哎也天那今日杜麗娘有些僥倖也偶到後花園中百花開遍覩景傷情沒興而回晝眠香閣忽見一生年可弱冠丰姿俊妍於園中折得柳絲一枝笑對奴家說姐姐既淹通書史何不將柳枝題賞一篇那時待要應他一聲心中自忖素昧平生不知名姓何得輕與交言正如此想間只見那生向前說了幾句傷心話兒將奴摟抱去牡丹亭畔芍藥闌邊共成雲雨之歡兩情和合眞箇是千般愛惜萬種溫存歡畢之時又送我睡眠幾聲將息正待自送那生出門忽值母親來到喚醒將來我一身冷汗乃是南柯一夢忙身參禮母親又被母親絮了許多閑話奴家口雖無言答應心內思想夢中之事何曾放懷行坐不寧自覺如有所失娘呵你叫我學堂看書去知他看那一種書消悶也 作掩淚介

緜搭絮 旦 雨香雲片纔到夢兒邊無奈高堂喚醒紗窗睡不便潑新鮮冷汗粘煎閃的俺心悠步嚲意軟鬟偏不爭多費盡神情坐起誰忺則待去眠

不争多费尽神情，坐起谁忺，则待去眠。（贴上）晚妆销粉印，春润费香篝。小姐，薰了被窝睡罢。

尾声（旦）困春心游赏倦，也不索香薰绣被眠。天呵，有心情那梦儿还去不远。

春望逍遥出画堂，
闲梅遮柳不胜芳。
可知刘阮逢人处？
回首东风一断肠。

第十一出 慈戒

（老旦上）昨日胜今日，今年老去年。可怜小儿女，长自绣窗前。几日不到女孩儿房中，午晌去瞧他，只见情思无聊，独眠香阁。问知他在后花园回，身子困倦。他年幼不知：凡少年女子，最不宜艳妆戏游空冷无人之处。这都是春香贱材逗引他。春香那里？（贴上）闺中图一睡，堂上有千呼。奶奶，怎夜分

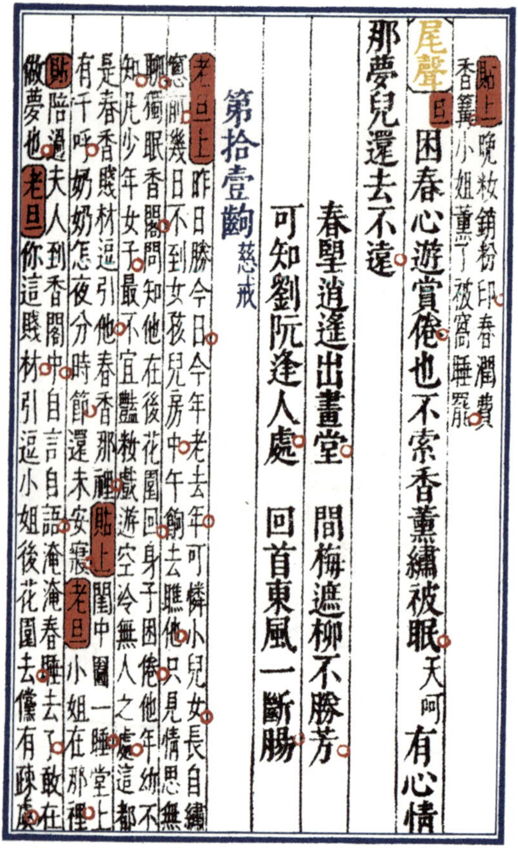
貼上 晚妝銷粉印春潤費香篝小姐薰了被窩睡罷

尾聲 旦 困春心遊賞倦也不索香薰繡被眠天呵有心情那夢兒還去不遠

春望逍遥出畫堂 閒梅遮柳不勝芳
可知劉阮逢人處 回首東風一斷腸

第拾壹齣 慈戒

老旦上 昨日勝今日今年老去年可憐小兒女長自繡窗前幾日不到女孩兒房中午晌去瞧他只見情思無聊獨眠香閣問知他在後花園回身子困倦他年幼不知凡少年女子最不宜艷妝戲遊空冷無人之處這都是春香賤材逗引他春香那裡 貼上 閨中圖一睡堂上有千呼奶奶怎夜分時節還未安寢 老旦 小姐在那裡 貼 陪過夫人到香閣中自言自語淹淹春睡去了敢在做夢也 老旦 你這賤材引逗小姐後花園去儻有疏虞

时节，还未安寝？（老旦）小姐在那里？（贴）陪过夫人，到香阁中，自言自语，淹淹春睡去了。敢在做梦也？（老旦）你这贱材！引逗小姐后花园去。倘有疏虞，怎生是了！（贴）以后再不敢了。（老旦）听俺分付：

征胡兵 女孩儿只合香闺坐，拈花剪朵。问绣窗针指如何？逗工夫一线多。更昼长闲不过，琴书外自有好腾那。去花园怎么？

（贴）花园好景。（老旦）丫头，不说你不知：

前腔 后花园窣静无边阔，亭台半倒落。便我中年人要去时节，尚兀自里打个磨陀。女儿家甚做作？星辰高犹自可。（贴）不高怎的？（老旦）厮撞着有甚不着科，教娘怎么？

小姐不曾晚餐，早饭要早。你说与他。

（老）风雨林中有鬼神，
（贴）寂寥未是采花人。
（老）素娥毕竟难防备，
（贴）似有微词动绛唇。

怎生是了○（貼）以後再不敢了○（老旦）聽俺分付○

征胡兵 女孩兒只合香閨坐○拈花剪朵○問繡窗鍼指如何○逗工夫一線多○更晝長閑不過○琴書外自有好騰那○去花園怎麼○

（貼）花園好景○（老旦）丫頭不說你不知○

前腔 後花園窣靜無邊闊○亭臺半倒落○便我中年人要去時節○尚兀自裏打箇磨陀○女兒家甚做作○星辰高猶自可○（貼）不高怎的○（老旦）廝撞着有甚不着科○教娘怎麼○

小姐不曾晚飡○早飯要早○你說與他○

（老）風雨林中有鬼神○（貼）寂寥未是采花人○

第十二出　寻梦

夜游宫（贴上）腻脸朝云罢盥，倒犀簪斜插双鬟。侍香闺起早，睡意阑珊。衣桁前，妆阁畔，画屏间。

丫鬟一位春香，伏侍千金小姐。请个猫儿师父，不许老鼠放光。侥幸《毛诗》感动，小姐吉日良辰。拖带春香遣闷，后花园里游方。谁知小姐瞌睡，恰遇着夫人问当。絮了小姐一会，要与春香一场。春香无言知罪，以后劝止娘行。夫人还是不放，少不得发咒禁当。（内介）春香姐，发个甚咒来？（贴）敢再跟娘胡撞，教春香即世里不见儿郎。虽然一时抵对，乌鸦管的凤凰。一夜小姐焦躁，起来促水朝妆。由他自言自语，日高花影纱窗。（内介）快请小姐早膳。（贴）报道官厨饭熟，且去传递茶汤。（下）

月儿高（旦上）几曲屏山展，残眉黛深浅。为甚衾儿里，不住的柔肠转？

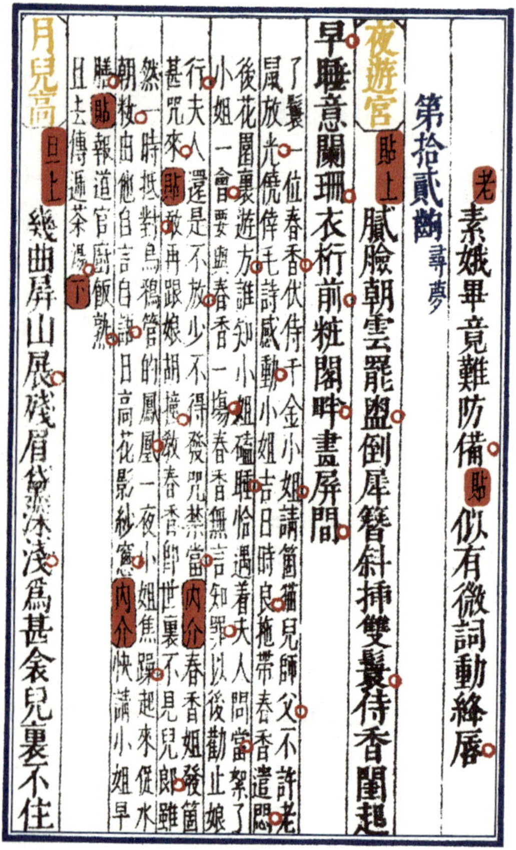
老 素娥畢竟難防備。貼 似有微詞動絳唇。
第拾貳齣 尋夢
夜遊宮 貼上 膩臉朝雲罷盥。倒犀簪斜插雙鬟。侍香閨起早。睡意闌珊。衣桁前。粧閣畔。畫屏間。
丫鬟一位春香。伏侍千金小姐。請箇貓兒師父。不許老鼠放光。僥倖毛詩感動。小姐吉日時良。拖帶春香遣悶。後花園裏遊方。誰知小姐瞌睡。恰遇着夫人問當。絮了小姐一會。要與春香一塲。春香無言知罪。以後勸止娘行。夫人還是不放。少不得發咒禁當。內介 春香姐發箇甚咒來。貼 敢再跟娘胡撞。教春香即世裏不見兒郎。雖然一時抵對。烏鴉管的鳳凰。一夜小姐焦躁。起來促水朝粧。由他自言自語。日高花影紗窗。內介 快請小姐早膳。貼 報道官廚飯熟。且去傳遞茶湯。下
月兒高 旦上 幾曲屏山展。殘眉黛深淺。爲甚衾兒裏不住

这憔悴非关爱月眠迟倦，可为惜花，朝起庭院？

忽忽花间起梦情，女儿心性未分明。无眠一夜灯明灭，怪煞梅香唤不醒。昨日偶尔春游，何人见梦。绸缪顾盼，如遇平生。独坐思量，情殊怅恍。真个可怜人也。（闷介）（贴捧茶食上）香饭盛来鹦鹉粒，清茶擎出鹧鸪斑。小姐早膳哩。（旦）咱有甚心情也！

前腔（旦）梳洗了才匀面，照台儿未收展。睡起无滋味，茶饭怎生咽？（贴）夫人分付，早饭要早。（旦）你猛说夫人，则待把饥人劝。你说为人在世，怎生叫做吃饭？（贴）一日三餐。（旦）咳，甚瓯儿气力与擎拳，生生的了前件。

你自拿去吃便了。（贴）受用余杯冷炙，胜如剩粉残膏。（下）（旦）春香已去。天呵，昨日所梦，池亭俨然，只图旧梦重来，其奈新愁一段。

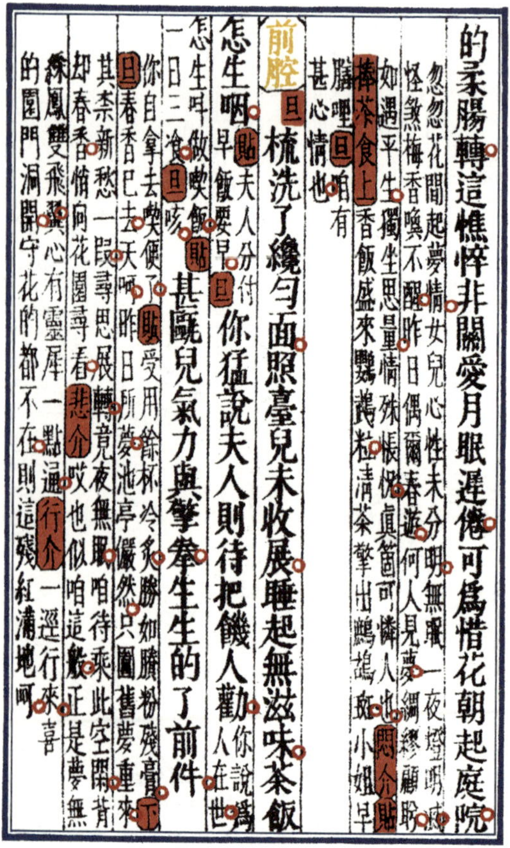
的柔腸轉這憔悴非關愛月眠遲倦可爲惜花朝起庭院
忽忽花間起夢情女兒心性未分明無眠一夜燈明滅怪煞梅香喚不醒昨日偶爾春遊何人見夢綢繆顧盼如遇平生獨坐思量情殊悵怳真箇可憐人也悶介貼捧茶食上香飯盛來鸚鵡粒清茶擎出鷓鴣斑小姐早膳哩旦咱有甚心情也
前腔旦梳洗了纔勻面照臺兒未收展睡起無滋味茶飯怎生咽貼夫人分付早飯要早旦你猛說夫人則待把饑人勸你說爲人在世怎生叫做喫飯貼一日三飡旦咳甚甌兒氣力與擎拳生生的了前件
你自拿去喫便了貼受用餘杯冷炙勝如賸粉殘膏下旦春香已去天呵昨日所夢池亭儼然只圖舊夢重來其柰新愁一段尋思展轉竟夜無眠咱待乘此空閒背卻春香悄向花園尋看悲介哎也似咱這般正是夢無綵鳳雙飛翼心有靈犀一點通行介一逕行來喜的園門洞開守花的都不在則這殘紅滿地呵

寻思展转，竟夜无眠。咱待乘此空闲，背却春香，悄向花园寻看。（悲介）哎也！似咱这般，正是：梦无彩凤双飞翼，心有灵犀一点通。（行介）一径行来，喜的园门洞开，守花的都不在。则这残红满地呵！

懒画眉（旦）最撩人春色是今年。少甚么低就高来粉画垣，元来春心无处不飞悬。（绊介）哎，睡荼蘼抓住裙钗线，恰便是花似人心好处牵。这一湾流水呵！

前腔（旦）为甚呵，玉真重溯武陵源？也则为水点花飞在眼前。是天公不费买花钱，则咱人心上有啼红怨。咳，孤负了春三二月天。

（贴上）吃饭去，不见了小姐，则得一径寻来。呀！小姐，你在这里！

不是路（贴）何意婵娟，小立在垂垂花树边。才朝膳，个人无伴怎游园？（旦）画廊前，深深蓦见衔泥燕，随步名园是偶然。（贴）娘回转，幽闺窣地教人见，那些儿闲串？那些儿闲串？

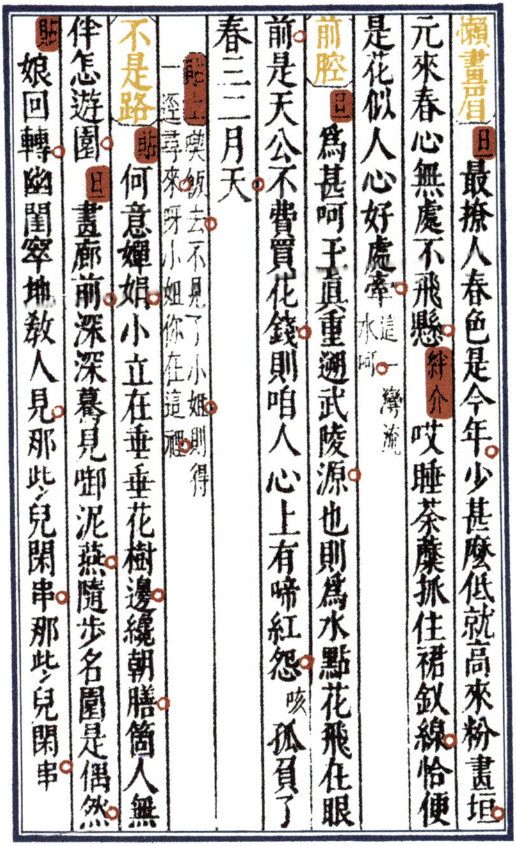
懶畫眉 旦 最撩人春色是今年。少甚麼低就高來粉畫垣。元來春心無處不飛懸。絆介 哎睡荼蘪抓住裙釵線。恰便是花似人心好處牽。這一灣流水呵

前腔 旦 為甚呵玉真重遡武陵源。也則為水點花飛在眼前。是天公不費買花錢。則咱人心上有啼紅怨。咳孤負了春三二月天。

貼上 喫飯去。不見了小姐。則得一逕尋來。呀小姐你在這裏

不是路 貼 何意嬋娟。小立在垂垂花樹邊。纔朝膳。箇人無伴怎遊園。旦 畫廊前。深深驀見啣泥燕。隨步名園是偶然。貼 娘回轉。幽閨窣地教人見。那些兒閑串。那些兒閑串。

前腔（旦作恼介）哇！偶尔来前，道的咱偷闲学少年。（贴）咳，不偷闲，偷淡。（旦）欺奴善，把护春台都猜做谎桃源。（贴）敢胡言，这是夫人命，道春多刺绣宜添线，润逼炉香好腻笺。（旦）还说甚来？（贴）这荒园堑，怕花妖木客寻常见。去小庭深院，去小庭深院！

（旦）知道了。你好生答应夫人去，俺随后便来。（贴）闲花傍砌如依主，娇鸟嫌笼会骂人。（下）（旦）丫头去了，正好寻梦。

忒忒令（旦）那一答可是湖山石边，这一答似牡丹亭畔。嵌雕阑芍药芽儿浅，一丝丝垂杨线，一丢丢榆荚钱，线儿春甚金钱吊转！

呀，昨日那书生，将柳枝要我题咏，强我欢会之时，好不话长！

嘉庆子（旦）是谁家少俊来近远，敢迤逗这香闺去沁园？话到其间腼腆。他捏这眼，奈烦也天；咱啾这口，待酬言。

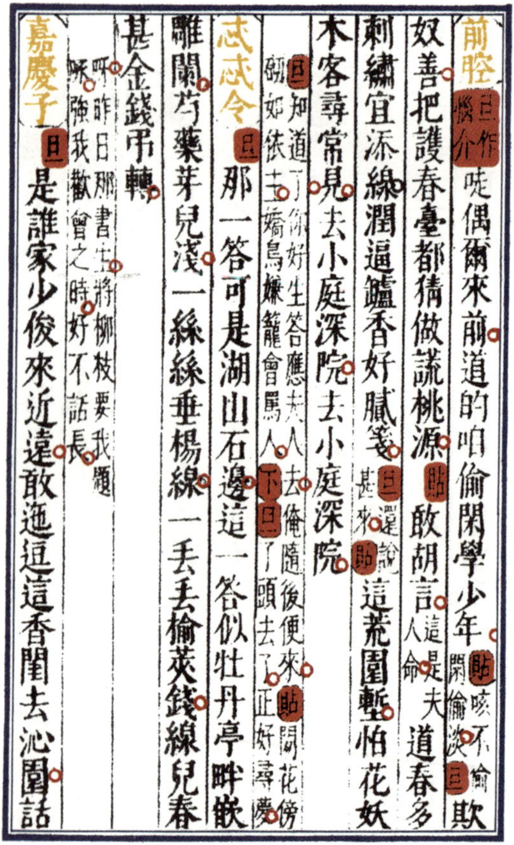
前腔 旦作惱介 哇偶爾來前道的咱偷閒學少年 貼 咳不偷閒偷淡 旦 欺奴善把護春臺都猜做謊桃源 貼 敢胡言 這是夫人命 道春多刺繡宜添線潤逼鑪香好膩箋 旦 還說甚來 貼 這荒園塹怕花妖木客尋常見去小庭深院去小庭深院
旦 知道了你好生答應夫人去俺隨後便來 貼 閒花傍砌如依主嬌鳥嫌籠會罵人 下 旦 了頭去了正好尋夢
忒忒令 旦 那一答可是湖山石邊這一答似牡丹亭畔嵌雕闌芍藥芽兒淺一絲絲垂楊線一丟丟榆莢錢線兒春甚金錢弔轉
呀昨日那書生將柳枝要我題咏強我歡會之時好不話長
嘉慶子 旦 是誰家少俊來近遠敢迤逗這香閨去沁園話

尹令　那书生可意呵，咱不是前生爱眷，又素乏生平半面。则道来生出现，乍便今生梦见。生就个书生，恰恰生生抱咱去眠。

那些好不动人春意也！

品令　（旦）他倚太湖石，立着咱玉婵娟。待把俺玉山推倒，便日暖玉生烟。捱过雕阑，转过秋千，掯着裙花展。敢席着地，怕天瞧见。好一会分明美满，幽香不可言。

梦到正好时节，甚花片儿吊下来也！

豆叶黄　（旦）他兴心儿紧咽咽，呜着咱香肩。俺可也慢掂掂做意儿周旋。又等闲间，把一个照人儿昏善，那般形现，那般软绵。忑一片撒花心的红叶儿，吊将来半天。敢是咱梦魂儿厮缠？

咳！寻来寻去，都不见了！牡丹亭，芍药阑，怎生这般凄凉冷落，杳无人迹？好不伤心也！

玉交枝　（泪介）是这等荒凉地面，没多半亭台靠边，好是咱眯睽色眼寻难

到其間腼腆他捏這眼柰煩也天咱噷這口待酧言

尹令　那書生可意呵咱不是前生愛眷又素乏平生半面則道來生出現乍便今生夢見生就箇書生恰恰生生抱咱去眠

那些好不動人春意也

品令　（旦）他倚太湖石立着咱玉嬋娟待把俺玉山推倒便日暖玉生煙捱過雕闌轉過鞦韆掯着裙花展敢席着地怕天瞧見好一會分明美滿幽香不可言

夢到正好時節甚花片兒弔下來也

豆葉黃　（旦）他興心兒緊嚥嚥嗚着咱香肩俺可也慢掂掂做意兒周旋又等閒間把一箇照人兒昏善那般形現那

见。明放着白日青天，猛教人抓不到魂梦前。霎时间有如活现，打方旋再得俄延，呀，是这答儿压黄金钏匾。

要再见那书生呵。

月上海棠（旦）怎赚骗，依稀想像人儿见。那来时荏苒，去也迁延。非远，那雨迹云踪才一转，敢依花傍柳还重现。昨日今朝，眼下心前，阳台一座登时变。

再消停一番。（望介）呀，无人之处，忽然大梅树一株，梅子磊磊可爱。

二犯么令（旦）偏则他暗香清远，伞儿般盖的周全。他趁这，他趁这春三月红绽雨肥天，叶儿青，偏迸着苦仁儿里撒圆。爱煞这昼阴便，再得到罗浮梦边。

罢了，这梅树依依可人，我杜丽娘若死后得葬于此，幸矣。

江儿水（旦）偶然间心似缱，梅树边。这般花花草草由人恋，生生死死随人

般軟綿忑一片撒花心的紅葉兒弔將來半天敢是咱夢魂兒厮纏

咳尋來尋去都不見了牡丹亭芍藥闌怎生這般悽凉冷落杳無人跡好不傷心也

玉交枝（淚介）是這等荒凉地面没多半亭臺靠邊好是咱瞇睽色眼尋難見明放着白日青天猛教人抓不到魂夢前霎時間有如活現打方旋再得俄延呀是這答兒壓黃金釧匾

要再見那書生呵

月上海棠（旦）怎賺騙依稀想像人兒見那來時荏苒去也遷延非遠那雨蹟雲踪纔一轉敢依花傍柳還重現昨日今朝眼下心前陽臺一座登時變

愿，便酸酸楚楚无人怨。待打并香魂一片，阴雨梅天，守的个梅根相见。

（倦坐介）（贴上）佳人拾翠春亭远，侍女添香午院清。咳，小姐走乏了，梅树下打盹。

川拨棹 （贴）你游花院，怎靠着梅树偃？（旦）一时间望，一时间望眼连天，忽忽地伤心自怜。（泣介）（合）知怎生情怅然，知怎生泪暗悬？（贴）小姐甚意儿？

前腔 （旦）春归人面，整相看无一言，我待要折，我待要折的那柳枝儿问天，我如今悔，我如今悔不与题笺。（贴）这一句猜头儿是怎言？（合前）（贴）去罢。（旦作行又住介）

前腔 （旦）为我慢归休，缓留连。（内鸟啼介）听，听这不如归春暮天，难道我再，难道我再到这亭园，则挣的个长眠和短眠！

（合前）（贴）到了，和小姐瞧奶奶去。（旦）罢了。

再消停一番（望介）呀無人之處忽然大梅樹一株梅子磊磊可愛

二犯麼令 旦 偏則他暗香清遠傘兒般蓋的周全他趁這他趁這春三月紅綻雨肥天葉兒青偏迸着苦仁兒裏撒圓愛殺這晝陰便再得到羅浮夢邊

罷了這梅樹依依可人我杜麗娘若死後得葬於此幸矣

江兒水 旦 偶然間心似繾梅樹邊這般花花草草由人戀生生死死隨人願便酸酸楚楚無人怨待打并香魂一片陰雨梅天守的箇梅根相見

倦坐介 貼上 佳人拾翠春亭遠侍女添香午院清咳小姐走乏了梅樹下打盹

川撥棹 貼 你遊花院怎靠着梅樹偃 旦 一時間望一時間

【意不尽】（旦）软咍咍刚扶到画阑偏，报堂上夫人稳便。咱杜丽娘呵，少不得楼上花枝也则是照独眠。

（旦）武陵何处访仙郎，
（贴）只怪游人思易忘。
（旦）从此时时春梦里，
（贴）一生遗恨系心肠。

望眼連天忽忽地傷心自憐（泣介）（合）知怎生情悵然知怎生淚暗懸（貼）小姐甚意兒

【前腔】（旦）春歸人面整相看無一言我待要折我待要折的那柳枝兒問天我如今悔我如今悔不與題箋（貼）這一句猜頭兒是怎言（合前）（貼）去罷（旦作行又住介）

【前腔】（旦）爲我慢歸休緩留連（内鳥啼介）聽聽這不如歸春暮天難道我再難道我再到這亭園則掙的箇長眠和短眠（合前）（貼）到了和小姐瞧奶奶去（旦）罷了

【意不盡】（旦）軟咍咍剛扶到畫闌偏報堂上夫人穩便咱杜麗娘呵少不得樓上花枝也則是照獨眠

第十三出 诀谒

杏花天（生上）虽然是饱学名儒，腹中饥，峥嵘胀气。梦魂中紫阁丹墀，猛抬头，破屋半间而已。

蛟龙失水砚池枯，狡兔腾天笔势孤。百事不成真画虎，一枝难稳又惊乌。我柳梦梅在广州学里，也是个数一数二的秀才，捱了些数伏数九的日子。于今藏身荒圃，寄口髯奴。思之思之，惶愧惶愧。想起韩友之谈，不如外县傍州，寻觅活计。正是：家徒四壁求杨意，树少千头愧木奴。老园公那里？

字字双（净扮郭驼上）前山低坬后山堆，驼背。牵弓射弩做人儿，把势。一连十个偌来回，漏地。有时跌做绣球儿，滚气。

自家种园的郭驼子是也。祖公公郭橐驼，从唐朝柳员外来柳州。我因兵乱，跟随他二十八代玄孙柳梦梅

（旦）武陵何處訪僊郎。（貼）只怪遊人思易忘。
（旦）從此時時春夢裏。（貼）一生遺恨繫心腸。

第拾叁齣 訣謁

杏花天（生上）雖然是飽學名儒。腹中饑。峥嶸脹氣。夢魂中紫閣丹墀。猛擡頭。破屋半間而已。

蛟龍失水硯池枯。狡兔騰天筆勢孤。百事不成眞畫虎。一枝難穩又驚烏。我柳夢梅在廣州學裏。也是箇數一數二的秀才。捱了些數伏數九的日子。於今藏身荒圃。寄口髯奴。思之思之。惶愧惶愧。想起韓友之談。不如外縣傍州。尋覓活計。正是。家徒四壁求楊意。樹少千頭愧木奴。老園公那裡。

字字雙（淨扮郭駝上）前山低坬後山堆。駝背。牽弓射弩做人兒。把勢。一連十箇偌來回。漏地。有時跌做繡毬兒。滾氣。

秀才的父亲，流转到广，又是若干年矣。卖果子回来，看秀才去。（见介）秀才，读书辛苦。（生）园公，正待商量一事。我读书过了廿岁，并无发迹之期。思想起来，前路多长，岂能郁郁居此。搬柴运水，多有劳累，园中果树，都判与伊，你可听我道来：

桂花锁南枝（生）俺有身如寄，无人似你。俺吃尽了黄淡酸甜，费你老人家浇培接植。你道俺像甚的来？镇日里似醉汉扶头。甚日的和老驼伸背？自株守，教怨谁？让荒园，你存济。

前腔（净）俺橐驼风味，种园家世。（揖介）不能彀展脚伸腰，也和你鞠躬尽力。秀才，你贴了俺果园那里去？（生）坐食三餐，不如走空一棍。（净）怎生叫做一棍？（生）混名打秋风哩！（净）咳！你费工夫去撞府穿州，不如依本分登科及第。（生）你说打秋风不好？『茂陵刘郎秋风客』，到大来做了

自家種園的郭駝子是也。祖公公郭橐駝。從唐朝柳員外來柳州。我因兵亂。跟隨他二十八代玄孫柳夢梅秀才的父親。流轉到廣。又是若干年矣。賣果子回來。看秀才去。（見介）秀才讀書辛苦。（生）園公。正待商量一事。我讀書過了廿歲。並無發跡之期。思想起來。前路多長。豈能鬱鬱居此。搬柴運水。多有勞累。園中果樹。都判與伊。你可聽我道來。

桂花鎖南枝（生）俺有身如寄。無人似你。俺喫盡了黃淡酸甜。費你老人家澆培接植。你道俺像甚的來。鎮日裏似醉漢扶頭。甚日的和老跎伸背。自株守。教怨誰。讓荒園你存濟。

前腔（淨）俺橐駝風味。種園家世。（揖介）不能彀展腳伸腰。也和你鞠躬盡力。秀才你貼了俺果園那裡去。（生）坐食三飡。不如走空一棍。（淨）怎生叫做一棍。（生）混名打秋風哩。（淨）咳。你費工夫去撞府穿州。不如依本分登科及第。（生）你

皇帝。（净）秀才，不要攀今吊古的。你待秋风谁？你道滕王阁，风顺随，则怕鲁颜碑，响雷碎。

（生）俺干谒之兴甚浓，休的阻挡。

（净）也整理些衣服去。

尾声（净）把破衫衿彻骨槌挑洗。

（生）学干谒黉门一布衣。（净）秀才，则要你衣锦还乡俺还见的你。

（生）此身飘泊苦西东，

（净）笑指生涯树树红。

（生）欲尽出游那可得，

（净）秋风还不及春风。

第十四出 写真

破齐阵（旦上）径曲梦回人杳，闺深珮冷魂销。似雾濛花，如云漏月，一点幽情动早。（贴上）怕待寻芳迷翠蝶，倦起临妆听伯劳。春归红袖招。

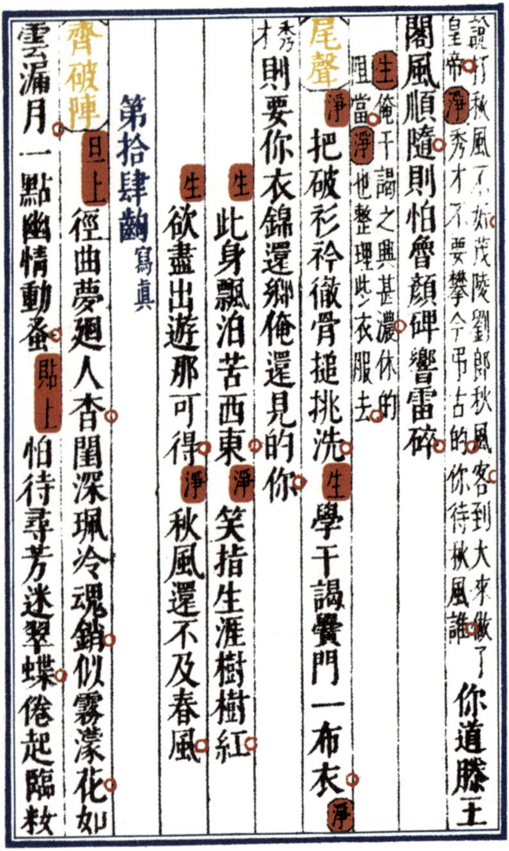
說打秋風不是茂陵劉郎秋風客到大來做了皇帝（淨）秀才不要攀今弔古的你待秋風誰你道滕王
閣風順隨則怕魯顏碑響雷碎
（生）俺干謁之興甚濃休的阻當（淨）也整理些衣服去
尾聲（淨）把破衫衿徹骨搥挑洗（生）學干謁黌門一布衣（淨）秀才
則要你衣錦還鄉俺還見的你
（生）此身飄泊苦西東（淨）笑指生涯樹樹紅
（生）欲盡出遊那可得（淨）秋風還不及春風
第拾肆齣 寫真
齊破陣（旦上）逕曲夢迴人杳閨深珮冷魂銷似霧濛花如
雲漏月一點幽情動蚤（貼上）怕待尋芳迷翠蝶倦起臨粧

醉桃源（旦）不经人事意相关，牡丹亭梦残。（贴）断肠春色在眉弯，倩谁临远山？（旦）排恨叠，怯衣单，花枝红泪弹。（合）蜀妆晴雨画来难，高唐云影间。（贴）小姐，你自花园游后，寝食悠悠，敢为春伤，顿成消瘦？春香愚不谏贤，那花园以后再不可行走了。（旦）你怎知就里？这是：春梦暗随三月景，晓寒瘦减一分花。

刷子序犯（旦低）春归恁寒悄，都来几日，意懒心乔，竟妆成熏香独坐无聊。逍遥，怎刬尽助愁芳草，甚法儿点活心苗？真情强笑为谁娇？泪花儿打进着梦魂飘。

朱奴儿犯（贴）小姐，你热性儿怎不冰着，冷泪儿几曾干燥？这两度春游忒分晓，是禁不的燕抄莺闹。你自窨约，敢夫人见焦。再愁烦，十分容貌，怕不上九分瞧。

聽伯勞春歸紅袖招

醉桃源【旦】不經人事意相關牡丹亭夢殘【貼】斷腸春色在眉彎倩誰臨遠山【旦】排恨疊怯衣單花枝紅淚彈【合】蜀妝晴雨畫來難高唐雲影間【貼】小姐你自花園遊後寢食悠悠敢爲春傷頓成消瘦春香愚不諫賢那花園以後再不可行走了【旦】你怎知就裏這是春夢暗隨三月景曉寒瘦減一分花

刷子序犯【旦低】春歸恁寒悄都來幾日意懶心喬竟粧成熏香獨坐無聊逍遥怎剗盡助愁芳草甚法兒點活心苗真情強笑爲誰嬌淚花兒打迸着夢魂飄

朱奴兒犯【貼】小姐你熱性兒怎不冰着冷淚兒幾曾乾燥這兩度春遊忒分曉是禁不的燕抄鶯鬧你自窨約敢夫人見焦再愁煩十分容貌怕不上九分瞧

（旦作惊介）咳！听春香言话，俺丽娘瘦到九分九了。俺且镜前一照，委是如何？（照介，悲介）哎也！俺往日艳冶轻盈，奈何一瘦至此！若不趁此时自行描画，流在人间，一旦无常，谁知西蜀杜丽娘有如此之美貌乎！春香，取素绢、丹青，看我描画。（贴下取绢、笔上）三分春色描来易，一段伤心画出难。绢幅、丹青，俱已齐备。（旦泣介）杜丽娘二八春容，怎生便是杜丽娘自手生描也呵！

普天乐（旦）这些时把少年人如花貌，不多时憔悴了。不因他福分难销，可甚的红颜易老？论人间绝色偏不少，等把风光丢抹早。打灭起离魂舍欲火三焦，摆列着昭容阁文房四宝，待画出西子湖眉月双高。

雁过声（照镜叹介）轻绡，把镜儿擘掠。笔花尖淡扫轻描。影儿呵，和你

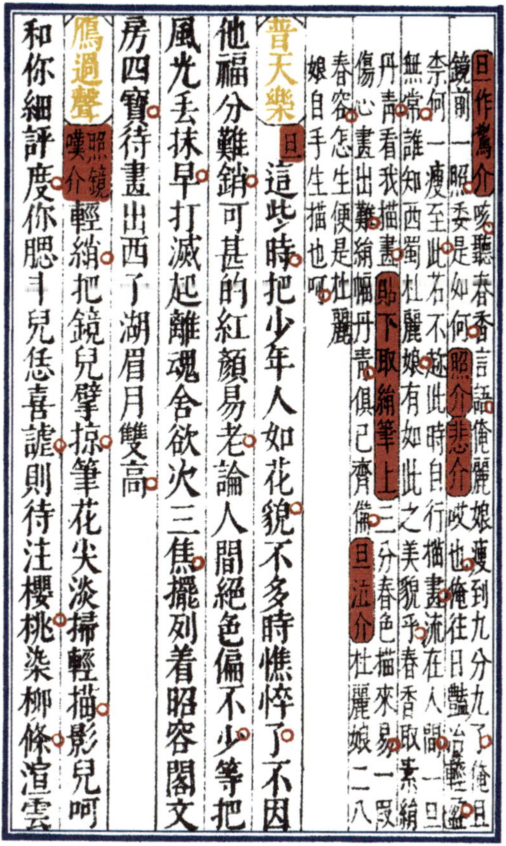
旦作驚介咳聽春香言語俺麗娘瘦到九分九了俺且鏡前一照委是如何照介悲介哎也俺往日豔冶輕盈奈何一瘦至此若不趁此時自行描畫流在人間一旦無常誰知西蜀杜麗娘有如此之美貌乎春香取素絹丹青看我描畫貼下取絹筆上三分春色描來易一段傷心畫出難絹幅丹青俱已齊備旦泣介杜麗娘二八春容怎生便是杜麗娘自手生描也呵

普天樂旦這些時把少年人如花貌不多時憔悴了不因他福分難銷可甚的紅顏易老論人間絕色偏不少等把風光丟抹早打滅起離魂舍欲火三焦擺列着昭容閣文房四寶待畫出西子湖眉月雙高

鴈過聲照鏡嘆介輕綃把鏡兒擘掠筆花尖淡掃輕描影兒呵和你細評度你腮斗兒恁喜謔則待注櫻桃染柳條渲雲

细评度：你腮斗儿恁喜谑，则待注樱桃染柳条，渲云鬟烟霭飘萧。眉梢青未了，个中人全在秋波妙，可可的淡春山钿翠小。

倾杯序（贴）宜笑，淡东风立细腰，又似被春愁着。（旦）谢半点江山，三分门户，一种人才，小小行乐，捻青梅闲厮调。倚湖山梦晓，对垂杨风袅。忒苗条，斜添他几叶翠芭蕉。

春香，惺起来，可厮像也？

玉芙蓉（贴）丹青女易描，真色人难学。似空花水月，影儿相照。（旦喜介）画的来可爱人也。咳！情知画到中间好，再有似生成别样娇。（贴）只少个姐夫在身傍。若是姻缘早，把风流婿招，少甚么美夫妻图画在碧云高！

（旦）春香，咱不瞒你，花园游玩之时，咱也有个人儿。（贴惊介）小姐，怎的有这等方便呵？（旦）梦哩！

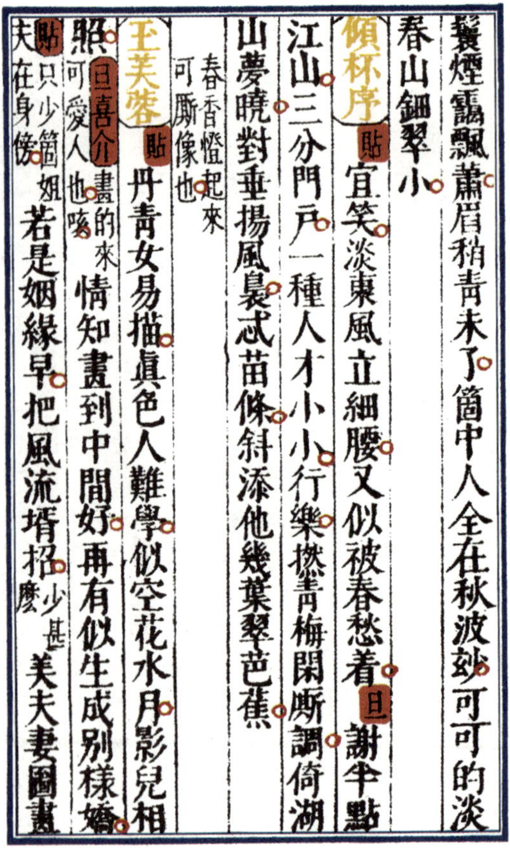
鬟煙靄飄蕭。眉梢青未了。箇中人全在秋波妙。可可的淡
春山鈿翠小。
傾杯序 貼 宜笑。淡東風立細腰。又似被春愁着。旦 謝半點
江山。三分門戶。一種人才。小小行樂。撚青梅閑厮調。倚湖
山夢曉。對垂楊風裊。忒苗條。斜添他幾葉翠芭蕉。
春香惺起來可厮像也。
玉芙蓉 貼 丹青女易描。眞色人難學。似空花水月。影兒相
照。旦喜介 畫的來 可愛人也。咳。情知畫到中間好。再有似生成別樣嬌。
貼 只少箇姐夫在身傍。若是姻緣早。把風流壻招。少甚麼美夫妻圖畫

山桃犯（旦）有一个曾同笑，待想像生描着，再消详邈入其中妙，则女孩家怕漏泄风情稿。这春容呵，似孤秋片月离云峤，甚蟾宫贵客傍的云霄？

春香，记起来了。那梦里书生，曾折柳一枝赠我，此莫非他日所适之夫姓柳乎？故有此警报耳。偶成一诗，暗藏春色，题于帧首之上，何如？（贴）却好。（旦题吟介）近睹分明似俨然，远观自在若飞仙。他年得傍蟾宫客，不在梅边在柳边。（放笔叹介）春香，也有古今美女，早嫁了丈夫相爱，替他描模画样；也有美人自家写照，寄与情人。似我杜丽娘寄谁呵！

尾犯序（旦）心喜转心焦。喜的明妆俨雅，仙珮飘摇。则怕呵，把俺年深色浅，当了个金屋藏娇。虚劳，寄春容教谁泪落，做真真无人唤叫。（泪介）堪愁夭，精神出现留与后人标。

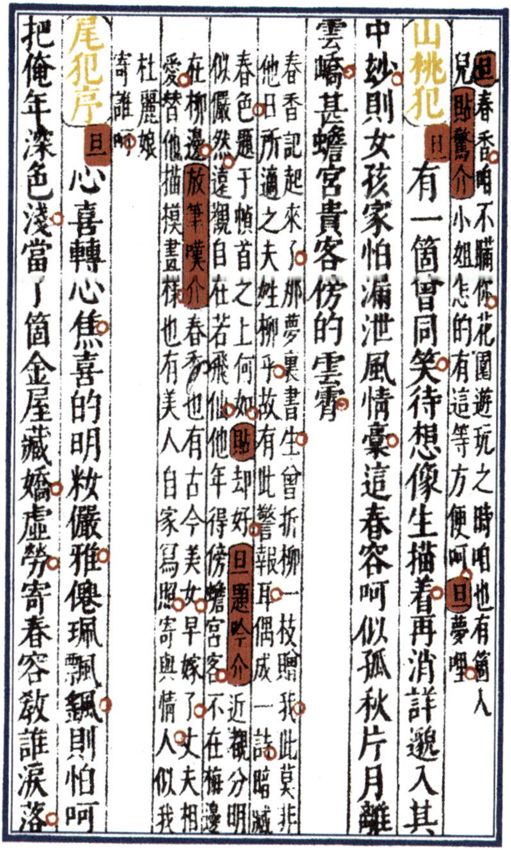
旦春香咱不瞞你花園遊玩之時咱也有箇人兒貼驚介小姐怎的有這等方便呵旦夢哩

山桃犯 旦有一箇曾同笑待想像生描着再消詳邈入其中妙則女孩家怕漏泄風情稾這春容呵似孤秋片月離雲嶠甚蟾宮貴客傍的雲霄

春香記起來了那夢裏書生曾折柳一枝贈我此莫非他日所適之夫姓柳乎故有此警報耳偶成一詩暗藏春色題于幀首之上何如貼却好旦題吟介近覩分明似儼然遠觀自在若飛仙他年得傍蟾宮客不在梅邊在柳邊放筆嘆介春香也有古今美女早嫁了丈夫相愛替他描模畫樣也有美人自家寫照寄與情人似我杜麗娘寄誰呵

尾犯序 旦 心喜轉心焦喜的明妝儼雅僊珮飄颻則怕呵把俺年深色淺當了箇金屋藏嬌虛勞寄春容教誰淚落

春香，悄悄唤那花郎分付他。（贴叫介）（丑扮花郎上）秦宫一生花里活，崔徽不似卷中人。小姐有何分付？（旦）这一幅行乐图，向行家裱去。叫人家收拾好些。

【鲍老催】（旦）这本色人儿妙，助美的谁家裱？要练花绡，帘儿莹，边阑小。教他有人问着休胡嘌。日炙风吹悬衬的好，怕好物不坚牢，把咱巧丹青休涴了。

（丑）小姐，裱完了，安奉在那里？

【尾声】（旦）尽香闺赏玩无人到，（贴）这形模则合挂巫山庙。（合）又怕为雨为云飞去了。

（贴）眼前珠翠与心违，
（旦）却向花前痛哭归。
（贴）好写妖娆与教看，
（旦）令人评泊画杨妃。

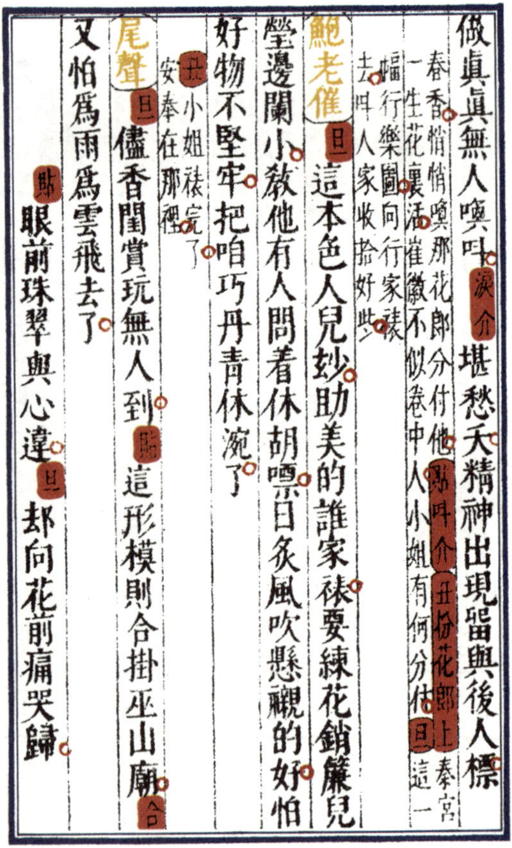
做真真無人喚叫（淚介）堪愁夭精神出現留與後人標
春香悄悄喚那花郎分付他（貼叫介）（丑扮花郎上）秦宮一生花裏活崔徽不似卷中人小姐有何分付（旦）這一幅行樂圖向行家裱去叫人家收拾好些
【鮑老催】（旦）這本色人兒妙助美的誰家裱要練花銷簾兒瑩邊闌小教他有人問着休胡嘌日炙風吹懸襯的好怕好物不堅牢把咱巧丹青休涴了
（丑）小姐裱完了安奉在那裡
【尾聲】（旦）儘香閨賞玩無人到（貼）這形模則合掛巫山廟（合）又怕爲雨爲雲飛去了
（貼）眼前珠翠與心違（旦）却向花前痛哭歸

第十五出　虏谍

一枝花（净扮番王引众上）天心起灭了辽，世界平分了赵。静鞭儿替了胡笳哨。擂鼓鸣钟，看文武班齐到。骨碌碌南人笑，则个鼻凹儿蹻，脸皮儿黝，毛梢儿魋。

万里江山万里尘，一朝天子一朝臣。俺北地怎禁沙日月，南人偏占锦乾坤。自家大金皇帝完颜亮是也。身为夷虏，性爱风骚。俺祖公阿骨都，抢了南朝天下，赵康王走去杭州，今又三十余年矣。听得他妆点杭州，胜似汴梁风景。一座西湖，朝欢暮乐。有个曲儿，说他『三秋桂子，十里荷花』。便待起兵百万，吞取何难？兵法虚虚实实，俺待用个南人，为我乡导。喜他淮扬贼汉李全，有万夫不当之勇。他心顺溜于俺，俺先封他为溜金王之职。限他三年内

貼 好寫妖嬈與教看。旦 令人評泊畫楊妃。

第拾伍齣　虜諜

一枝花（淨扮番王引衆上）天心起滅了遼。世界平分了趙。靜鞭兒替了胡笳哨。擂鼓鳴鐘。看文武班齊到。骨碌碌南人笑。則箇鼻凹兒蹺臉皮兒黝毛梢兒魋。

萬里江山萬里塵。一朝天子一朝臣。俺北地怎禁沙日月。南人偏占錦乾坤。自家大金皇帝完顏亮是也。身爲夷虜。性愛風騷。俺祖公阿骨都。搶了南朝天下。趙康王走去杭州。今又三十餘年矣。聽得他妝點杭州。勝似汴梁風景。一座西湖。朝歡暮樂。有箇曲兒。說他三秋桂子。十里荷花。便待起兵百萬。吞取何難。兵法虛虛實實。俺待用箇南人。爲我鄉道。喜他淮揚賊漢李全。有萬夫不當之勇。他心順溜于俺。俺先封他爲溜金王之職。限他三年內招兵買馬。騷擾淮揚地方。相機而行。以開征進之路。咬咬。俺巴不到西湖上散悶兒也。

招兵买马，骚扰淮扬地方，相机而行，以开征进之路。哎哟！俺巴不到西湖上散闷儿也！

北二犯江儿水（净）平分天道，虽则是平分天道，高头偏俺照。俺司天台标着那南朝，标着他那答儿好。（众）那答里好？（净笑介）你说西子怎娇娆，向西湖上笑倚着兰桡。（众）西湖有俺这南海子、北海子大么？（净）周围三百里。波上花摇，云外香飘。无明夜、锦笙歌围醉绕。（众）万岁爷，借他来耍耍。（净）已潜遣画工，偷将他全景来了。那湖上有吴山第一峰，画俺立马其上。俺好不狠也！吴山最高，俺立马在吴山最高。江南低小，也看见了江南低小。（舞介）俺怕不占场儿，砌一个《锦西湖上马娇》。

（众）奏万岁爷，怕急不能彀到西湖，何方驻驾？

北尾（净）呀，急切要画图中匹马把西湖哨，且迤逦的看花向洛阳道。我呵，少不的把赵康王剩水残山都占了。

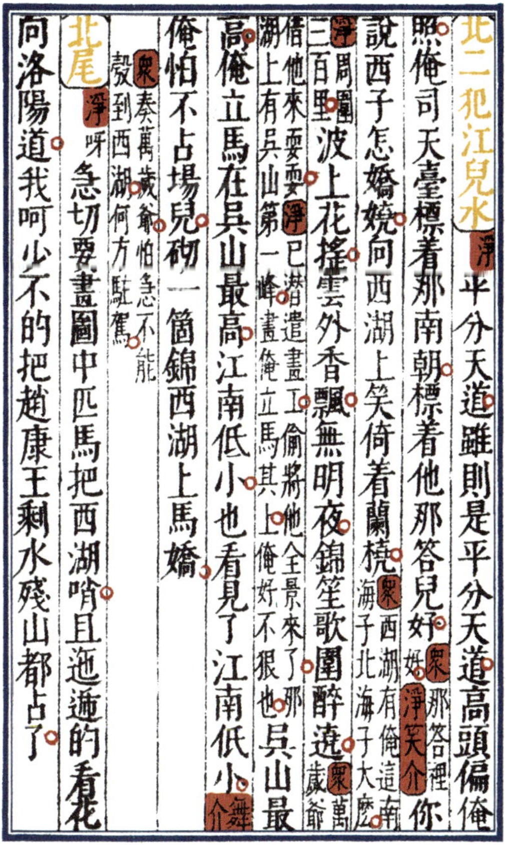
北二犯江兒水（淨）平分天道雖則是平分天道高頭偏俺照俺司天臺標着那南朝標着他那答兒好（衆）那答裡好（淨笑介）你說西子怎嬌嬈向西湖上笑倚着蘭橈（衆）西湖有俺這南海子北海子大麼（淨）周圍三百里波上花搖雲外香飄無明夜錦笙歌圍醉遶（衆）萬歲爺借他來耍耍（淨）已潛遣畫工偷將他全景來了那湖上有吳山第一峰畫俺立馬其上俺好不狠也吳山最高俺立馬在吳山最高江南低小也看見了江南低小（舞介）俺怕不占場兒砌一箇錦西湖上馬嬌

（衆）奏萬歲爺怕急不能彀到西湖何方駐駕

北尾（淨）呀急切要畫圖中匹馬把西湖哨且迤逦的看花向洛陽道我呵少不的把趙康王剩水殘山都占了

线大长江扇大天，
旌旗遥拂雁行偏。
可胜饮尽江南酒？
交割山川直到燕。

第十六出　诘病

三登乐 （老旦上）今生怎生，偏则是红颜薄命，眼见的孤苦仃俜。（泣介）掌上珍，心头肉，泪珠儿暗倾。天呵，偏人家七子团圆，一个女孩儿厮病。

清平乐 如花娇怯，合得天饶借。风雨于花生分劣，作意十分凌藉。止堪深阁重帘，谁教月榭风檐。我发短回肠寸断，眼昏眵泪双淹。老身年将半百，单生一女丽娘。因何一病，起倒半年？看他举止容谈，不似风寒暑湿。中间缘故，春香必知，则问他便了。春香贱才那里？（贴上）有哩。我眼里不逢乖小使，掌中擎着个病多娇。得知堂上夫人召，剩酒残脂

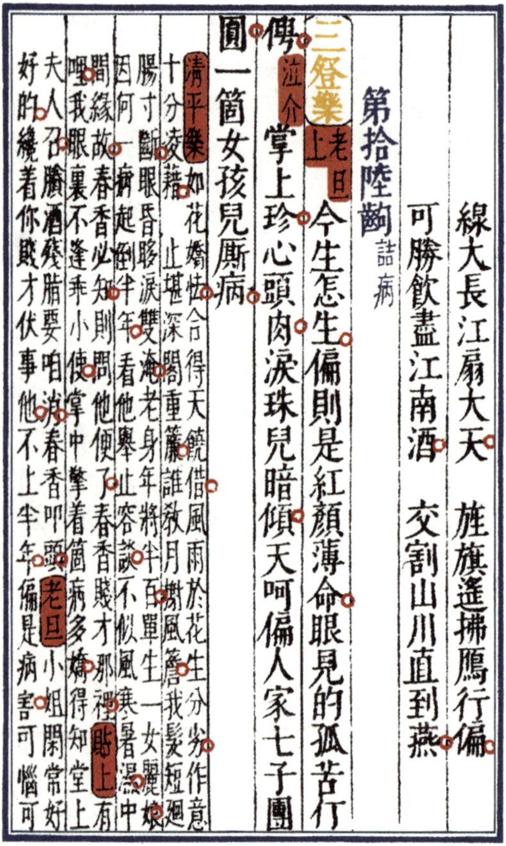

線大長江扇大天。旌旗遙拂鴈行偏。
可勝飲盡江南酒。交割山川直到燕。
第拾陸齣 詰病
三登樂 老旦上 今生怎生。偏則是紅顏薄命。眼見的孤苦仃俜。泣介 掌上珍。心頭肉。淚珠兒暗傾。天呵。偏人家七子團圓。一箇女孩兒厮病。
清平樂 如花嬌怯。合得天饒借。風雨於花生分劣。作意十分凌藉。止堪深閣重簾。誰教月榭風簷。我髮短迴腸寸斷。眼昏眵淚雙淹。老身年將半百。單生一女麗娘。因何一病。起倒半年。看他舉止容談。不似風寒暑溼。中間緣故。春香必知。則問他便了。春香賤才那裡。貼上 有哩。我眼裏不逢乖小使。掌中擎着箇病多嬌。得知堂上夫人召。剩酒殘脂要咱消。春香叩頭。老旦 小姐閒常好好的。纔着你賤才伏事他。不上半年。偏是病害。可惱可

要咱消。春香叩头。（老旦）小姐闲常好好的，才着你贱才伏事他。不上半年，偏是病害。可恼！可恼！且问近日茶饭多少？

驻马听（贴）他茶饭何曾，所事儿休提叫懒应。看他娇啼隐忍，笑谵迷厮，睡眼懵登。（老旦）早早禀请太医了。（贴）则除是八法针，针断软绵情。怕九还丹，丹不的腌臜证。（老旦）是甚么病？（贴）春香不知，道他一枕秋清，却怎生还害的是春前病。（老旦哭介）怎生了？

前腔（老旦）他一搦身形，瘦的庞儿没了四星。都是小奴才逗他。大古是烟花惹事，莺燕成招，云月知情。贱才还不跪！取家法来。（贴跪介）春香实不知道。（老旦）因何瘦坏了玉娉婷，你怎生触损了他娇情性？（贴）小姐好好的折花弄柳，不知因甚病了。（老旦恼，打贴介）打你这牢承，嘴骨棱的胡遮映。（贴）夫人休闪了手。容春香诉来。便是那一日游花园回来，夫人撞到时节，说个秀才，手里折的柳枝儿，要小姐题诗。小姐说这秀才素昧平

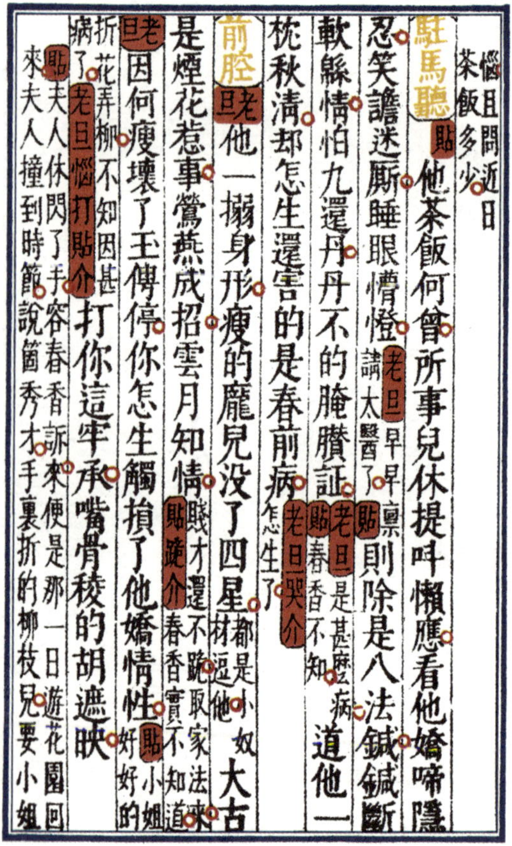
惱且問近日茶飯多少

駐馬聽 貼 他茶飯何曾所事兒休提叫懶應看他嬌啼隱忍笑譫迷厮睡眼懵憕 老旦 早早稟請太醫了 貼 則除是八法鍼鍼斷軟緜情怕九還丹丹不的腌臢證 老旦 是甚麼病 貼 春香不知道他一枕秋清却怎生還害的是春前病 老旦哭介 怎生了

前腔 老旦 他一搦身形瘦的龐兒沒了四星 都是小奴材逗他 大古是煙花惹事鶯燕成招雲月知情 賤才還不跪取家法來 貼跪介 春香實不知道 老旦 因何瘦壞了玉娉婷你怎生觸損了他嬌情性 貼 小姐好好的折花弄柳不知因甚病了 老旦惱打貼介 打你這牢承嘴骨稜的胡遮映 貼 夫人休閃了手容春香訴來便是那一日遊花園回來夫人撞到時節說箇秀才手裏折的柳枝兒要小姐

生，也不和他题了。（老旦）不题罢了。后来？（贴）后来那、那、那秀才就一拍手，把小姐端端正正抱在牡丹亭上去了。（老旦）去怎的？（贴）春香怎得知？小姐做梦哩。（老旦惊介）是梦么？（贴）是梦。（老旦）这等着鬼了。快请老爷商议。（贴请介）老爷有请。（外上）肘后印嫌金带重，掌中珠怕玉盘轻。夫人，女儿病体因何？（老旦泣介）老爷听讲：

前腔（旦）说起心疼，这病知他是怎生！看他长眠短起，似笑如啼，有影无形。原来女儿到后花园游了，梦见一人手执柳枝，闪了他去。（作叹介）怕腰身触污了柳精灵，虚嚣侧犯了花神圣。老爷呵，急与禳星，怕流星赶月相刑迸。

（外）却还来。我请陈斋长教书，要他拘束身心，你为母亲的，倒纵他闲游。（笑介）则是些日炙风吹，伤寒流转，便要禳解，不用师巫，则叫紫阳宫石道婆诵些经卷可矣。古语云：『信巫不信医，一不治也。』我已请过陈斋长看他脉息去了。（老旦）看

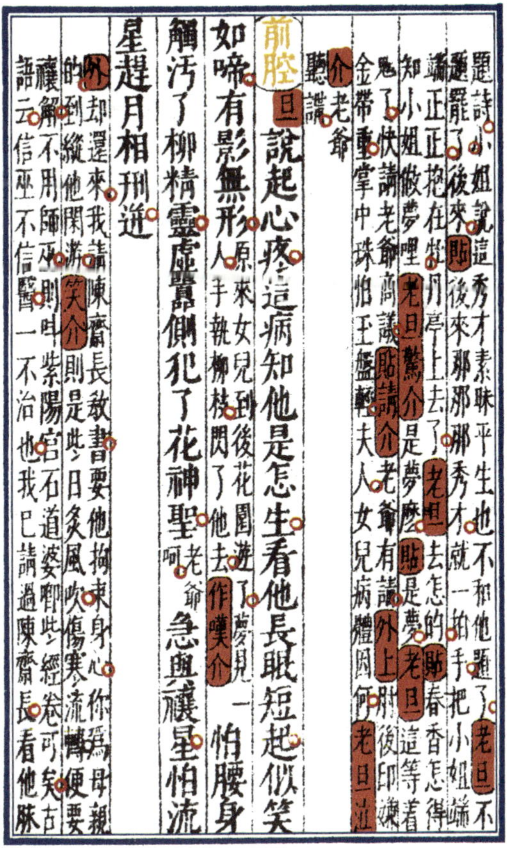
題詩小姐說這秀才素昧平生也不和他題了（老旦）不題罷了後來（貼）後來那那那秀才就一拍手把小姐端端正正抱在牡丹亭上去了（老旦）去怎的（貼）春香怎得知小姐做夢哩（老旦驚介）是夢麽（貼）是夢（老旦）這等着鬼了快請老爺商議（貼請介）老爺有請（外上）肘後印嫌金帶重掌中珠怕玉盤輕夫人女兒病體因何（老旦泣介）老爺聽講

前腔（旦）說起心疼這病知他是怎生看他長眠短起似笑如啼有影無形原來女兒到後花園遊了夢見一人手執柳枝閃了他去（作嘆介）怕腰身觸污了柳精靈虛囂側犯了花神聖老爺呵急與禳星怕流星趕月相刑迸

（外）却還來我請陳齋長教書要他拘束身心你為母親的倒縱他閑遊（笑介）則是些日炙風吹傷寒流轉便要禳解不用師巫則叫紫陽宮石道婆誦些經卷可矣古語云信巫不信醫一不治也我已請過陳齋長看他脈

甚脉息！若早有了人家，敢没这病。（外）咳！古者男子三十而娶，女子二十而嫁。女儿点点年纪，知道个甚么哩？

前腔（外）忒恁憨生，一个娃儿甚七情？则不过往来潮热，大小伤寒，急慢风凉。则是你为母的呵，真珠不放在掌中擎，因此娇花不奈这心头病。（泣介）（合）两口伶仃，告天天，半边儿是咱全家命。

（丑扮院公上）人来大庾岭，船去郁孤台。禀老爷，有使客到。

尾声（外）俺为官公事有期程。夫人，好看惜女儿身命，少不的人向秋风病骨轻。

（老旦、贴吊场介）无官一身轻，有子万事足。我看老相公则为往来使客，把女儿病都不瞧，好伤怀也。（泣介）想起来，一边教陈教授下药，一边叫石道婆禳解，如何？正是：世间只有娘怜女，天下能无卜与医！（下）

柳起东风惹病身，
举家相对却沾巾。

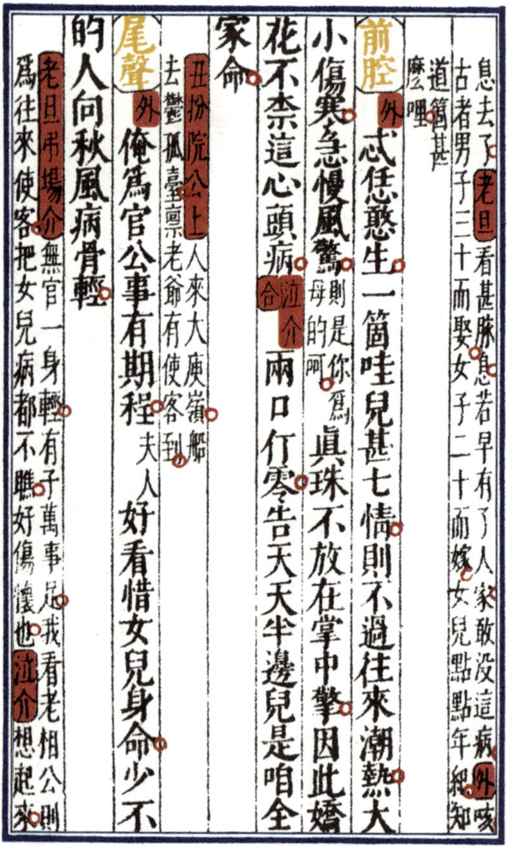
息去了老旦看甚脈息若早有了人家敢沒這病外咳古者男子三十而娶女子二十而嫁女兒點點年紀知道箇甚麽哩

前腔 外 忒恁憨生一箇哇兒甚七情則不過往來潮熱大小傷寒急慢風驚則是你爲母的呵眞珠不放在掌中擎因此嬌花不奈這心頭病 泣介 合 兩口伶仃告天天半邊兒是咱全家命

丑扮院公上 人來大庾嶺船去鬱孤臺稟老爺有使客到

尾聲 外 俺爲官公事有期程夫人好看惜女兒身命少不的人向秋風病骨輕

老旦吊場介 無官一身輕有子萬事足我看老相公則爲往來使客把女兒病都不瞧好傷懷也 泣介 想起來

遍依仙法多求药，
会见蓬山不死人。

第十七出 道觋

风入松（净扮老道姑上）人间嫁娶苦奔忙，只为有阴阳。问天天从来不具人身相，只得来道扮男妆，屈指有四旬之上。当人生，梦一场。

集唐 紫府空歌碧落寒，竹石如山不敢安。长恨人心不如石，每逢佳处便开看。贫道紫阳宫石仙姑是也。俗家原不姓石，则因生为石女，为人所弃，故号『石姑』。思想起来：要还俗，《百家姓》上有俺一家；论出身，《千字文》中有俺数句。天呵，非是俺『求古寻论』，恰正是『史鱼秉直』。俺因何住在这『楼观飞惊』，打并的『劳谦谨敕』？看修行似『福缘善庆』，论因果是『祸因恶积』。有甚么『荣业所基』？几辈儿『林皋幸即』。生下俺『形端表正』，那些『性静情逸』。大便孔似『园莽抽条』，小净处也

一邊吽石道婆禳解一邊散陳教授下藥知他効驗
如何正是世間只有娘憐女天下能無卜與醫 下

第拾柒齣 道覡

風入松 淨扮老道姑上 人間嫁娶苦奔忙只爲有陰陽問天天從
來不具人身相只得來道扮男粧屈指有四旬之上當人
生夢一塲
集唐 紫府空歌碧落寒竹石如山不敢安長恨人心不
如石每逢佳處便開看貧道紫陽宮石仙姑是也俗家
原不姓石則因生爲石女爲人所棄故號石姑思想起
來要還俗百家姓上有俺一家論出身千字文中有俺
數句天呵非是俺求古尋論恰正是史魚秉直俺因何
住在這樓觀飛驚打并的勞謙謹敕看修行似福緣善
慶論因果是禍因惡積有甚麼榮業所基幾輩兒林皐
幸卽生下俺形端表正那些性靜情逸大便孔似園莽
抽條小淨處也渠荷的歷只那些兒正好叉着口鉅野
洞庭偏和你滅了縫昆池碣石雖則石路上可以路俠

『渠荷滴沥』。只那些儿正好叉着口『钜野洞庭』，偏和你灭了缝『昆池碣石』。虽则石路上可以『路侠槐卿』，石田中怎生『我艺黍稷』？难道嫁人家『空谷传声』？则好守娘家『孝当竭力』。可奈不由人『诸姑伯叔』，聒噪俺『入奉母仪』。母亲说：你内才儿虽然『守真志满』，外像儿『毛施淑姿』，是人家有个『上和下睦』，偏你石二姐没个『夫唱妇随』？便请了个有口齿的媒人『信使可覆』，许了个大鼻子的女婿『器欲难量』。则见不多时，那人家下定了。说道选择了一年上『日月盈昃』，配定了八字儿『辰宿列张』。他过的礼『金生丽水』，俺上了轿『玉出昆冈』。遮脸的『纨扇圆洁』，引路的『银烛辉煌』。那新郎好不打扮的头顶上『高冠陪辇』，咱新人一般排比了腰儿下『束带矜庄』。请了些『亲戚故旧』，半路上『接杯举觞』。请新人『升阶纳陛』，叫女伴们『侍巾帷房』。合卺的『弦歌酒燕』，撒帐的『诗赞羔羊』。把俺做新人嘴脸儿一寸寸『鉴貌辨色』，将俺那宝妆奁一件件都『寓目囊箱』。

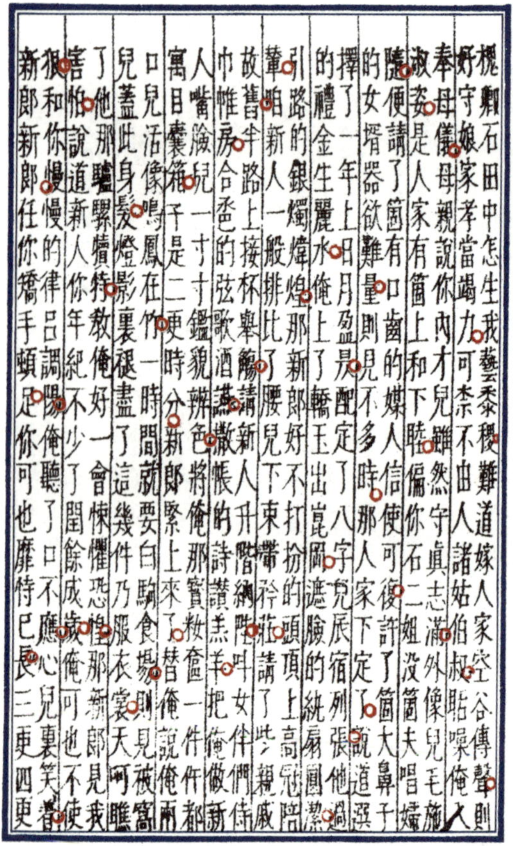
槐卿石田中怎生我藝黍稷難道嫁人家空谷傳聲則好守娘家孝當竭力可柰不由人諸姑伯叔聒噪俺入奉母儀母親說你內才兒雖然守貞志滿外像兒毛施淑姿是人家有箇上和下睦偏你石二姐沒箇夫唱婦隨便請了箇有口齒的媒人信使可復許了箇大鼻子的女壻器欲難量則見不多時那人家下定了說道選擇了一年上日月盈昃配定了八字兒辰宿列張他過的禮金生麗水俺上了轎玉出崑岡遮臉的紈扇圓潔引路的銀燭煒煌那新郎好不打扮的頭頂上高冠陪輦咱新人一般排比了腰兒下束帶矜莊請了些親戚故舊半路上接杯舉觴請新人升階納陛叫女伴們侍巾帷房合巹的弦歌酒燕撒帳的詩讚羔羊把俺做新人嘴臉兒一寸寸鑑貌辨色將俺那寶粧奩一件件都寓目囊箱子是二更時分新郎緊上來了替俺說俺兩口兒活像鳴鳳在竹一時間就要白駒食場則見被窩兒蓋此身髮燈影裏褪盡了這幾件乃服衣裳天可瞧了他那驢騾犢特教俺好一會悚懼恐惶那新郎見我害怕說道新人你年紀不少了閏餘成歲俺可也不使狠和你慢慢的律呂調陽俺聽了口不應心兒裏笑着新郎新郎任你矯手頓足你可也靡恃己長三更四更

于是二更时分，新郎紧上来了。替俺说，俺两口儿活像『鸣凤在竹』，一时间就要『白驹食场』。则见被窝儿『盖此身发』，灯影里褪尽了这几件『乃服衣裳』。天呵！瞧了他那『驴骡犊特』，教俺好一会『悚惧恐惶』。那新郎见我害怕，说道：新人，你年纪不小了，『闰余成岁』，俺可也不使狠，和你慢慢的『律吕调阳』。俺听了口不应，心儿里笑着。新郎，新郎，任你『矫手顿足』，你可也『靡恃己长』。三更四更了，他则待阳台上『云腾致雨』，怎生巫峡内『露结为霜』？他一时摸不出路数儿，道是怎的？快取亮来，侧着脑要『右通广内』，陪着眼在『篮笋象床』。那时节俺口不说，心下好不冷笑。新郎，新郎，俺这件东西，则许你『徘徊瞻眺』，怎许你『适口充肠』。如此者几度了，恼的他气不分的嘴劳刀『俊乂密勿』，累的他凿不窍皮混沌的『天地玄黄』。和他整夜价则是『寸阴是竞』，待讲起丑煞那『属耳垣墙』。几番待悬梁，待投河，『免其指斥』。若还用刀钻，用线药，『岂敢毁伤』？便

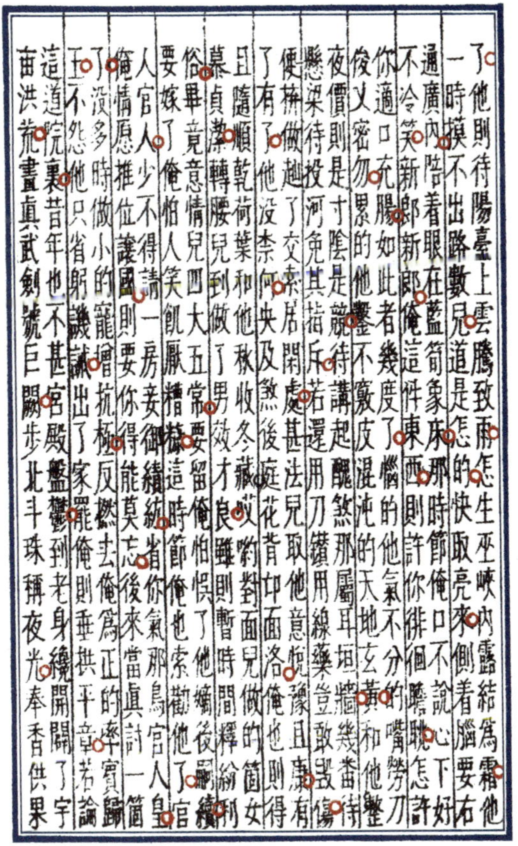
了他則待陽臺上雲騰致雨怎生巫峽內露結爲霜他
一時摸不出路數兒道是怎的快取亮來側着腦要右
通廣內陪着眼在藍筍象床那時節俺口不說心下好
不冷笑新郎新郎俺這件東西則許你徘徊瞻眺怎許
你適口充腸如此者幾度了惱的他氣不分的嘴勞刀
俊乂密勿累的他鑿不竅皮混沌的天地玄黃和他整
夜價則是寸陰是競待講起醜煞那屬耳垣牆幾番待
懸梁待投河免其指斥若還用刀鑽用線藥豈敢毀傷
便拚做趣了交索居閑處甚法兒取他意悅豫且康有
了有了他沒奈何央及煞後庭花背印面洛俺也則得
且隨順乾荷葉和他秋收冬藏咱對面兒做的箇女
慕貞潔轉腰兒到做了男效才良雖則暫時間釋紛利
俗畢竟意情兒四大五常要留俺怕俱了他嫡後嗣續
要嫁了俺怕人笑飢厭糟糠這時節俺也索勸他了官
人官人少不得請一房妾御績紡省你氣那鳥官人皇
俺情愿推位讓國則要你得能莫忘後來當真討一箇
了沒多時做小的寵增抗極反撚去俺爲正的率賓歸
王不怨他只省躬譏誡出了家罷俺則垂拱平章若論
這道院裏昔年也不甚宮殿盤鬱到老身纔開闢了宇
宙洪荒畫真武劍號巨闕步北斗珠稱夜光奉香供果

拚做赸了交『索居闲处』，甚法儿取他意『悦豫且康』？有了有了。他没奈何央及煞后庭花『背邙面洛』，俺也则得且随顺干荷叶和他『秋收冬藏』。哎哟，对面儿做的个『女慕贞洁』，转腰儿到做了『男效才良』。虽则暂时间『释纷利俗』，毕竟情意儿『四大五常』。要留俺怕误了他『嫡后嗣续』，要嫁了俺怕人笑『饥厌糟糠』。这时节俺也索劝他了：官人官人，少不得请一房『妾御绩纺』，省你气那『鸟官人皇』。俺情愿『推位让国』，则要你『得能莫忘』。后来当真讨了一个了。没多时做小的『宠增抗极』，反捻去俺为正的『率宾归王』。不怨他，只『省躬讥诫』。出了家罢，俺则『垂拱平章』。若论这道院里，昔年也不甚『宫殿盘郁』，到老身才开辟了『宇宙洪荒』。画真武『剑号巨阙』，步北斗『珠称夜光』。奉香供『果珍李柰』，把斋素也是『菜重芥姜』。世间味识得破『海咸河淡』，人中网逃得出『鳞潜羽翔』。俺这出了家呵，把那几年前做新郎的臭黏涎『骸垢想浴』，将俺即世里做老

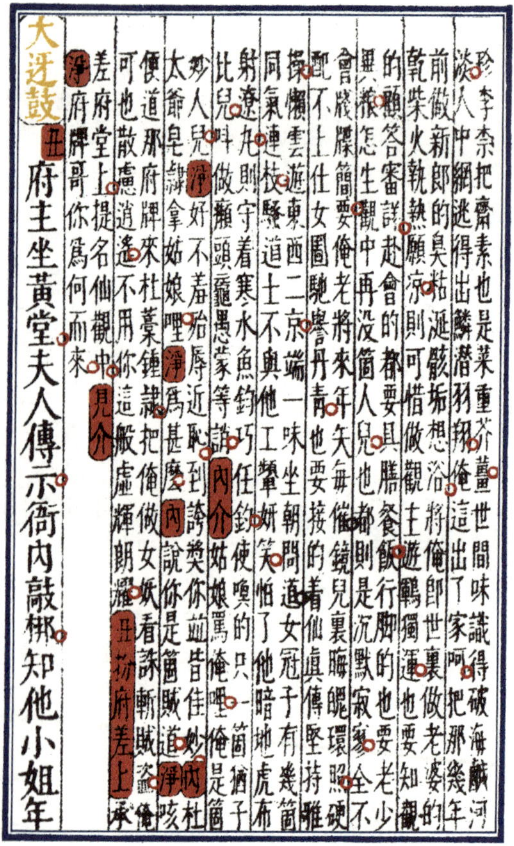
珍李柰把齋素也是菜重芥薑世間味識得破海鹹河
淡人中網逃得出鱗潛羽翔俺這出了家呵把那幾年
前做新郎的臭粘涎骸垢想浴將俺即世裏做老婆的
乾柴火熱熱願涼則可惜做觀主遊鵾獨運也要知觀
的顧答審詳赴會的都要具膳餐飯行脚的也要老少
異糧怎生觀中再沒箇人兒也都則是沉默寂寥全不
會牋牒簡要俺老將來年矢每催鏡兒裏晦魄環照硬
配不上仕女圖驄譽丹青也要接的着仙真傳堅持雅
操懶雲遊東西二京端一味坐朝問道女冠子有幾箇
同氣連枝騷道士不與他工顰妍笑怕了他暗地虎布
射遼丸則守着寒水魚釣巧任鈞使嗅的只一箇猶子
比兒叫做癩頭黿愚蒙等誚（內介）姑娘罵俺喳俺是箇
妙人兒（淨）好不羞殆辱近恥到誇獎你並皆佳妙（內）杜
太爺皂隸拿姑娘哩（淨）爲甚麼（內）說你是箇賊道（淨）咳
便道那府牌來杜藁鍾隸把俺做女妖看誅斬賊盜俺
可也散慮逍遙不用你這般虛輝朗耀（丑扮府差上）承
差府堂上提名仙觀中（見介）
（淨）府牌哥你爲何而來
大迓鼓（丑）府主坐黃堂夫人傳示衙內敲槲知他小姐年

婆的干柴火『执热愿凉』。则可惜做观主『游鹍独运』，也要知观的『顾答审详』。赴会的都要『具膳餐饭』，行脚的也要『老少异粮』。怎生观中再没个人儿？也都则是『沉默寂寥』，全不会『笺牒简要』。俺老将来『年矢每催』，镜儿里『晦魄环照』。硬配不上仕女图『驰誉丹青』，也要接的着仙真传『坚持雅操』。懒云游『东西二京』，端一味『坐朝问道』。女冠子有几个『同气连枝』，骚道士不与他『工颦妍笑』。怕了他暗地虎『布射辽丸』，则守着寒水鱼『钓巧任钓』。使唤的只一个『犹子比儿』，叫做癞头鼋『愚蒙等诮』。（内介）姑娘骂俺哩。俺是个妙人儿。（净）好不羞。『殆辱近耻』，到夸奖你『并皆佳妙』。（内）杜太爷皂隶拿姑娘哩。（净）为甚么？（内）说你是个贼道。（净）咳，便道那府牌来『杜稾钟隶』，把俺做女妖看『诛斩贼盗』。俺可也『散虑逍遥』，不用你这般『虚辉朗耀』。（丑扮府差上）承差府堂上，提名仙观中。（见介）（净）府牌哥你为何而来？

大迓鼓（丑）府主坐黄堂，夫人传示，衙内敲梆。知他小姐年多长，染一疾半年光。（净）俺不是女科。（丑）请你修斋，一会祈禳。

前腔（净）俺仙家有禁方。小小灵符，带在身傍。教他刻下人无恙。（丑）有这等灵符！快行动些。（行介）（净）叫童儿。（内应介）（净）好看守，卧云房。殿上无人，仔细灯香。（内应）知道了。

（净）紫微宫女夜焚香，
（丑）古观云根路已荒。
（净）犹有真妃长命缕，
（丑）九天无事莫推忙。

第十八出 诊祟

一江风（贴扶病旦上）病迷厮。为甚轻憔悴？打不破愁魂谜。梦初回，燕尾翻风，乱飒起湘帘翠。春去若多时，春去若多时，（合）花容只顾衰。井梧声刮的我心儿碎。

多長染一疾半年光。（淨）俺不是女科。（丑）請你修齋一會祈禳。
前腔（淨）俺僊家有禁方。小小靈符帶在身傍。教他刻下人無恙。（丑）有這等靈符。快行動些。（行介）（淨）叫童兒。（內應介）（淨）好看守。卧雲房。殿上無人仔細燈香。（內應）知道了。
（淨）紫微宮女夜焚香。（丑）古觀雲根路已荒。
（淨）猶有眞妃長命縷。（丑）九天無事莫推忙。

第拾捌齣 診祟

一江風（貼扶病旦上）病迷厮。爲甚輕憔悴。打不破愁魂謎。夢初回。燕尾翻風。亂颯起湘簾翠。春去若多時。（合）花容只顧衰。井梧聲刮的我心兒碎。

行香子（旦）春香呵，我楚楚精神，叶叶腰身，能禁多病逡巡！（贴）你星星惜与，种种生成，有许多娇，许多韵，许多情。（旦）咳！咱弄梅心事，那折柳情人，梦淹渐暗老残春。（贴）正好簟炉香午，枕扇风清。知为谁颦，为谁瘦，为谁疼？（旦）春香，我自春游一梦，卧病如今。不痒不疼，如痴如醉。知他怎生？（贴）小姐，梦儿里事，想他则甚！（旦）你教我怎生不想！

金落索（旦）贪他半晌痴，赚了多情泥。待不思量，怎不思量得？就里暗销肌，怕人知。嗽腔腔嗽喘微。哎哟！我这惯淹煎的样子谁怜惜？自噤窄的春心怎的支？心儿悔，悔当初一觉留春睡。（贴）老夫人替小姐冲喜。（旦）信他冲的个甚喜？到的年时，敢犯杀花园内？

前腔（贴）看他春归何处归，春睡何曾睡，气丝儿怎度的长天日？把心儿捧凑眉，病西施。小姐，梦去知他实

行香子 旦 春香呵我楚楚精神葉葉腰身能禁多病逡巡 貼 你星星惜與種種生成有許多嬌許多韻許多情 旦 咳咱弄梅心事那折柳情人夢淹漸暗老殘春 貼 正好簟罏香午枕扇風清知為誰顰為誰瘦為誰疼 旦 春香我自春遊一夢卧病如今不癢不疼如癡如醉知他怎生 貼 小姐夢兒裏事想他則甚 旦 你教我怎生不想

金落索 旦 貪他半晌癡賺了多情泥待不思量怎不思量得就裏暗銷肌怕人知嗽腔腔嗽喘微 哎喲 我這慣淹煎的樣子誰憐惜自噤窄的春心怎的支心兒悔悔當初一覺留春睡 貼 老夫人替小姐冲喜 旦 信他冲的箇甚喜到的年時敢犯殺花園內

前腔 貼 看他春歸何處歸春睡何曾睡氣絲兒怎度的長天日把心兒捧湊眉病西施 小姐 夢去知他實實誰病來

实谁？病来只送的个虚虚的你。做行云先渴倒在巫阳会。全无谓，把单相思害得忒明昧。又不是困人天气，中酒心期，魆魆地常如醉。

（末上）日下晒书嫌鸟迹，月中捣药要蟾酥。我陈最良，承公相命，来诊视小姐脉息。到此后堂，不免打叫一声。春香贤弟有么？（贴见介）是陈师父。小姐睡哩。（末）免惊动他。我自进去。（见介）小姐。（旦作惊介）谁？（贴）陈师父哩。（旦扶起介）（旦）师父，我学生患病，久失敬了。（末）学生，学生，古书有云：『学精于勤荒于嬉。』你因为后花园汤风冒日，感下这疾，荒废书工。我为师的在外，寝食不安。幸喜老公相请来看病。也不料你清减至此。似这般样，几时勾起来读书？早则端阳节哩。（贴）师父，端节有你的。（末）我说端阳，难道要你粽子？小姐，望闻问切，我且问你：病症因何？（贴）师父问甚么？只因你讲《毛诗》，这病便是『君子好逑』上来

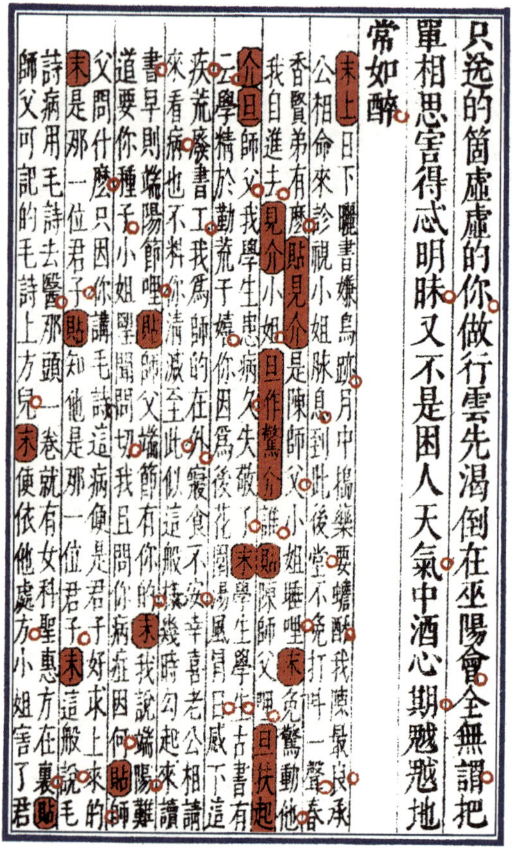
只送的箇虛虛的你做行雲先渴倒在巫陽會全無謂把
單相思害得忒明昧又不是困人天氣中酒心期魆魆地
常如醉
末上日下曬書嫌鳥跡月中搗藥要蟾酥我陳最良承
公相命來診視小姐脉息到此後堂不免打叫一聲春
香賢弟有麽貼見介是陳師父小姐睡哩末免驚動他
我自進去見介小姐旦作驚介誰貼陳師父哩旦扶起
介旦師父我學生患病久失敬了末學生學生古書有
云學精於勤荒于嬉你因爲後花園湯風冒日感下這
疾荒廢書工我爲師的在外寢食不安幸喜老公相請
來看病也不料你清減至此似這般樣幾時勾起來讀
書早則端陽節哩貼師父端節有你的末我說端陽難
道要你粽子小姐望聞問切我且問你病症因何貼師
父問什麽只因你講毛詩這病便是君子好求上來的
末是那一位君子貼知他是那一位君子末這般說毛
詩病用毛詩去醫那頭一卷就有女科聖惠方在裏貼
師父可記的毛詩上方兒末便依他處方小姐害了君

的。（末）是那一位君子？（贴）知他是那一位君子。（末）这般说，《毛诗》病用《毛诗》去医。那头一卷就有女科《圣惠方》在哩。（贴）师父，可记的《毛诗》上方儿？（末）便依他处方。小姐害了『君子』的病，用的史君子。《毛诗》：『既见君子，云胡不瘳？』这病有了君子抽一抽，就抽好了。（旦羞介）哎也！（贴）还有甚药？（末）酸梅十个。《诗》云：『摽有梅，其实七兮。』又说：『其实三兮。』三个打七个，是十个。此方单医男女过时思酸之病。（旦叹介）（贴）还有呢？（末）天南星三个。（贴）可少？（末）再添些。《诗》云：『三星在天。』专医男女及时之病。（贴）还有呢？（末）俺看小姐一肚子火，你可抹净一个大马桶，待我用栀子仁、当归，泻下他火来。这也是依方：『之子与归，言秣其马。』（贴）师父，这马不同那『其马』。（末）一样髀鞦窟洞下。（旦）好个伤

风切药陈先生。（贴）做的按月通经陈妈妈。（旦）师父不可执方，还是诊脉为稳。（末看脉，错按旦手背介）（贴）师父，讨个转手。（末）女人反此背看之，正是王叔和《脉诀》。也罢，顺手看是。（诊脉介）咳，小姐脉息，到这个分际了。

金索挂梧桐（末）他人才忒整齐，脉息恁微细。小小香闺，为甚伤憔悴？（起介）春香呵，似他这伤春怯夏肌，好扶持。病烦人容易伤秋意。小姐，我去咀药来。（旦叹介）师父，少不得情栽了窍髓针难入，病躲在烟花你药怎知？（泣介）承尊觑，何时何日，来看这女颜回？（合）病中身怕的是惊疑。且将息，休烦絮。

（旦）师父且自在。送不得你了。可曾把俺八字推算么？（末）算来要过中秋好。当生止有八个字，起死曾无三世医。（下）（贴）一个道姑走来了。（净上）不闻弄玉吹箫去，又见嫦娥窃药来。自家紫阳宫石道姑便是。承杜老夫人呼唤，替小姐

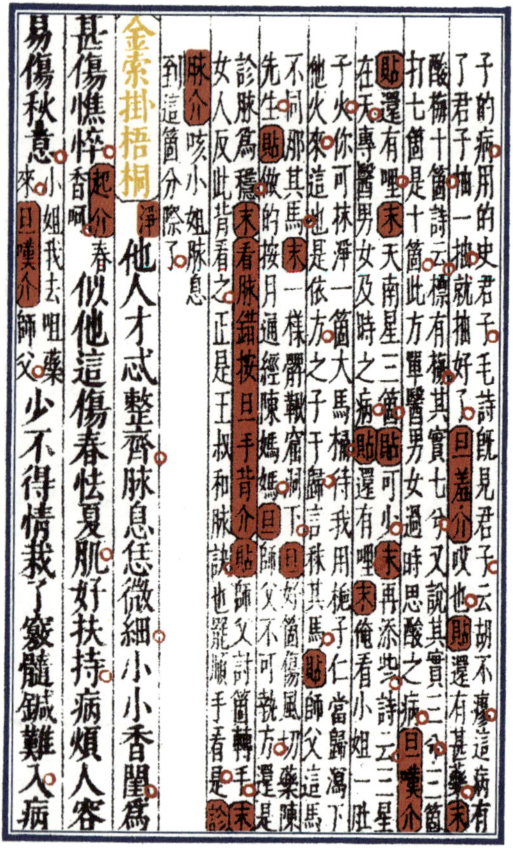
子的病用的史君子毛詩既見君子云胡不瘳這病有
了君子抽一抽就抽好了（旦羞介）哎也（貼）還有甚藥（末）
酸梅十箇詩云摽有梅其實七兮又說其實三兮三箇
打七箇是十箇此方單醫男女過時思酸之病（旦嘆介）
（貼）還有哩（末）天南星三箇（貼）可少（末）再添些詩云三星
在天專醫男女及時之病（貼）還有哩（末）俺看小姐一肚
子火你可抹淨一箇大馬桶待我用梔子仁當歸寫下
他火來這也是依方之子于歸言秣其馬（貼）師父這馬
不同那其馬（末）一樣髀鞦窟洞下（旦）好箇傷風切藥陳
先生（貼）做的按月通經陳媽媽（旦）師父不可執方還是
診脈爲穩（末看脈錯按旦手背介）（貼）師父討箇轉手（末）
女人反此背看之正是王叔和脈訣也罷順手看是（診
脈介）咳小姐脈息
到這箇分際了
金索掛梧桐（淨）他人才忒整齊脈息恁微細小小香閨爲
甚傷憔悴（起介）春香呵似他這傷春怯夏肌好扶持病煩人容
易傷秋意來小姐我去咀藥（旦嘆介）師父少不得情栽了竅髓鍼難入病

禳解。（见贴介）（贴）姑姑为何而来？（净）吾乃紫阳宫石道姑。承夫人命，替小姐禳解。不知害的甚病？（贴）尴尬病。（净）为谁来？（贴）后花园耍来。（净举三指，贴摇头介）（净举五指，贴又摇头介）（净）咳，你说是三是五，与他做主。（贴）你自问他去。（净见旦介）小姐小姐，道姑稽首那。（旦作惊介）那里道姑？（净）紫阳宫石道姑。老夫人有召，替小姐保禳。闻说小姐在后花园着魅，我不信。

前腔（净）你惺惺的怎着迷？设设的浑如魅。（旦作魇语介）我的人那。（净、贴背介）你听他念念呢呢，作的风风势。是了，身边带有个小符儿。（取旦钗挂小符，作咒介）赫赫扬扬，日出东方。此符屏却恶梦，辟除不祥。急急如律令敕！（插钗介）这钗头小篆符，眠坐莫教离。把闲神野梦都回避。（旦醒介）咳！这符敢不中？我那人呵，须不是依花附木廉纤鬼，咱做的

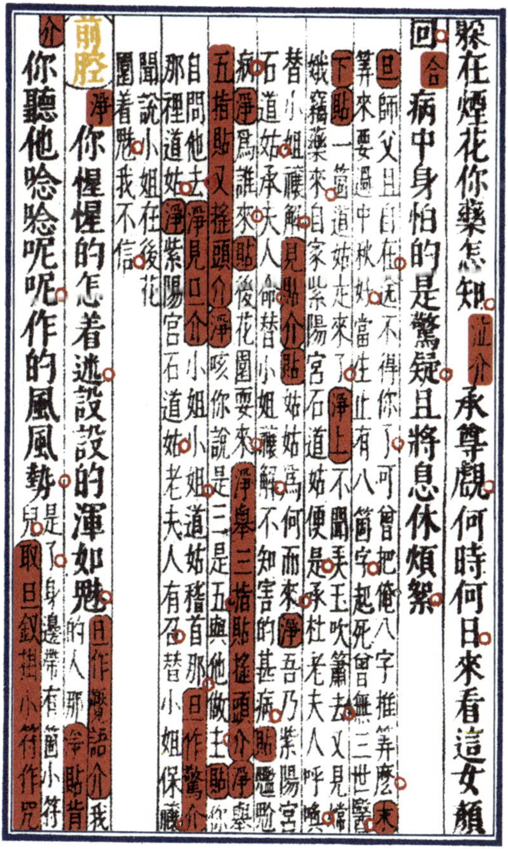
緊在煙花你藥怎知。（泣介）承尊覷何時何日來看這女顏回（合）病中身怕的是驚疑且將息休煩絮（旦）師父且自在，還不得你了。可曾把俺八字推算麼（末）算來要過中秋好，當此止有八箇字，起死曾無三世醫。（下）（貼）一箇道姑走來了。（淨上）不聞弄玉吹簫去，又見嫦娥竊藥來。自家紫陽宮石道姑便是。承杜老夫人呼喚，替小姐禳解。（見貼介）（貼）姑姑為何而來？（淨）吾乃紫陽宮石道姑。承夫人命，替小姐禳解。不知害的甚病？（貼）尷尬病。（淨）為誰來？（貼）後花園耍來。（淨舉三指貼搖頭介）（淨舉五指貼又搖頭介）（淨）咳，你說是三是五，與他做主。（貼）你自問他去。（淨見旦介）小姐小姐，道姑稽首那。（旦作驚介）你那裡道姑？（淨）紫陽宮石道姑。老夫人有召，替小姐保禳。聞說小姐在後花園着魅，我不信。

前腔（淨）你惺惺的怎着迷？設設的渾如魅。（旦作魘語介）我的人那。（淨貼背介）你聽他唸唸呢呢作的風風勢。是了。身邊帶有箇小符兒。（取旦釵挂小符作咒

弄影团风抹媚痴。（净）再痴时，请个五雷打他。（旦）些儿意，正待携云握雨，你却用掌心雷。（合前）

（净）还分明说与，起个三丈高咒幡儿。（旦）待说个甚么子好？

尾声（旦）依稀则记的个柳和梅。姑姑，你也不索打符桩挂竹枝，则待我冷思量，一星星咒向梦儿里。（贴扶旦下）

（贴）绿惨双蛾不自持，
（净）道家妆束厌禳时。
（旦）如今不在花红处，
（合）为报东风且莫吹。

第十九出 牝贼

北点绛唇（净扮李全引众上）世扰膻风，家传杂种。刀兵动，这贼英雄，比不得穿墉洞。

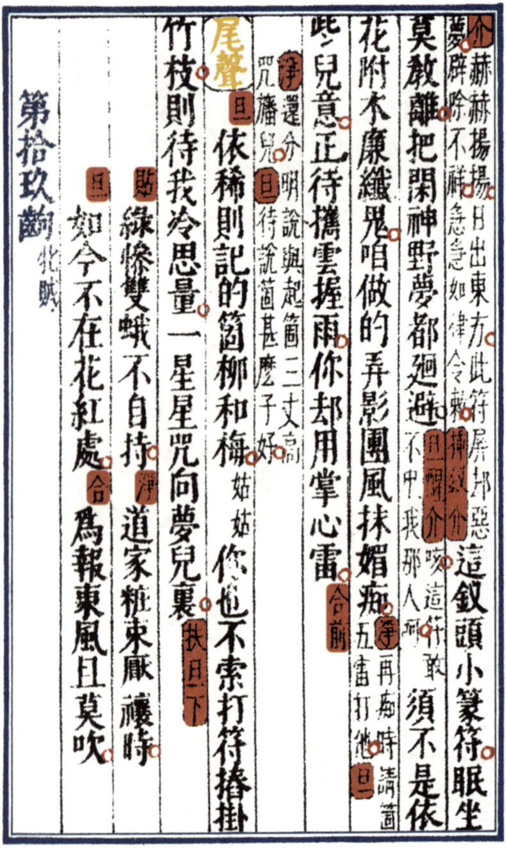

介赫赫揚揚日出東方此符屏却惡夢辟除不祥急急如律令勅揮釵介這釵頭小篆符眠坐
莫教離把閑神野夢都迴避旦嘆介咳這符敢不中我那人呵須不是依
花附木廉纖鬼咱做的弄影團風抹媚痴淨再痴時請箇五雷打他旦
些兒意正待攜雲握雨你却用掌心雷合前
淨還分明說與起箇三丈高呪旛兒旦待說箇甚麼子好
尾聲旦依稀則記的箇柳和梅姑姑你也不索打符椿掛
竹枝則待我冷思量一星星呪向夢兒裏扶旦下
貼綠慘雙蛾不自持淨道家粧束厭禳時
旦如今不在花紅處合為報東風且莫吹
第拾玖齣 牝賊

野马千蹄合一群，眼看江海起风尘。汉儿学得胡儿语，又替胡儿骂汉人。自家李全是也。本贯楚州人氏，身有万夫不当之勇。南朝不用，去而为盗。以五百人出没江淮之间，正无归着。所幸大金皇帝，遥封俺为溜金王。央我骚扰淮扬，看机进取。奈我多勇少谋，所喜妻子杨氏娘娘，能使一条梨花枪，万人无敌。夫妻上阵，大有威风。则是娘娘有些吃醋，但是掳的妇人，都要送他帐下。便是军士们，都只畏惧他。正是：山妻独霸蛇吞象，海贼封王蛇变龙。

【番卜算】（丑扮杨婆持枪上）百战惹雌雄，血映燕支重。（舞介）一枝枪洒落花风，点点梨花弄。

（见举手介）大王千岁。奴家介胄在身，不拜了。（净）娘娘，你可知大金皇帝，封俺做溜金王？（丑）怎么叫做溜金王？（净）溜者顺也。（丑）封你何事？（净）央俺骚扰淮扬三

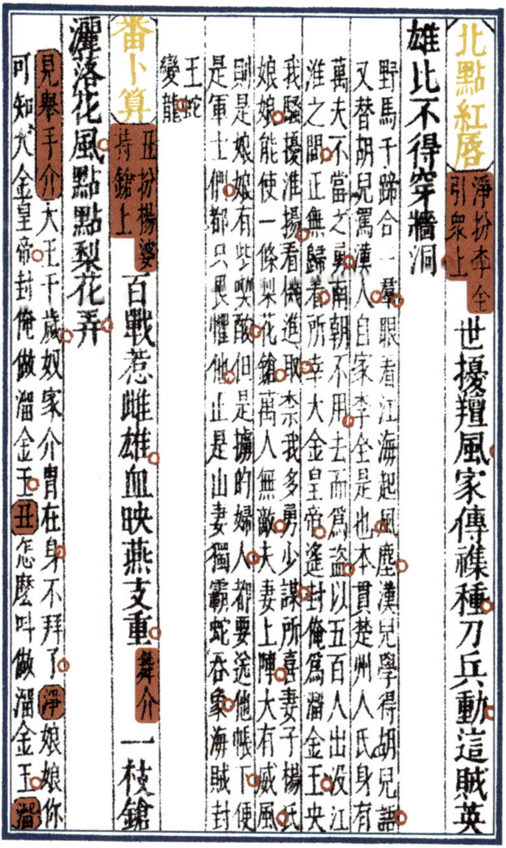
北點紅脣 淨扮李全引衆上 世擾擅風家傳襍種刀兵動這賊英雄比不得穿牆洞

野馬千蹄合一羣眼看江海起風塵漢兒學得胡兒語又替胡兒罵漢人自家李全是也本貫楚州人氏身有萬夫不當之勇南朝不用去而爲盜以五百人出沒江淮之間正無歸着所幸大金皇帝遙封俺爲溜金王央我騷擾淮揚看機進取奈我多勇少謀所喜妻子楊氏娘娘能使一條梨花鎗萬人無敵夫妻上陣大有威風則是娘娘有些喫醋但是擄的婦人都要送他帳下便是軍士們都只畏懼他正是山妻獨霸蛇吞象海賊封王蛇變龍

番卜算 丑扮楊婆持鎗上 百戰惹雌雄血映燕支重 舞介 一枝鎗灑落花風點點梨花弄

見舉手介 大王千歲奴家介胄在身不拜了 淨 娘娘你可知大金皇帝封俺做溜金王 丑 怎麼叫做溜金王 溜

年。待俺兵粮齐集，一举渡江，灭了赵宋。那时还封俺为帝哩！（丑）有这等事！恭喜了！借此号令，招军买马。

六幺令（净）如雷喧哄，紧辕门画鼓冬冬。哨尖儿飞过海云东。（合）好男女，坐当中，淮扬草木都惊动。

前腔（丑）聚粮收众。选高蹄战马青骢。闪盔缨斜簇玉钗红。（合前）

（净）群雄竞起向前朝，
（丑）折戟沉戈铁未销。
平原好牧无人放，
白草连天野火烧。

第二十出 闹殇

金珑璁（贴上）连宵风雨重，多娇多病愁中。仙少效，药无功。

颦有为颦，笑有为笑。不颦不笑，哀哉年少。春香侍奉小姐，伤春病

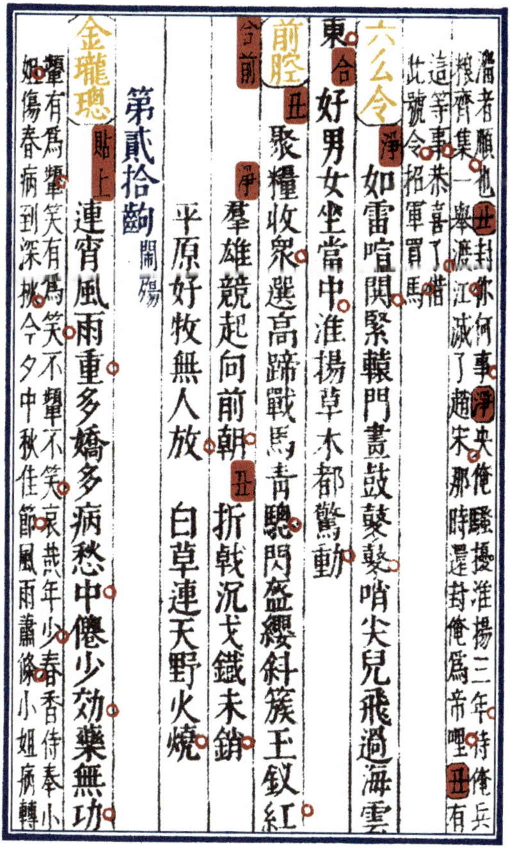

濟者願也（丑）封你何事（淨）央俺賢擾淮揚三年待俺兵粮齊集一舉渡江滅了趙宋那時還封俺爲帝哩（丑）有這等事恭喜了借此號令招軍買馬

六幺令（淨）如雷喧閧緊轅門畫鼓鼕鼕哨尖兒飛過海雲東（合）好男女坐當中淮揚草木都驚動

前腔（丑）聚糧收衆選高蹄戰馬青驄閃盔纓斜簇玉釵紅（合前）

（淨）羣雄競起向前朝（丑）折戟沉戈鐵未銷

平原好牧無人放 白草連天野火燒

第貳拾齣 鬧殤

金瓏璁（貼上）連宵風雨重多嬌多病愁中僊少効藥無功

顰有爲顰笑有爲笑不顰不笑哀哉年少春香侍奉小姐傷春病到深秋今夕中秋佳節風雨蕭條小姐病轉

到深秋。今夕中秋佳节，风雨萧条。小姐病转沉沦，待我扶他消遣。正是：从来雨打中秋月，更值风摇长命灯。（下）

鹊桥仙（贴扶病旦上）拜月堂空，行云径拥。骨冷怕成秋梦。世间何物似情浓？整一片断魂心痛。

（旦）枕函敲破漏声残，似醉如呆死不难。一段暗香迷夜雨，十分清瘦怯秋寒。春香，病境沉沉，不知今夕何夕？（贴）八月半了。（旦）哎也！是中秋佳节哩。老爷奶奶，都为我愁烦，不曾玩赏了？（贴）这都不在话下了。（旦）听见陈师父替我推命，要过中秋。看看病势转沉，今宵欠好。你为我开轩一望，月色如何？（贴开窗，旦望介）

集贤宾（旦）海天悠问冰蟾何处涌？玉杵秋空，凭谁窃药把嫦娥奉？甚西风吹梦无踪！人去难逢，须不是神挑鬼弄。在眉峰，心坎里别是一般疼痛。（旦闷介）

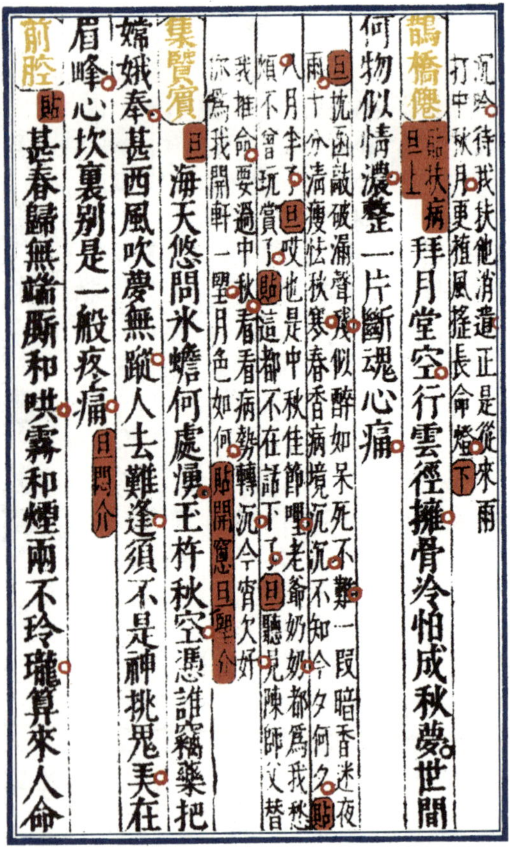

沉吟。待我扶他消遣。正是從來雨
打中秋月。更值風搖長命燈。（下）
鵲橋僊（旦上 貼扶病）拜月堂空。行雲徑擁。骨冷怕成秋夢。世間
何物似情濃。整一片斷魂心痛。
（旦）枕函敲破漏聲殘。似醉如呆死不難。一段暗香迷夜
雨。十分清瘦怯秋寒。春香病境沉沉。不知今夕何夕。（貼）
八月半了。（旦）哎也是中秋佳節哩。老爺奶奶都爲我愁
煩不曾玩賞了。（貼）這都不在話下了。（旦）聽見陳師父替
我推命要過中秋。看看病勢轉沉。今宵欠好。
你爲我開軒一望月色如何。（貼開窗旦望介）
集賢賓（旦）海天悠問冰蟾何處湧。玉杵秋空。憑誰竊藥把
嫦娥奉。甚西風吹夢無蹤。人去難逢。須不是神挑鬼弄在
眉峰。心坎裏別是一般疼痛。（旦悶介）
前腔（貼）甚春歸無端廝和哄。霧和煙兩不玲瓏。算來人命

前腔（贴）甚春归无端厮和哄，雾和烟两不玲珑。算来人命关天重，会消详直恁匆匆！为着谁侬，俏样子等闲抛送？待我谎他。姐姐，月上了。月轮空，敢蘸破你一床幽梦。

（旦望叹介）轮时盼节想中秋，人到中秋不自由。奴命不中孤月照，残生今夜雨中休。

前腔（旦）你便好中秋月儿谁受用？剪西风泪雨梧桐。楞生瘦骨加沉重。趱程期是那天外哀鸿。草际寒蛩，撒刺刺纸条窗缝。（旦惊作昏介）冷松松，软兀刺四稍难动。

（贴惊介）小姐冷厥了。夫人有请。（老旦上）百岁少忧夫主贵，一生多病女儿娇。我的儿，病体怎生了？（贴）奶奶，欠好，欠好。（老旦）可怎了！

前腔（老旦）不堤防你后花园闲梦铳，不分明再不惺忪，睡临侵打不起头稍重。（泣介）恨不呵早早乘龙。夜夜孤鸿，活害杀俺翠娟娟雏凤。一场空，是这答里把娘儿命送。

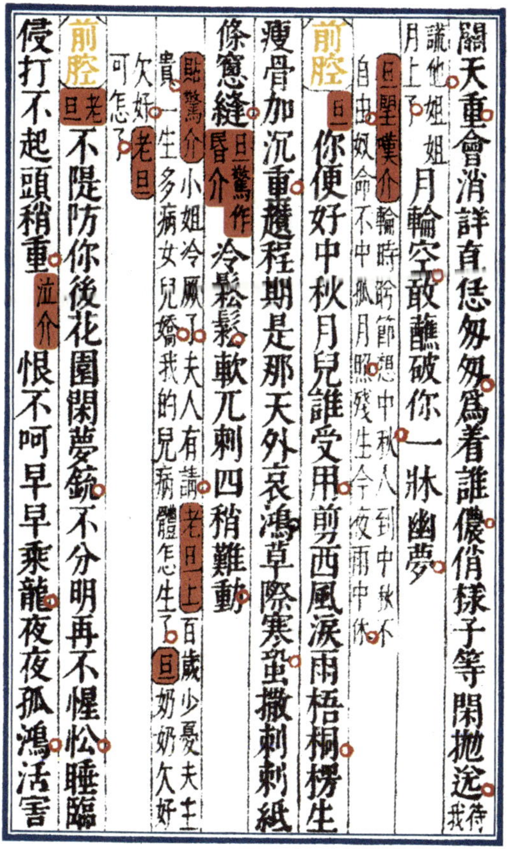
關天重。會消詳直恁匆匆。爲着誰儂。俏樣子等閑抛送。待我謊他。姐姐。月上了。月輪空。敢蘸破你一牀幽夢。

旦望嘆介 輪時盼節想中秋。人到中秋不自由。奴命不中孤月照。殘生今夜雨中休。

前腔 旦 你便好中秋月兒誰受用。剪西風淚雨梧桐。楞生瘦骨加沉重。趲程期是那天外哀鴻。草際寒蛩。撒刺刺紙條窻縫。旦驚作昏介 冷鬆鬆。軟兀刺四稍難動。

貼驚介 小姐冷厥了。夫人有請。老旦上 百歲少憂夫主貴。一生多病女兒嬌。我的兒。病體怎生了。貼 奶奶。欠好。欠好。老旦 可怎了。

前腔 老旦 不隄防你後花園閑夢銃。不分明再不惺忪。睡臨侵打不起頭稍重。泣介 恨不呵早早乘龍。夜夜孤鴻。活害啭林莺（旦醒介）甚飞丝缱的阳神动，弄悠扬风马叮咚。（泣介）娘，儿拜谢你了。（拜跌介）从小来觑的千金重，不孝女孝顺无终。娘呵，此乃天之数也。当今生花开一红，愿来生把萱椿再奉。（众泣介）（合）恨西风，一霎无端，碎绿摧红。

前腔（老旦）并无儿，荡得个娇香种，绕娘前笑眼欢容。但成人索把俺高堂送，恨天涯老运孤穷。儿呵，暂时间月直年空，返将息你这心烦意冗。（合前）（旦）娘，你女儿不幸，作何处置？（老旦）奔你回去也。儿！

玉莺儿（旦泣介）旅榇梦魂中，盼家山千万重。（老旦）便远也去。（旦）是不是听女孩儿一言。这后花园中一株梅树，儿心所爱。但葬我梅树之下可矣。（老旦）这是怎的来？（旦）做不的病婵娟桂窟里长生，则分的粉骷髅向梅花古洞。（老旦泣介）看他强扶头泪濛，冷淋心汗倾，不如我先他一

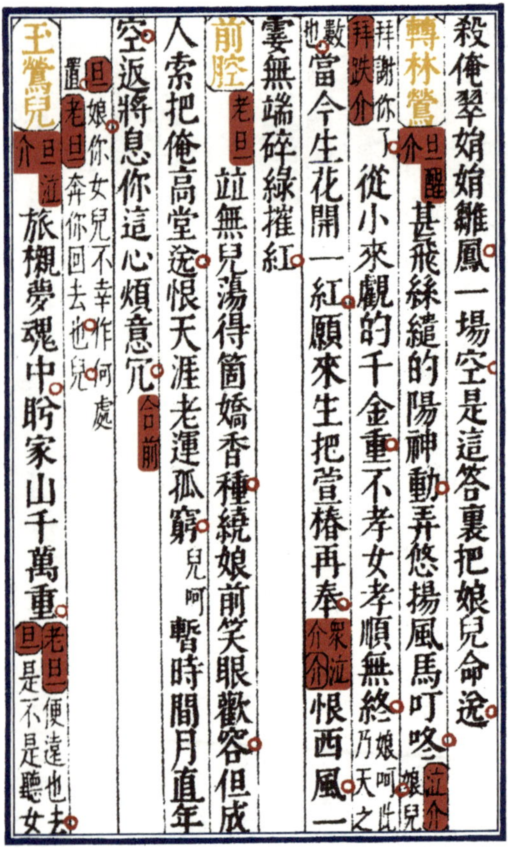
殺俺翠娟娟雛鳳一場空是這答裏把娘兒命送

囀林鶯 旦醒介 甚飛絲繾的陽神動弄悠揚風馬叮咚 泣介 娘兒拜謝你了 拜跌介 從小來覷的千金重不孝女孝順無終 娘呵此乃天之數也 當今生花開一紅願來生把萱椿再奉 衆泣介 合 恨西風一霎無端碎綠摧紅

前腔 老旦 竝無兒蕩得箇嬌香種繞娘前笑眼歡容但成人索把俺高堂送恨天涯老運孤窮 兒呵 暫時間月直年空返將息你這心煩意冗 合前 旦 娘你女兒不幸作何處置 老旦 奔你回去也兒

玉鶯兒 旦泣介 旅櫬夢魂中盼家山千萬重 老旦 便遠也去 旦 是不是聽女

命无常用。（合）恨苍穹，妒花风雨，偏在月明中。

（老旦）还去与爹讲，广做道场也。儿，银蟾谩捣君臣药，纸马重烧子母钱。（下）（旦）春香，咱可有回生之日否？

【前腔】（叹介）你生小事依从，我情中你意中。春香，你小心奉事老爷、奶奶。（贴）这是当的了。（旦）春香，我记起一事来。我那春容，题诗在上，外观不雅。葬我之后，盛着紫檀匣儿，藏在太湖石底。（贴）这是主何意儿？（旦）有心灵翰墨春容，倘直那人知重。（贴）姐姐宽心。你如今不幸，孤坟独影。肯将息起来，禀过老爷，但是姓梅姓柳秀才，招选一个，同生同死，可不美哉！（旦）怕等不得了。哎哟，哎哟！（贴）这病根儿怎攻，心上医怎逢？（旦）春香，我亡后，你可向灵位前叫唤我一声儿。（贴介）他一星星说向咱伤情重。（合前）

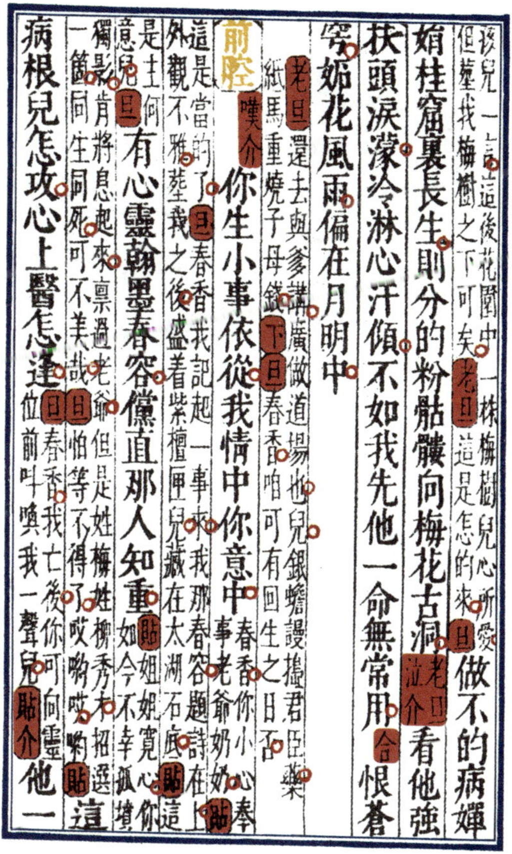
孩兒一言。這後花園中一株梅樹兒心所愛，但葬我梅樹之下可矣。（老旦）這是怎的來？（旦）做不的病嬋娟桂窟裏長生，則分的粉骷髏向梅花古洞。（老旦泣介）看他強扶頭淚濛，冷淋心汗傾，不如我先他一命無常用。（合）恨蒼穹，妒花風雨，偏在月明中。（老旦）還去與爹講，廣做道場也。兒，銀蟾謾搗君臣藥，紙馬重燒子母錢。（下）（旦）春香，咱可有回生之日否？

【前腔】（嘆介）你生小事依從，我情中你意中。春香，你小心奉事老爺奶奶。（貼）這是當的了。（旦）春香，我記起一事來。我那春容，題詩在上，外觀不雅。葬我之後，盛着紫檀匣兒，藏在太湖石底。（貼）這是主何意兒？（旦）有心靈翰墨春容，儻直那人知重。（貼）姐姐寬心。你如今不幸，孤墳獨影。肯將息起來，禀過老爺，但是姓梅姓柳秀才，招選一箇，同生同死，可不美哉！（旦）怕等不得了。哎喲，哎喲！（貼）這病根兒怎攻，心上醫怎逢？（旦）春香，我亡後，你可向靈位前叫喚我一聲兒。（貼介）他一

（旦昏介）（贴）不好了，不好了，老爷奶奶快来！

忆莺儿（外、老旦上）鼓三冬，愁万重，冷雨幽窗灯不红。听侍儿传言女病凶。（贴泣介）我的小姐，小姐！（外、老旦同泣介）我的儿呵，你舍的命终，抛的我途穷。当初只望把爹娘送。（合）恨匆匆，萍踪浪影，风剪了玉芙蓉。

（旦作醒介）（外）快苏醒！儿，爹在此。（旦作看外介）哎哟！爹爹，扶我中堂去罢。（外）扶你也，儿。（扶介）

尾声（旦）怕树头树底不到的五更风，和俺小坟边立断肠碑一统。爹，今夜是中秋？（外）是中秋也，儿。（旦）禁了这一夜雨。（叹介）怎能彀月落重生灯再红！（并下）

（贴哭上介）我的小姐，我的小姐！天有不测之风云，人有无常之祸福。我小姐一病伤春死了，痛杀了我家

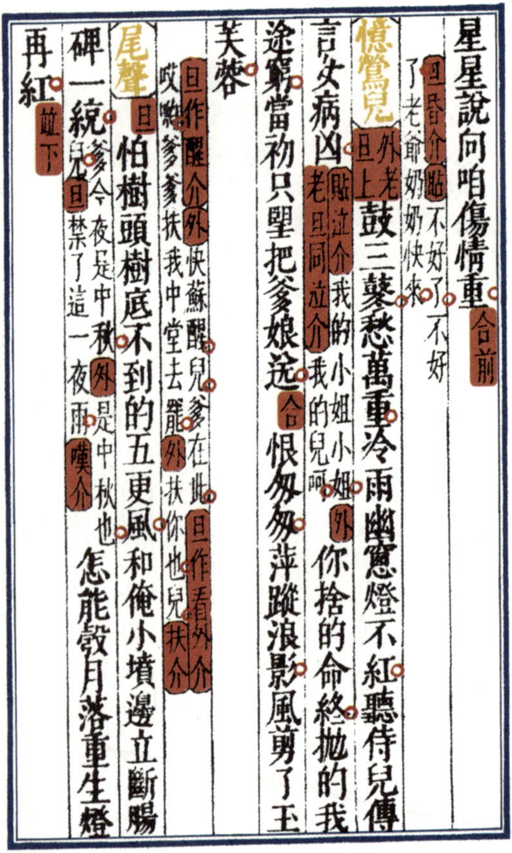

星星說向咱傷情重（合前）（旦昏介）（貼）不好了不好了老爺奶奶快來

憶鶯兒（外老旦上）鼓三鼕愁萬重冷雨幽窗燈不紅聽侍兒傳言女病凶（貼泣介）（老旦同泣介）我的小姐小姐我的兒呵（外）你捨的命終抛的我途窮當初只望把爹娘送（合）恨匆匆萍蹤浪影風剪了玉芙蓉

（旦作醒介）（外）快蘇醒兒爹在此（旦作看外介）哎喲爹爹扶我中堂去罷（外）扶你也兒（扶介）

尾聲（旦）怕樹頭樹底不到的五更風和俺小墳邊立斷腸碑一統爹今夜是中秋（外）是中秋也兒（旦）禁了這一夜雨（嘆介）怎能彀月落重生燈再紅（並下）

老爷、我家奶奶。列位看官们，怎了也！待我哭他一会。

红纳袄（贴）小姐，再不叫咱把领头香心字烧，再不叫咱把剔花灯红泪缴，再不叫咱拈花则眼调歌鸟，再不叫咱转镜移肩和你点绛桃。想着你夜深深放剪刀，晓清清临画稿。提起那春容，被老爷看见了，怕奶奶伤情，分付殉了葬罢。俺想小姐临终之言，依旧向湖山石儿靠，也怕等得个拾翠人来把画粉销。

老姑姑，你也来了。（净上）你哭得好，我也来帮你。

前腔（净）春香姐，再不教你暖朱唇学弄箫。（贴）为此。（净）再不和你荡湘裙闲斗草。（贴）便是。（净）小姐不在，春香姐也松泛多少。（贴）怎见得？（净）再不要你冷温存热絮叨，再不要得你夜眠迟、朝起的早。（贴）这也惯了。（净）还有省气的所在。鸡眼睛不用你做嘴儿挑，马子儿不用你

貼哭上介 我的小姐我的小姐天有不測之風雲人有無常之禍福我小姐一病傷春死了痛殺了我家老爺我家奶奶列位看官們怎了也待我哭他一會

紅納襖 貼 小姐再不叫咱把領頭香心字燒再不叫咱把剔花燈紅淚繳再不叫咱拈花則眼調歌鳥再不叫咱轉鏡移肩和你點絳桃想着你夜深深放剪刀曉清清臨畫稿提起那春容被老爺看見了怕奶奶傷情分付殉了葬罷俺想小姐臨終之言依舊向湖山石兒靠也怕等得箇拾翠人來把畫粉銷

老姑姑你也來了 淨上 你哭得好我也來幫你

前腔 淨 春香姐再不敎你暖朱唇學弄簫 貼 為此 淨 再不和你蕩湘裙閑鬬草 貼 便是 淨 小姐不在春香姐也鬆泛多少 貼 怎見得 淨 再不要你冷

随鼻儿倒。（贴啐介）（净）还一件，小姐青春有了，没时间做出些儿也，那老夫人呵，少不的把你后花园打折腰。（贴）休胡说！老夫人来也。

前腔（老旦哭介）我的亲儿！每日绕娘身有百十遭，并不见你向人前轻一笑。他背熟的班姬《四诫》从头学，不要得孟母三迁把气淘。也愁他软苗条忒恁娇，谁料他病淹煎真不好。（哭介）从今后谁把亲娘叫也，一寸肝肠做了百寸焦。

（老旦闷倒，贴惊叫介）老爷，痛杀了奶奶也！快来，快来！（外哭上）我的儿也，呀，原来夫人闷倒在此。

前腔（外）夫人，不是你坐孤辰把子宿嚣，则是我坐公堂冤业报。较不似老仓公多女好。撞不着赛卢医他一病跷。天，天，似俺头白中年呵，便做了大家缘何处消？见放着小门楣生折倒！夫人，你且自保重。便做你寸肠千断了也，则怕女儿呵，他望帝魂归不可招。

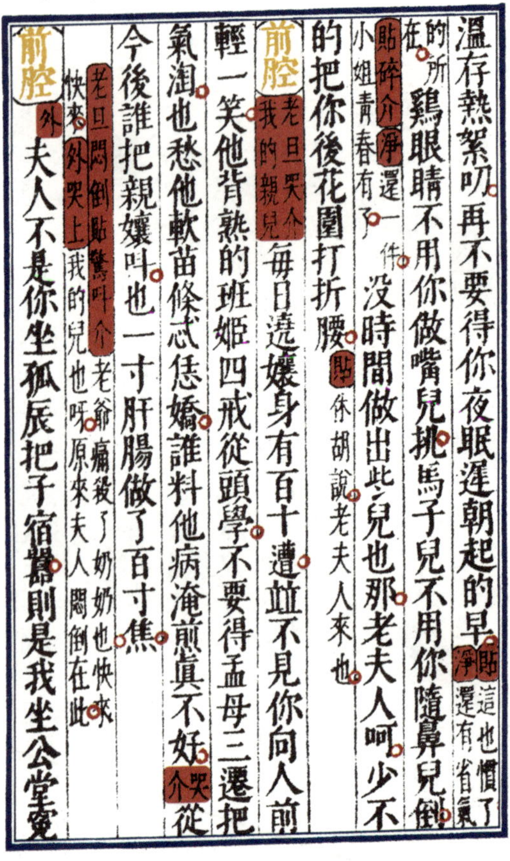
溫存熱絮叨再不要得你夜眠遲朝起的早（貼）這也慣了（淨）還有省氣的所在鷄眼睛不用你做嘴兒挑馬子兒不用你隨鼻兒倒（貼碎介）（淨）還一件小姐青春有了沒時間做出些兒也那老夫人呵少不的把你後花園打折腰（貼）休胡說老夫人來也

前腔（老旦哭介）我的親兒每日遶孃身有百十遭並不見你向人前輕一笑他背熟的班姬四戒從頭學不要得孟母三遷把氣淘也愁他軟苗條忒恁嬌誰料他病淹煎真不好（哭介）從今後誰把親孃叫也一寸肝腸做了百寸焦

（老旦悶倒貼驚叫介）老爺痛殺了奶奶也快來快來（外哭上）我的兒也呀原來夫人悶倒在此

前腔（外）夫人不是你坐孤辰把子宿囂則是我坐公堂冤

（丑扮院公上）人间旧恨惊鸦去，天上新恩喜鹊来。禀老爷，朝报高升。（外看报介）吏部一本，奉圣旨：金寇南窥，南安知府杜宝，可升安抚使，镇守淮扬。即日起程，不得违误。钦此。（叹介）夫人，朝旨催人北往，女丧不便西归。院子，请陈斋长讲话。（丑）老相公有请。（末上）彭殇真一壑，吊贺每同堂。（见介）（外）陈先生，小女长谢你了。（末哭介）正是：苦伤小姐仙逝，陈最良四顾无门。所喜老公相乔迁，陈最良一发失所。（众哭介）（外）陈先生，有事商量。学生奉旨，不得久停。因小女遗言，就葬后园梅树之下，又恐不便后官居住，已分付割取后园，起座梅花庵观，安置小女神位。就着这石道姑焚修看守，那道姑可承应的来？（净跪介）老道婆添香换水。但往来看顾，还得一人。（老旦）就烦陈斋长为便。（末）老夫人有命，情愿效劳。（老旦）老爷，须置些祭田才好。（外）有漏泽院二顷虚田，拨资香火。（末）这漏泽院田，就漏在生员身上。

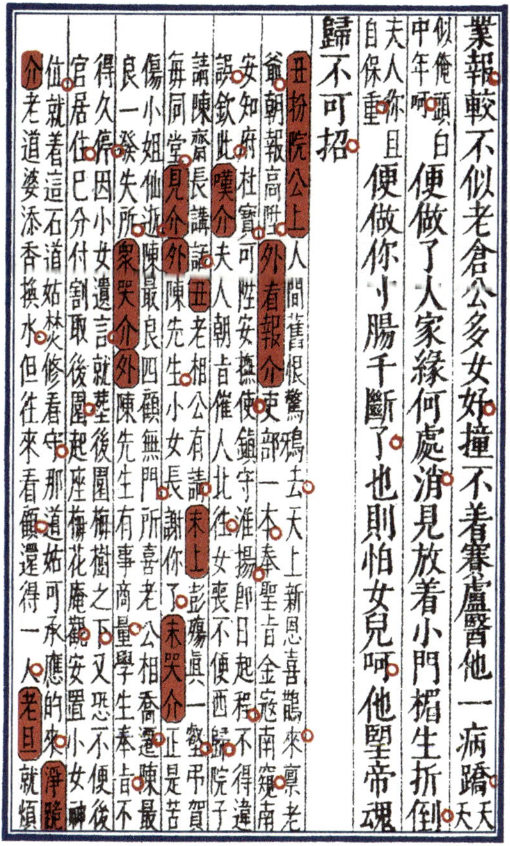
業報較不似老倉公多女好撞不着賽盧醫他一病蹺天天天似俺頭白中年呵便做了人家緣何處消見放着小門楣生折倒夫人你且自保重便做你寸腸千斷了也則怕女兒呵他望帝魂歸不可招

丑扮院公上人間舊恨驚鴉去天上新恩喜鵲來稟老爺朝報高陞外看報介吏部一本奉聖旨金寇南窺南安知府杜寶可陞安撫使鎮守淮揚即日起程不得違誤欽此嘆介夫人朝旨催人北往女喪不便西歸院子請陳齋長講話丑老相公有請末上彭殤眞一壑弔賀每同堂見介外陳先生小女長謝你了末哭介正是苦傷小姐仙逝陳最良四顧無門所喜老公相喬遷陳最良一發失所衆哭介外陳先生有事商量學生奉旨不得久停因小女遺言就葬後園梅樹之下又恐不便後官居住已分付割取後園起座梅花庵觀安置小女神位就着這石道姑焚修看守那道姑可承應的來淨跪介老道婆添香換水但往來看顧還得一人老旦就煩

（净）咱号道姑，堪收稻谷。你是陈绝粮，漏不到你。（末）秀才口吃十一方，你是姑姑，我还是孤老，偏不该我收粮？（外）不消争，陈先生收给。陈先生，我在此数年，优待学校。（末）都知道，便是老公相高升，旧规有诸生遗爱记、生祠碑文，到京伴礼送人为妙。（净）陈绝粮，遗爱记是老爷遗下与令爱作表记么？（末）是老公相政迹歌谣。甚么令爱！（净）怎么叫做生祠？（末）大祠宇塑老爷像供养，门上写着『杜公之祠』。（净）这等不如就塑小姐在傍，我普同供养。（外恼介）胡说！但是旧规，我通不用了。

意不尽（外）陈先生，老道姑，咱女坟儿三尺暮云高，老夫妻一言相靠。不敢望时时看守，则清明寒食一碗饭儿浇。

（外）魂归冥漠魄归泉，
（老）使汝悠悠十八年。
（末）一叫一回肠一断，
（合）如今重说恨绵绵。

陳齋長爲便（末）老夫人有命情願效勞（老旦）老爺須置些祭田纔好（外）有漏澤院二頃虛田撥貧香火（末）這漏澤院田就漏在生員身上（淨）咱號道姑堪收稻穀你是陳絕粮漏不到你（末）秀才口喫十一方你是姑姑我還是孤老偏不該我收粮（外）不消爭陳先生收給陳先生我在此數年優待學校（末）都知道便是老公相陞舊規有諸生遺愛記生祠碑文到京伴禮送人爲妙（淨）陳絕粮遺愛記是老爺遺下與令愛作表記麼（末）是老公相政跡歌謠甚麼令愛（淨）怎麼叫做生祠（末）大祠宇塑老爺像供養門上寫着杜公之祠（淨）這等不如就塑小姐在傍我普同供養（外惱介）胡說但是舊規我通不用了

意不盡（外）陳先生老道姑咱女墳兒三尺暮雲高老夫妻一言相靠不敢望時時看守則清明寒食一碗飯兒澆

（外）魂歸冥漠魄歸泉（老）使汝悠悠十八年
（末）一叫一回腸一斷（合）如今重說恨緜緜

第二十一出　谒遇

光光乍（老旦扮僧上）一领破袈裟，香山岙里巴。多生多宝多菩萨，多多照证光光乍。

小僧广州府香山岙多宝寺一个住持。这寺原是番鬼们建造，以便迎接收宝官员。兹有钦差苗爷任满，祭宝于多宝菩萨位前，不免迎接。

挂真儿（净扮苗舜宾，末扮通事，外、贴扮皂卒，丑扮番鬼上）半壁天南开海汉，向真珠窟里排衙。（僧接介）（净）广利神王，善财天女，听梵放海潮音下。

（净）铜柱珠崖道路难，伏波横海旧登坛。越人自贡珊瑚树，汉使何劳獬豸冠？自家钦差识宝使臣苗舜宾便是。三年任满，例当祭赛多宝菩萨。通事那里？（末见介）（丑见介）伽喇喇。（老旦见介）（净）叫

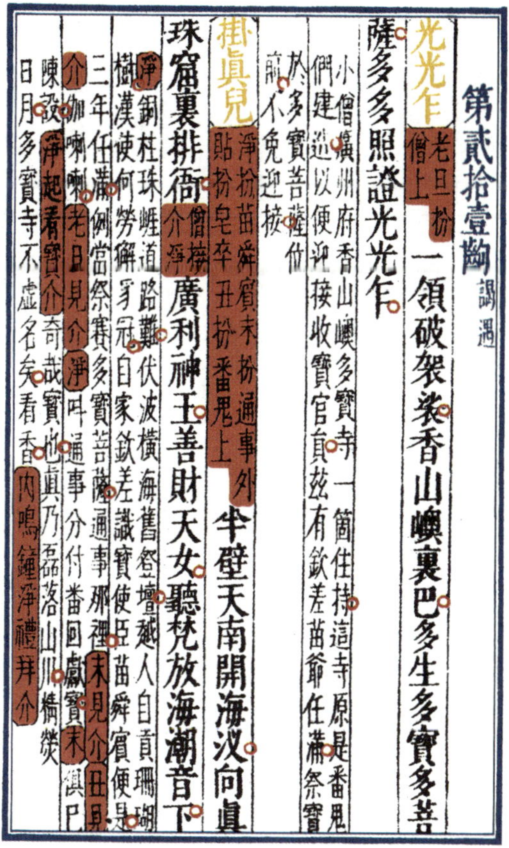

第貳拾壹齣　謁遇

光光乍 老旦扮僧上 一領破袈裟香山嶴裏巴。多生多寶多菩薩多多照證光光乍。小僧廣州府香山嶴多寶寺一箇住持。這寺原是番鬼們建造以便迎接收寶官員。茲有欽差苗爺任滿祭寶於多寶菩薩位前不免迎接。掛眞兒 淨扮苗舜賓末扮通事外貼扮皂卒丑扮番鬼上 半壁天南開海汉向眞珠窟裏排衙。僧接介 淨 廣利神王善財天女聽梵放海潮音下。淨 銅柱珠崖道路難伏波横海舊登壇。越人自貢珊瑚樹漢使何勞獬豸冠。自家欽差識寶使臣苗舜賓便是。三年任滿例當祭賽多寶菩薩通事那裏。末見介 丑見介 伽喇喇。老旦見介 淨 叫通事分付番回獻寶。末 [illegible]巴。陳設。淨起看寶介 奇哉寶也眞乃磊砢落山川精熒日月。多寶寺不虛名矣。看香。內鳴鐘淨禮拜介

通事，分付番回献宝。（末）俱已陈设。（净起看宝介）奇哉宝也。真乃磊落山川，精荧日月。多宝寺不虚名矣！看香。（内鸣钟）（净礼拜介）

亭前柳（净）三宝唱三多，七宝妙无过。庄严成世界，光彩遍娑婆。甚多，功德无边阔。（合）领拜南无多得宝，宝多罗，多罗。

（净）和尚，替番回海商祝赞一番。

前腔（老旦）大海宝藏多，船舫遇风波。商人持重宝，险路怕经过。刹那，念彼观音脱。（合前）

挂真儿（生上）望长安西日下，偏吾生海角天涯。爱宝的喇嘛，抽珠的佛法，滑琉璃两下难拿。

自笑柳梦梅，一贫无赖，弃家而游。幸遇钦差，寺中祭宝，托词进见。倘言语中间，可以打动，得其赈援，亦未可知。（见外介）（生）烦大哥通报一声。广州府学生员柳

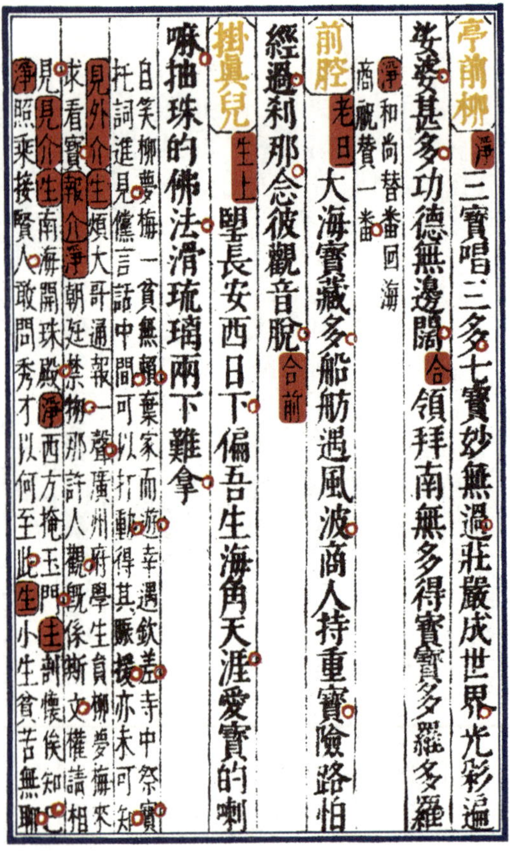
亭前柳 淨 三寶唱三多七寶妙無過莊嚴成世界光彩遍娑婆甚多功德無邊闊 合 領拜南無多得寶寶多羅多羅
淨 和尚替番回海商祝贊一番
前腔 老旦 大海寶藏多船舫遇風波商人持重寶險路怕經過刹那念彼觀音脫 合前
掛真兒 生上 望長安西日下偏吾生海角天涯愛寶的喇嘛抽珠的佛法滑琉璃兩下難拿
自笑柳夢梅一貧無賴棄家而遊幸遇欽差寺中祭寶托詞進見儻言語中間可以打動得其賑援亦未可知 見外介 生 煩大哥通報一聲廣州府學生員柳夢梅來求看寶 報介 淨 朝廷禁物那許人觀既係斯文權請相見 見介 生 南海開珠殿 淨 西方掩玉門 主 剖懷俟知己 淨 照乘接賢人敢問秀才以何至此 生 小生貧苦無聊

梦梅，来求看宝。（报介）（净）朝廷禁物，那许人观。既系斯文，权请相见。（见介）（生）南海开珠殿，（净）西方掩玉门。（生）剖怀俟知己，（净）照乘接贤人。敢问秀才以何至此？（生）小生贫苦无聊，闻得老大人在此赛宝，愿求一观，以开怀抱。（净笑介）既逢南土之珍，何惜西昆之秘。请试一观。（净引生看宝介）（生）明珠美玉，小生见而知之。其间数种，未委何名？烦老大人一一指教。

驻云飞（净）这是星汉神砂，这是煮海金丹和铁树花。甚么猫眼精光射，母碌通明差。嗏，这是靺鞨柳金芽，这是温凉玉斝，这是吸月的蟾蜍，和阳燧冰盘化。（生）我广南有明月珠，珊瑚树。（净）径寸明珠等让他，便是几尺珊瑚碎了他。

（生）小生不游大方之门，何因睹此！

前腔（生）天地精华，偏出在番回到

聞得老大人在此賽寶願求一觀以開懷抱淨笑介既逢南土之珍何惜西崑之秘請試一觀淨引生看寶介生明珠美玉小生見而知之其間數種未委何名煩老大人一一指教

駐雲飛淨這是星漢神砂這是煮海金丹和鐵樹花甚麽猫眼精光射母碌通明差嗏這是靺鞨柳金芽這是溫涼玉斝這是吸月的蟾蜍和陽燧冰盤化生我廣南有明月珠珊瑚樹淨徑寸明珠等讓他便是幾尺珊瑚碎了他

生小生不遊大方之門何因覩此

前腔生天地精華偏出在番回到帝子家稟問老大人這寶來路多遠淨有遠三萬里的至少也有一萬多程生這般遠可是飛來走來淨笑介那有飛走而至之理都因朝廷重價購求自來貢獻生嘆介老大人這寶物蠢爾無知三萬里之外尚然無足而至生員柳夢梅滿胸奇異到長安三千里之近倒

帝子家。禀问老大人，这宝来路多远？（净）有远三万里的，至少也有一万多程。（生）这般远，可是飞来？走来？（净笑介）那有飞走而至之理。都因朝廷重价购求，自来贡献。（生叹介）老大人，这宝物蠢尔无知，三万里之外，尚然无足而至；生员柳梦梅，满胸奇异，到长安三千里之近，倒无人购取，有脚不能飞！他重价高悬下，那市舶能奸诈，嗏，浪把宝船划。（净）疑惑这宝物欠真么？（生）老大人，便是真，饥不可食，寒不可衣，看他似虚舟飘瓦。（净）依秀才说，何为真宝？（生）不欺，小生到是个真正献世宝。我若载宝而朝，世上应无价。（净笑介）则怕朝廷之上，这样献世宝也多着。（生）但献宝龙宫笑杀他，便斗宝临潼也赛得他。

（净）这等便好献与圣天子了。（生）寒儒薄相，要伺候官府，尚不能彀。怎见的圣天子？（净）你不知，到是

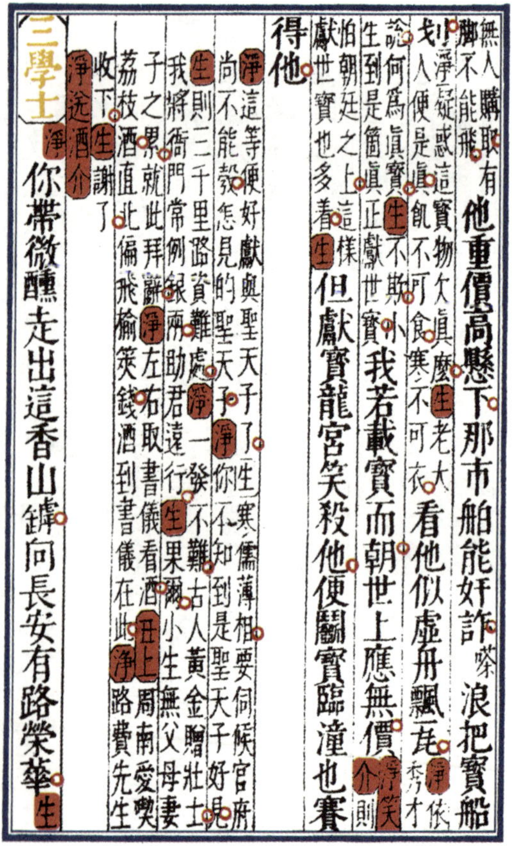
無人購取有脚不能飛他重價高懸下那市舶能奸詐嗏浪把寶船划淨疑惑這寶物欠眞麼生老大人便是眞飢不可食寒不可衣看他似虛舟飄瓦淨依秀才說何爲眞寶生不欺小生到是箇眞正獻世寶我若載寶而朝世上應無價淨笑介則怕朝廷之上這樣獻世寶也多着生但獻寶龍宮笑殺他便鬬寶臨潼也賽得他

淨這等便好獻與聖天子了生寒儒薄相要伺候官府尚不能彀怎見的聖天子淨你不知到是聖天子好見生則三千里路資難處淨一發不難古人黃金贈壯士我將衙門常例銀兩助君遠行生果爾小生無父母妻子之累就此拜辭淨左右取書儀看酒丑上周南愛喫荔枝酒直北偏飛榆莢錢酒到書儀在此淨路費先生收下生謝了淨送酒介

三學士淨你帶微醺走出這香山鏬向長安有路榮華生

圣天子好见。（生）则三千里路资难处。（净）一发不难。古人黄金赠壮士，我将衙门常例银两，助君远行。（生）果尔，小生无父母妻子之累，就此拜辞。（净）左右，取书仪，看酒。（丑上）广南爱吃荔枝酒，直北偏飞榆荚钱。酒到，书仪在此。（净）路费先生收下。（生）谢了。（净送酒介）

三学士（净）你带微醺走出这香山罅，向长安有路荣华（生）无过献宝当今驾，撒去收来再似他。（合）骤金鞭及早把荷衣挂，望归来，锦上花。

前腔（生）则怕呵，重瞳有眼苍天瞎，似波斯赏鉴无差。（净）由来宝色无真假，只在淘金的会拣沙。（合前）（生）告行了。

尾声 你赠壮士黄金气色佳。（净）一杯酒酸寒奋发，则愿的你呵，宝气冲天海上槎。」

（生）乌纱巾上是青天，
（净）俊骨英才气俨然。
（生）闻道金门堪济美，
（净）临行赠汝绕朝鞭。

第二十二出 旅寄

【捣练子】（生伞、袱，病容上）人出路，鸟离巢。（内风声介）搅天风雪梦牢骚。这几日精神寒冻倒。

香山岙里打包来，三水船儿到岸开。要寄乡心值寒岁，岭南南上半枝梅。我柳梦梅，秋风拜别中郎，因循亲友辞饯。离船过岭，早是暮冬。不提防岭北风严，感了寒疾，又无扫兴而回之理。一天风雪，望见南安。好苦也！

無過獻寶當今駕撒去收來再似他（合）驟金鞭及早把荷衣掛望歸來錦上花

【前腔】（生）則怕呵重瞳有眼蒼天瞎似波斯賞鑒無差（淨）由來寶色無眞假只在淘金的會揀砂（合前）（生）告行了

【尾聲】你贈壯士黃金氣色佳（淨）一杯酒酸寒奮發（生）則願的你呵寶氣冲天海上槎

（生）烏紗巾上是青天（淨）俊骨英才氣儼然

（生）聞道金門堪濟美（淨）臨行贈汝繞朝鞭

第貳拾貳齣 旅寄

【搗練子】（生傘袱病容上）人出路鳥離巢（內風聲介）攪天風雪夢牢騷這

山坡羊（生）树槎牙饿鸢惊叫，岭迢遥病魂孤吊。破头巾雹打风筛，透衣单伞做张儿哨。路斜抄，急没个店儿捎。雪儿呵，偏则把白面书生奚落。怎生冰凌断桥，步高低蹬着。好了。有一株柳，酬将过去。方便处柳跎腰。（扶柳过介）虚嚣，尽枯杨命一条。蹊跷，滑喇砂跌一交。（跌介）

步步娇（末上）便是个卧雪先生没烦恼。背上驴儿笑，心知第五桥。那里开年有斋村学！（生作哎呀介）（末）怎生来人怨语声高？（看介）呀！甚城南破瓦窑，闪下个精寒料。

（生）救人！救人！（末）我陈最良，为求馆冲寒到此。彩头儿恰遇着吊水之人，且由他去。（生又叫介）救人！（末）听说救人，那里不是积福处。俺试问他。（问介）你是何等之人，失脚在此？（生）俺是读书之人。（末）委是读书之人，待俺扶起你来。（末扶生，相跌，诨介）（末）请问何方至此？

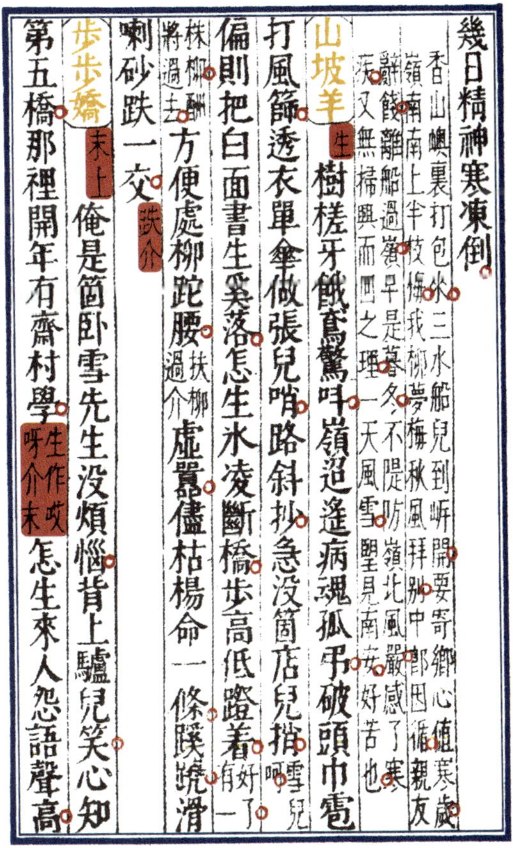
幾日精神寒凍倒
香山嶼裏打包來三水船兒到岸開要寄鄉心值寒歲嶺南南上半枝梅我柳夢梅秋風拜別中郎因循親友辭餞離船過嶺早是暮冬不隄防嶺北風嚴感了寒疾又無掃興而回之理一天風雪望見南安好苦也
山坡羊生樹槎牙餓鳶驚叫嶺迢遥病魂孤弔破頭巾雹打風篩透衣單傘做張兒哨路斜抄急沒箇店兒捎雪兒呵偏則把白面書生奚落怎生冰凌斷橋步高低蹬着好了有一株柳酬將過去方便處柳跎腰扶柳過介虛囂儘枯楊命一條蹊蹺滑喇砂跌一交跌介
步步嬌末上俺是箇卧雪先生沒煩惱背上驢兒笑心知第五橋那裡開年有齋村學生作哎呀介末怎生來人怨語聲高

【风入松】（生）五羊城一叶过南韶，柳梦梅来献宝。（末）有何宝货？（生）我孤身取试长安道，犯严寒少衾单病了。没揣的逗着断桥溪道，险跌折柳郎腰。

（末）你自揣高中的，方可去受这等辛苦。（生）不瞒说，小生是个擎天柱，架海梁。（末笑介）却怎生冻折了擎天柱，扑倒了紫金梁？这也罢了，老夫颇识医理。边近有梅花观，权将息度岁而行。

【前腔】（末）尾生般抱柱正题桥，做倒地文星佳兆。论草包似俺堪调药，暂将息梅花观好。（生）此去多远？（末指介）看一树雪垂垂如笑，墙直上绣幡飘。（生）这等，望先生引进了。

（生）三十无家作路人，
（末）与君相见即相亲。
（生）华阳洞里仙坛上，
（合）似近东风别有因。

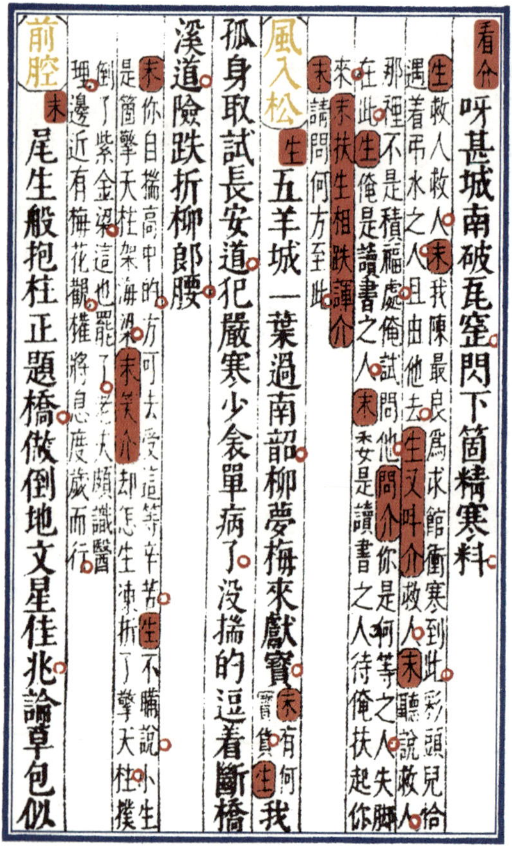
（看介）呀，甚城南破瓦窑門下箇精寒料。（生）救人救人。（末）我陳最良爲求館衝寒到此，彩頭兒恰遇着凍水之人，且由他去。（生又叫介）救人。（末）聽說救人，那裡不是積福處。俺試問他。（問介）你是何等之人，失脚在此。（生）俺是讀書之人。（末）秀是讀書之人，待俺扶起你來。（末扶生相跌諢介）（末）請問何方至此。

【風入松】（生）五羊城一葉過南韶，柳夢梅來獻寶。（末）有何寶貨。（生）我孤身取試長安道，犯嚴寒少衾單病了。沒揣的逗着斷橋溪道，險跌折柳郎腰。

（末）你自揣高中的，方可去受這等辛苦。（生）不瞞說，小生是箇擎天柱，架海梁。（末笑介）却怎生凍折了擎天柱，撲倒了紫金梁。這也罷了，老夫頗識醫理。邊近有梅花觀，權將息度歲而行。

【前腔】（末）尾生般抱柱正題橋，做倒地文星佳兆。論草包似

第二十三出　冥判

北点绛唇（净扮判官，丑扮鬼持笔、簿上）十地宣差，一天封拜。阎浮界，阳世栽埋，又把俺这里门桯迈。

自家十地阎罗王殿下，一个胡判官是也。原有十位殿下，因阳世赵大郎家，和金达子争占江山，损折众生，十停去了一停，因此玉皇上帝，照见人民稀少，钦奉裁减事例。九州九个殿下，单减了俺十殿下之位，印无归着。玉帝可怜见下官正直聪明，着权管十地狱印信。今日走马到任，鬼卒夜叉，两傍刀剑，非同容易也。（丑捧笔介）新官到任，都要这笔判刑名，押花字。请新官喝采他一番。（净看笔介）鬼使，捧了这笔，好不干系也。

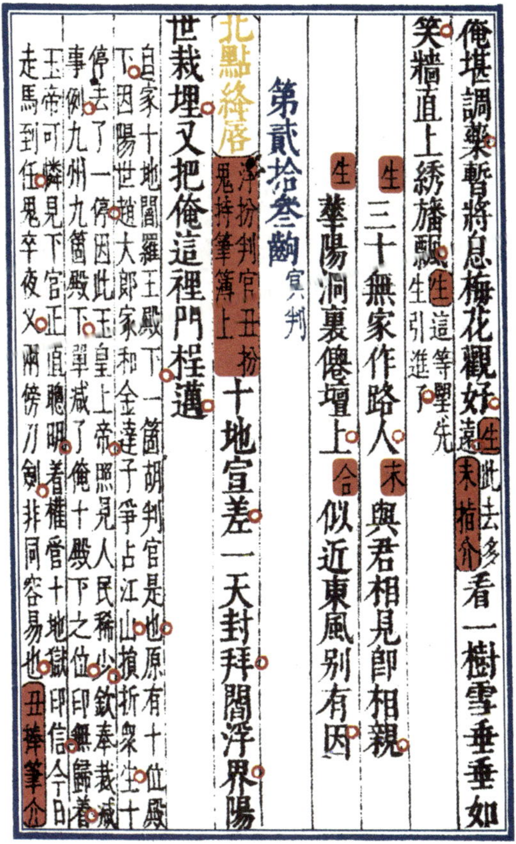
俺堪調藥暫將息梅花觀好遠（生）此去多（末揖介）看一樹雪垂垂如
笑糟直上繡旛飄（生）這等璧先生引進了
（生）三十無家作路人（末）與君相見即相親
（生）華陽洞裏僊壇上（合）似近東風別有因

第貳拾叁齣　冥判

北點絳唇（淨扮判官丑扮鬼持筆簿上）十地宣差一天封拜閻浮界陽世栽埋又把俺這裡門桯邁

自家十地閻羅王殿下一箇胡判官是也原有十位殿下因陽世趙大郎家和金達子爭占江山損折衆生十停去了一停因此玉皇上帝照見人民稀少欽奉裁減事例九州九箇殿下單減了俺十殿下之位印無歸着玉帝可憐見下官正直聰明着權管十地獄印信今日走馬到任鬼卒夜叉兩傍刀劍非同容易也（丑捧筆介）

混江龙（净）这笔架在那落迦山外，肉莲花高耸案前排。捧的是功曹令史，识字当该。（丑）笔管儿？（净）笔管儿，是手想骨、脚想骨，竹筒般剉的圆滴溜。（丑）笔毫？（净）笔毫呵，是牛头须、夜叉发，铁丝儿揉定赤支毸。（丑）判爷上的选哩？（净）这笔头公，是遮须国选的人才。（丑）有甚名号？（净）这管城子，在夜郎城受了封拜。（丑）判爷兴哩？（净作笑舞介）啸一声，支兀另汉钟馗其冠不正。舞一回，疏喇沙斗河魁，近墨者黑。（丑）喜哩？（净）喜时节，奈河桥题笔儿耍去。（丑）闷呵？（净）闷时节，鬼门关投笔归来。（丑）判爷可上榜来？（净）俺也曾考神祇，朔望旦名题天榜。（丑）可会书来？（净）摄星辰，井鬼宿，俺可也文会书斋。（丑）判爷高才。（净）做弗迭鬼仙才，白玉楼摩空作赋；陪得过风月主，芙蓉城遇晚书怀。便写不尽四大洲转轮日月，也

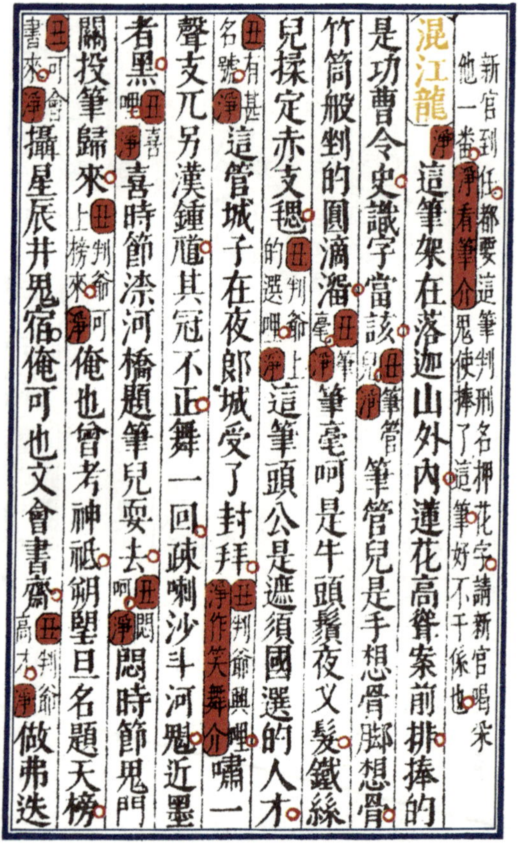
新官到任，都要這筆判刑名，押花字，請新官喝采。他一番。净看筆介。鬼使捧了這筆，好不干係也。

混江龍 净 這筆架在落迦山外，內蓮花高聳案前排。捧的是功曹令史，識字當該。丑 筆管兒？净 筆管兒是手想骨、腳想骨，竹筒般剉的圓滴溜。丑 筆毫？净 筆毫呵是牛頭鬚、夜叉髮、鐵絲兒揉定赤支毸。丑 判爺上的選哩？净 這筆頭公是遮須國選的人才。丑 有甚名號？净 這管城子在夜郎城受了封拜。丑 判爺興哩？净作笑舞介 嘯一聲，支兀另漢鍾馗其冠不正，舞一回，疎喇沙斗河魁，近墨者黑。丑 喜哩？净 喜時節，柰河橋題筆兒耍去。丑 悶呵？净 悶時節，鬼門關投筆歸來。丑 判爺可上榜來？净 俺也曾考神祇，朔望旦名題天榜。丑 可會書來？净 攝星辰井鬼宿，俺可也文會書齋。丑 判爺高才。净 做弗迭

差的着五瘟使号令风雷。（丑）判爷见有地分？（净）有地分，则合北斗司、阎浮殿，立俺边傍；没衙门，却怎生东岳观、城隍庙，也塑人左侧。（丑）让谁？（净）便百里城高捧手，让大菩萨好相庄严乘坐。（丑）恼谁？（净）怎三尺土，低分气，对小鬼卒，清奇古怪立基阶。（丑）纱帽古气些。（净）但站脚，一管笔、一本簿，尘泥轩冕。（丑）笔干了。（净）要润笔，十锭金、十贯钞，纸陌钱财。（丑）点鬼簿在此。（净）则见没掂三展花分鱼尾册，无赏一挂日子虎头牌。真乃是鬼董狐落了款，《春秋传》某年某月某日下，崩薨葬卒大注脚。假如他支祈兽上了样，把禹王鼎各山各水各路上，魍魉魑魅细分腮。（丑）待俺磨墨。（净）看他子时砚，忔忔察察，乌龙蘸眼显精神。（丑）鸡唱了。（净）听丁字牌，冬冬登登，金鸡剪梦追魂魄。（丑）禀爷，点卷。（净）但点上。格子眼，串

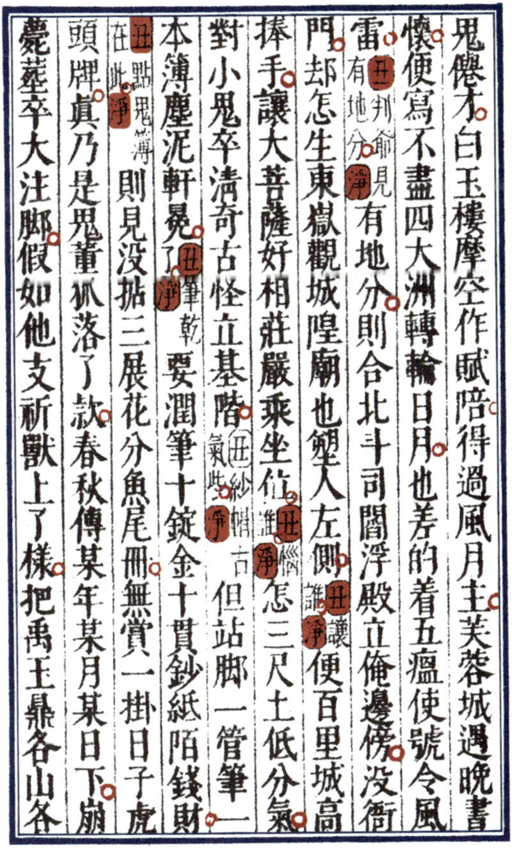
鬼傀木白玉樓摩空作賦陪得過風月主芙蓉城遇晚書懷便寫不盡四大洲轉輪日月也差的着五瘟使號令風雷（丑）判爺見有地分（净）有地分則合北斗司閻浮殿立俺邊傍沒衙門却怎生東嶽觀城隍廟也塑人左側（丑）讓誰（净）便百里城高捧手讓大菩薩好相莊嚴乘坐位（丑）惱誰（净）怎三尺土低分氣對小鬼卒清奇古怪立基階（丑）紗帽古氣此（净）但站脚一管筆一本簿塵泥軒冕（丑）筆乾了（净）要潤筆十錠金十貫鈔紙陌錢財（丑）點鬼簿在此（净）則見沒掂三展花分魚尾冊無賞一掛日子虎頭牌真乃是鬼董狐落了款春秋傳某年某月某日下崩薨葬卒大注脚假如他支祈獸上了樣把禹王鼎各山各

出四万八千三界，有漏人名，乌星炮粲，怎按下笔尖头，插入一百四十二重无间地狱，铁树花开。（丑）大押花。（净）哎也！押花字，止不过发落簿锉、烧、舂、磨一灵儿。（丑）少一个请字。（净）登请书，左则是那虚无堂，瘫、痨、蛊、膈四正客。（丑）吊起称竿来。（众卒应介）（净）发称竿。看业重身轻，衡石程书秦狱吏。（内作『哎哟』，叫『饶也』『苦也』介）（丑）隔壁九殿下拷鬼。（净）肉鼓吹，听神啼鬼哭，毛钳刀笔汉乔才。这时节呵，你便是没关节包待制『人厌其笑』。（哭介）恁风景，谁听的无棺椁颜修文『子哭之哀』。（丑）判爷害怕哩。（净恼介）哎！《楼炭经》，是俺六科五判。刀花树，是俺九棘三槐。脸娄搜，风髯赳赳。眉剔竖，电目崖崖。少不得中书鬼考，录事神差。比着阳世那金州判、银府判、铜司判、铁院判，白虎临官，一样价打贴刑名催伍作；实

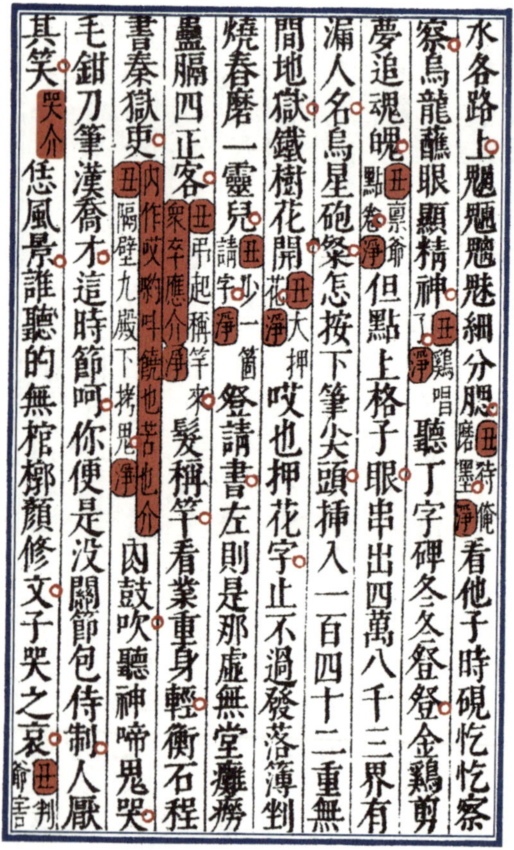
水各路上魍魎魅細分腮（丑）磨墨（淨）待俺看他子時硯忔忔察
察烏龍醮眼顯精神（丑）雞唱（淨）聽丁字碑冬冬登登金雞剪
夢追魂魄（丑）稟爺點卷（淨）但點上格子眼串出四萬八千三界有
漏人名烏星砲粲怎按下筆尖頭插入一百四十二重無
間地獄鐵樹花開（丑）大押花（淨）哎也押花字止不過發落簿剉
燒舂磨一靈兒（丑）少一箇請字（淨）登請書左則是那虛無堂癱癆
蠱膈四正客（丑）弔起稱竿來（眾卒應介）（淨）髮稱竿看業重身輕衡石程
書秦獄吏（內作哎喲叫饒也苦也介）（丑）隔壁九殿下拷鬼（淨）肉鼓吹聽神啼鬼哭
毛鉗刀筆漢喬才這時節呵你便是沒關節包待制人厭
其笑（哭介）恁風景誰聽的無棺槨顏修文子哭之哀（丑）判爺害

则俺阴府里注湿生、牒化生、准胎生、照卵生，青蝇报赦，十分的磊齐功德转三阶。威凛凛人间掌命，颤巍巍天上消灾。

叫掌案的，这簿上开除都也明白。还有几宗人犯，应该发落了？（贴扮吏上介）人间勾令史，地下列功曹。禀爷，因缺了殿下，地狱空虚三年。则有枉死城中轻罪男子四名，赵大、钱十五、孙心、李猴儿；女囚一名，杜丽娘，未经发落。（净）先取男犯四名。（生、末、外、老旦扮四犯，丑押上）（丑）男犯带到。（净点名介）赵大有何罪业，脱在枉死城？（生）鬼犯没甚罪。生前喜歌唱些。（净）一边去。叫钱十五。（末）鬼犯无罪。则是做了一个小小房儿，沉香泥壁。（净）一边去。叫孙心。（老旦）鬼犯些小年纪，好使些花粉钱。（净）叫李猴儿。（外）鬼犯是有些罪，好南风。（丑）是真。便在地狱里，还

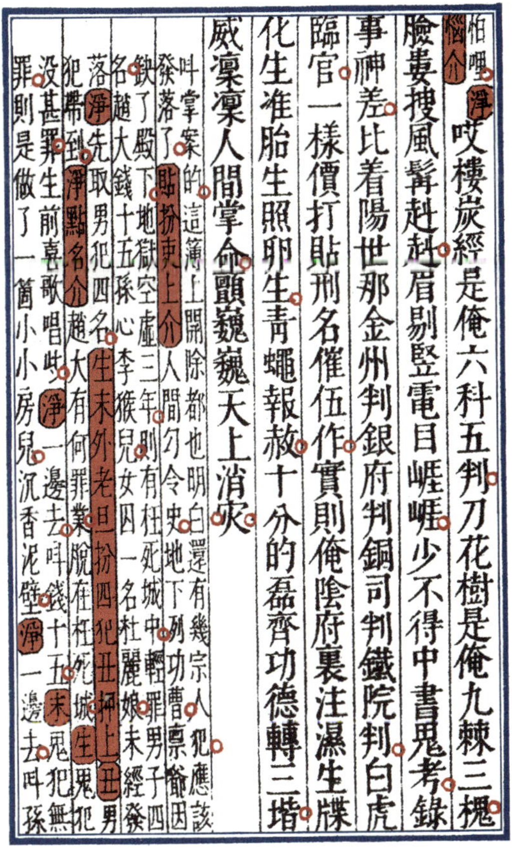
怕哩（惱介）（淨）哎樓炭經是俺六科五判刀花樹是俺九棘三槐臉婁搜風鬂趄趄眉剔竪電目崕崕少不得中書鬼考錄事神差比着陽世那金州判銀府判銅司判鐵院判白虎臨官一樣價打貼刑名催伍作實則俺陰府裏注濕生牒化生准胎生照卵生青蠅報赦十分的磊齊功德轉三堦威凜凜人間掌命顫巍巍天上消灾
叫掌案的這簿上開除都也明白還有幾宗人犯應該發落了（貼扮吏上介）人間勾令史地下列功曹禀爺因缺了殿下地獄空虛三年則有枉死城中輕罪男子四名趙大錢十五孫心李猴兒女囚一名杜麗娘未經發落（淨）先取男犯四名（生末外老旦扮四犯丑押上）（丑）男犯帶到（淨點名介）趙大有何罪業脫在枉死城（生）鬼犯沒甚罪生前喜歌唱些（淨）一邊去叫錢十五（末）鬼犯無罪則是做了一箇小小房兒沉香泥壁（淨）一邊去叫孫

勾上这小孙儿。（净恼介）谁叫你插嘴！起去伺候。（做写簿介）叫鬼犯听发落。（四犯同跪介）（净）俺初权印，且不用刑。赦你们卵生去罢。（外）鬼犯们禀问恩爷，这个卵，是甚么卵？若是回回卵，又生在边方去了。（净）哇！还想人身？向蛋壳里走去。（四犯泣介）哎！被人宰了！（净）也罢，不教阳间宰吃你。赵大喜歌唱，贬做黄莺儿。（生）好了。做莺莺小姐去。（净）钱十五住香泥房子，也罢，准你去燕窠里受用，做个小小燕儿。（末）恰好做飞燕娘娘哩。（净）孙心使花粉钱，做个蝴蝶儿。（外）鬼犯便和孙心同做蝴蝶去。（净）你是那好男风的李猴，着你做蜜蜂儿去，屁窟里长拖一个针。（外）哎哟，叫俺钉谁去？（净）四个虫儿听分付：

油葫芦（净）蝴蝶呵，你粉版花衣胜剪裁；蜂儿呵，你忒利害，甜口儿咋着细腰捱；燕儿呵，斩香泥弄影钩帘

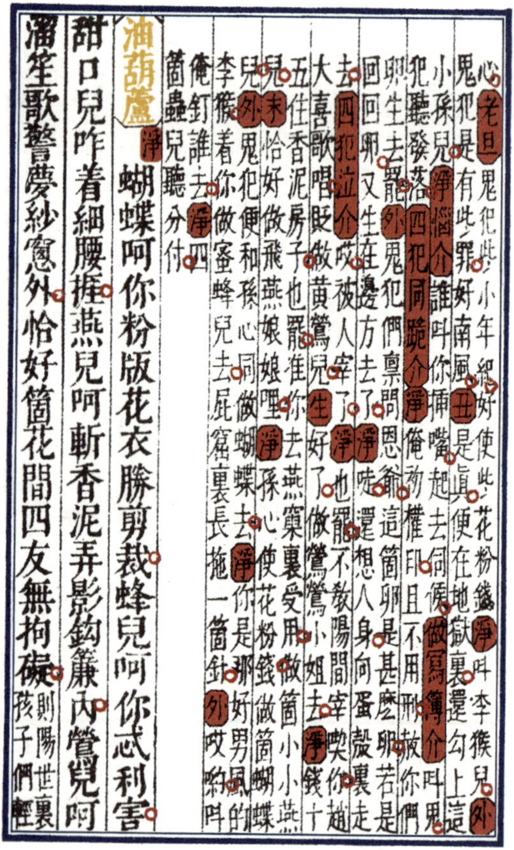
心（老旦）鬼犯些小年紀好使些花粉錢（淨）叫李猴兒（外）鬼犯是有些罪好南風（丑）是真便在地獄裏還是勾上這小孫兒（淨惱介）誰叫你插嘴起去伺候（做寫簿介）叫鬼犯聽發落（四犯同跪介）（淨）俺初權印且不用刑赦你們卵生去罷（外）鬼犯們稟問恩爺這箇卵是甚麼卵若是回回卵又生在邊方去了（淨）咗還想人身向蛋殼裏走去（四犯泣介）哎被人宰了（淨）也罷不教陽間宰喫你趙大喜歌唱貶做黃鶯兒（生）好了做鶯鶯小姐去（淨）錢十五住香泥房子也罷准你去燕窠裏受用做箇小小燕兒（末）恰好做飛燕娘娘哩（淨）孫心使花粉錢做箇蝴蝶兒（外）鬼犯便和孫心同做蝴蝶去（淨）你是那好男風的李猴着你做蜜蜂兒去屁窟裏長拖一箇針（外）哎喲叫俺釘誰去（淨）四箇蟲兒聽分付

油葫蘆（淨）蝴蝶呵你粉版花衣勝剪裁蜂兒呵你忒利害甜口兒咋着細腰捱燕兒呵斬香泥弄影鈎簾內鶯兒呵溜笙歌警夢紗窗外恰好箇花間四友無拘礙則陽世裏孩子們輕

内；莺儿呵，溜笙歌警梦纱窗外。恰好个花间四友无拘碍。则阳世里孩子们轻薄，怕弹珠儿打的呆，房梢儿扑的坏，不枉了你宜题入画高人爱，则教你翅挪儿展将春色闹场来。

（外）俺做蜂儿的不来，再来钉肿你个判官脑。（净）讨打。（外）可怜见小性命。（净）罢了。顺风儿放去，快走快走。（净噀气介）（四人做各色飞下）（净做向鬼门嘘气吹声介）（丑带旦上）天台有路难逢俺，地狱无情欲恨谁？女鬼见。（净抬头背介）这女鬼到有几分颜色！

天下乐（净）猛见了荡地惊天女俊才，哈也么哈，来俺里来。（旦叫苦介）（净）血盆中叫苦观自在。（丑耳语介）判爷，权收做个后房夫人。（净）！有天条，擅用囚妇者斩。则你那小鬼头胡乱筛，俺判官头何处买？（旦叫哎介）（净回身）是不曾见他粉油头忒弄色。叫那女鬼上来。

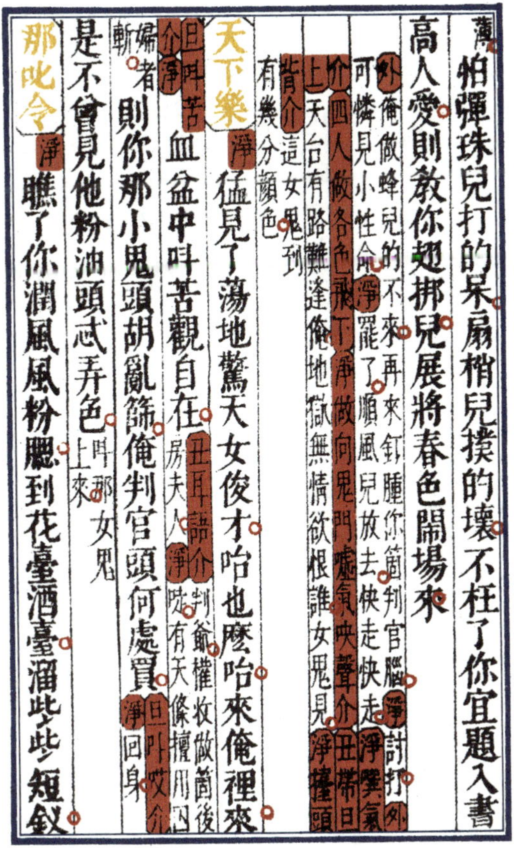
薄怕彈珠兒打的呆扇梢兒撲的壞不枉了你宜題入畫
高人愛則教你翅擗兒展將春色鬧場來
外俺做蜂兒的不來再來釘腫你箇判官腦淨討打外
可憐見小性命淨罷了順風兒放去快走快走淨噀氣
介四人做各色飛下淨做向鬼門噓氣吹聲介丑帶旦
上天台有路難逢俺地獄無情欲恨誰女鬼見淨擡頭
背介這女鬼到有幾分顏色
天下樂淨猛見了蕩地驚天女俊才咍也麼咍來俺裡來
旦叫苦介淨血盆中叫苦觀自在丑耳語介判爺權收做箇後房夫人淨唗有天條擅用囚
婦者斬則你那小鬼頭胡亂篩俺判官頭何處買旦叫哎介淨回身
是不曾見他粉油頭忒弄色叫那女鬼上來
那吒令淨瞧了你潤風風粉腮到花臺酒臺溜些些短釵

那吒令（净）瞧了你润风风粉腮，到花台？酒台？溜些些短钗，过歌台？舞台？笑微微美怀，住秦台？楚台？因甚的病患来？是谁家嫡支派？这颜色不像似在泉台。

（旦）女因不曾过人家，也不曾饮酒，是这般颜色。则为在南安府后花园梅树之下，梦见一秀才，折柳一枝，要奴题咏。留连婉转，甚是多情。梦醒来沉吟，题诗一首：『他年若傍蟾宫客，不在梅边在柳边。』为此感伤，坏了一命。（净）谎也！世有一梦而亡之理？

鹊踏枝（净）一溜溜女婴孩，梦儿里能宁耐！谁曾挂圆梦招牌，谁和你拆字道白？哈也么哈，那秀才何在？梦魂中曾见谁来？

（旦）不曾见谁。则见朵花儿闪下来，好一惊。（净）唤取南安府后花园花神勘问。（丑叫介）（末扮花神上）红雨数番春落魄，《山香》一曲

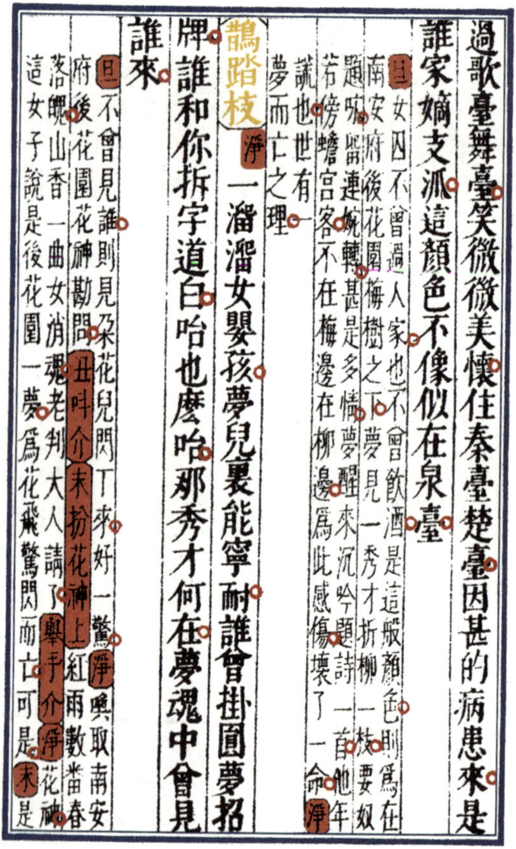
過歌臺舞臺笑微微美懷住秦臺楚臺因甚的病患來是
誰家嫡支派這顏色不像似在泉臺
旦 女因不曾過人家也不曾飲酒是這般顏色則爲在
南安府後花園梅樹之下夢見一秀才折柳一枝要奴
題咏留連婉轉甚是多情夢醒來沉吟題詩一首他年
若傍蟾宫客不在梅邊在柳邊爲此感傷壞了一命 淨
謊也世有一夢而亡之理
鵲踏枝 淨 一溜溜女嬰孩夢兒裏能寧耐誰曾掛圓夢招
牌誰和你拆字道白哈也麼哈那秀才何在夢魂中曾見
誰來
旦 不曾見誰則見朶花兒閃下來好一驚 淨 喚取南安
府後花園花神勘問 丑叫介 末扮花神上 紅雨數番春
落魄山香一曲女消魂老判大人請了 舉手介 淨 花神
這女子說是後花園一夢爲花飛驚閃而亡可是 末 是

女消魂。老判大人请了。（举手介）（净）花神，这女子说是后花园一梦，为花飞惊闪而亡。可是？（末）是也。他与秀才梦的缠绵，偶尔落花惊醒。这女子慕色而亡。（净）敢便是你花神假充秀才，迷人家女子？（末）你说俺着甚迷他来？（净）你说俺阴司里不知道呵？

后庭花滚 但寻常春自在，恁司花忒弄乖。眨眼儿偷元气、艳楼台，克性子费春工、淹酒债。恰好九分态，你要做十分颜色。数着你那胡弄的花色儿来。（末）便数来。碧桃花。（净）他惹天台。（末）红梨花。（净）扇妖怪。（末）金钱花。（净）下的财。（末）绣球花。（净）结得采。（末）芍药花。（净）心事谐。（末）木笔花。（净）写明白。（末）水菱花。（净）宜镜台。（末）玉簪花。（净）堪插戴。（末）蔷薇花。（净）露渲腮。（末）腊梅花。（净）春点额。（末）剪春花。（净）罗

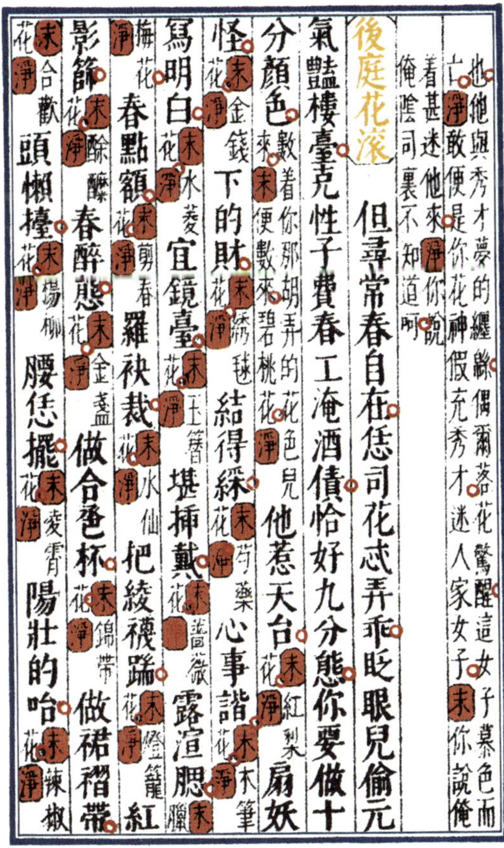
也俺與秀才夢的纏綿偶爾落花驚醒這女子慕色而亡（淨）敢便是你花神假充秀才迷人家女子（末）你說俺着甚迷他來（淨）你說俺陰司裏不知道呵

後庭花滾 但尋常春自在恁司花忒弄乖眨眼兒偷元氣豔樓臺克性子費春工淹酒債恰好九分態你要做十分顏色數着你那胡弄的花色兒來（末）便數來碧桃花（淨）他惹天台（末）紅梨花（淨）扇妖怪（末）金錢花（淨）下的財（末）繡毬花（淨）結得綵（末）芍藥花（淨）心事諧（末）木筆花（淨）寫明白（末）水菱花（淨）宜鏡臺（末）玉簪花（淨）堪插戴（末）薔薇花（淨）露渲腮（末）臘梅花（淨）春點額（末）剪春花（淨）羅袂裁（末）水仙花（淨）把綾襪踹（末）燈籠花（淨）紅影篩（末）酴醾花（淨）春醉態（末）金盞花（淨）做合巹杯（末）錦帶花（淨）做裙褶帶（末）合歡花（淨）頭懶擡（末）楊柳花（淨）腰恁擺（末）凌霄花（淨）陽壯的咍（末）辣椒花

袂裁。（末）水仙花。（净）把绫袜踹。（末）灯笼花。（净）红影筛。（末）酴花。（净）春醉态。（末）金盏花。（净）做合叠杯。（末）锦带花。（净）做裙褶带。（末）合欢花。（净）头懒抬。（末）杨柳花。（净）腰恁摆。（末）凌霄花。（净）阳壮的哈。（末）辣椒花。（净）把阴热窄。（末）含笑花。（净）情要来。（末）红葵花。（净）日得他爱。（末）女罗花。（净）缠的歪。（末）紫薇花。（净）痒的怪。（末）宜男花。（净）人美怀。（末）丁香花。（净）结半躧。（末）豆寇花。（净）含着胎。（末）奶子花。（净）摸着奶。（末）栀子花。（净）知趣乖。（末）柰子花。（净）恣情奈。（末）枳壳花。（净）好处揩。（末）海棠花。（净）春困怠。（末）孩儿花。（净）呆笑孩。（末）姊妹花。（净）偏妒色。（末）水红花。（净）了不开。（末）瑞香花。（净）谁要采。（末）旱莲花。（净）怜

再来。（末）石榴花。（净）可留得在？几椿儿你自猜。哎！把天公无计策。你道为甚么流动了女裙钗，划地里牡丹亭，又把他杜鹃花魂魄洒？

（末）这花色花样，都是天公定下来的，小神不过遵奉钦依，岂有故意勾人之理？且看多少女色，那有玩花而亡？（净）你说自来女色，没有玩花而亡。数你听着：

寄生草 花把青春卖，花生锦绣灾。有一个夜舒莲扯不住留仙带；一个海棠丝剪不断香囊怪；一个瑞香风赶不上非烟在。你道花容那个玩花亡？可不道你这花神罪业随花败。

（末）花神知罪，今后再不开花了。（净）花神，俺这里已发落过花间四友，付你收管。这女囚慕色而亡，也贬在莺燕队里去罢。（末禀老判）此女犯乃梦中之罪，如晓风残月。且他父亲为官清正，单生一女，可以耽饶。（净）父亲是何人？

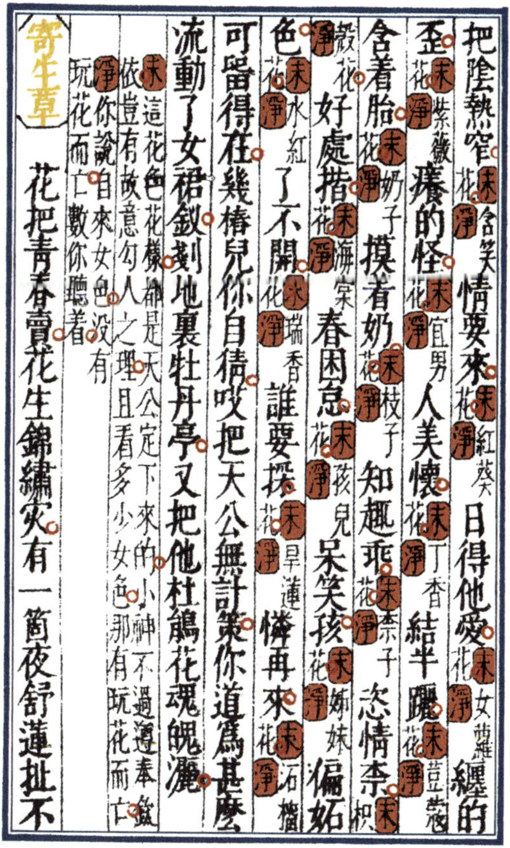
把陰熱窨（末）含笑花（净）情要來（末）紅葵花（净）日得他愛（末）女蘿花（净）纏的歪（末）紫薇花（净）癢的怪（末）宜男花（净）人美懷（末）丁香花（净）結半躧（末）荳蔻花（净）含着胎（末）奶子花（净）摸着奶（末）梔子花（净）知趣乖（末）柰子花（净）恣情柰（末）枳殼花（净）好處揩（末）海棠花（净）春困怠（末）孩兒花（净）呆笑孩（末）姊妹花（净）偏妬色（末）水紅花（净）了不開（末）瑞香花（净）誰要採（末）旱蓮花（净）憐再來（末）石榴花（净）可留得在幾椿兒你自猜哎把天公無計策你道爲甚麼流動了女裙釵劃地裏牡丹亭又把他杜鵑花魂魄灑

（末）這花色花樣都是天公定下來的小神不過遵奉欽依豈有故意勾人之理且看多少女色那有玩花而亡（净）你說自來女色沒有玩花而亡數你聽着

寄生草 花把青春賣花生錦繡災有一箇夜舒蓮扯不

（旦）父亲杜宝知府，今升淮扬总制之职。（净）千金小姐哩。也罢，杜老先生分上，当奏过天庭，再行议处。（旦）就烦恩官替女犯查查，怎生有此伤感之事？（净）这事情注在断肠簿上。（旦）劳再查女犯的丈夫，还是姓柳姓梅。（净）取婚姻簿查来。（背作查介）是有个柳梦梅，乃新科状元也。妻杜丽娘，前系幽欢，后成明配，相会在红梅观中。不可泄漏。（回介）有此人和你姻缘之分。我今放你出了枉死城，随风游戏，跟寻此人。（末）杜小姐，拜了老判。（旦叩头介）拜谢恩官，重生父母。则俺那爹娘在扬州，可能够一见？（净）使得。

么篇（净）他阳禄还长在，阴司数未该。噤烟花一种春无赖，近柳梅一处情无外。望椿萱一带天无碍。则这水玻璃堆起望乡台，可哨见纸铜钱夜市扬州界？

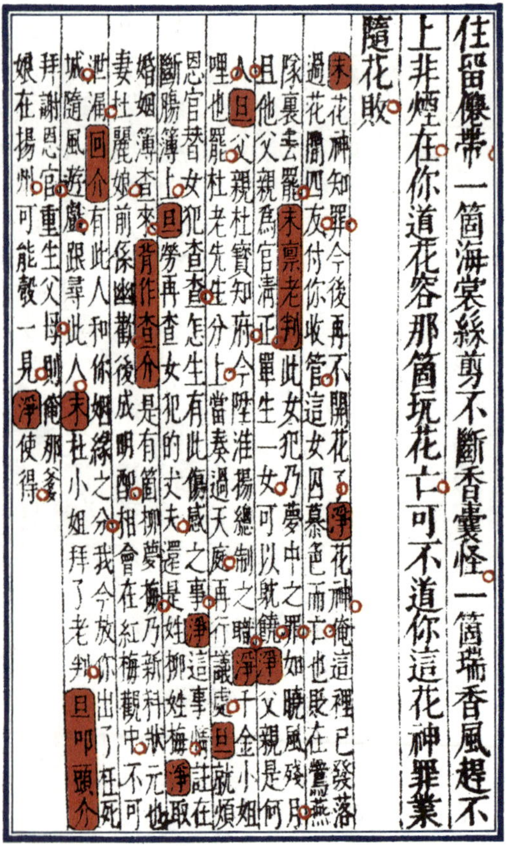
住留儂帶一箇海棠絲剪不斷香囊怪一箇瑞香風趕不上非煙在你道花容那箇玩花亡可不道你這花神罪業隨花敗

末 花神知罪今後再不開花了 淨 花神俺這裏已發落過花間四友付你收管這女囚慕色而亡也貶在鶯燕隊裏去罷 末禀老判 此女犯乃夢中之罪如曉風殘月且他父親爲官清正單生一女可以耽饒 淨 父親是何人 旦 父親杜寶知府今陞淮揚總制之職 淨 千金小姐哩也罷杜老先生分上當奏過天庭再行議處 旦 就煩恩官替女犯查查怎生有此傷感之事 淨 這事情註在斷腸簿上 旦 勞再查女犯的丈夫還是姓柳姓梅 淨 取婚姻簿查來 背作查介 是有箇柳夢梅乃新科狀元也妻杜麗娘前係幽歡後成明配相會在紅梅觀中不可泄漏 回介 有此人和你姻緣之分我今放你出了枉死城隨風遊戲跟尋此人 末 杜小姐拜了老判 旦叩頭介 拜謝恩官重生父母則俺那爹娘在揚州可能彀一見 淨 使得

花神，可引他望乡台随意观玩。（旦随末登台，望扬州哭介）那是扬州，俺爹爹奶奶呵，待飞将去。（末扯住介）还不是你去的时节。（净）下来听分付：功曹，给一纸游魂路引去，花神，休坏了他的肉身也。（旦）谢恩官！

【赚尾】（净）欲火近干柴，且留的青山在，不可被雨打风吹日晒。则许你傍月依星将天地拜，一任你魂魄来回。脱了狱省的勾牌，接着活免的投胎。那花间四友你差排，叫莺窥燕猜，倩蜂媒蝶采，敢守的那破棺星圆梦那人来。

（净下）（末）小姐回后花园去来。

（末）醉斜乌帽发如丝，
（旦）尽日灵风不满旗。
（净）年年检点人间事，
（合）为待萧何作判司。

【么篇】净 他陽祿還長在。陰司數未該。嚥煙花一種春無賴。近柳梅一處情無外。望椿萱一帶天無礙。則這水玻璃堆起望鄉臺。可哨見紙錢夜市揚州界。花神可引他望鄉臺隨意觀玩。旦隨末登臺望揚州哭介 那是揚州俺爹爹奶奶呵。待飛將去。末扯住介 還不是你去的時節。淨下來聽分付。功曹給一紙遊魂路引去。花神休壞了他的肉身也。旦 謝恩官。

【賺尾】淨 欲火近乾柴。且留的青山在。不可被雨打風吹日曬。則許你傍月依星將天地拜。一任你魂魄來回。脫了獄省的勾牌。接着活免的投胎。那花間四友你差排。吽鶯窺燕猜。倩蜂媒蝶採。敢守的那破棺星圓夢那人來。

淨下 末 小姐回後花園去來。

第二十四出　拾画

金珑璁（生上）惊春谁似我？客途中都不问其他。风吹绽蒲桃褐，雨淋殷杏子罗。今日晴和晒衾单，兀自有残云涡。

脉脉梨花春院香，一年愁事费商量。不知柳思能多少？打迭腰肢斗沈郎。小生卧病梅花观中，喜得陈友知医，调理痊可。则这几日间春怀郁闷，何处忘忧？早是老姑姑回也。

一落索（净上）无奈女冠何，识的书生破。知他何处梦儿多？每日价欠伸千个。

秀才安稳！（生）日来病患较些，闷坐不过。偌大梅花观，少甚园亭消遣。（净）此后有花园一座，虽然亭榭荒芜，颇有寒花点缀。则留散闷，不许伤心。（生）怎的得伤心也？

（末）醉斜烏帽髮如絲（旦）盡日靈風不滿旗

（淨）年年檢點人間事（合）爲待蕭何作判司

第貳拾肆齣　拾畫

金瓏璁（生上）驚春誰似我客途中都不問其他風吹綻蒲桃褐雨淋殷杏子羅今日晴和曬衾單兀自有殘雲渦

脉脉梨花春院香一年愁事費商量不知柳思能多少打迭腰肢鬭沈郎小生卧病梅花觀中喜得陳友知醫調理痊可則這幾日間春懷鬱悶何處忘憂蚤是老姑姑回也

一落索（淨上）無奈女冠何識的書生破知他何處夢兒多每日價欠伸千個

秀才安穩（生）日來病患較些悶坐不過偌大梅花觀少甚園亭消遣（淨）此後有花園一座雖然亭榭荒蕪頗有

（净作叹介）是这般说。你自去游便了。从西廊转画墙而去，百步之外，便是篱门。三里之遥，都为池馆。你尽情玩赏，竟日消停，不索老身陪去也。名园随客到，幽恨少人知。（下）（生）既有后花园，就此迤逦而去。（行介）这是西廊下了。（行介）好个葱翠的篱门，倒了半架。（叹介）集唐凭阑仍是玉阑干，四面墙垣不忍看。想得当时好风月，万条烟罩一时干。（到介）呀！偌大一个园子也。

好事近（生）则见风月暗消磨，画墙西正南侧左。（跌介）苍苔滑擦，倚逗着断垣低垛，因何蝴蝶门儿落合？原来以前游客颇盛，题名在竹林之上。客来过年月偏多，刻画尽琅玕千个。咳！早则是寒花绕砌，荒草成窠。

怪哉！一个梅花观女冠之流，怎起的这座大园子？好疑惑也。便是这湾流水呵！

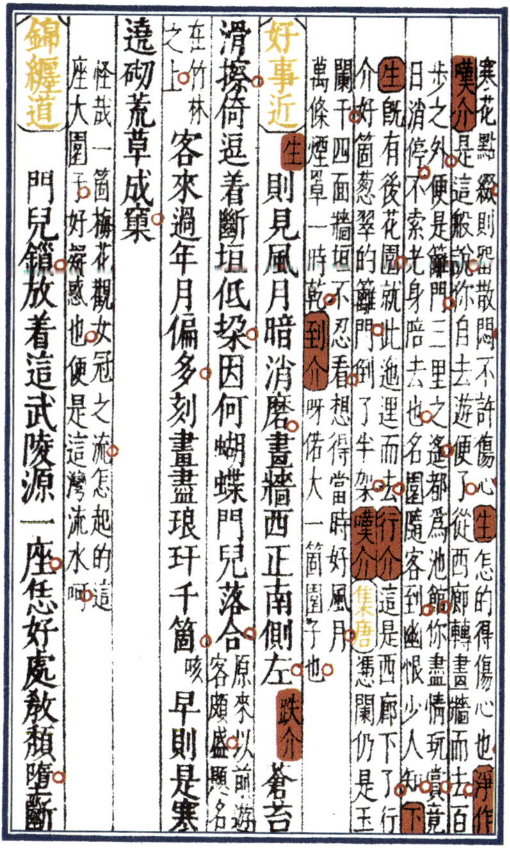
寒花點綴則留散悶不許傷心（生）怎的得傷心也（淨作嘆介）是這般說你自去遊便了從西廊轉畫牆而去百步之外便是籬門三里之遙都為池館你盡情玩賞竟日消停不索老身陪去也名園隨客到幽恨少人知（下）（生）既有後花園就此迤邐而去（行介）這是西廊下了（行介）好箇葱翠的籬門倒了半架（嘆介）集唐憑闌仍是玉闌干四面牆垣不忍看想得當時好風月萬條煙罩一時乾（到介）呀偌大一箇園子也

好事近（生）則見風月暗消磨畫牆西正南側左（跌介）蒼苔滑擦倚逗着斷垣低垛因何蝴蝶門兒落合原來以前遊客頗盛題名在竹林之上客來過年月偏多刻畫盡琅玕千箇咳早則是寒花遶砌荒草成窠

怪哉一箇梅花觀女冠之流怎起的這座大園子好疑惑也便是這灣流水呵

錦纏道 門兒鎖放着這武陵源一座恁好處教頹墮斷

锦缠道 门儿锁，放着这武陵源一座，恁好处教颓堕！断烟中，见水阁摧残，画船抛躲，冷秋千尚挂下裙拖。又不是曾经兵火，似这般狼藉呵，敢断肠人远，伤心事多？待不关情么，恰湖山石畔，留着你打磨陀。

好一座山子哩。（窥介）呀，就里一个小匣儿。待把左侧一峰靠着，看是何物？（作石倒介）呀，是个檀香匣儿。（开匣看画介）呀！一幅观世音喜相。善哉！善哉！待小生捧到书馆，顶礼供养，强如埋在此中。

千秋岁（捧匣回介）小嵯峨，压的旃檀合，便做了好相观音俏楼阁。片石峰前，那片石峰前，多则是，飞来石三生因果。请将去，炉烟上过，头纳地，添灯火，照的他慈悲我。俺这里尽情供养，他于意云何？（到介）

到了观中，且安置阁儿上，择日展礼。（净上）柳相公多早了？

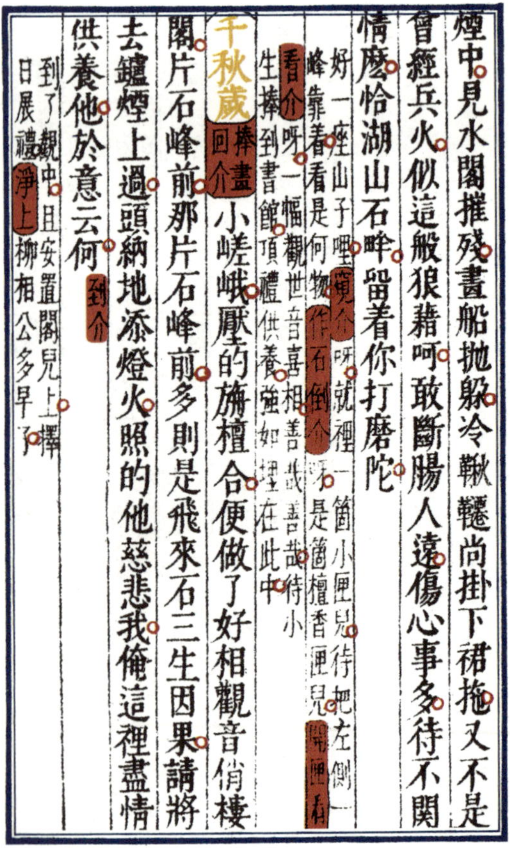

煙中見水閣摧殘畫船抛躲冷鞦韆尚掛下裙拖又不是曾經兵火似這般狼藉呵敢斷腸人遠傷心事多待不關情麽恰湖山石畔留着你打磨陀

好一座山子哩（窺介）呀就裡一箇小匣兒待把左側一峰靠着看是何物（作石倒介）呀是箇檀香匣兒（開匣看畫介）呀一幅觀世音喜相善哉善哉待小生捧到書館頂禮供養強如埋在此中

千秋歲（捧畫回介）小嵯峨壓的旃檀合便做了好相觀音俏樓閣片石峰前那片石峰前多則是飛來石三生因果請將去鑪煙上過頭納地添燈火照的他慈悲我俺這裡盡情供養他於意云何（到介）

到了觀中且安置閣兒上擇日展禮（淨上）柳相公多早了

尾声（生）姑姑，一生为客恨情多，过泠澹园林日午矬。老姑姑，你道不许伤心，你为俺再寻一个定不伤心何处可。

（生）僻居虽爱近林泉，

（净）早是伤春梦雨天。

（生）何处邈将归画府，

（合）三峰花半碧堂悬。

第二十五出　忆女

玩仙灯（贴扮春香上）睹物怀人，人去物华销尽。道的个仙果难成，名花易陨。（叹介）恨兰昌殉葬无因，收拾起烛灰香烬。

自家杜府春香是也。跟随公相夫人到扬州。小姐去世，将次三年。俺看老夫人，那一日不作念，那一日不悲啼。纵然老公相暂时宽解，怎散真愁？莫说老夫人，便是俺春香，想小姐平常恩养，病里言词，好不

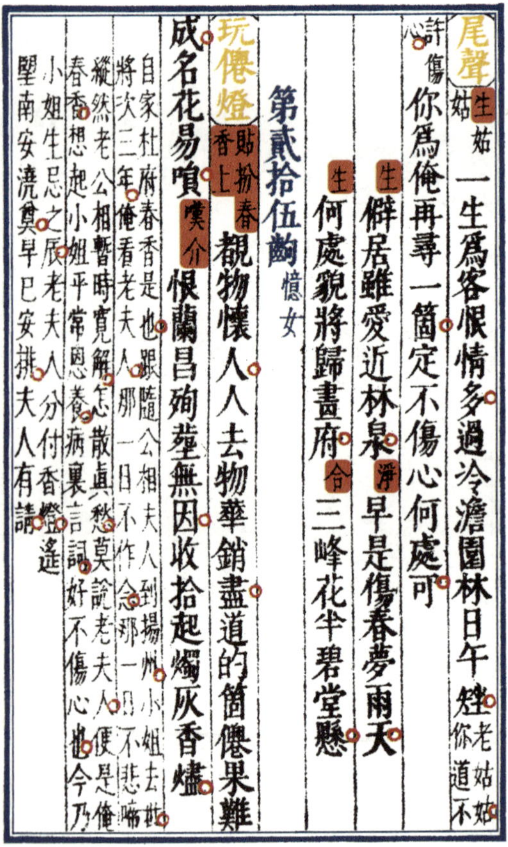
尾聲（生）姑姑一生爲客恨情多。過泠澹園林日午矬。老姑姑你道不許傷心。你爲俺再尋一箇定不傷心何處可。

（生）僻居雖愛近林泉。（淨）早是傷春夢雨天。

（生）何處邈將歸畫府。（合）三峰花半碧堂懸。

第貳拾伍齣　憶女

玩僊燈（貼扮春香上）覩物懷人。人去物華銷盡。道的箇僊果難成。名花易隕。（嘆介）恨蘭昌殉葬無因。收拾起燭灰香燼。

自家杜府春香是也。跟隨公相夫人到揚州。小姐去世。將次三年。俺看老夫人。那一日不作念。那一日不悲啼。縱然老公相暫時寬解。怎散眞愁。莫說老夫人。便是俺春香想起小姐平常恩養。病裏言詞。好不傷心也。今乃小姐生忌之辰。老夫人分付香燈。遙望南安澆奠。早已安排。夫人有請。

伤心也。今乃小姐生忌之辰，老夫人分付香灯，遥望南安浇奠。早已安排。夫人，有请。

前腔（老旦上）地老天昏，没处把老娘安顿。思量起举目无亲，招魂有尽。（哭介）我的丽娘儿也！在天涯老命难存，割断的肝肠寸寸。

苏幕遮 岭云沉，关树杳。（贴）春思无凭，断送人年少。（老旦）子母千回肠断绕。绣夹书囊，尚带余香袅。（贴）瑞烟清，银烛皎。（老旦）绣佛灵辰，血泪风前祷。（哭介）（合）万里招魂魄可到？则愿的人天净处超生早。（老旦）春香，自从小姐亡过，俺皮骨空存，肝肠痛尽。但见他读残书本，绣罢花枝，断粉零香，余簪弃履，触处无非泪眼，见之总是伤心。算来一去三年，又是生辰之日。心香奉佛，泪烛浇天。分付安排，想已济备。（贴）夫人，就此望空顶礼。（老旦拜介）集唐 微香冉冉泪涓涓，酒滴香灰似去

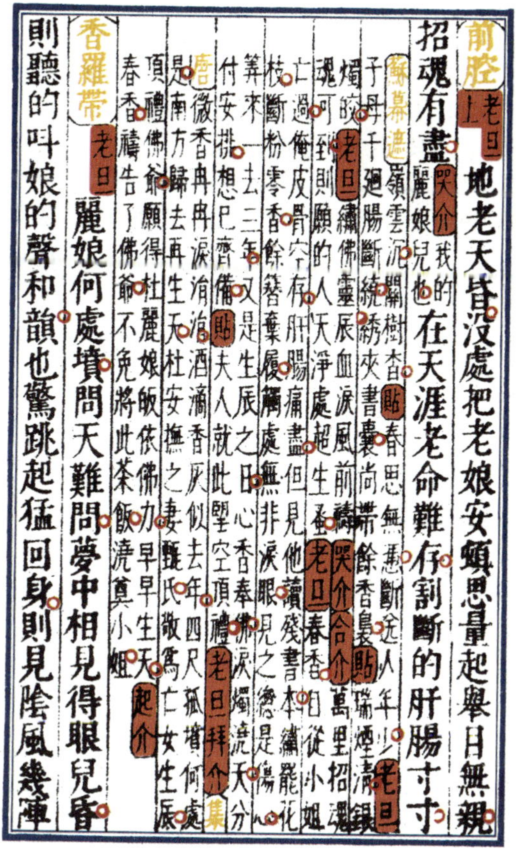
前腔 老旦上 地老天昏沒處把老娘安頓思量起舉目無親
招魂有盡 哭介 我的麗娘兒也在天涯老命難存割斷的肝腸寸寸
蘇幕遮 嶺雲沉關樹杳 貼 春思無憑斷送人年少 老旦
子母千迴腸斷繞繡夾書囊尚帶餘香裊 貼 瑞煙清銀
燭皎 老旦 繡佛靈辰血淚風前禱 哭介 合介 萬里招
魂可到則願的人天淨處超生早 老旦 春香自從小姐
亡過俺皮骨空存肝腸痛盡但見他讀殘書本繡罷花
枝斷粉零香餘簪棄履觸處無非淚眼見之總是傷心
算來一去三年又是生辰之日心香奉佛淚燭澆天分
付安排想已齊備 貼 夫人就此望空頂禮 老旦拜介 集
唐 微香冉冉淚涓涓酒滴香灰似去年四尺孤墳何處
是南方歸去再生天杜安撫之妻甄氏敬爲亡女生辰
頂禮佛爺願得杜麗娘皈依佛力早早生天 起介
春香禱告了佛爺不免將此茶飯澆奠小姐
香羅帶 老旦 麗娘何處墳問天難問夢中相見得眼兒昏
則聽的叫娘的聲和韻也驚跳起猛回身則見陰風幾陣

年。四尺孤坟何处是？南方归去再生天。杜安抚之妻甄氏，敬为亡女生辰，顶礼佛爷。愿得杜丽娘皈依佛力，早早生天。（起介）春香，祷告了佛爷，不免将此茶饭，浇奠小姐。

香罗带（老旦）丽娘何处坟？问天难问。梦中相见得眼儿昏，则听的叫娘的声和韵也，惊跳起，猛回身，则见阴风几阵残灯晕。（哭介）俺的丽娘人儿也，你怎抛下的万里无儿白发亲！

前腔（贴拜介）名香叩玉真，受恩无尽，赏春香还是你旧罗裙。（起介）小姐临去之时，分付春香，长叫唤一声。今日叫他，小姐，小姐呵，叫的一声声小姐可曾闻也？（老旦、贴哭介）（合）想他那情切，那伤神，恨天天生割断俺娘儿直恁忍！（贴回介）俺的小姐人儿也，你可还向旧宅里重生何处身？

（贴跪介）禀老夫人，人到中年，不堪哀毁。小姐难以生易死，夫人无以死伤生。且自调养尊年，与老相公同享富贵。（老旦哭介）春香，你可知老相公年来因少男儿，常有娶小

殘燈暈（哭介）俺的麗娘人兒也你怎拋下的萬里無兒白髮親

前腔（貼拜介）名香叩玉真受恩無盡賞春香還是你舊羅裙（起介）小姐臨去之時分付春香長叫喚一聲今日叫他小姐小姐呵叫的一聲聲小姐可曾聞也（老旦貼哭介合）想他那情切那傷神恨天天生割斷俺娘兒直恁忍（貼回介）俺的小姐人兒也你可還向這舊宅裏重生何處身

（貼跪介）稟老夫人人到中年不堪哀毀小姐難以生易死夫人無以死傷生且自調養尊年與老相公同享富貴（老旦哭介）春香你可知老相公年來因少男兒常有娶小之意止因小姐承歡膝下百事因循如今小姐喪亡家門無託俺與老相公悶懷相對何以為情天呵（貼）老夫人春香愚不諫賢依夫人所言既然老相公有娶

之意？止因小姐承欢膝下，百事因循。如今小姐丧亡，家门无托。俺与相公闷怀相对，何以为情？天呵！（贴）老夫人，春香愚不谏贤，依夫人所言，既然老相公有娶小之意，不如顺他，收下一房，生子为便。（老旦）春香，你见人家庶出之子，可如亲生？（贴）春香但蒙夫人收养，尚且非亲是亲，夫人肯将庶出看成，岂不无子有子？（老旦）好话，好话。

（老）曾伴残娥到女儿，
（贴）白杨今日几人悲。
（老）须知此恨消难得，
（合）泪滴寒塘蕙草时。

第二十六出 玩真

（生上）芭蕉叶上雨难留，芍药梢头风欲收。画意无明偏着眼，春光有路暗抬头。小生客中孤闷，闲游后园。湖山之下，拾得一轴小画。似

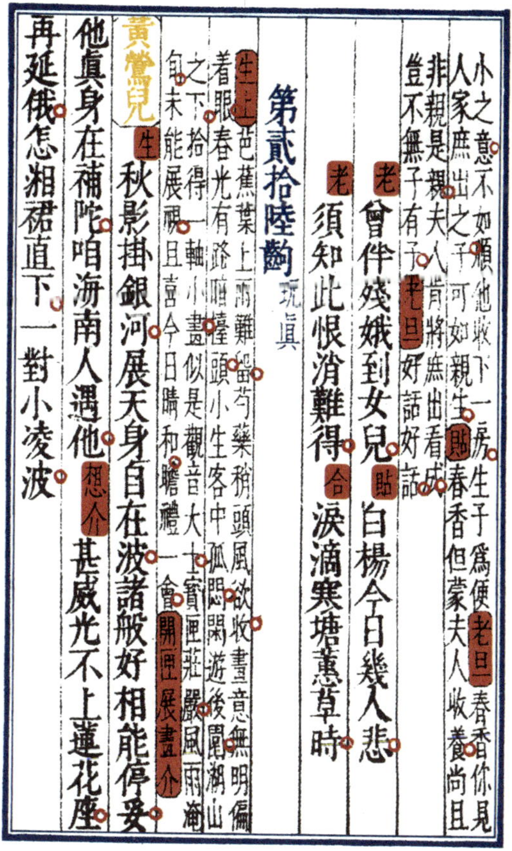
小之意不如順他收下一房生子爲便老旦春香你見
人家庶出之子可如親生貼春香但蒙夫人收養尚且
非親是親夫人肯將庶出看成
豈不無子有子老旦好話好話
老曾伴殘娥到女兒貼白楊今日幾人悲
老須知此恨消難得合淚滴寒塘蕙草時
第貳拾陸齣 玩眞
生上芭蕉葉上雨難留芍藥稍頭風欲收畫意無明偏
着眼春光有路暗擡頭小生客中孤悶閒遊後園湖山
之下拾得一軸小畫似是觀音大士寶匣莊嚴風雨淹
旬未能展視且喜今日晴和瞻禮一會開匣展畫介
黃鶯兒 生 秋影掛銀河展天身自在波諸般好相能停妥
他眞身在補陀咱海南人遇他想介甚威光不上蓮花座
再延俄怎湘裙直下一對小凌波

是观音大士，宝匣庄严。风雨淹旬，未能展视。且喜今日晴和，瞻礼一会。（开匣，展画介）

黄莺儿（生）秋影挂银河，展天身自在波，诸般好相能停妥。他真身在补陀，咱海南人遇他。（想介）甚威光不上莲花座？再延俄，怎湘裙直下，一对小凌波？是观音，怎一对小脚儿？待俺端详一会。

二郎神慢（生）些儿个，画图中影儿则度。着了，敢谁书馆中吊下幅小嫦娥？画的这俜停倭妥。是嫦娥，一发该顶戴了。问嫦娥折桂人有我？可是嫦娥，怎影儿外没半朵祥云托？树皴儿又不似桂丛花琐？不是观音，又不是嫦娥，人间那得有此？成惊愕，似曾相识，向俺心头摸。待俺瞧，是画工临的，还是美人自手描的？

莺啼序（生）问丹青何处娇娥，片月影光生毫末？似恁般一个人儿，早见了百花低躲。总天然意态难模，谁近

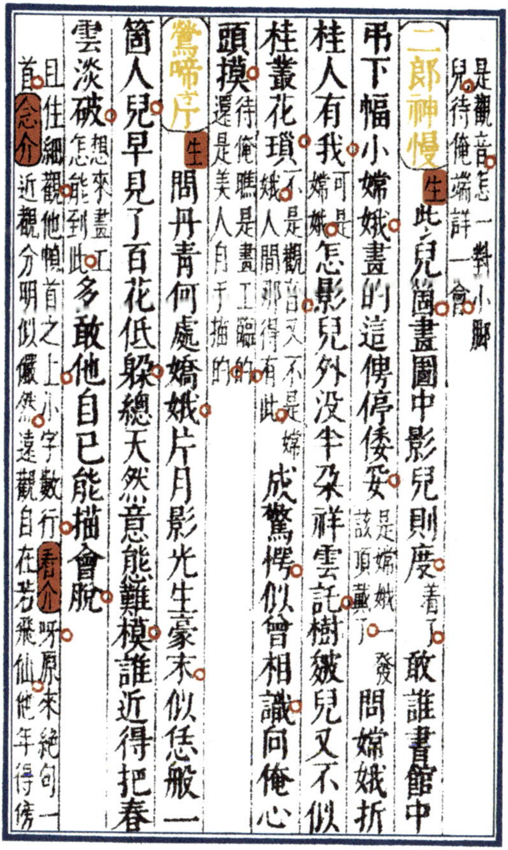

是觀音怎一對小脚兒待俺端詳一會

二郎神慢 生 些兒個畫圖中影兒則度着了敢誰書館中吊下幅小嫦娥畫的這俜停倭妥是嫦娥該頂戴了一發問嫦娥折桂人有我可是嫦娥怎影兒外没半朵祥雲託樹皴兒又不似桂叢花瑣不是觀音又不是嫦娥人間那得有此成驚愕似曾相識向俺心頭摸待俺瞧是畫工臨的還是美人自手描的

鶯啼序 生 問丹青何處嬌娥片月影光生毫末似恁般一箇人兒早見了百花低躲總天然意態難模誰近得把春雲淡破想來畫工怎能到此多敢他自己能描會脫且住細觀他幀首之上小字數行看介呀原來絕句一首念介近覩分明似儼然遠觀自在若飛仙他年得傍

得把春云淡破？想来画工怎能到此！多敢他自己能描会脱。且住。细观他帧首之上，小字数行。（看介）呀，原来绝句一首。（念介）

近睹分明似俨然，远观自在若飞仙。
他年得傍蟾宫客，不在梅边在柳边。

呀，此乃人间女子行乐图也。何言『不在梅边在柳边』？奇哉怪事哩！

集贤宾（生）望关山梅岭天一抹，怎知俺柳梦梅过？得傍蟾宫知怎么？待喜呵，端详停和，俺姓名儿，直么费嫦娥定夺？打摩诃，敢则是梦魂中真个。好不回盼小生！

黄莺儿（生）空影落纤娥，动春蕉散绮罗，春心只在眉间锁。春山翠拖，春烟淡和，相看四目谁轻可？恁横波，来回顾影，不住的眼儿睃。却怎半枝青梅在手，活似提掇小生一般？

啼莺序（生）他青梅在手诗细哦，逗春心一点蹉跎。小子待画饼充饥，小姐似望梅止渴。小姐，小姐，未曾开半点幺荷，含笑处朱唇淡抹。韵情多，如愁欲语，只少口气儿呵。

蟾宮客不在梅邊在柳邊呀此乃人間女子行樂圖也何言不在梅邊在柳邊奇哉怪事哩

集賢賓 生 望關山梅嶺天一抹怎知俺柳夢梅過得傍蟾宮知怎麼待喜呵端詳停和俺姓名兒直麼費嫦娥定奪打摩訶敢則是夢魂中真箇 好不回盼小生

黃鶯兒 生 空影落纖娥動春蕉散綺羅春心只在眉間鎖春山翠拖春煙淡和相看四目誰輕可恁橫波來回顧影不住的眼兒睃 却怎半枝青梅在手活似提掇小生一般

啼鶯序 生 他青梅在手詩細哦逗春心一點蹉跎小生待畫餅充饑小姐似望梅止渴小姐小姐未曾開半點幺荷含笑處朱唇淡抹韻情多如愁欲語只少口氣兒呵

小娘子画似崔徽，诗如苏蕙，行书逼真卫夫人。小生虽则典雅，怎到得这小娘子！蓦地相逢，不免步韵一首。（题介）丹青妙处却天然，不是天仙即地仙。欲傍蟾宫人近远，恰些春在柳梅边。

簇御林 他能绰斡，会写作，秀入江山人唱和。待小生狠狠叫他几声。美人，美人！姐姐，姐姐！向真真啼血你知么？叫的你喷嚏似天花唾。动凌波，盈盈欲下，不见影儿那。

咳！俺孤单在此，少不得将小娘子画像，早晚玩之、拜之、叫之、赞之。

尾声 拾的个人儿先庆贺，敢柳和梅有些瓜葛？小姐，小姐，则被你有影无形看杀我。

不须一向恨丹青，
堪把长悬在户庭。
惆怅题诗柳中隐，
添成春醉转难醒。

第二十七出　魂游

挂真儿（净扮石道姑上）台殿重重春色上，碧雕阑映带银塘。扑地香腾，归天磬响。细展度人经藏。

集唐 几年红粉委黄泥，十二峰头月欲低。折得玫瑰花一朵，东风吹上窈娘堤。俺老道姑，看守杜小姐坟庵，三年之上。择取吉日，替他开设道场，超生玉界。早已门外竖立招幡，看有何人来到。

太平令（贴扮小道姑，丑扮徒弟上）岭路江乡，一片彩云扶月上。羽衣青鸟闲来往。（丑）天晚，梅花观歇了罢。南枝外有鹊炉香。

小道姑乃韶阳郡碧云庵主是也。游方到此，见他庄严幡引，榜示道场，恰好登坛，共成好事。（见介）集唐（贴）大罗天上柳烟含，（净）毛节朱幡倚石龛。（贴）见向溪山求

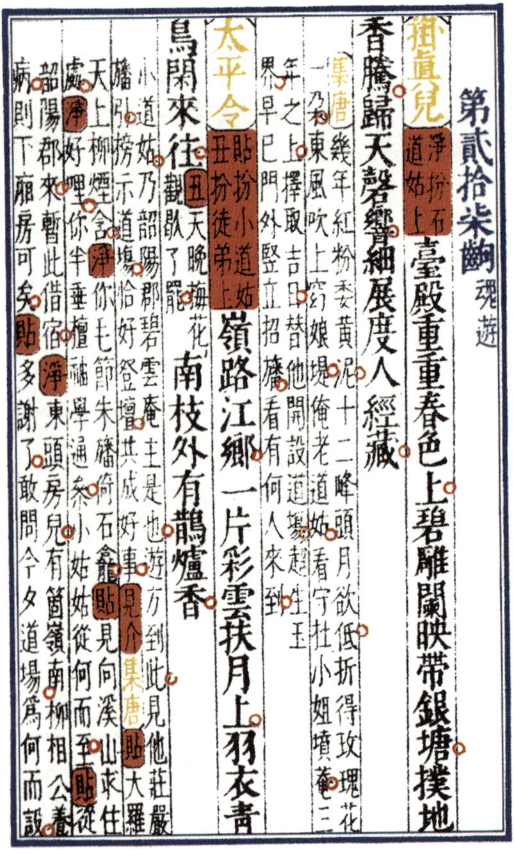

第貳拾柒齣　魂遊

掛真兒（淨扮石道姑上）臺殿重重春色上碧雕闌映帶銀塘撲地香騰歸天磬響細展度人經藏

集唐 幾年紅粉委黃泥十二峰頭月欲低折得玫瑰花一朵東風吹上窈娘堤俺老道姑看守杜小姐墳菴三年之上擇取吉日替他開設道場超生玉界早已門外竪立招旛看有何人來到

太平令（貼扮小道姑丑扮徒弟上）嶺路江鄉一片彩雲扶月上羽衣青鳥閑來往（丑）天晚梅花觀歇了罷南枝外有鵲爐香

小道姑乃韶陽郡碧雲菴主是也遊方到此見他莊嚴旛引榜示道場恰好登壇共成好事（見介）集唐（貼）大羅天上柳煙含（淨）毛節朱旛倚石龕（貼）見向溪山求住處（淨）好哩你半垂檀袖學通參小姑姑從何而至（貼）從韶陽郡來暫此借宿（淨）東頭房兒有箇嶺南柳相公養病則下廂房可矣（貼）多謝了敢問今夕道場為何而設

住处，（净）好哩，你半垂檀袖学通参。小姑姑从何而至？（贴）从韶阳郡来，暂此借宿。（净）东头房儿，有个岭南柳相公养病。则下厢房可矣。（贴）多谢了。敢问今夕道场，为何而设？（净欢介）则为杜衙小姐去三年，待与招魂上九天。（贴）这等呵，清醮坛场今夜好，敢将香火助真仙。（净）这等恰好。（内鸣钟鼓介）（众）请老师兄拈香。（净）南斗注生真妃，东岳受生夫人殿下。（拈香拜介）

孝南歌（净）钻新火，点妙香，虔诚为因杜丽娘。（众拜）香霭绣幡幢，细乐风微飏。仙真呵，威光无量，把一点香魂，早度人天上。怕未尽凡心，他再作人身想。做儿郎，做女郎，愿他永成双，再休似少年亡。

（净）想起小姐生前爱花而亡，今日折得残梅，安在净瓶供养。（拜神主介）

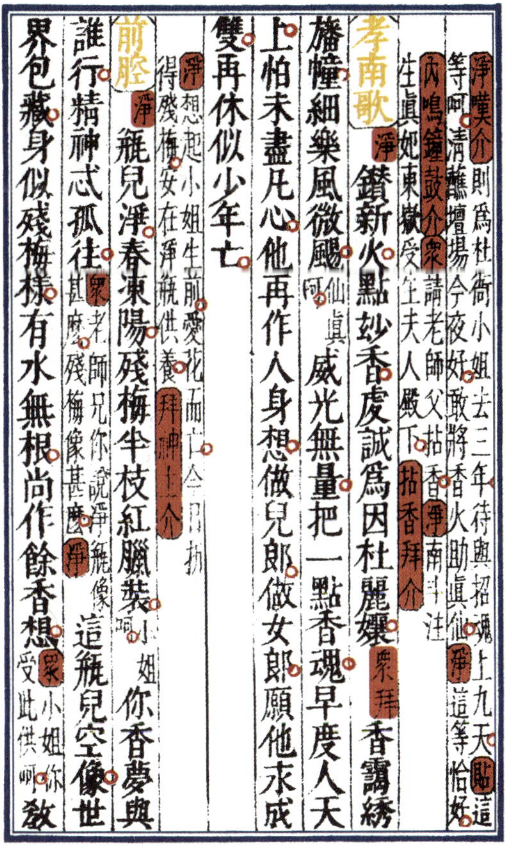
淨嘆介則爲杜衙小姐去三年待與招魂上九天貼這等呵清醮壇場今夜好敢將香火助眞仙淨這等恰好內鳴鐘鼓介衆請老師父拈香淨南斗注生眞妃東嶽受生夫人殿下拈香拜介

孝南歌淨鑽新火點妙香虔誠爲因杜麗孃衆拜香靄繡旛幢細樂風微颺仙眞呵威光無量把一點香魂早度人天上怕未盡凡心他再作人身想做兒郎做女郎願他永成雙再休似少年亡

淨想起小姐生前愛花而亡今日折得殘梅安在淨瓶供養拜神主介

前腔淨瓶兒淨春凍陽殘梅半枝紅臘裝呵小姐你香夢與誰行精神忒孤往衆老師兄你說淨瓶兒像甚麼淨這瓶兒空像世界包藏身似殘梅樣有水無根尚作餘香想衆小姐你受此供呵敎

前腔（净）瓶儿净，春冻阳。残梅半枝红腊装。小姐呵，你香梦与谁行？精神忒孤往。（众）老师兄，你说净瓶像甚么？残梅像甚么？（净）这瓶儿空像，世界包藏，身似残梅样，有水无根，尚作余香想。（众）小姐，你受此供呵，教你肌骨凉，魂魄香。肯回阳，再住这梅花帐？

（内风响介）（净）奇哉，怪哉，冷窣窣一阵风打旋也。（内鸣钟介）（众）这晚斋时分，且吃了斋，收拾道场。正是：晓镜抛残无定色，晚钟敲断步虚声。（众下）

水红花（魂旦作鬼声，掩袖上）则下得望乡台如梦俏魂灵，夜荧荧墓门人静。（内犬吠）（旦惊介）原来是赚花阴小犬吠春星，冷冥冥，梨花春影。呀，转过牡丹亭、芍药阑，都荒废尽。爹娘去了三年也。（泣介）伤感煞断垣荒径，望中何处也？鬼灯青。（听介）兀的有人声也啰。

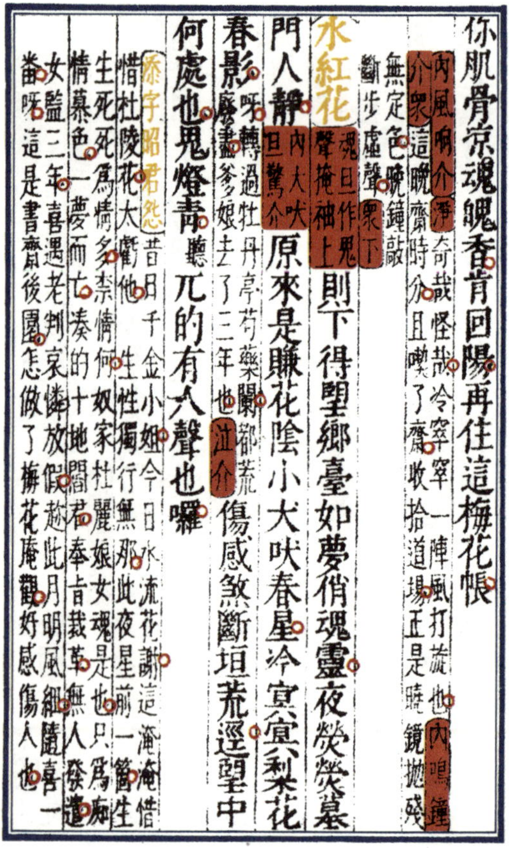
你肌骨凉魂魄香肯回陽再住這梅花帳

（內風响介）（淨）奇哉怪哉冷窣窣一陣風打旋也（內鳴鐘介）（衆）這晚齋時分且喫了齋收拾道場正是曉鏡拋殘無定色晚鐘敲斷步虛聲（衆下）

水紅花（魂旦作鬼聲掩袖上）則下得望鄉臺如夢俏魂靈夜熒熒墓門人靜（內犬吠）（旦驚介）原來是賺花陰小犬吠春星冷冥冥梨花春影呀轉過牡丹亭芍藥闌都荒廢盡爹娘去了三年也（泣介）傷感煞斷垣荒逕望中何處也鬼燈青聽兀的有人聲也囉

添字昭君怨 昔日千金小姐今日水流花謝這淹淹惜惜杜陵花太虧他生性獨行無那此夜星前一箇生生死死為情多奈情何奴家杜麗娘女魂是也只為痴情慕色一夢而亡凑的十地閻君奉旨裁革無人發遣女監三年喜遇老判哀憐放假趁此月明風細隨喜一番呀這是書齋後園怎做了梅花庵觀好感傷人也

添字昭君怨 昔日千金小姐，今日水流花谢。这淹淹惜惜杜陵花，太亏他。 生性独行无那，此夜星前一个。生生死死为情多。奈情何！奴家杜丽娘女魂是也。只为痴情慕色，一梦而亡。凑的十地阎君奉旨裁革，无人发遣，女监三年。喜遇老判，哀怜放假。趁此月明风细，随喜一番。呀！这是书斋后园，怎做了梅花庵观？好感伤人也！

小桃红 （旦）咱一似断肠人和梦醉初醒，谁偿咱残生命也？虽则鬼丛中姊妹不同行，窣地的把罗衣整。这影随形，风沉露，云暗斗，月勾星，都是我魂游境也。到的这花影初更，（内作丁冬声）（旦惊介）一霎价心儿瘆，原来是弄风铃台殿冬丁。

好一阵香也。

下山虎 （旦）我则见香烟隐隐，灯火荧荧。呀，铺了些云霞蹬，不由人打个吃挣。 是那位神灵？原来是东岳夫人、南

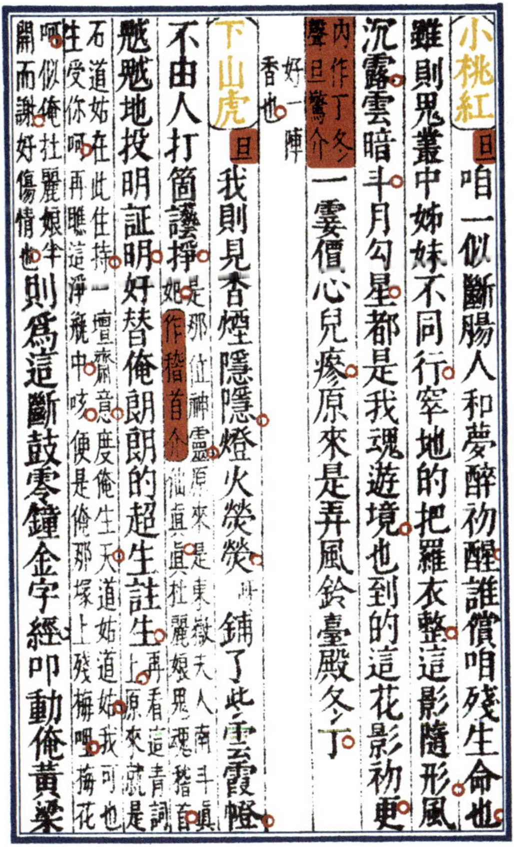

小桃紅 旦 咱一似斷腸人和夢醉初醒。誰償咱殘生命也。雖則鬼叢中姊妹不同行。窣地的把羅衣整。這影隨形。風沉露。雲暗斗。月勾星。都是我魂遊境也。到的這花影初更。內作丁冬聲 旦驚介 一霎價心兒瘆。原來是弄風鈴臺殿冬丁。

好一陣香也。

下山虎 旦 我則見香煙隱隱。燈火熒熒。呀 鋪了些雲霞蹬。不由人打箇讒掙。是那位神靈。原來是東嶽夫人南斗眞妃。作稽首介 仙眞眞杜麗娘鬼魂稽首。再看這青詞上。原來就是石道姑在此住持。一壇齋意。度俺生天。道姑道姑。我可也生受你。再瞧這淨瓶中。咳。便是俺那塚上殘梅哩。梅花呵。似俺杜麗娘半開而謝。好傷情也。颩颩地投明證明。好替俺朗朗的超生註生。則爲這斷鼓零鐘金字經叩動俺黃粱

斗真妃。（作稽首介）仙真，仙真，杜丽娘鬼魂稽首。魆魆地投明证明，好替俺朗朗的超生注生。再看这青词上，原来就是石道姑在此住持。一坛斋意，度俺生天。道姑，道姑，我可也生受你呵。再瞧这净瓶中，咳，便是俺那冢上残梅哩。梅花呵！似俺杜丽娘半开而谢，好伤情也！则为这断鼓零钟金字经，叩动俺黄粱境。俺向这地坼里梅根迸几程，透出些儿影。（泣介）姑姑们这般志诚，若不留些踪影，怎显的俺鉴知他？就将梅花散在经台之上。（撒花介）抵甚么一点香销万点情。

想起爹娘何处，春香何处也？呀，那边厢有沉吟叫唤之声，听怎来？（内叫介）俺的姐姐呵！俺的美人呵！（旦惊介）谁叫谁也？再听。（内又叫介）（旦叹介）

醉归迟 （旦）生和死孤寒命。有情人叫不出情人应。为甚么不唱出你可人名姓？似俺孤魂独趁，待谁来叫唤俺一声？不分明，无倒断，再消停。（内

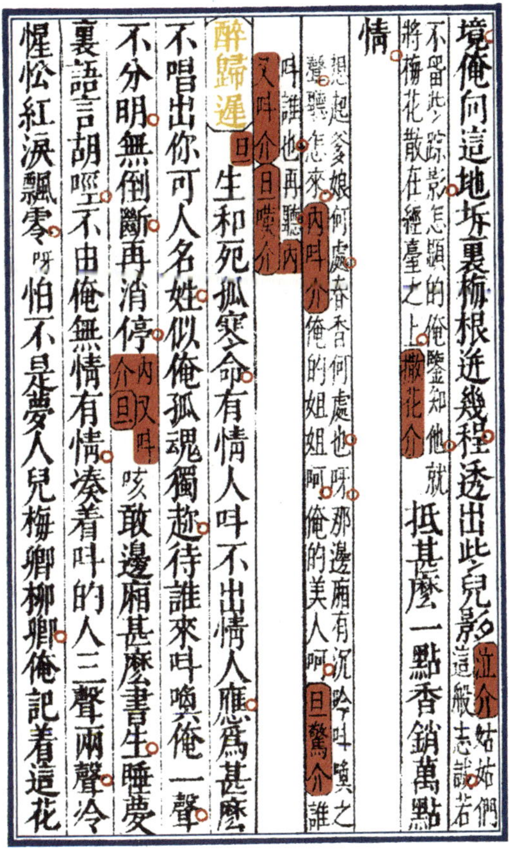
境俺向這地坼裏梅根迸幾程透出些兒影（泣介）姑姑們這般志誠若
不留些蹤影怎顯的俺鑒知他就將梅花散在經臺之上（撒花介）抵甚麼一點香銷萬點
情
想起爹娘何處春香何處也呀那邊廂有沉吟叫喚之聲聽怎來（內叫介）俺的姐姐呵俺的美人呵（旦驚介）誰叫誰也再聽（內又叫介）（旦嘆介）
醉歸遲（旦）生和死孤寒命有情人叫不出情人應為甚麼
不唱出你可人名姓似俺孤魂獨趁待誰來叫喚俺一聲
不分明無倒斷再消停（內又叫）（旦）咳敢邊廂甚麼書生睡夢
裏語言胡哩不由俺無情有情湊着叫的人三聲兩聲冷
惺忪紅淚飄零呀怕不是夢人兒梅卿柳卿俺記着這花

又叫介）（旦）咳！敢边厢甚么书生，睡梦里语言胡呓？不由俺无情有情，凑着叫的人，三声两声，冷惺忪红泪飘零。呀！怕不是梦人儿梅卿柳卿？俺记着这花亭水亭，趁的这风清月清。则这鬼宿前程，盼得上三星四星。呀，待即行寻趁，奈斗转参横，不敢久停呵！

尾声（旦）为甚么闪摇摇春殿灯？（内叫介）殿上响动。（丑虚上望介）（又作风起介）（旦）一弄儿绣幡飘迥，则这几点落花风，是俺杜丽娘身后影。

（旦作鬼声下）（丑打照面，惊叫介）师父们快来！快来！（净、贴惊上）怎生大惊小怪？（丑）则这灯影荧煌，躲着瞧时，见一位女神仙，袖拂花幡，一闪而去。怕也！怕也！（净）怎生模样？（丑打手势介）这多高，这多大，俊脸儿，翠翘金凤，红裙绿袄，环珮玎珰，敢是真仙下降？（净）咳，这便是杜小姐生时样子，敢是他有灵活现？（贴）呀，你看经台之上，乱糁梅花，奇也！异也！大家再祝赞他一番。

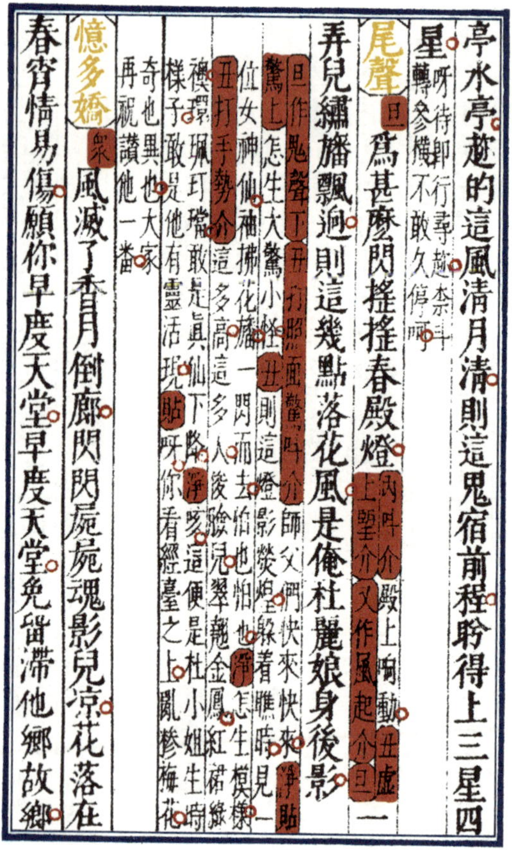
亭水亭趁的這風清月清則這鬼宿前程盼得上三星四星呀待即行尋趁奈斗轉參橫不敢久停呵

尾聲 旦 爲甚麽閃搖搖春殿燈 內叫介 殿上响動 丑虛上望介 又作風起介 旦 一弄兒繡旛飄迥則這幾點落花風是俺杜麗娘身後影

旦作鬼聲下 丑打照面驚叫介 師父們快來快來 淨貼驚上 怎生大驚小怪 丑 則這燈影熒煌躲着瞧時見一位女神仙袖拂花旛一閃而去怕也怕也 淨 怎生模樣 丑打手勢介 這多高這多大俊臉兒翠翹金鳳紅裙綠襖環珮玎璫敢是眞仙下降 淨 咳這便是杜小姐生時樣子敢是他有靈活現 貼 呀你看經臺之上亂糝梅花奇也異也大家再祝讚他一番

憶多嬌 衆 風滅了香月倒廊閃閃屍屍魂影兒涼花落在春宵情易傷願你早度天堂早度天堂免留滯他鄉故鄉

忆多娇（众）风灭了香，月到廊。闪闪尸尸魂影儿凉。花落在春宵情易伤。愿你早度天堂，早度天堂，免留滞他乡故乡。

（贴）敢问杜小姐为何病亡？以何因缘而来出现？

尾声（净）休惊恍，免问当，收拾起乐器经堂。你听波，兀的冷窣窣珮环风，还在回廊那边响。

（净）心知不敢辄形相，
（贴）欲话因缘恐断肠。
（丑）若使春风会人意，
（合）也应知有杜兰香。

第二十八出 幽媾

夜行船（生上）瞥下天仙何处也？影空濛似月笼沙。有恨徘徊，无言窨约。早是夕阳西下。

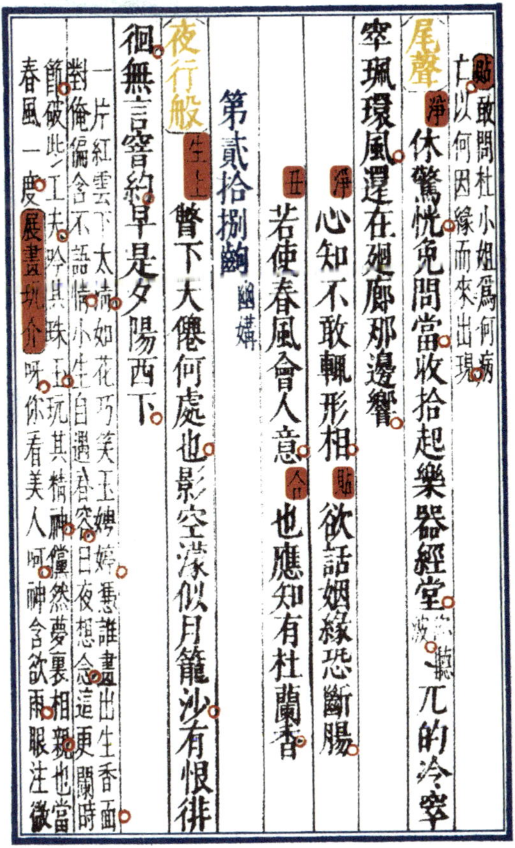
（貼）敢問杜小姐爲何病亡以何因緣而來出現
尾聲（淨）休驚恍免問當收拾起樂器經堂你聽波兀的冷窣窣珮環風還在廻廊那邊響
（淨）心知不敢輒形相（貼）欲話姻緣恐斷腸
（丑）若使春風會人意（合）也應知有杜蘭香
第貳拾捌齣 幽媾
夜行般（生上）瞥下天僊何處也影空濛似月籠沙有恨徘徊無言窨約早是夕陽西下
一片紅雲下太淸如花巧笑玉娉婷憑誰畫出生香面對俺偏含不語情小生自遇春容日夜想念這更闌時節破些工夫吟其珠玉玩其精神儻然夢裏相親也當春風一度（展畫玩介）呀你看美人呵神含欲雨眼注微

一片红云下太清，如花巧笑玉娉婷。凭谁画出生香面？对俺偏含不语情。小生自遇春容，日夜想念。这更阑时节，破些工夫，吟其珠玉，玩其精神。倘然梦里相亲，也当春风一度。（展画玩介）呀，你看美人呵，神含欲语，眼注微波。真乃『落霞与孤鹜齐飞，秋水共长天一色』。

香遍满（生）晚风吹下，武陵溪边一缕霞，出落个人儿风韵杀。净无瑕，明窗新绛纱。丹青小画，又把一幅肝肠挂。

小姐，小姐，则被你想杀俺也。

懒画眉（生）轻轻怯怯一个女娇娃，楚楚臻臻像个宰相衙。想他春心无那对菱花，含情自把春容画，可想到有个拾翠人儿也逗着他？

二犯梧桐树（生）他飞来似月华，俺拾的愁天大。常时夜夜对月而眠，这几夜呵，幽佳，婵娟隐映的光辉杀。

波。真乃落霞與孤鶩齊飛秋水共長天一色。

香遍滿 生 晚風吹下。武陵溪邊一縷霞。出落箇人兒風韻殺。淨無瑕。明窗新絳紗。丹青小畫。又把一幅肝腸掛。

小姐小姐則被你想殺俺也。

懶畫眉 生 輕輕怯怯一箇女嬌娃。楚楚臻臻像箇宰相衙。想他春心無那對菱花。含情自把春容畫。可想到有箇拾翠人兒也逗着他。

二犯梧桐樹 生 他飛來似月華。俺拾的愁天大。常時夜夜對月而眠這幾夜呵。幽佳。嬋娟隱映的光輝殺。敎俺迷留沒亂的心嘈雜。無夜無明怏着他。若不爲擎奇怕涴的丹青亞。待抱着你影教俺迷留没乱的心嘈杂，无夜无明快着他。若不为擎奇怕涴的丹青亚，待抱着你影儿横榻。

想来小生定是有缘也。再将他诗句朗诵一番。（念诗介）

浣沙溪（生）拈诗话，对会家，柳和梅有分儿些。他春心迸出湖山罅，飞上烟绡萼绿华。则是礼拜他便了。（拈香拜介）傒倖杀，对他脸晕眉痕心上掐，有情人不在天涯。

小生客居，怎勾姐姐风月中片时相会也？

刘泼帽（生）恨单条不惹的双魂化，做个画屏中倚玉蒹葭。小姐呵，你耳朵儿云鬓月侵芽，可知他一些些，都听的俺伤情话？

秋夜月（生）堪笑咱，说的来如戏耍。他海天秋月云端挂，烟空翠影遥山抹。只许他伴人清暇，怎教人佻达。

东瓯令（生）俺如念咒，似说法，石也要点头天雨花。怎虔诚不降的仙娥

兒橫榻。

想來小生定是有緣也。再將他詩句朗誦一番。（念詩介）

浣沙溪 生 拈詩話。對會家。柳和梅有分兒些。他春心迸出湖山罅。飛上煙綃萼綠華。則是禮拜他便了。（拈香拜介）傒倖殺。對他臉暈眉痕心上掐。有情人不在天涯。

小生客居。怎勾姐姐風月中片時相會也。

劉潑帽 生 恨單條不惹的雙魂化。做箇畫屏中倚玉蒹葭。小姐呵。你耳朵兒雲鬢月侵芽。可知他一些些。都聽的俺傷情話。

秋夜月 生 堪笑咱。說的來如戲耍。他海天秋月雲端掛。煙

下？是不肯轻行踏。（内作风起）（生按住画介）待留仙怕杀风儿刮，黏嵌着锦边牙。

　　怕刮损他，再寻个高手临他一幅儿。

金莲子（生）闲啧牙，怎能勾他威光水月生临榻？怕有处相逢他自家，则问他许多情，与春风画意再无差。

　　再把灯剔起细看他一会。（照介）

隔尾　敢人世上似这天真多则假。（内作风吹灯介）（生）好一阵冷风袭人也，险些儿误丹青风影落灯花。罢了，则索睡掩纱窗去梦他。（打睡介）

（魂旦上）泉下长眠梦不成，一生余得许多情。魂随月下丹青引，人在风前叹息声。妾身杜丽娘鬼魂是也。为花园一梦，想念而终。当时自画春容，埋于太湖石下。题有『他年得傍蟾宫客，不在梅边在柳边』。谁想游魂观中几晚，听见东房之内，一个书生高声低叫：『俺的姐姐，俺的美人。』那声音哀楚，动俺心魂。

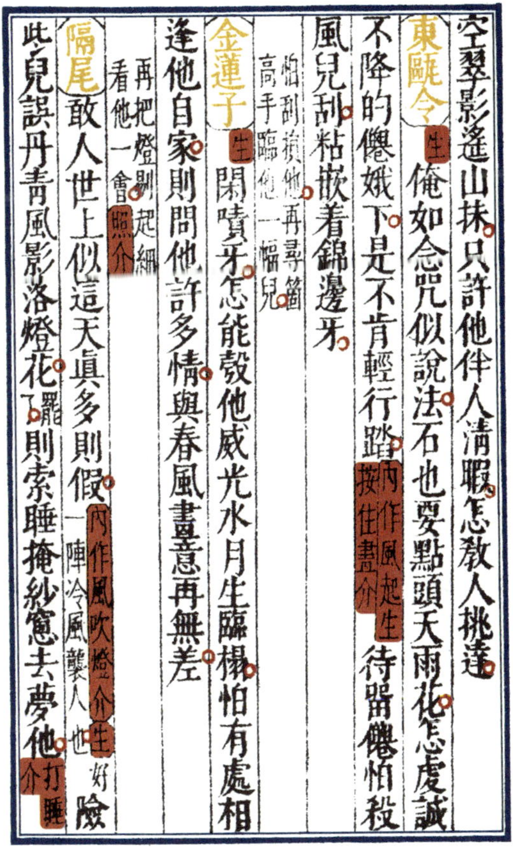
空翠影遂山抹。只許他伴人清暇。怎教人挑達。
東甌令（生）俺如念咒似說法。石也要點頭天雨花。怎虔誠不降的僊娥下。是不肯輕行踏。（內作風起生按住畫介）待留僊怕殺風兒刮。粘嵌着錦邊牙。
怕刮損他。再尋箇高手臨他一幅兒。
金蓮子（生）閑嘖牙。怎能勾他威光水月生臨榻。怕有處相逢他自家。則問他許多情。與春風畫意再無差。
再把燈剔起細看他一會。（照介）
隔尾　敢人世上似這天真多則假。（內作風吹燈介生）好一陣冷風襲人也。險些兒誤丹青風影落燈花。罷了。則索睡掩紗窗去夢他。（打睡介）

悄然蓦入他房中，则见高挂起一轴小画，细玩之，便是奴家遗下春容。后面和诗一首，观其名字，则岭南柳梦梅也。梅边柳边，岂非前定乎！因而告过了冥府判君，趁此良宵，完其前梦。想起来好苦也！

【朝天懒】怕的是粉冷香销泣绛纱，又到的高唐馆，玩月华。猛回头羞飒髻儿鬌，自擎拿。呀！前面是他房头了。怕桃源路径行来诧，再得俄旋试认他。

（生睡中念诗介）他年若傍蟾宫客，不在梅边在柳边。我的姐姐呵。（旦听打悲介）

【前腔】是他叫唤的伤情咱泪雨麻，把我残诗句，没争差。难道还未睡呵？（瞧介）（生又叫介）（旦）他原来睡屏中作念猛嗟呀。省喧哗，我待敲弹翠竹窗栊下。（内作惊醒，叫『姐姐』介）（旦悲介）待展香魂去近他。

（生）呀，户外敲竹之声，是风？是人？（旦）有人。（生）这咱时节有

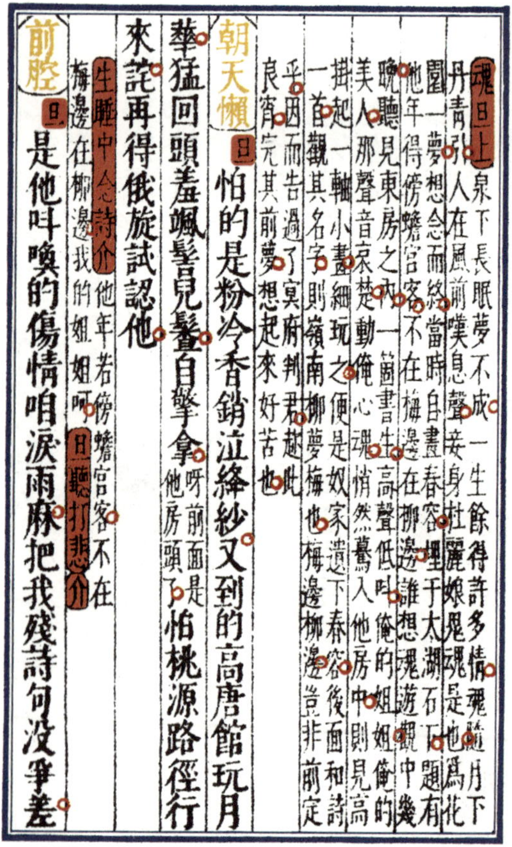
魂旦上 泉下長眠夢不成一生餘得許多情魂隨月下丹青引人在風前嘆息聲 妾身杜麗娘鬼魂是也為花園一夢想念而終當時自畫春容埋于太湖石下題有他年得傍蟾宮客不在梅邊在柳邊誰想魂遊觀中幾晚聽見東房之內一箇書生高聲低叫俺的姐姐俺的美人那聲音哀楚動俺心魂悄然驀入他房中則見高掛起一軸小畫細玩之便是奴家遺下春容後面和詩一首觀其名字則嶺南柳夢梅也梅邊柳邊豈非前定乎因而告過了冥府判君趁此良宵完其前夢想起來好苦也

朝天懶 旦 怕的是粉冷香銷泣絳紗又到的高唐館玩月華猛回頭羞颯髻兒鬌自擎拿 呀前面是他房頭了 怕桃源路徑行來詫再得俄旋試認他

生睡中念詩介 他年若傍蟾宮客不在梅邊在柳邊我的姐姐呵 旦聽打悲介

前腔 旦 是他叫喚的傷情咱淚雨麻把我殘詩句沒爭差

人，敢是老姑姑送茶来？免劳了。（旦）不是。（生）敢是游方的小姑姑么？（旦）不是。（生）好怪，好怪，又不是小姑姑，再有谁？待我启门而看。（生开门看介）

玩仙灯 呀！何处一娇娃，艳非常使人惊诧。（旦作笑闪入）（生急掩门）（旦敛衽整容见介）秀才万福。（生）小娘子到来，敢问尊前何处？因何夤夜至此？（旦）秀才，你猜来。

红纳袄 （生）莫不是莽张骞犯了你星汉槎，莫不是小梁清夜走天曹罚？（旦）这都是天上仙人，怎得到此。（生）是人家彩凤暗随鸦？（旦摇头介）（生）敢甚处里绿杨曾系马？（旦）不曾一面。（生）若不是认陶潜眼挫的花，敢则是走临邛道数儿差？（旦）非差。（生）想是求灯的？可是你夜行无烛也，因此上待要红袖分灯向碧纱？

前腔 （旦）俺不为度仙香空散花，也不为读书灯闲濡蜡。俺不似赵飞卿旧

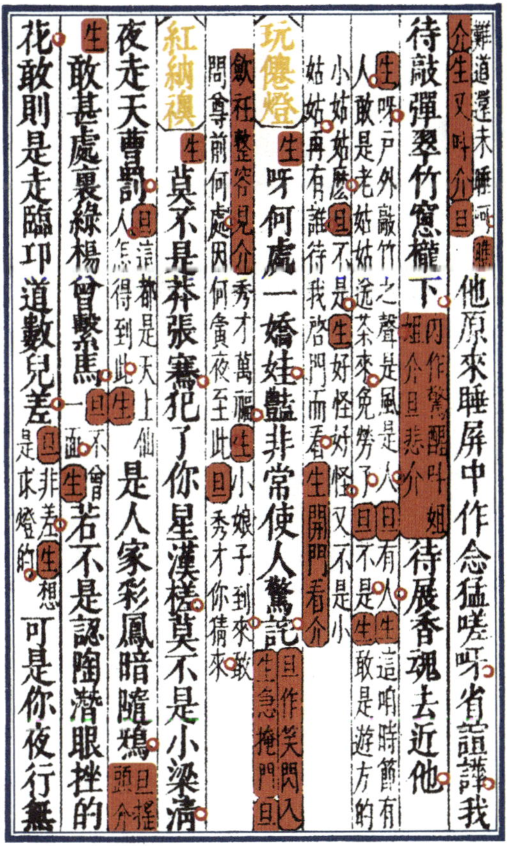
難道還未睡呵（生又叫介）（旦）瞧他原來睡屏中作念猛嗟呀省諠譁我待敲彈翠竹窗櫳下（旦作驚醒叫姐姐介）（旦悲介）待展香魂去近他（生）呀戶外敲竹之聲是風是人（旦）有人（生）這咱時節有人敢是老姑姑送茶來免勞了（旦）不是（生）敢是遊方的小姑姑麼（旦）不是（生）好怪好怪又不是小姑姑再有誰待我啟門而看（生開門看介）

玩僊燈（生）呀何處一嬌娃豔非常使人驚詫（旦作笑閃入）（生急掩門）（旦斂衽整容見介）秀才萬福（生）小娘子到來敢問尊前何處因何夤夜至此（旦）秀才你猜來

紅納襖（生）莫不是莽張騫犯了你星漢槎莫不是小梁清夜走天曹罰（旦）這都是天上仙人怎得到此（生）是人家彩鳳暗隨鴉（旦搖頭介）（生）敢甚處裏綠楊曾繫馬（旦）不曾一面（生）若不是認陶潛眼挫的花敢則是走臨邛道數兒差（旦）非差（生）想是求燈的可是你夜行無

有瑕，也不似卓文君新守寡。秀才呵，你也曾随蝶梦迷花下。（生想介）是当初曾梦来。（旦）俺因此上弄莺黄赴柳衙。若问俺妆台何处也，不远哩，刚则在宋玉东邻第几家。

（生作想介）是了。曾后花园转西，夕阳时节，见小娘子走动哩。（旦）便是了。（生）家下有谁？

宜春令（旦）斜阳外，芳草涯，再无人有伶仃的爹妈。奴年二八，没包弹风藏叶里花。为春归惹动嗟呀，瞥见你风神俊雅。咱待和你剪烛临风，西窗闲话。

（生背介）奇哉！奇哉！人间有此艳色！夜半无故而遇明月之珠，怎生发付！

前腔（生）他惊人艳，绝世佳，闪一笑风流银蜡。月明如乍，问今夕何年星汉槎？金钗客寒夜来家，玉天仙人间下榻。（背介）知他，知他是甚宅眷的孩儿，这迎门调法？

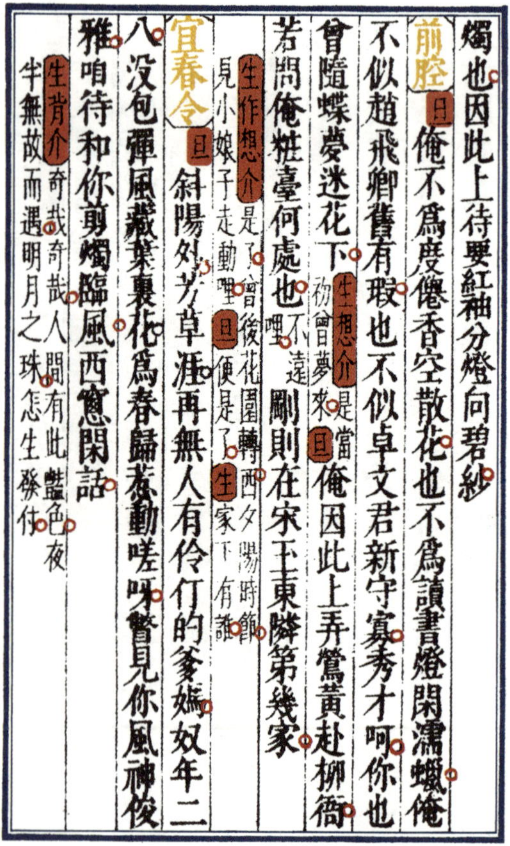
燭也因此上待要紅袖分燈向碧紗
前腔 旦 俺不爲度僊香空散花也不爲讀書燈閑濡蠟俺
不似趙飛卿舊有瑕也不似卓文君新守寡秀才呵你也
曾隨蝶夢迷花下 生想介 是當初曾夢來 旦 俺因此上弄鶯黄赴柳衙
若問俺粧臺何處也 不遠哩 剛則在宋玉東鄰第幾家
生作想介 是了曾後花園轉西夕陽時節見小娘子走動哩 旦 便是了 生 家下有誰
宜春令 旦 斜陽外芳草涯再無人有伶仃的爹媽奴年二
八沒包彈風藏葉裏花爲春歸惹動嗟呀瞥見你風神俊
雅咱待和你剪燭臨風西窗閑話
生背介 奇哉奇哉人間有此艷色夜半無故而遇明月之珠怎生發付

待小生再问他。（回介）小娘子夤夜下顾小生，敢是梦也？（旦笑介）不是梦，当真哩。还怕秀才未肯容纳。（生）则怕未真。果然美人见爱，小生喜出望外。何敢却乎？（旦）这等，真个盼着你了！

【耍鲍老】（旦）幽谷寒涯，你为俺催花连夜发。俺全然未嫁，你个中知察，拘惜的好人家。牡丹亭，娇恰恰；湖山畔，羞答答；读书窗，淅喇喇。良夜省陪茶，清风明月知无价。

【滴滴金】（生）俺惊魂化，睡醒时凉月些些。陡地荣华，敢则是梦中巫峡？亏杀你走花阴不害些儿怕，点苍苔不溜些儿滑，背萱亲不受些儿吓，认书生不着些儿差。你看斗儿斜，花儿亚，如此夜深花睡罢。笑咖咖，吟哈哈，风月无加。把他艳软香娇做意儿耍，下的亏他，便亏他则半霎。

（旦）妾有一言相恳，望郎恕责。（生笑介）贤卿有话，但说无妨。

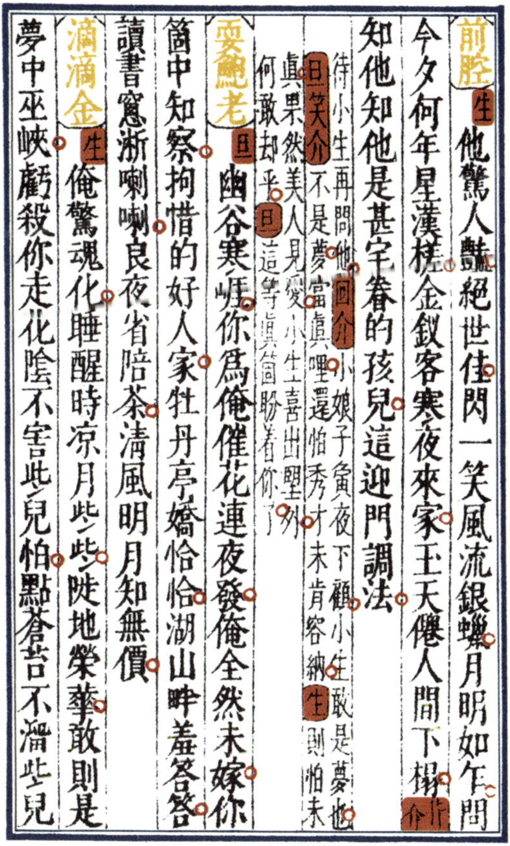
前腔 生 他驚人豔絕世佳。閃一笑風流銀蠟月明如乍。問今夕何年星漢槎。金釵客寒夜來家。玉天僊人間下榻。作介 知他知他是甚宇春的孩兒這迎門調法。待小生再問他。回介 小娘子夤夜下顧小生。敢是夢也。旦笑介 不是夢。當真哩。還怕秀才未肯容納。生 則怕未真。果然美人見愛。小生喜出望外。何敢却乎。旦 這等真箇盼着你了。
耍鮑老 旦 幽谷寒涯。你爲俺催花連夜發。俺全然未嫁。你箇中知察。拘惜的好人家。牡丹亭嬌恰恰。湖山畔羞答答。讀書窗淅喇喇。良夜省陪茶。清風明月知無價。
滴滴金 生 俺驚魂化。睡醒時涼月些些。陡地榮華。敢則是夢中巫峽。虧殺你走花陰不害些兒怕。點蒼苔不溜些兒

（旦）妾千金之躯，一旦付与郎矣，勿负奴心。每夜得共枕席，平生之愿足矣。（生笑介）贤卿有心恋于小生，小生岂敢忘于贤卿乎？（旦）还有一言。未至鸡鸣，放奴回去。秀才休送，以避晓风。（生）这都领命。只问姐姐贵姓芳名？

意不尽（旦叹介）少不得花有根元玉有芽，待说时惹的风声大。（生）以后准望贤卿逐夜而来。（旦）秀才，且和俺点勘春风这第一花。

（生）浩态狂香昔未逢，
（旦）月斜楼上五更钟。
（生）朝云夜入无行处，
（旦）神女知来第几峰？

滑背萱親不受此兒嚇認書生不着些兒差你看斗兒斜花兒亞如此夜深花睡罷笑咖咖吟哈哈風月無加把他髓軟香嬌做意兒要下的虧他便虧他則半霎

(旦)妾有一言相懇望郎恕罪(生笑介)賢卿有話但說無妨(旦)妾千金之軀一旦付與郎矣勿負奴心每夜得共枕席平生之願足矣(生笑介)賢卿有心戀于小生小生豈敢忘于賢卿乎(旦)還有一言未至雞鳴放奴回去秀才休送以避曉風(生)這都領命只問姐姐貴姓芳名

意不盡(旦嘆介)少不得花有根元玉有芽待說時惹的風聲大(生)以後准望賢卿逐夜而來(旦)秀才且和俺點勘春風這第一花

(生)浩態狂香昔未逢(旦)月斜樓上五更鐘
(旦)朝雲夜入無生處(生)神女知來第幾峰

第二十九出　旁疑

步步娇（净扮老道姑上）女冠儿生来出家相。无对向、没生长。守着三清像，换水添香，钟鸣鼓响。赤紧的是那走方娘，弄虚花扯闲帐。

世事难拚一个信，人情常带三分疑。杜老爷为小姐创下这座梅花观，着俺看守。三年水清石见，无半点瑕疵。止因陈教授老狗，引下个岭南柳秀才，东房养病。前几日到后花园回来，悠悠漾漾的，着鬼着魅一般，俺已疑惑了。凑着个韶阳小道姑，年方念八，颇有风情，到此云游，几日不去。夜来柳秀才房里，唧唧哝哝，听的似女儿声息。敢是小道姑瞒着我去瞧那秀才，秀才逆来顺受了？俺且待他来，打觑他一番。

前腔（贴扮小道姑上）俺女冠儿俏的仙真样。论举止都停当。则一点情抛

第貳拾玖齣　旁疑

步步嬌（淨扮老道姑上）女冠兒生來出家相。無對向。沒生長。守着
三清像。換水添香。鐘鳴鼓響。赤緊的是那走方娘。弄虛花
扯閑帳。
世事難拚一箇信。人情常帶三分疑。杜老爺爲小姐創
下這座梅花觀。着俺看守。三年水清石見。無半點瑕疵。
止因陳教授老狗。引下箇嶺南柳秀才。東房養病。前幾
日到後花園回來。悠悠漾漾的着鬼着魅一般。俺已疑
惑了。湊着箇韶陽小道姑。年方念八。頗有風情。到此雲
遊。幾日不去。夜來柳秀才房裏。唧唧噥噥聽的似女兒
聲息。敢是小道姑瞞着我去瞧那秀才。秀
才逆來順受了。俺且待他來。打覷他一番。
前腔（貼扮小道姑上）俺女冠兒俏的僊真樣。論舉止都停當。則一
點情拋漾。步斗風前。吹笙月上。（嘆介）古來僊女定成雙。恁

漾，步斗风前，吹笙月上。（叹介）古来仙女定成双，恁生来寒乞相？

（见介）（贴）常无欲以观其妙，（净）常有欲以观其窍。小姑姑，你昨夜游方，游到柳秀才房儿里去，是窍，是妙？（贴）老姑姑，这话怎的起？谁见来？（净）俺看见来。

剔银灯（净）你出家人芙蓉淡妆，剪一片湘云鹤氅。玉冠儿斜插笑生香，出落的十分情况。斟量，敢则向书生夜窗，逌逗的幽辉半床？

（贴）向那个书生？老姑姑，这话敢不中听哩！

前腔（贴）俺虽然年青试妆，洗凡心冰壶月朗。你怎生剥落的人轻相？比似你半老的佳人停当！（净）倒栽起俺来。（贴）你端详，这女贞观傍，可放着个书生话长？

（净）哎也！难道俺与书生有账？这梅花观，你是云游道婆，他是云游秀才，你住的，偏他住不的？则

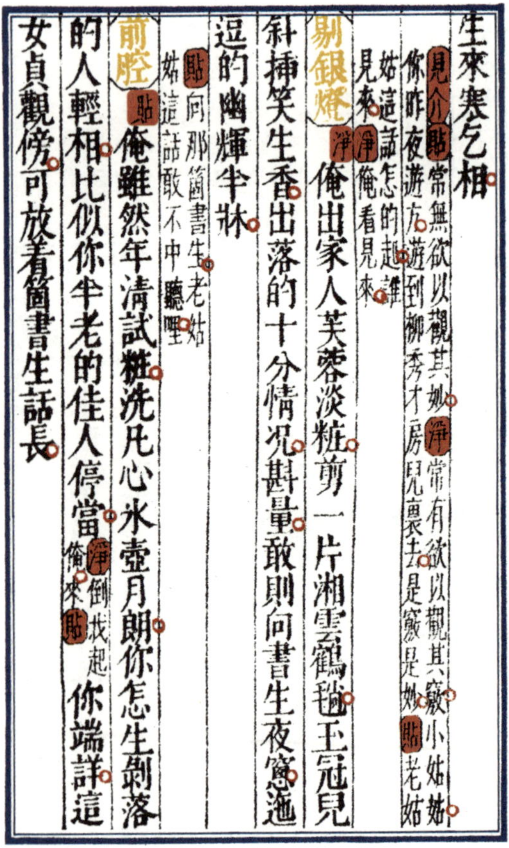
生來寒乞相○
見介 貼 常無欲以觀其妙○ 淨 常有欲以觀其竅○小姑姑○你昨夜遊方○遊到柳秀才房兒裏去○是竅是妙○ 貼 老姑姑這話怎的起○誰見來○ 淨 俺看見來○
剔銀燈 淨 俺出家人芙蓉淡粧○剪一片湘雲鶴氅○玉冠兒斜插笑生香○出落的十分情況○斟量○敢則向書生夜窗逌逗的幽輝半牀○
貼 向那箇書生○老姑姑這話敢不中聽哩○
前腔 貼 俺雖然年清試粧○洗凡心氷壺月朗○你怎生剔落的人輕相○比似你半老的佳人停當○ 淨 倒栽起俺來○ 貼 你端詳○這女貞觀傍○可放着箇書生話長○

是往常秀才夜静高眠，则你到观中，那秀才夜半开门，唧唧哝哝的。不共你说话，共谁来？扯你道录司告去！（扯介）（贴）便去！你将前官香火院，停宿外方游棍，难道偏放过你？（扯介）

一封书（末上）闲步白云除，问柳先生何处居？扣梅花院主。（见扯介）呀，怎两个姑姑争施主？玄牝同门道可道，怎不韫椟而藏姑待姑？俺知道你是大姑，他是小姑，嫁的个彭郎港口无？

（净）先生不知。听的柳秀才半夜开门，不住的唧哝。俺好意儿问这小姑：『敢是你共柳秀才讲话哩？』这小姑则答应着『谁共秀才讲话来』便罢，倒嘴骨弄的，说俺养着个秀才。陈先生，凭你说，谁引这秀才来？扯他道录司明白去。俺是石的。（贴）难道俺是水的？（末）噤声！坏了柳秀才体面。俺劝你：

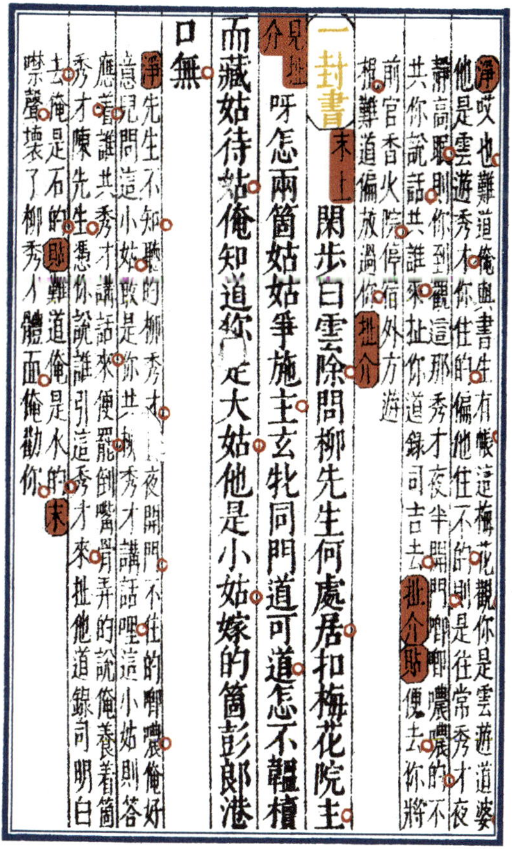
淨 哎也難道俺與書生有帳這梅花觀你是雲遊道婆他是雲遊秀才你住的偏他住不的則是往常秀才夜靜高眠則你到觀這那秀才夜半開門唧唧噥噥的不共你說話共誰來扯你道錄司告去 扯介 貼 便去你將前官香火院停宿外方遊棍難道偏放過你 扯介

一封書 末上 閑步白雲除問柳先生何處居扣梅花院主 見扯介 呀怎兩箇姑姑爭施主玄牝同門道可道怎不韞櫝而藏姑待姑俺知道你是大姑他是小姑嫁的箇彭郎港口無

淨 先生不知聽的柳秀才半夜開門不住的唧噥俺好意兒問這小姑敢是你共柳秀才講話哩這小姑則答應着誰共秀才講話來便罷倒嘴骨弄的說俺養着箇秀才陳先生憑你說誰引這秀才來扯他道錄司明白去俺是石的 貼 難道俺是水的 末 噤聲壞了柳秀才體面俺勸你

前腔（末）教你姑徐徐，撒月招风实也虚。早则是者也之乎，那柳下先生君子儒，到道录司牒你去俗还俗，敢儒流们笑你姑不姑。（贴）正是不雅相。（净）好把冠子儿扶，水云梳，裂了这仙衣四五铢。

（净）便依说，开手罢。陈先生吃个斋去。（末）待柳秀才在时又来。

尾声（末）清绝处，再踟躇。（泪介）咳！糁东风穷泪扑疏疏。道姑，杜小姐坟儿可上去？（净）雨哩。（末叹介）则恨的锁春寒这几点杜鹃花下雨。（下）

（净、贴吊场）（净）陈老儿去了。小姑姑好嚥。（贴）和你再打听，谁和秀才说话来。

（净）烟水何曾息世机，
（贴）高情雅淡世间稀。
（净）陇山鹦鹉能言语，
（贴）乱向金笼说是非。

前腔（末）教你姑徐徐撒月招風實也虛○早則是者也之乎○那柳下先生君子儒○到道錄司牒你去俗還俗○敢儒流們笑你姑不姑○（貼）正是不雅相○（淨）好把冠子兒扶○水雲梳○裂了這假衣四五銖○

（淨）便依說○開手罷○陳先生喫個齋去○（末）待柳秀才在時又來○

尾聲（末）清絕處再踟躕○（淚介）咳㑳東風窮淚撲疎疎○道姑杜小姐墳兒可上去○（淨）雨哩○（末嘆介）則恨的鎖春寒這幾點杜鵑花下雨○（下）

（淨貼吊場）（淨）陳老兒去了○小姑姑好嚥○（貼）和你再打聽○誰和秀才說話來○

（淨）煙水何曾息世機○（貼）高情雅淡世間稀○

（淨）隴山鸚鵡能言語○（貼）亂向金籠說是非○

第三十出　欢挠

捣练子（生上）听漏下，半更多，月影向中那，恁时节夜香烧罢么？

一点猩红一点金，十个春纤十个针。只因世上美人面，改尽人间君子心。俺柳梦梅是个读书君子，一味志诚。止因北上南安，凑着东邻西子。嫣然一笑，遂成暮雨之来；未是五更，便逐晓风而去。今宵有约，未知迟早。正是：金莲若肯移三寸，银烛先教刻五分。则一件，姐姐若到，要精神对付他。偷盹一会，有何不可。（睡介）

称人心（魂旦上）冥途挣挫，要死却心儿无那。也则为俺那人儿忒可，教他闷房头守着闲灯火。（入门介）呀，他端然睡磕，恁春寒也不把绣衾来摸，多应他祗候着我。待叫醒他。秀才，秀才！（生醒介）姐姐，失敬也。（起揖介）（生）待整衣罗，远远相迎个。这二更天风露多，还则怕夜深花睡

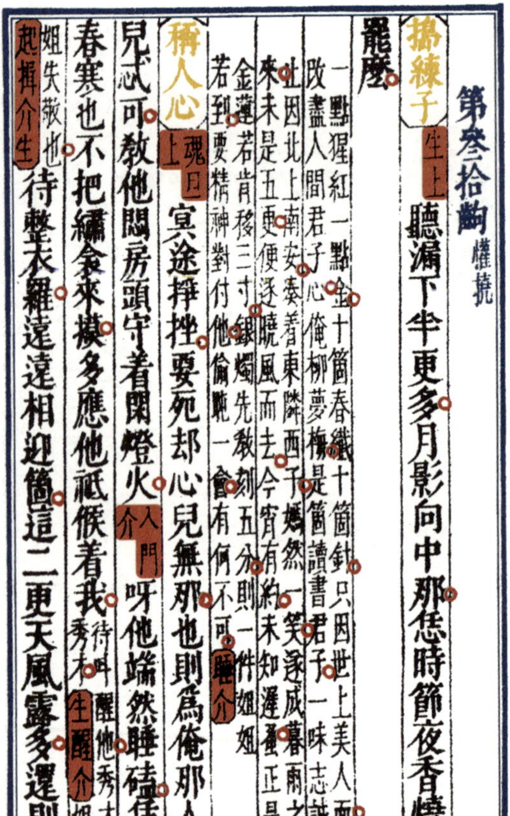

第叁拾齣　懽撓

擣練子（生上）聽漏下半更多月影向中那恁時節夜香燒罷麼

一點猩紅一點金十箇春纖十箇針只因世上美人面改盡人間君子心俺柳夢梅是箇讀書君子一味志誠止因北上南安湊着東鄰西子嫣然一笑遂成暮雨之來未是五更便逐曉風而去今宵有約未知遲蚤正是金蓮若肯移三寸銀燭先教刻五分則一件姐姐若到要精神對付他偷盹一會有何不可（睡介）

稱人心（魂旦上）冥途掙挫要死却心兒無那也則爲俺那人兒忒可教他悶房頭守着閑燈火（入門介）呀他端然睡磕恁春寒也不把繡衾來摸多應他祗候着我待叫醒他秀才秀才（生醒介）姐姐失敬也（起揖介生）待整衣羅遠遠相迎箇這二更天風露多還則

么？（旦）秀才，俺那里长夜好难过，缱着你无眠清坐。

（生）姐姐，你来的脚踪儿恁轻，是怎的？集唐（旦）自然无迹又无尘，（生）白日寻思夜梦频。（旦）行到窗前知未寝，（生）一心惟待月夫人。姐姐，今夜来的迟些。

绣带儿（旦）镇消停不是俺闲情忒慢俄，那些儿忘却俺欢哥。夜香残回避了尊亲，绣床偎收拾起生活。停脱，顺风儿斜将金佩拖，紧摘离百忙的淡妆明抹。

（生）费你高情，则良夜无酒奈何？（旦）都忘了。俺携酒一壶，花果二色，在楯栏之上，取来消遣。（旦出取酒、果、花上）（生）生受了。是甚果？（旦）青梅数粒。（生）这花？（旦）美人蕉。（生）梅子酸似俺秀才，蕉花红似俺姐姐。串饮一杯。（共杯饮介）

白练序（旦）金荷，斟香糯。（生）你酝酿春心玉液波，拚微酡，东风外翠

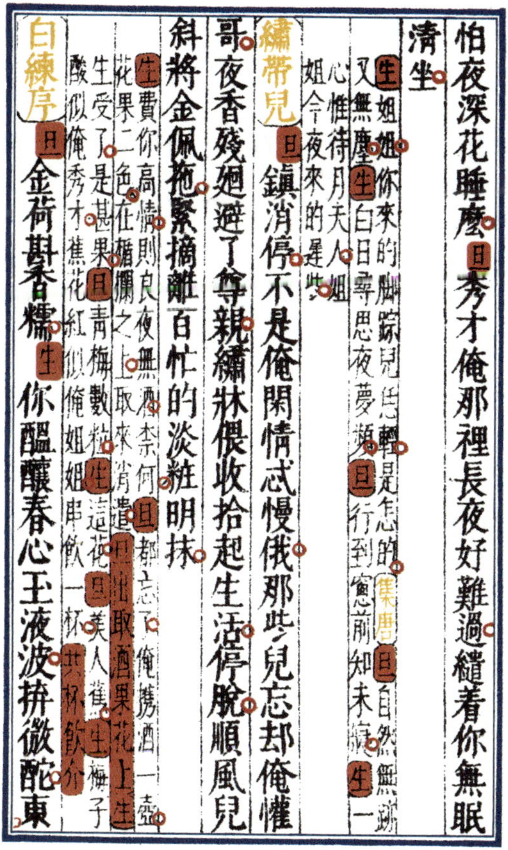

怕夜深花睡麼。旦秀才俺那裡長夜好難過纏着你無眠
清坐。
生姐姐你來的腳踪兒恁輕是怎的。集唐旦自然無跡
又無塵。生白日尋思夜夢頻。旦行到窗前知未寢。生一
心惟待月夫人。姐姐今夜來的遲些。
繡帶兒旦鎮消停不是俺閑情忒慢俄。那些兒忘却俺懽
哥。夜香殘迴避了尊親。繡牀偎收拾起生活。停脫。順風兒
斜將金佩拖。緊摘離百忙的淡粧明抹。
生費你高情。則良夜無酒奈何。旦都忘了。俺携酒一壺。
花果二色。在楯欄之上。取來消遣。旦出取酒果花上生
生受了。是甚果。旦青梅數粒。生這花。旦美人蕉。生梅子
酸似俺秀才。蕉花紅似俺姐姐。串飲一杯。共杯飲介
白練序旦金荷斟香糯。生你醞釀春心玉液波。拚微酡。東

香红酦。（旦）也摘不下奇花果，这一点蕉花和梅豆呵，君知么，爱的人全风韵，花有根科。

醉太平 （生）细哦，这子儿花朵，似美人憔悴，酸子情多。喜蕉心暗展，一夜梅犀点污。如何？酒潮微晕笑生涡。待瞰着脸恣情的呜嘬。些儿个，翠偃了情波。润红蕉点，香生梅唾。

白练序 （旦）活泼，死腾那，这是第一所人间风月窝。昨宵个微茫暗影轻罗，把势儿忒显豁，为甚么人到幽期话转多？（生）好睡也。（旦）好月也。消停坐，不妒色嫦娥，和俺人三个。

醉太平 （生）无多，花影阿那。劝奴奴睡也，睡也奴哥。春宵美满，一霎暮钟敲破。娇娥，似前宵雨云羞怯颤声讹，敢今夜翠颦轻可。睡则那，把腻乳微搓，酥胸汗帖，细腰春锁。

（净、贴悄上）（贴）道可道，可知道？名可名，可闻名？（生、旦笑介）（贴）老姑姑，你听，秀才房里

風外翠香紅醱 旦 也摘不下奇花果這一點蕉花和梅豆
呵君知麼愛的人全風韻花有根科
醉太平 生 細哦這子兒花朵似美人憔悴酸子情多喜蕉
心暗展一夜梅犀點汚如何酒潮微暈笑生渦待瞰着臉
恣情的嗚嘬些兒箇翠偃了情波潤紅蕉點香生梅唾
白練序 旦 活潑死騰那這是第一所人間風月窩昨宵箇
微茫暗影輕羅把勢兒忒顯豁爲甚麼人到幽期話轉多
生 好睡也 旦 好月也 消停坐不妒色嫦娥我俺人三箇
醉太平 生 無多花影阿那勸奴奴睡也睡也奴哥春宵美
滿一煞暮鐘敲破嬌娥似前宵雲雨羞怯顫聲訛敢今夜

有人。这不是俺小姑姑了。（净作听介）是女人声，快敲门去。（敲门介）（生）是谁？（净）老道姑送茶。（生）夜深了。（净）相公房里有客哩。（生）没有。（净）女客哩。（生、旦慌介）怎好？（净急敲门介）相公，快开门。地方巡警，免的声扬哩。（生慌介）怎了，怎了！（旦笑介）不妨，俺是邻家女子，道姑不肯干休时，便与他一个勾引的罪名儿。

隔尾（旦）便开呵，须撒和，隔纱窗怎守的到参儿趄！柳郎，则管松了门儿。俺影着这一幅美人图那边躲。（生开门）（旦作躲）（生将身遮旦）（净、贴闯进笑介）喜也！（生）甚么喜？（净前看，生身拦介）

滚遍（净）这更天一点锣，仙院重门阖。何处娇娥？怕惹的干柴火。（生）你便打睃，有甚着科？是床儿里窝？箱儿里那？袖儿里阁？

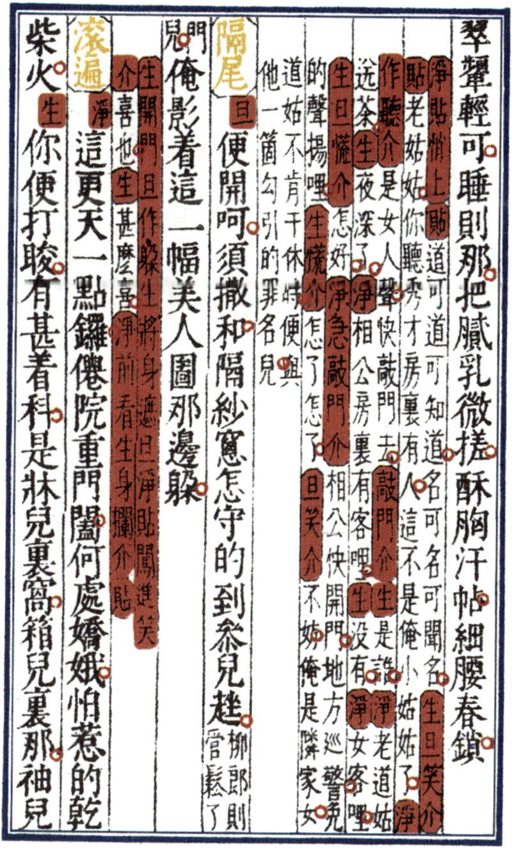
翠鬟輕可睡則那把膩乳微搓酥胸汗帖細腰春鎖。淨貼悄上。貼道可道可知道名可名可聞名。生旦笑介。淨貼老姑姑你聽秀才房裏有人這不是俺小姑姑了。淨作聽介是女人聲快敲門去。敲門介。生是誰。淨老道姑送茶。生夜深了。淨相公房裏有客哩。生沒有。淨女客哩。生旦慌介怎好。淨急敲門介相公快開門地方巡警免的聲揚哩。生慌介怎了怎了。旦笑介不妨俺是隣家女道姑不肯干休時便與他一箇勾引的罪名兒。

隔尾旦便開呵須撒和隔紗窗怎守的到參兒趄柳郎則管鬆了門兒俺影着這一幅美人圖那邊躲。生開門旦作躲生將身遮旦淨貼闖進笑介喜也。生甚麼喜。淨前看生身攔介貼

滾遍淨這更天一點鑼僊院重門闔何處嬌娥怕惹的乾柴火。生你便打睃有甚着科是牀兒裏窩箱兒裏那袖兒

（净、贴向前）（生拦不住）（内作风起）（旦闪下）（生）昏了灯也。（净）分明一个影儿，只这轴美女图在此。古画成精了么？

前腔（净）画屏人踏歌，曾许你书生和。不是妖魔，甚影儿望风躲？相公，这是甚么画？（生）妙娑婆，秀才家随行的香火。俺寂静里暗祈求，你莽吆喝。

（净）是了。不说不知，俺前晚听见相公房内啾啾唧唧，疑惑是这小姑姑。俺如今明白了。相公，权留小姑姑伴话。（生）请了。

尾声（生）动不动道录司官了私和。则欺负俺不分外的书生欺别个！姑姑，这多半觉美鼾鼾，则被你奚落煞了我。

（净、贴下）

（生笑介）一天好事，两个瓦剌姑。扫兴，扫兴。那美人呵，好吃惊也！

应陪秉烛夜深游，
恼乱春风卒未休。
大姑山远小姑出，
更凭飞梦到瀛洲。

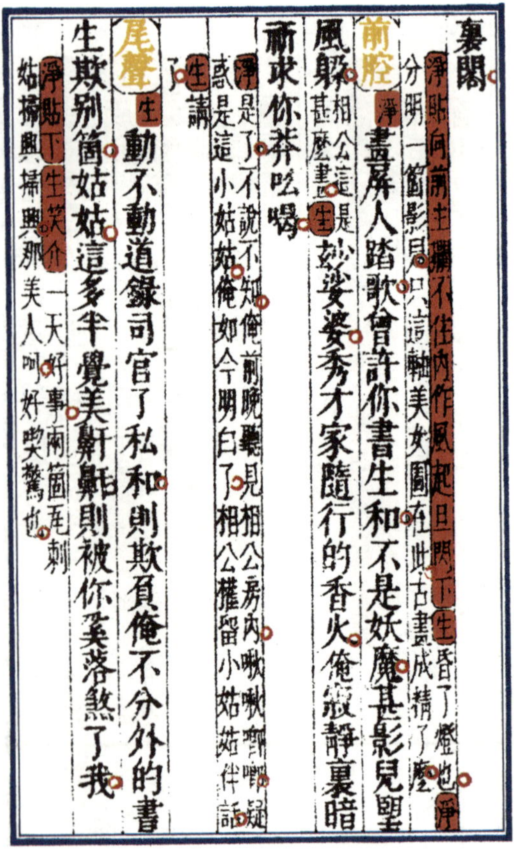

裏閣。淨貼向前生攔不住內作風起旦閃下生昏了燈也。淨分明一箇影兒只這軸美女圖在此。古畫成精了麼。

前腔 淨 畫屏人踏歌曾許你書生和。不是妖魔甚影兒望風躲。相公這是甚麼畫。生 妙娑婆秀才家隨行的香火。俺寂靜裏暗祈求你莽吆喝。

淨 是了。不說不知俺前晚聽見相公房內啾啾唧唧疑惑是這小姑姑。俺如今明白了。相公權留小姑姑伴話。生 請了。

尾聲 生 動不動道錄司官了私和。則欺負俺不分外的書生欺別箇。姑姑這多半覺美鼾鼾則被你奚落煞了我。

淨貼下 生笑介 一天好事兩箇瓦剌姑。掃興掃興。那美人呵好喫驚也。

第三十一出 缮备

番卜算（贴扮文官，净扮武官上）边海一边江，隔不断胡尘涨。维扬新筑两城墙，酾酒临江上。

请了。俺们扬州府文武官僚是也。安抚杜老大人，为因李全骚扰地方，加筑外罗城一座。今日落成开宴，杜老大人早到也。

前腔（众拥外上）三千客两行，百二关重壮。（文武迎介）（外）维扬风景世无双，直上层楼望。

（见介）（众）北门卧护要耆英，（外）恨少胸中十万兵。（众）天借金山为底柱，（外）身当铁瓮在长城。扬州表里重城，不日成就，皆文武诸公士民之力。（众）此皆老安抚远略奇谋，属官窃在下风，敢献

應陪秉燭夜深遊。惱亂春風卒未休。
大姑山遠小姑出。更憑飛夢到瀛洲。

第叄拾壹齣 繕備

番卜筭（貼扮文官淨扮武官上）邊海一邊江。隔不斷胡塵漲。維揚新築兩城牆。釃酒臨江上。

請了。俺們揚州府文武官寮是也。安撫杜老大人。爲因李全騷擾地方。加築外羅城一座。今日落成開宴。杜老大人早到也。

前腔（衆擁外上）三千客兩行。百二關重壯。（文武迎介外）維揚風景世無雙。直上層樓望。

（見介衆）北門臥護要耆英。（外）恨少胸中十萬兵。（衆）天借金山爲底柱。（外）身當鐵甕作長城。揚州表裏重城不日

一杯，效古人城隅之宴。（外）正好。且向新楼一望。（望介）壮哉，城也！真乃江北无双堑，淮南第一楼。（众）请进酒。

山花子（众）贺层城顿插云霄敞，雉飞腾映压寒江。据表里山河一方，控长淮万里金汤。（合）敌楼高窥临女墙，临风酾酒旌旆扬。乍想起琼花当年吹暗香，几点新亭，无限沧桑。

（外）前面高起如霜似雪四五十堆，是何山也？（众）都是各场所积之盐，众商人中纳。（外）商人何在？（末、老旦扮商人上）占种海田高白玉，掀翻盐井横黄金。商人见。（外）商人么，则怕早晚要动支兵粮，攒紧上纳。

前腔（外）这盐呵，是银山雪障连天晃，海煎成夏草秋粮。平看取盐花灶场，尽支排中纳边商。（合前）

（外）酒罢了。喜的广有兵粮，则要众文武关防如法。

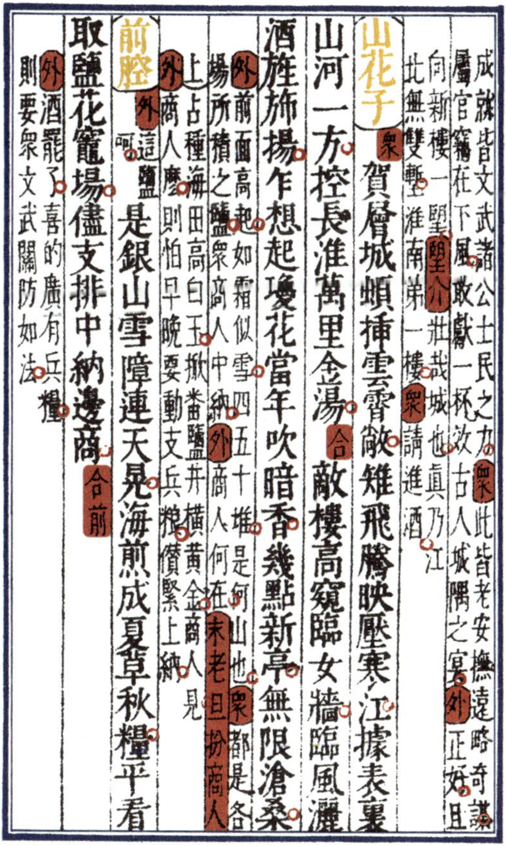

成就皆文武諸公士民之力（衆）此皆老安撫遠略奇謀屬官等在下風敢獻一杯效古人城隅之宴（外）正好且向新樓一望（望介）壯哉城也真乃江北無雙塹淮南第一樓（衆）請進酒

山花子（衆）賀層城頓插雲霄敞雉飛騰映壓寒江據表裏山河一方控長淮萬里金湯（合）敵樓高窺臨女牆臨風灑酒旌旆揚乍想起瓊花當年吹暗香幾點新亭無限滄桑

（外）前面高起如霜似雪四五十堆是何山也（衆）都是各場所積之鹽衆商人中納（外）商人何在（末老旦扮商人上）占種海田高白玉掀翻鹽井横黄金商人見（外）商人麼則怕早晚要動支兵糧攢緊上納

前腔（外）這鹽呵是銀山雪障連天晃海煎成夏草秋糧平看取鹽花竈場儘支排中納邊商（合前）

（外）酒罷了喜的廣有兵糧則要衆文武關防如法

舞霓裳（众）文武官僚立边疆，边疆。休坏了这农桑、士工商。（合）敢大金家早晚来无状，打贴起炮箭旗枪。听边声风沙迭荡，猛惊起，见蟠花战袍旧边将。

红绣鞋（众）吉日祭赛城隍，城隍。归神谢土安康，安康。祭旗纛，犒军装，阵头儿，谁抵当。箭眼里，好遮藏。

尾声（外）按三韬把六出旗门放，文和武肃静端详。则等待海西头动边烽那一声炮儿响。

夹城云暖下霓旄，
千里崤函一梦劳。
不意新城连嶂起，
夜来冲斗气何高。

舞霓裳 眾 文武官寮立邊疆。邊疆。休壞了這農桑士工商。
敢大人家早晚來無狀。打貼起砲箭旗槍。聽邊聲風沙迭
蕩猛驚起見蟠花戰袍舊邊將。
紅繡鞋 眾 吉日祭賽城隍。城隍。歸神謝土安康。安康。祭旗
纛。犒軍裝。陣頭兒誰抵當。箭眼裏好遮藏。
尾聲 外 按三韜把六出旗門放。文和武肅靜端詳。則等待
海西頭動邊烽那一聲砲兒響。
夾城雲暖下霓旄。 千里崤函一夢勞。
不意新城連嶂起。 夜來冲斗氣何高。
牡丹亭還魂記卷上終

第三十二出 冥誓

月云高（生上）暮云金阙，风幡淡摇拽。但听的钟声绝，早则是心儿爇。纸帐书生，有分氲兰麝。咱时还早。荡花阴，单则把月痕遮。（整灯介）溜风光稳护着灯儿烨。（笑介）好书读易尽，佳人期未来。前夕美人到此，并不提防，姑姑搅攘。今宵趁他未来之时，先到云堂之上攀话一回，免生疑惑。（作掩门行介）此处留人户半斜，天呵，俺那有心期在那些。（下）

前腔（旦扮魂上）孤神害怯，佩环风定夜。（惊介）则道是人行影，原来是云偷月。（行到介）这是柳郎书舍了。呀，柳郎何处也？闪闪幽斋，弄影灯

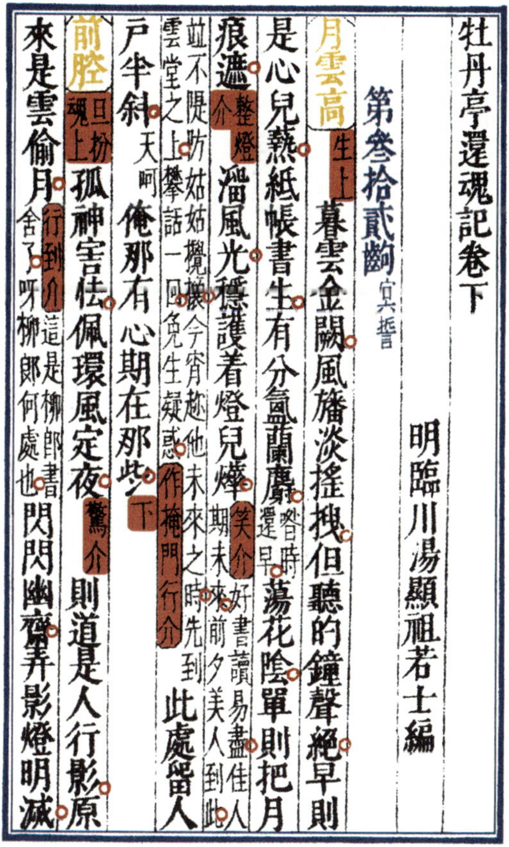
牡丹亭還魂記卷下

明臨川湯顯祖若士編

第叁拾貳齣 冥誓

月雲高（生上）暮雲金闕。風旛淡搖拽。但聽的鐘聲絕。早則是心兒爇。紙帳書生。有分氳蘭麝。咱時還早。蕩花陰。單則把月痕遮。（整燈介）溜風光穩護着燈兒爗。（笑介）好書讀易盡。佳人期未來。前夕美人到此。竝不隄防。姑姑攪攘。今宵趂他未來之時。先到雲堂之上攀話一回。免生疑惑。（作掩門行介）此處留人戶半斜。天呵。俺那有心期在那些。（下）

前腔（旦扮魂上）孤神害怯。佩環風定夜。（驚介）則道是人行影。原來是雲偷月。（行到介）這是柳郎書舍了。呀。柳郎何處也。閃閃幽齋。弄影燈明滅。

明灭。魂再艳，灯油接；情一点，灯头结。（叹介）奴家和柳郎幽期，除是人不知，鬼都知道。（泣介）竹影寺风声怎的遮，黄泉路夫妻怎当赊？

待说何曾说，如颦不奈颦。把持花下意，犹恐梦中身。奴家虽登鬼录，未损人身。阳禄将回，阴数已尽。前日为柳郎而死，今日为柳郎而生。夫妇分缘，去来明白。今宵不说，只管人鬼混缠到甚时节？只怕说时，柳郎那一惊呵，也避不得了。正是夜传人鬼三分话，早定夫妻百岁恩。

懒画眉（生上）画阑风摆竹横斜。（内作鸟声惊介）惊鸦闪落在残红榭。呀，门儿开也。玉天仙光降了紫云车。（旦出迎介）柳郎来也。（生揖介）姐姐来也。（旦）剔灯花这咱望郎爷。（生）直恁的志诚亲姐姐。

（旦）秀才，等你不来，俺集下了唐诗一首。（生）洗耳。（旦念介）拟托良媒亦自伤，月寒山色两苍苍。

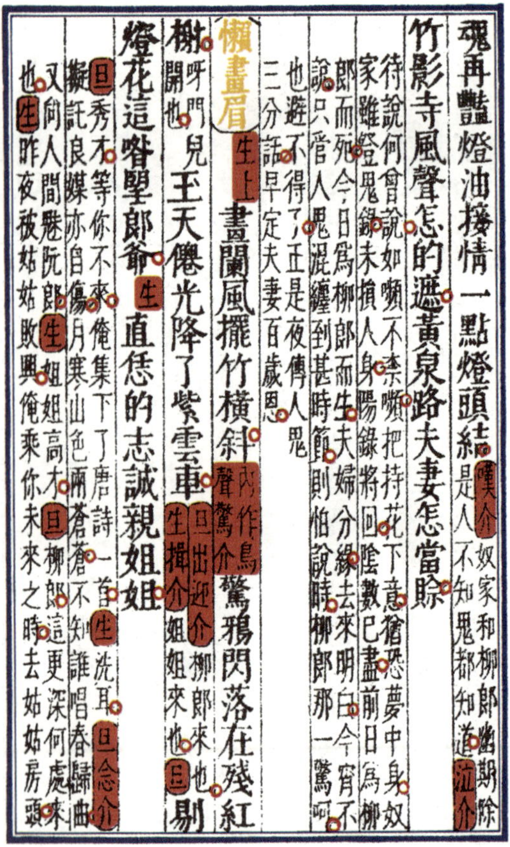
魂再豔燈油接情一點燈頭結嘆介奴家和柳郎幽期除是人不知鬼都知道泣介
竹影寺風聲怎的遮黃泉路夫妻怎當賒
待說何曾說如顰不奈顰把持花下意猶恐夢中身奴家雖登鬼錄未損人身陽祿將回陰數已盡前日爲柳郎而死今日爲柳郎而生夫婦分緣去來明白今宵不說只管人鬼混纏到甚時節則怕說時柳郎那一驚呵也避不得了正是夜傳人鬼三分話早定夫妻百歲恩
懶畫眉生上畫闌風擺竹橫斜內作鳥聲驚介驚鴉閃落在殘紅榭呀門兒開也玉天仙光降了紫雲車旦出迎介柳郎來也生揖介姐姐來也旦剔燈花這咱望郎爺生直恁的志誠親姐姐
旦秀才等你不來俺集下了唐詩一首生洗耳旦念介擬託良媒亦自傷月寒山色兩蒼蒼不知誰唱春歸曲又向人間魅阮郎生姐姐高才旦柳郎這更深何處來也生昨夜被姑姑敗興俺乘你未來之時去姑姑房頭

不知谁唱春妇曲？又向人间魅阮郎。（生）姐姐高才。（旦）柳郎，这更深何处来也？（生）昨夜被姑姑败兴，俺乘你未来之时，去姑姑房头看了他动静，好来迎接你。不想姐姐今夜来恁早哩。（旦）盼不到月儿上也。

太师引（生）叹书生何幸遇仙提揭，比人间更志诚亲切。乍温存笑眼生花，正渐入欢肠啖蔗。前夜那姑姑呵，恨无端风雨把春抄截。姐姐呵，误了你半宵周折，累了你好回惊怯。不嗔嫌，一径的把断红重接。

琐寒窗（旦）是不提防他来的哞嗻。吓的个魂儿收不迭。仗云摇月躲，画影人遮，则没揣的涩道边儿，闪人一跌。自生成不惯这磨灭。险些些风声扬播到俺家爷，先吃了俺狠尊慈痛决。（生）姐姐费心。因何错爱小生至此？（旦）爱的你一品人才。（生）姐姐敢定了人家？

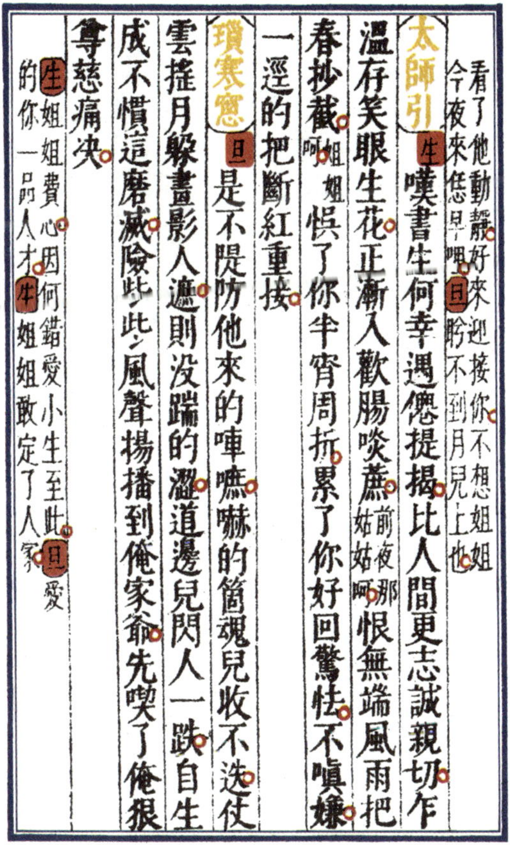
看了他動靜好來迎接你不想姐姐今夜來恁早哩（旦）盼不到月兒上也
太師引（生）嘆書生何幸遇仙提揭比人間更志誠親切乍溫存笑眼生花正漸入歡腸啖蔗前夜那姑姑呵恨無端風雨把春抄截姐姐呵悞了你半宵周折累了你好回驚怯不嗔嫌一逕的把斷紅重接
瑣寒窗（旦）是不隄防他來的哞嗻嚇的箇魂兒收不迭仗雲搖月躲畫影人遮則沒揣的澀道邊兒閃人一跌自生成不慣這磨滅險些些風聲揚播到俺家爺先喫了俺狠尊慈痛決
（生）姐姐費心因何錯愛小生至此（旦）愛的你一品人才（生）姐姐敢定了人家

太师引（旦）并不曾受人家红定回鸾帖。（生）喜个甚样人家？（旦）但得个秀才郎情倾意惬。（生）小生倒是个有情的。（旦）是看上你年少多情，迤逗俺睡魂难贴。（生）姐姐，嫁了小生罢。（旦）怕你岭南归客道途赊，是做小伏低难说。（生）小生未曾有妻。（旦笑介）少甚么旧家根叶，着俺异乡花草填接？

敢问秀才，堂上有人么？（生）先君官为朝散，先母曾封县君。（旦）这等是衙内了，怎恁婚迟？

锁寒窗（生）恨孤单飘零岁月，但寻常稔色谁沾藉？那有个相如在客，肯驾香车？萧史无家，便同瑶阙？似你千金笑等闲抛泄，凭说，便和伊青春才貌恰争些，怎做的露水相看仳别！

（旦）秀才有此心，何不请媒相聘？也省的奴家为你担慌受怕。（生）明早敬造尊庭，拜见令尊令堂，方好

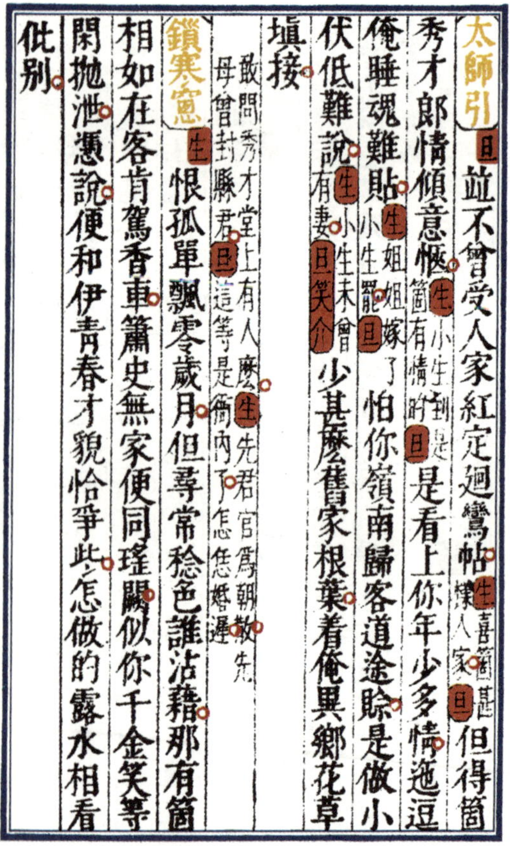
太師引 旦 竝不曾受人家紅定迴鸞帖。生 喜箇甚樣人家。旦 但得箇秀才郎情傾意愜。生 小生到是箇有情的。旦 是看上你年少多情迤逗俺睡魂難貼。生 姐姐嫁了小生罷。旦 怕你嶺南歸客道途賒是做小伏低難說。生 小生未曾有妻。旦笑介 少甚麼舊家根葉着俺異鄉花草填接。

敢問秀才堂上有人麼。生 先君官爲朝散先母曾封縣君。旦 這等是衙內了怎恁婚遲。

鎖寒窗 生 恨孤單飄零歲月但尋常稔色誰沾藉那有箇相如在客肯駕香車蕭史無家便同瑶闕似你千金笑等閑拋泄憑說便和伊青春才貌恰爭此怎做的露水相看仳別。

问亲于姐姐。（旦）到俺家来，只好见奴家。要见俺爹娘还早。（生）这般说，姐姐当真是那样门庭？（旦笑介）（生）是怎生来？

红衫儿（生）看他温香艳玉神清绝，人间迥别。（旦）不是人间，难道天上？（生）怎独自夜深行，边厢少侍妾？且说个贵表尊名。（旦叹介）（生背）他把姓字香沉，敢怕似飞琼漏泄？姐姐不肯泄漏姓名，定是天仙了。薄福书生，不敢再陪欢宴。尽仙姬留意书生，怕逃不过天曹罚折。

前腔（旦）道奴家天上神仙列，前生寿折。（生）不是天上，难道人间？（旦）便作是私奔，悄悄何妨说。（生）不是人间，则是花月之妖？（旦）正要你掘草寻根，怕不待勾辰就月。（生）是怎么说？（旦欲说又止介）不明白辜负了幽期，话到尖头又咽。

相思令（生）姐姐，你千不说，万不说，直恁的书生不酬决，更向谁

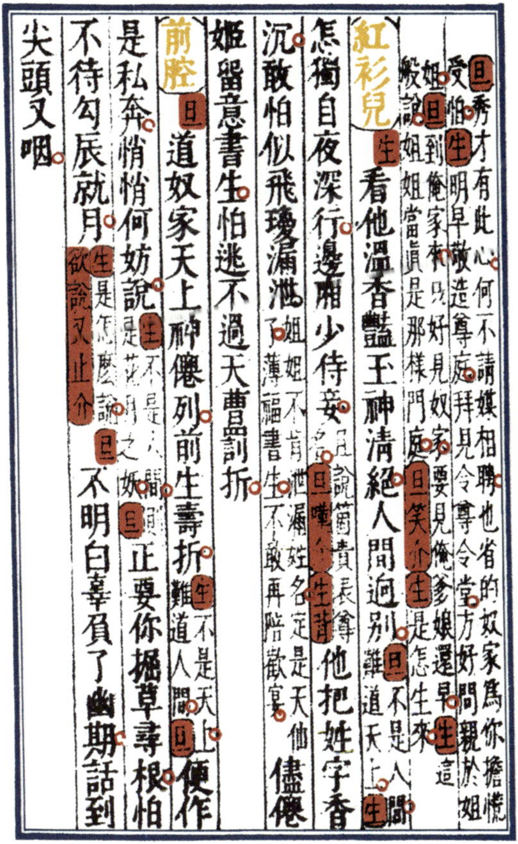
旦秀才有此心何不請媒相聘也省的奴家爲你擔慌受怕生明早敬造尊庭拜見令尊令堂方好問親於姐姐旦到俺家來只好見奴家要見俺爹娘還早生這般說姐姐當真是那樣門庭旦笑介生是怎生來
紅衫兒生看他溫香豔玉神清絕人間迥別旦不是人間難道天上生怎獨自夜深行邊廂少侍妾且說箇貴表尊名旦嘆介生背他把姓字香沉敢怕似飛瓊漏泄姐姐不肯泄漏姓名定是天仙了薄福書生不敢再陪歡宴儘仙姬留意書生怕逃不過天曹罰折
前腔旦道奴家天上神仙列前生壽折生不是天上難道人間旦便作是私奔悄悄何妨說生不是人間是花月之妖旦正要你掘草尋根怕不待勾辰就月生是怎麽說旦欲說又止介不明白辜負了幽期話到尖頭又咽

边说？（旦）待要说，如何说？秀才，俺则怕聘则为妻奔则妾，受了盟香说。（生）你要小生发愿，定为正妻，便与姐姐拈香去。

滴溜子（生、旦同拜）神天的，神天的，盟香满爇。柳梦梅，柳梦梅，南安郡舍，遇了这佳人提挈，作夫妻。生同室，死同穴。口不心齐，寿随香灭。

（旦泣介）（生）怎生吊下泪来？

（旦）感君情重，不觉泪垂。

闹樊楼（旦）你秀才郎为客偏情绝，料不是虚脾把盟誓撇。哎！话吊在喉咙剪了舌。嘱东君在意者，精神打叠。暂时间奴儿回避趄，些儿待说，你敢扑憹忪害跌。

（生）怎的来？（旦）秀才，这春容得从何处？（生）太湖石缝里。（旦）比奴家容貌争多？（生看惊介）可怎生一个粉扑儿？（旦）可知道，奴家便是画中人也。（生合掌谢画介）小生烧的香到哩。姐姐，你好歹表白一些儿。

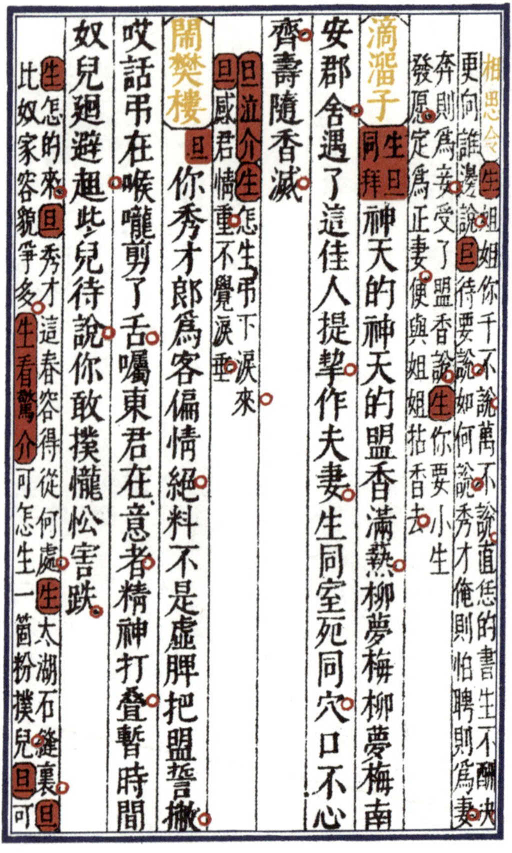
相思令（生）姐姐你千不說萬不說直恁的書生不酬決
更向誰邊說（旦）待要說如何說秀才俺則怕聘則爲妻
奔則爲妾受了盟香說（生）你要小生
發願定爲正妻便與姐姐拈香去
滴溜子（生旦同拜）神天的神天的盟香滿爇柳夢梅柳夢梅南
安郡舍遇了這佳人提挈作夫妻生同室死同穴口不心
齊壽隨香滅
（旦泣介）（生）怎生弔下淚來
（旦）感君情重不覺淚垂
鬧樊樓（旦）你秀才郎爲客偏情絕料不是虛脾把盟誓撇
哎話弔在喉嚨剪了舌囑東君在意者精神打疊暫時間
奴兒迴避趄些兒待說你敢撲憹忪害跌
（生）怎的來（旦）秀才這春容得從何處（生）太湖石縫裏（旦）
比奴家容貌爭多（生看驚介）可怎生一箇粉撲兒（旦）可

啄木犯（旦）柳衙内，听根节：杜南安原是俺亲爹。（生）呀，前任杜老先生升任扬州，怎么丢下小姐？（旦）你剪了灯。（生剪灯介）（旦）剪了灯、余话堪明灭。（生）且请问芳名，青春多少？（旦）杜丽娘小字有庚帖，年华二八，正是婚时节。（生）是丽娘小姐，俺的人那！（旦）衙内，奴家还未是人。（生）不是人，是鬼？（旦）是鬼也。（生惊介）怕也，怕也。（旦）靠边些，听俺消详说。话在前教伊休害怯，俺虽则是小鬼头人半截。

（生）姐姐，因何得回阳世而会小生？

前腔（旦）虽则是，阴府别，看一面千金小姐，是杜南安那些枝叶。注生妃央及煞回生帖。化生娘点活了残生劫。你后生儿蘸定俺前生业。秀才，你许了俺为妻真切，少不得冷骨头着疼热。

知道奴家便是畫中人也（生合掌謝畫介）小
生燒的香到哩姐姐你好歹表白一些兒
啄木犯（旦）柳衙內聽根節杜南安原是俺親爹（生）呀前任杜老先生
陞任楊州怎麽丟下小姐（旦）你剪了燈（生剪燈介）（旦）剪了燈餘話堪明滅（生）且請問芳名青春
多少（旦）杜麗孃小字有庚帖年華二八正是婚時節（生）是麗孃小姐
俺的人那（旦）衙內奴家還未是人（生）不是人是鬼（旦）是鬼也（生驚介）怕也怕也（旦）靠邊些聽俺消
詳說話在前教伊休害怯俺雖則是小鬼頭人半截
（生）姐姐因何得回陽世而會小生
前腔（旦）雖則是陰府別看一面千金小姐是杜南安那些
枝葉註生妃央及煞回生帖化生孃點活了殘生刼你後
生兒蘸定俺前生業秀才你許了俺為妻真切少不得冷

（生）你是俺妻，俺也不害怕了。难道便请起你来？怕似水中捞月，空里拈花。

三段子（旦）俺三光不灭。鬼胡由，还动迭，一灵未歇。泼残生，堪转折。秀才可谙经典？是人非人心不别，是幻非幻如何说？虽则似空里拈花，却不是水中捞月。

（生）既然虽死犹生，敢问仙坟何处？（旦）记取太湖石梅树一株。

前腔（旦）爱的是花园后节，梦孤清，梅花影斜。熟梅时节，为仁儿，心酸那些。（生）怕小姐别有走跳处？（旦叹介）便到九泉无屈折，衡幽香一阵昏黄月。（生）好不冷。（旦）冻的俺七魄三魂，僵做了三贞七烈。

斗双鸡（旦）花根木节，有一个透人间路穴。俺冷香肌早偎的半热。你怕惊了呵，悄魂飞越，则俺见了你回心心不灭。（生）话长哩。（旦）畅好是一夜夫妻，有的是三生话说。

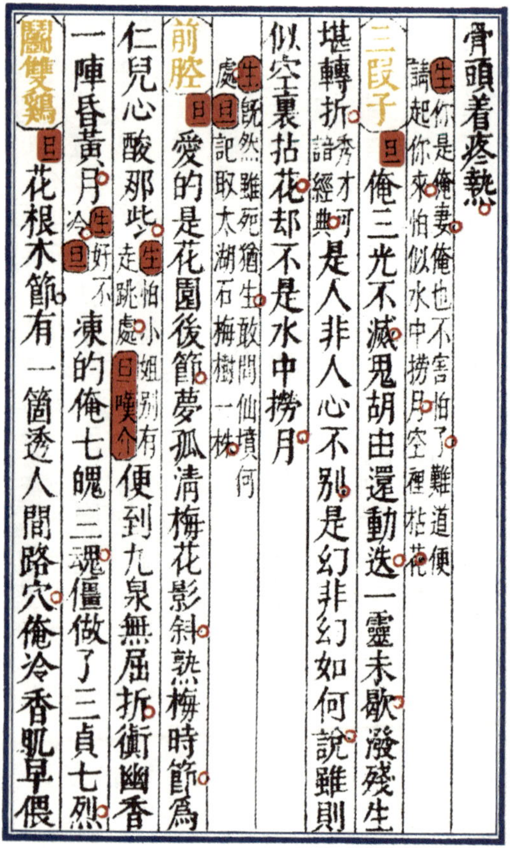

骨頭着疼熱。

生 你是俺妻俺也不害怕了難道便請起你來怕似水中撈月空裡拈花

三段子 旦 俺三光不滅鬼胡由還動迭一靈未歇潑殘生堪轉折秀才可諳經典是人非人心不別是幻非幻如何說雖則似空裏拈花却不是水中撈月

生 既然雖死猶生敢問仙墳何處 旦 記取太湖石梅樹一株

前腔 旦 愛的是花園後節夢孤清梅花影斜熟梅時節爲仁兒心酸那些 生 怕小姐別有走跳處 旦 嘆介 便到九泉無屈折銜幽香一陣昏黃月 生 好不冷 旦 凍的俺七魄三魂僵做了三貞七烈

鬭雙鷄 旦 花根木節有一箇透人間路穴俺冷香肌早偎

（生）不烦姐姐再三，只俺独力难成。（旦）可与姑姑计议而行。（生）未知深浅，怕一时攒不彻。

登小楼（旦）咨嗟、你为人为彻。俺砌笼棺勾有三尺叠，你点刚锹和俺一谜掘。就里阴风泻泻，则隔的阳世些些。（内鸡鸣介）

鲍老催（旦）咳，长眠人一向眠长夜，则道鸡鸣枕空设。今夜呵，梦回远塞荒鸡咽，觉人间风味别。晓风明灭，子规声容易吹残月，三分话才做一分说。

耍鲍老（旦）俺丁丁列列，吐出在丁香舌。你拆了俺丁香结，须粉碎俺丁香节。休残慢，须急节。俺的幽情难尽说。（内风起介）则这一剪风动灵衣去了也。

（旦急下）（生惊痴介）奇哉，奇哉！柳梦梅做了杜太守的女婿，敢是梦也？待俺来回想一番：他名字杜丽娘，年华二八，死葬后园梅树

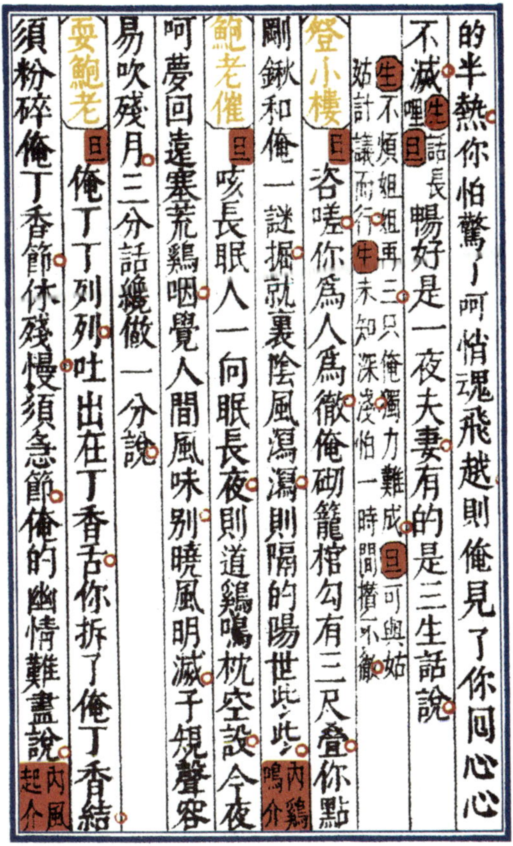
的半熱你怕驚了呵悄魂飛越則俺見了你同心心不滅（生）哩（旦）話長暢好是一夜夫妻有的是三生話說（生）不煩姐姐再三只俺獨力難成（旦）可與姑姑計議而行（生）未知深淺怕一時間攢不徹

登小樓（旦）咨嗟你為人為徹俺砌籠棺勾有三尺疊你點剛鍬和俺一謎掘就裏陰風瀉瀉則隔的陽世些些（內鷄鳴介）

鮑老催（旦）咳長眠人一向眠長夜則道鷄鳴枕空設今夜呵夢回遠塞荒鷄咽覺人間風味別曉風明滅子規聲容易吹殘月三分話纔做一分說

耍鮑老（旦）俺丁丁列列吐出在丁香舌你拆了俺丁香結須粉碎俺丁香節休殘慢須急節俺的幽情難盡說（內風起介）

之下。啐！分明是人道交感，有精有血，怎生杜小姐颠倒自己说是鬼？（旦又上介）衙内还在此？（生）小姐怎又回来？（旦）奴家还有叮咛。你既以俺为妻，可急视之，不宜自误。如或不然，妾事已露，不敢再来相陪。愿郎留心。勿使可惜。妾若不得复生，必痛恨君于九泉之下矣！

尾声（旦跪介）柳衙内你便是俺再生爷。（生跪扶起介）（旦）一点心怜念妾，不着俺黄泉恨你，你只骂的俺一句鬼随邪。

（旦作鬼声下，回顾介）（生吊场，低语介）柳梦梅着鬼了。他说的恁般分明，恁般凄切，是无是有，只是依言而行。和姑姑商量去。

梦来何处更为云？
惆怅金泥簇蝶裙。
欲访孤坟谁引至？
有人传示紫阳君。

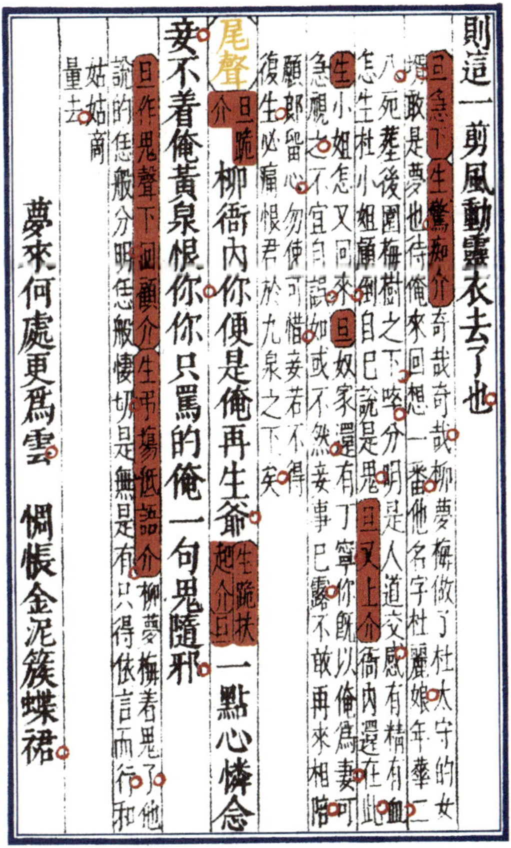
則這一剪風動靈衣去了也（旦急下）（生驚痴介）奇哉奇哉柳夢梅做了杜太守的女壻敢是夢也待俺來回想一番他名字杜麗娘年華二八死葬後園梅樹之下啐分明是人道交感有精有血怎生杜小姐顛倒自己說是鬼（旦又上介）衙內還在此（生）小姐怎又回來（旦）奴家還有丁寧你既以俺爲妻可急覷之不宜自誤如或不然妾事已露不敢再來相陪願郎留心勿使可惜妾若不得復生必痛恨君於九泉之下矣

尾聲（旦跪介）柳衙內你便是俺再生爺（生跪扶起介）（旦）一點心憐念妾不着俺黃泉恨你你只罵的俺一句鬼隨邪（旦作鬼聲下回顧介）（生弔場低語介）柳夢梅着鬼了他說的恁般分明恁般悽切是無是有只得依言而行和姑姑商量去

夢來何處更爲雲　惆悵金泥簇蝶裙

第三十三出 秘议

绕地游（净上）芙蓉冠帔，短发难簪系。一炉香鸣钟叩齿。

诉衷情 风微台殿响笙簧，空翠冷霓裳。池畔藕花深处，清切夜闻香。人易老，事多妨，梦难长。一点深情，三分浅土，半壁斜阳。俺这梅花观，为着杜小姐而建。当初杜老爷分付陈教授看管。三年之内，则见他收取祭租，并不常川行走。便是杜老爷去后，谎了一府州县士民人等许多分子，起了个生祠。昨日老身打从祠前过，猪屎也有，人屎也有。陈最良，陈最良，你可也叫人扫刮一遭儿。倒是杜小姐神位前，日逐添香换水，何等庄严清净。正是：天下少信吊书子，世外有情持素人。

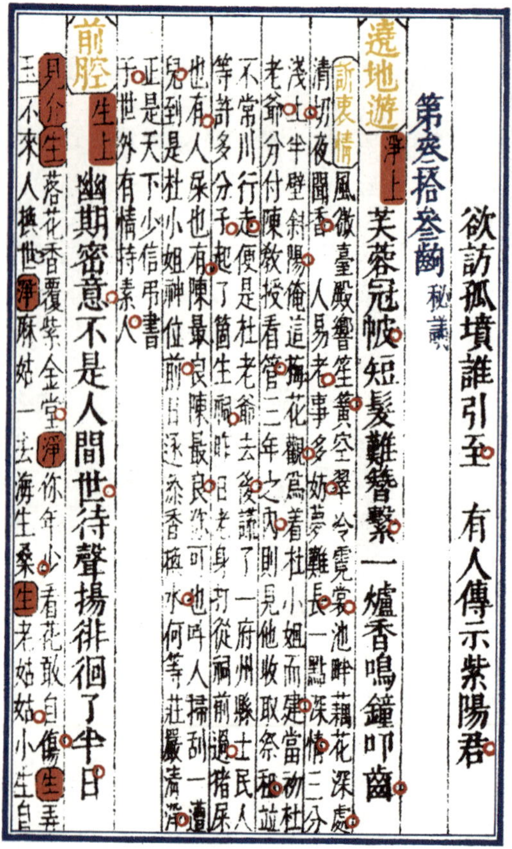
欲訪孤墳誰引至 有人傳示紫陽君

第叁拾叁齣 秘議

遶地遊 淨上 芙蓉冠帔短髮難簪繫一爐香鳴鐘叩齒

訴衷情 風微臺殿響笙簧空翠冷霓裳池畔藕花深處清切夜聞香人易老事多妨夢難長一點深情三分淺土半壁斜陽俺這梅花觀爲着杜小姐而建當初杜老爺分付陳教授看管三年之内則見他收取祭租並不常川行走便是杜老爺去後謊了一府州縣士民人等許多分子起了箇生祠昨日老身打從祠前過猪屎也有人屎也有陳最良陳最良你可也叫人掃刮一遭兒倒是杜小姐神位前日逐添香換水何等莊嚴清淨正是天下少信弔書子世外有情持素人

前腔 生上 幽期密意不是人間世待聲揚徘徊了半日

貝介 生 落花香覆紫金堂 淨 你年少看花敢自傷 生 弄玉不來人換世 淨 麻姑一去海生桑 生 老姑姑小生自

前腔（生上）幽期密意，不是人间世。待声扬徘徊了半日。（见介）（生）落花香覆紫金堂。（净）你年少看花敢自伤？（生）弄玉不来人换世。（净）麻姑一去海生桑。（生）老姑姑，小生自到仙居，不曾瞻礼宝殿。今日愿求一观。（净）是礼。相引前行。（行到介）（净）高处玉天金阙，下面东岳夫人，南斗真妃。（内鸣钟）（生跪拜介）中天积翠玉台遥，上帝高居绛节朝。遂有冯夷来击鼓，始知秦女善吹箫。好一座宝殿哩，怎生左边这牌位上写着『杜小姐神王』，是那位女王？（净）是没人题主哩，杜小姐。（生）杜小姐为谁？

五更转（净）你说这红梅院，因何置？是杜参知前所为。丽娘原是他香闺女，十八而亡，就此攒瘗。他爷呵，升任急，失题主，空牌位。（生）谁祭扫他？（净）好墓田，留下有碑记。偏他无主梨花，年年寒食。

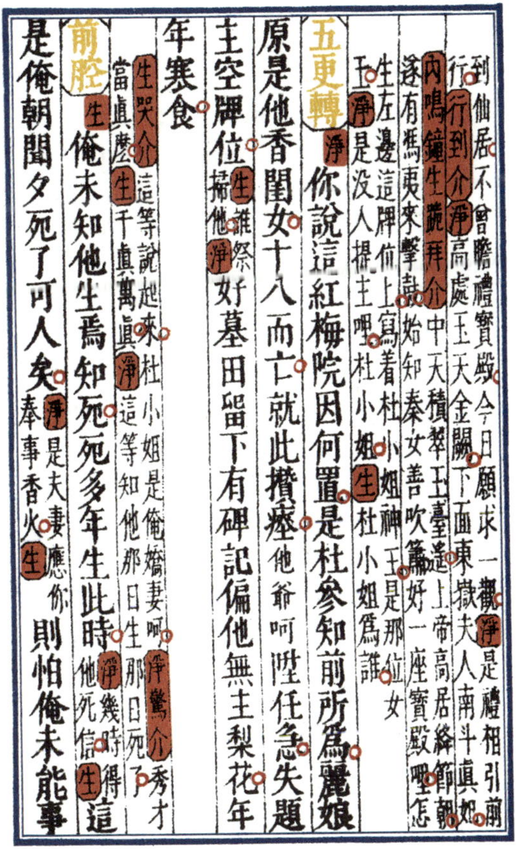

到仙居不曾瞻禮寶殿今日願求一觀淨是禮相引前行行到介淨高處玉天金闕下面東嶽夫人南斗眞妃內鳴鐘生跪拜介中天積翠玉臺遙上帝高居絳節朝遂有馮夷來擊鼓始知秦女善吹簫好一座寶殿哩怎生左邊這牌位上寫着杜小姐神王是那位女王淨是沒人揾主哩杜小姐生杜小姐爲誰

五更轉淨你說這紅梅院因何置是杜參知前所爲麗娘原是他香閨女十八而亡就此攢瘞他爺呵陞任急失題主空牌位生誰祭掃他淨好墓田留下有碑記偏他無主梨花年年寒食

生哭介這等說起來杜小姐是俺嬌妻呵淨驚介秀才當眞麼生千眞萬眞淨這等知他那日生那日死了

前腔生俺未知他生爲知死死多年生此時淨幾時得他死信生這是俺朝聞夕死了可人矣淨是夫妻應你奉事香火生則怕俺未能事

（生哭介）这等说起来，杜小姐是俺娇妻呵。（净惊介）秀才当真么？（生）千真万真。（净）这等，知他那日生，那日死了？

前腔（生）俺未知他生，焉知死？死多年生此时。（净）几时得他死信？（生）这是俺朝闻夕死了可人矣。（净）是夫妻，应你奉事香火。（生）则怕俺未能事人，焉能事鬼？（净）既是秀才娘子，可曾会他来？（生）便是这红梅院，做楚阳台，偏倍了你。（净）是那一夜？（生）是前宵你们不做美。（净惊介）秀才着鬼了。难道，难道。（生）你不信时，显个神通你看。取笔来，点的他主儿会动。（净）有这等事？笔在此。（生点介）看俺点石为人，靠夫作主。

你瞧，你瞧。（净惊介）奇哉，奇哉。主儿真个会动也。小姐呵！

前腔（净）则道墓门梅，立着个没字碑，原来柳客神缠住在香炉里。秀才，既是你妻，鼓盆歌，庐墓三年

人焉能事鬼。（淨）既是秀才娘子。可曾會他來。（生）便是這紅梅院做楚陽臺偏倍了你。（淨）是那一夜。（生）是前宵你們不做美。（淨驚介）秀才着鬼了。難道難道。（生）你不信時顯箇神通。你看取筆來。點的他主兒會動。（淨）有這事。筆在此。（生點介）看俺點石爲人靠夫作主。

你瞧你瞧。（淨驚介）奇哉奇哉。主兒眞箇會動也。小姐呵。

前腔（淨）則道墓門梅立着箇沒字碑。原來柳客神纏住在香爐裏。秀才既是你妻。鼓盆歌廬墓三年禮。（生）還要請他起來。（淨）你直恁神通。敢閻羅是你。（生）少些人夫用。（淨）你當夫他爲人堪使鬼。（生）你也幫一鍬兒。（淨）大明律。開棺見屍不分首從皆斬哩。你宋書生是看不着皇明例。不比尋常穿籬挖壁。（生）這箇不妨。是小姐自家主兒。

礼。（生）还要请他起来。（净）你直恁神通，敢阎罗是你？（生）少些人夫用。（净）你当夫，他为人，堪使鬼。（生）你也帮一锹儿。（净）《大明律》：开棺见尸，不分首从，皆斩哩。你宋书生是看不着皇明例，不比寻常，穿篱挖壁。（生）这个不妨，是小姐自家主见。

前腔（生）是泉下人，央及你。个中人谁似伊。（净）既是小姐分付，也待我择个日子。（看介）恰好明日乙酉，可以开坟。（生）喜金鸡玉犬非牛日，则待寻个人儿，开山力士。（净）俺有个侄儿癞头鼋可用。只怕事发之时怎处？（生）但回生，免声息，停商议。可有偷香窃玉劫坟贼？还一事，小姐倘然回生，要些定魂汤药。（净）陈教授开张药铺。只说前日小姑姑，觉了凶煞，求药安魂。（生）烦你快去也。这七级浮屠，岂同儿戏。

（净）湿云如梦雨如尘，
（生）初访城西李少君。
（净）行到窈娘身没处，
（生）手披荒草看孤坟。

第三十四出　诇药

（末上）积年儒学理粗通，书箧成精变药笼。家童唤俺老员外，街坊唤俺老郎中。俺陈最良失馆，依然重开药铺。看今日有甚人来？

女冠子（净上）人间天上，道理都难讲。梦中虚诳，更有人儿，思量泉壤。陈先生利市哩。（末）老姑姑到来。（净）好铺面！这『儒医』二字，杜太爷赠的。好『道地药材』！这两块土中甚用？（末）是寡妇床头土。男

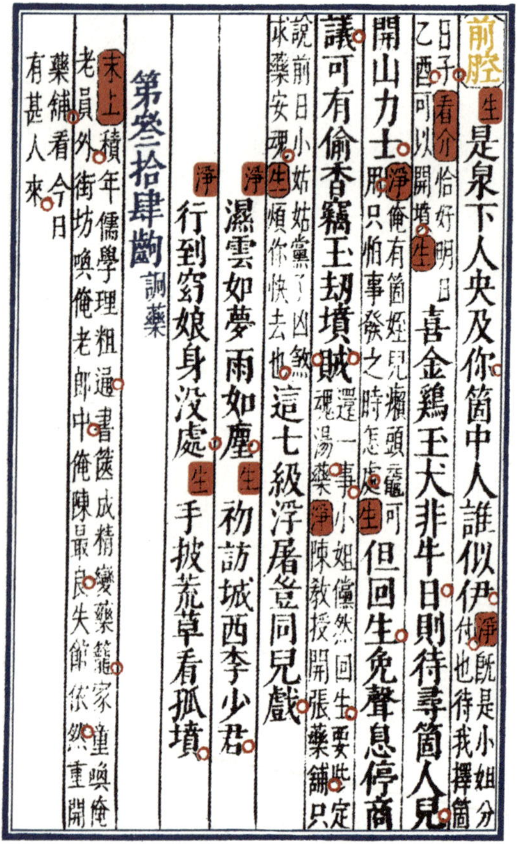

前腔（生）是泉下人央及你箇中人誰似伊（淨）既是小姐分付也待我擇箇日子（看介）恰好明日乙酉可以開墳（生）喜金雞玉犬非牛日則待尋箇人兒開山力士（淨）俺有箇姪兒癩頭黿可用只怕事發之時怎處（生）但回生免聲息停商議可有偷香竊玉劫墳賊還一事小姐儻然回生要些定魂湯藥（淨）陳教授開張藥鋪只說前日小姑姑黨了凶煞求藥安魂（生）煩你快去也這七級浮屠登同兒戲

（淨）濕雲如夢雨如塵（生）初訪城西李少君
（淨）行到窈娘身沒處（生）手披荒草看孤墳

第叁拾肆齣　詗藥

（末上）積年儒學理粗通書篋成精變藥籠家童喚俺老員外街坊喚俺老郎中俺陳最良失館依然重開藥鋪看今日有甚人來

子汉有鬼怪之疾，清水调服，良。（净）这布片儿何用？（末）是壮男子的裤裆。妇人有鬼怪之病，烧灰吃了，效。（净）这等，俺贫道床头三尺土，敢换先生五寸裆？（末）怕你不十分寡。（净）啐！你敢也不十分壮。（末）罢了，来意何事？（净）不瞒你说，前日小道姑呵……

黄莺儿（净）年少不提防，赛江神，归夜忙。（末）着手了？（净）知他着甚闲空旷？被凶神煞党。年灾月殃，瞑然一去无回向。（末）欠老成哩！（净）细端详，你医王手段，敢对的住活阎王？（末）是活的，死的？（净）死几日了。（末）死人有口吃药？也罢，便是这烧裆散，用热酒调服下。

前腔（末）海上有仙方，这伟男儿深裤裆。（净）则这种药，俺那里自有。（末）则怕姑姑记不起谁阳壮。剪裁寸方，烟灰酒娘，敲开齿缝把些儿放。不寻常，安魂定魄，赛过反精香。

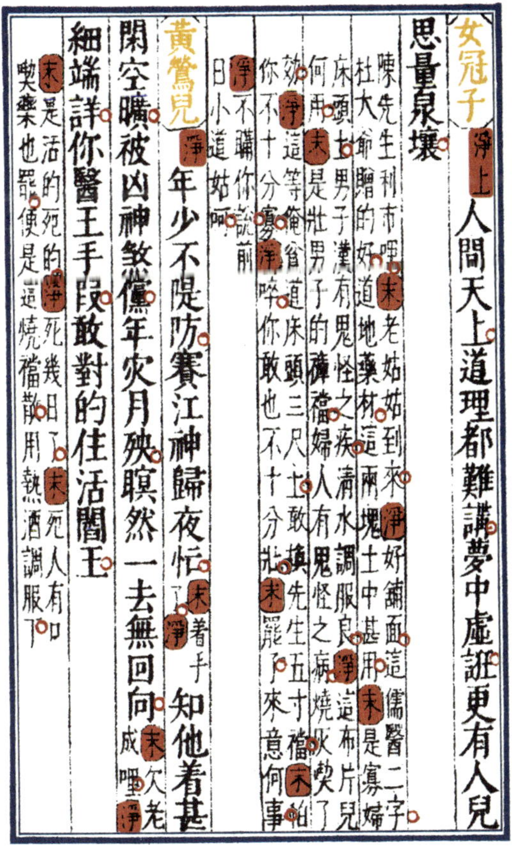

女冠子 淨上 人間天上道理都難講夢中虛誑更有人兒思量泉壤○陳先生利市哩○末老姑姑到來○淨好鋪面○這儒醫二字杜大爺贈的○好道地藥材○這兩塊土中甚用○末是寡婦牀頭土○男子漢有鬼怪之疾清水調服良○淨這布片兒何用○末是壯男子的褲襠○婦人有鬼怪之病燒灰喫了效○淨這等俺貧道牀頭三尺土敢換先生五寸襠○末怕你不十分寡○淨啐○你敢也不十分壯○末罷了來意何事○淨不瞞你說前日小道姑呵

黃鶯兒 淨 年少不隄防○賽江神歸夜忙○末着手了○淨知他着甚閑空曠○被凶神煞黨○年災月殃○瞑然一去無回向○末欠老成哩○淨細端詳○你醫王手段敢對的住活閻王○末是活的死的○淨死幾日了○末死人有口喫藥也罷○便是這燒襠散○用熱酒調服下○

（净）谢了。

（末）还随女伴赛江神，
（净）争那多情足病身。
（末）岩洞幽深门尽锁，
（净）隔花催唤女医人。

第三十五出 回 生

字字双（丑扮疙童，持锹上）猪尿泡疙疸偌庐胡，没裤。铧锹儿入的土花疏，没骨。活小娘不要去做鬼婆夫，没路。偷坟贼拿倒做个地官符，没趣。

（笑介）自家梅花观主家癞头鼋便是。观主受了柳秀才之托，和杜小姐启坟。好笑，好笑，说杜小姐要和他这里重做夫妻。管他人话鬼话，

前腔（末）海上有僊方。這偉男兒深褌襠。（净）則這種藥俺那裏自有。（末）則怕姑姑記不起。誰陽壯剪裁寸方。燒灰酒孃。敲開齒縫把此兒放。不尋常。安魂定魄。賽過反精香。（净）謝了。

（末）還隨女伴賽江神。（净）爭那多情足病身。
（末）巖洞幽深門盡鎖。（净）隔花催喚女醫人。

第叁拾伍齣 回生

字字雙（丑扮疙童持鍬上）猪尿泡疙疸偌盧胡。沒褌。鏵鍬兒入的土花疎。沒骨。活小娘不要去做鬼婆夫。沒路。偷墳賊拿倒做箇地官符。沒趣。

（笑介）自家梅花觀主家癩頭黿便是。觀主受了柳秀才之托。和杜小姐啟墳。好笑好笑。說杜小姐要和他這裏

带了些黄钱，挂在这太湖石上，点起香来。

出队子（净携酒同生上）玉人何处，玉人何处？近墓西风老绿芜。《竹枝歌》唱的女郎苏，杜鹃声啼过锦江无？一窖愁残，三生梦余。

（生）老姑姑，已到后园。只见半亭瓦砾，满地荆榛。绣带重寻，袅袅藤花夜合；罗裙欲认，青青蔓草春长。则记的太湖石边，是俺拾画之处。依稀似梦，恍惚如亡。怎生是好？（净）秀才，不要忙，梅树下堆儿是了。（生）小姐，好伤感人也。（哭介）（丑）哭甚的。趁时节了。（烧纸介）（生拜介）巡山使者，当山土地，显圣显灵。

啄木鹂（生）开山纸草面上铺。烟罩山前红地炉。（丑）敢太岁头上动土，向小姐脚跟挖窟。

（生）土地公公，今日开山，专为请起杜丽娘。不要你死的，要个活的。你

重做夫妻。管他人說鬼話。帶了些黃錢。掛在這太湖石上。點起香來。

出隊子 淨攜酒同生上 玉人何處。玉人何處。近墓西風老綠蕪。竹枝歌唱的女郎蘇。杜鵑聲啼過錦江無。一窨愁殘。三生夢餘。

生 老姑姑。已到後園。只見半亭瓦礫。滿地荊榛。繡帶重尋。裊裊藤花夜合。羅裙欲認。青青蔓草春長。則記的太湖石邊。是俺拾畫之處。依稀似夢。恍惚如亡。怎生是好。淨 秀才不要忙。梅樹下堆兒是了。生 小姐好傷感人也。哭介 丑 哭甚的。趁時節了。燒紙介 生 拜介 巡山使者。當山土地。顯聖顯靈。

啄木鸝 生 開山紙草面上鋪。煙罩山前紅地爐。丑 敢太歲頭上動土。向小姐脚跟挖窟。生 土地公公。今日開山。專爲請起杜麗娘。不要你死的。要箇活的。你爲神正直。應無妬。俺陽神觸煞俱無慮。要他風神

为神正直应无妒，俺阳神触煞俱无虑。要他风神笑语都无二，便做着你土地公公女嫁吾。呀，春在小梅株。好破土哩。

前腔（丑、净锹土介）这三和土一谜锄。小姐呵，半尺孤坟你在这的无？（生）你们十分小心。（看介）到棺了。（丑作惊丢锹介）到官没活的了。（生摇手介）禁声。（内旦作『哎哟』介）（众惊介）活鬼做声了。（生）休惊了小姐。（众蹲向鬼门，开棺介）（净）原来钉头锈断，子口登开，小姐敢别处送云雨去了。（内『哎哟』介）（生见旦扶介）（生）咳！小姐端然在此。异香袭人，幽姿如故。天也，你看正面上那些儿尘渍，斜空处没半米蚍蜉。则他暖幽香四片斑斓木，润芳姿半榻黄泉路，养花身五色燕支土。（扶旦软介）（生）俺为你款款偎将睡脸扶，休损了口中珠。（旦作呕出水银介）（丑）一块花银，二十分多重，赏了癞头罢。（生）此

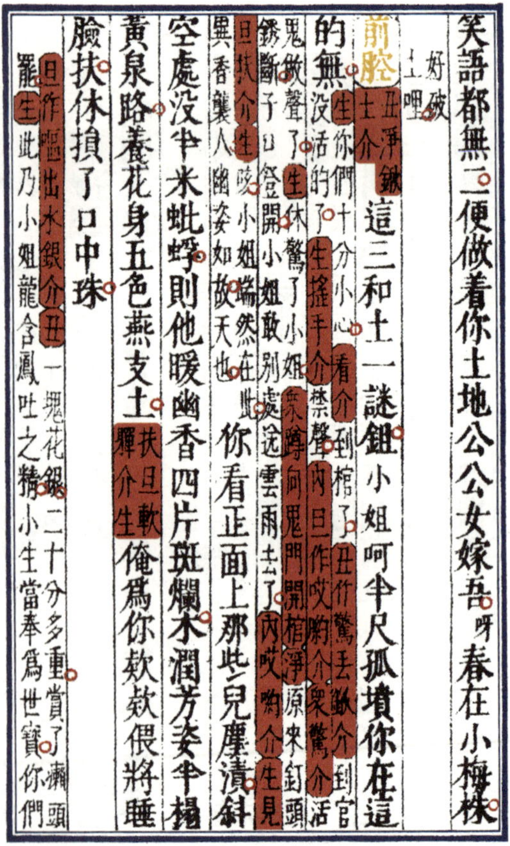
笑語都無二便做着你土地公公女嫁吾。呀春在小梅株。好破土哩。

前腔 丑淨鍬土介 這三和土一謎鉏。小姐呵半尺孤墳你在這的無。生你們十分小心。看介 到棺了。丑作驚丢鍬介 到官没活的了。生搖手介 禁聲。內旦作哎喲介 衆驚介 活鬼做聲了。生休驚了小姐。衆蹲向鬼門開棺介 淨原來釘頭銹斷子口登開小姐敢別處送雲雨去了。內哎喲介 生見旦扶介 生 咳。小姐端然在此。異香襲人幽姿如故。天也。你看正面上那些兒塵漬斜空處沒半米蚍蜉。則他暖幽香四片斑斕木。潤芳姿半榻黃泉路。養花身五色燕支土。扶旦軟介 生 俺爲你款款偎將睡臉扶。休損了口中珠。旦作嘔出水銀介 丑 一塊花銀。二十分多重。賞了癩頭罷。生 此乃小姐龍含鳳吐之精。小生當奉爲世寶。你們

乃小姐龙含凤吐之精，小生当奉为世宝。你们别有酬犒。（旦开眼叹介）（净）小姐开眼哩！（生）天开眼了！小姐呵！

金蕉叶（旦）是真是虚？劣梦魂猛然惊遽。（作掩眼介）避三光业眼难舒，怕一弄儿巧风吹去。

（生）怕风怎么好？（净扶旦介）且在这牡丹亭内进还魂丹，秀才剪档。（生剪介）（丑）待俺凑些加味还魂散。（生）不消了。快快热酒来。

莺啼序（调酒灌介）（生）玉喉咙半点灵酥。（旦吐介）（生）哎也，怎生呵落在胸脯。姐姐再进些，才吃下三个多半口还无。（觑介）好了，好了！喜春生颜面肌肤。（旦觑介）这些都是谁？敢是些无端道途，弄的俺不着坟墓？（生）我便是柳梦梅。（旦）昭矇觑，怕不是梅边柳边人数。

（生）有这道姑为证。（净）小姐可认得道姑么？（旦看不语介）

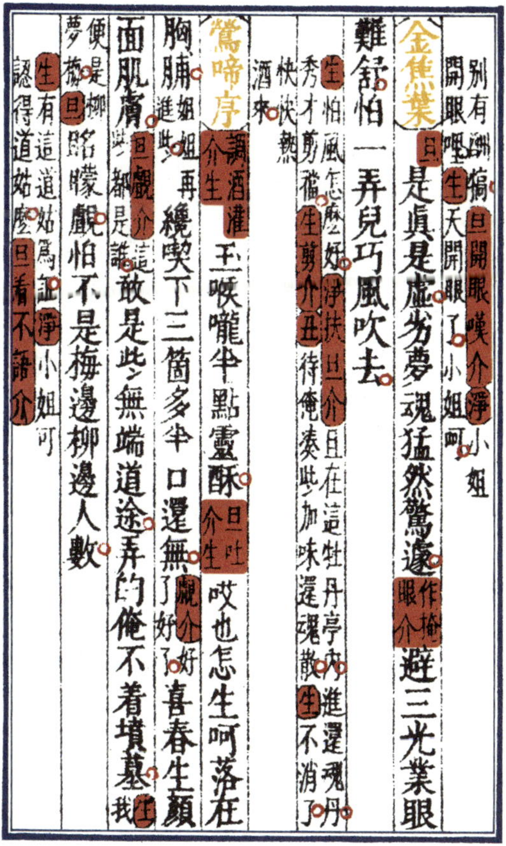
別有酬犒旦開眼嘆介淨小姐開眼哩生天開眼了小姐呵

金蕉葉 旦是真是虛劣夢魂猛然驚遽作掩眼介避三光業眼難舒怕一弄兒巧風吹去

生怕風怎麼好淨扶旦介且在這牡丹亭內進還魂丹秀才剪襠生剪介丑待俺湊些加味還魂散生不消了快快熱酒來

鶯啼序 調酒灌介生玉喉嚨半點靈酥旦吐介生哎也怎生呵落在胸脯姐姐再進些纔喫下三箇多半口還無覷介好了好了喜春生顏面肌膚旦覷介這些都是誰敢是些無端道途弄的俺不着墳墓生我便是柳夢梅旦昭矇覷怕不是梅邊柳邊人數

生有這道姑為証淨小姐可認得道姑麼旦看不語介

前腔（净）你乍回头记不起俺这姑姑。（生）可记得这后花园？（旦不语介）（净）是了，你梦境模糊。（旦）只那个是柳郎？（生应）（旦作认介）咳，柳郎真信人也。亏杀你拨草寻蛇，亏杀你守株待兔。棺中宝玩收存，诸余抛散池塘里去。（众『呸』，丢去棺物介）向人间别画个葫芦，水边头洗除凶物。（众）亏了小姐整整睡这三年。（旦）流年度，怕春色三分，一分尘土。

（生）小姐，此处风露，不可久停。好处将息去。

尾声（生）死工夫救了你活地狱，七香汤莹了美食相扶。（旦）扶往那里去？（净）梅花观内。（旦）可知道洗棺尘，都是这高唐观中雨。

（生）天赐燕支一抹腮，
（旦）随君此去出泉台。
（净）俺来穿穴非无意，
（生）愿结灵姻愧短才。

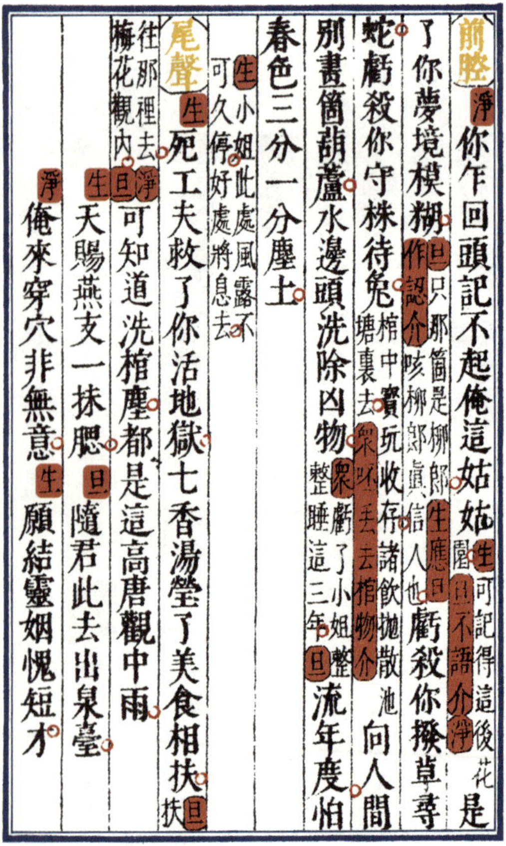
前腔 淨 你乍回頭記不起俺這姑姑 生 可記得這後花 旦不語介 淨 是了你夢境模糊 旦 只那箇是柳郎 生應 旦作認介 咳柳郎真信人也 虧殺你撥草尋蛇 虧殺你守株待兔 棺中寶玩收存諸飲拋散池塘裏去 衆 呸 丟去棺物介 向人間別畫箇葫蘆水邊頭洗除凶物 衆 虧了小姐整整睡這三年 旦 流年度怕春色三分一分塵土

生 小姐此處風露不可久停好處將息去

尾聲 生 死工夫救了你活地獄七香湯瑩了美食相扶 旦 扶往那裏去 淨 梅花觀內 旦 可知道洗棺塵都是這高唐觀中雨

生 天賜燕支一抹腮 旦 隨君此去出泉臺
淨 俺來穿穴非無意 生 願結靈姻愧短才

第三十六出　婚走

【意难忘】（净扶旦上）如笑如呆，叹情丝不断，梦境重开。（净）你惊香辞地府，舆榇出天台。（旦）姑姑，俺强挣作，软哈哈，重娇养起这嫩孩孩。（合）尚疑猜，怕如烟入抱，似影投怀。

【画堂春】（旦）蛾眉秋恨满三霜，梦余荒冢斜阳。土花零落旧罗裳，睡损红妆。（净）风定彩云犹怯，火传金炧重香。如神如鬼费端祥，除是高唐。（旦）姑姑，奴家死去三年，为钟情一点，幽契重生，皆亏柳郎和姑姑信心提救。又以美酒香酥，时时将养，数日之间，稍觉精神旺相。（净）好了，秀才三回五次，央俺成亲哩。（旦）姑姑，这事还早。扬州问过了老相公、老夫人，请个媒人方好。（净）好消停的话儿。这也由你。则问小姐前生事，可都记的些么？

第叁拾陸齣　婚走

意難忘　淨扶旦上　如笑如呆嘆情絲不斷夢境重開　淨　你驚香辭地府輿櫬出天台　旦　姑姑俺強掙作軟哈哈重嬌養起這嫩孩孩　合　尚疑猜怕如煙入抱似影投懷

畫堂春　旦　蛾眉秋恨滿三霜夢餘荒塚斜陽土花零落舊羅裳睡損紅妝　淨　風定彩雲猶怯火傳金炧重香如神如鬼費端詳除是高唐　旦　姑姑奴家死去三年爲鍾情一點幽契重生皆虧柳郎和姑姑信心提救又以美酒香酥時時將養數日之間稍覺精神旺相　淨　好了秀才三回五次央俺成親哩　旦　姑姑這事還早揚州問過了老相公老夫人倩箇媒人方好　淨　好消停的話兒這也由你則問小姐前生事可都記得些麽

勝如花　旦　前生事曾記懷爲傷春病害困春遊夢境難捱寫春容那人兒拾在那勞承那般頂戴似盼天儂盼的眼

胜如花（旦）前生事、曾记怀。为伤春病害，困春游梦境难捱，写春容那人儿拾在。那劳承、那般顶戴，似盼天仙盼的眼哈，似叫观音叫的口歪。（净）俺也听见些。则小姐泉下怎生得知？（旦）虽则尘埋，把耳轮儿热坏。感一片志诚无奈，死淋侵走上阳台，活森沙走出这泉台。（净）秀才来哩。

生查子（生上）艳质久尘埋，又挣出这烟花界。你看他含笑插金钗，摆动那长裙带。

（见介）丽娘妻。（旦羞介）（生）姐姐，俺地窟里扶卿做玉真，（旦）重生胜过父娘亲。（生）便好今宵成配偶。（旦）懵腾还自少精神。（净）起前说精神旺相，则瞒着秀才。（旦）秀才，可记得古书云：『必待父母之命，媒妁之言。』（生）日前虽不是钻穴相窥，早则钻坟而入了。小姐今日又会起书来。（旦）秀才，比前不同。前夕鬼也，今日人也。鬼可虚情，人须实礼。听奴道来：

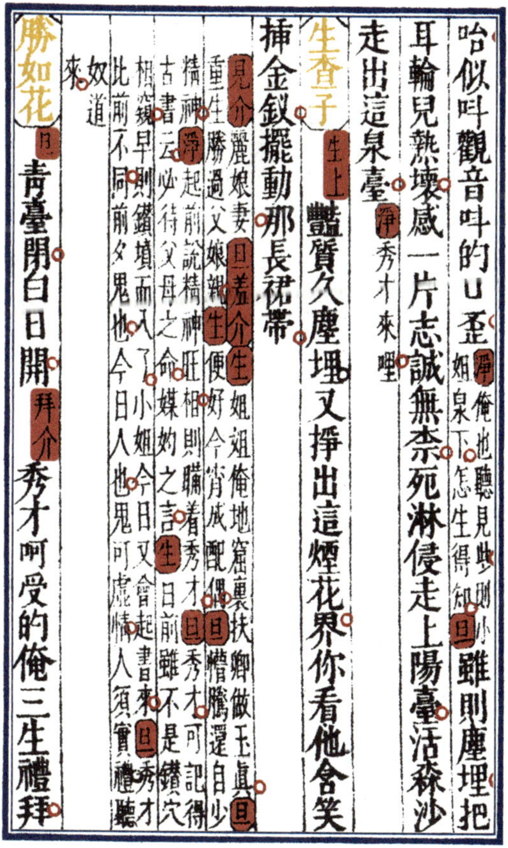
哈似叫觀音叫的口歪（淨）俺也聽見些則小姐泉下怎生得知（旦）雖則塵埋把
耳輪兒熱壞感一片志誠無奈死淋侵走上陽臺活森沙
走出這泉臺（淨）秀才來哩
生查子（生上）豔質久塵埋又掙出這煙花界你看他含笑
插金釵擺動那長裙帶
（見介）麗娘妻（旦羞介）（生）姐姐俺地窟裏扶卿做玉真（旦）
重生勝過父娘親（生）便好今宵成配偶（旦）懵騰還自少
精神（淨）起前說精神旺相則瞞着秀才（旦）秀才可記得
古書云必待父母之命媒妁之言（生）日前雖不是鑽穴
相窺早則鑽墳而入了小姐今日又會起書來（旦）秀才
比前不同前夕鬼也今日人也鬼可虛情人須實禮聽
奴道來
勝如花（旦）青臺閉白日開（拜介）秀才呵受的俺三生禮拜

胜如花（旦）青台闭，白日开。（拜介）秀才呵，受的俺三生礼拜，待成亲少个官媒。（泣介）结盏的要高堂人在。（生）成了亲，访令尊令堂，有惊天之喜。要媒人，道姑便是。（旦）秀才，忙待怎的？也曾落几个黄昏陪待。（生）今夕何夕？（旦）直恁的急色秀才。（生）小姐捣鬼。（旦笑介）秀才捣鬼。不是俺鬼奴台妆妖作乖。（生）为甚？（旦羞介）半死来回，怕的雨云惊骇。有的是这人儿活在，但将息俺半载身材。（背介）但消停俺半刻情怀。

不是路（末上）深院闲阶，花影萧萧转翠苔。（扣门介）人谁在？是陈生探望柳君来。（众惊介）（生）陈先生来了，怎好？（旦）姑姑，俺回避去。（下）（末）忒奇哉？怎女儿声息纱窗外，硬抵门儿应不开？（又扣门介）（生）是谁？（末）陈最良。（开门见介）（生）有承车盖，俺衣冠未整因迟待。（末）有些惊怪。（生）有何惊怪？

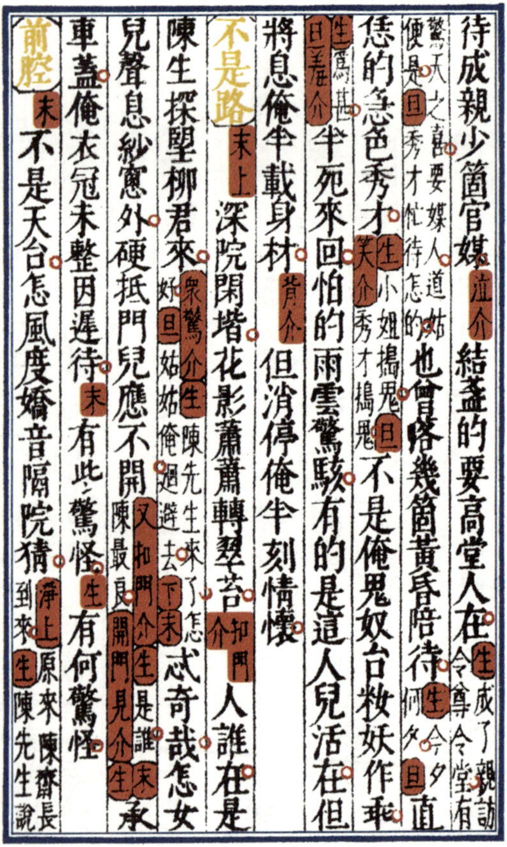
待成親少箇官媒（泣介）結盞的要高堂人在（生）成了親訪令尊令堂有驚天之喜要媒人道姑便是（旦）秀才忙待怎的也曾落幾箇黃昏陪待（生）今夕何夕（旦）直恁的急色秀才（生）小姐搗鬼（旦笑介）秀才搗鬼不是俺鬼奴台粧妖作乖（生）爲甚（旦羞介）半死來回怕的雨雲驚駭有的是這人兒活在但將息俺半載身材（背介）但消停俺半刻情懷

不是路（末上）深院閑堦花影蕭蕭轉翠苔（扣門介）人誰在是陳生探望柳君來（衆驚介）（生）陳先生來了怎好（旦）姑姑俺迴避去（下）（末）忒奇哉怎女兒聲息紗窗外硬抵門兒應不開（又扣門介）（生）是誰（末）陳最良（開門見介）（生）承車蓋俺衣冠未整因遲待（末）有些驚怪（生）有何驚怪

前腔（末）不是天台怎風度嬌音隔院猜（淨上）原來陳齋長到來（生）陳先生說

前腔（末）不是天台，怎风度娇音隔院猜？（净上）原来陈斋长到来。（生）陈先生说里面妇娘声息，则是老姑姑。（净）是了，长生会，莲花观里一个小姑来。（末）便是前日的小姑么？（净）另是一众。（末）好哩，这梅花观一发兴哩。也是杜小姐冥福所致。因此径来相约，明午整个小盒儿，同柳兄往坟上随喜去。暂告辞了。无闲会，今朝有约明朝在，酒滴青娥墓上回。（生）承拖带，这姑姑点不出个茶儿待。即来回拜。（末）慢来回拜。（下）（生）喜的陈先生去了，请小姐有话。（旦上介）（净）怎了！怎了！陈先生明日要上小姐坟去。事露之时，一来小姐有妖冶之名，二来相公无闺阃之教，三来秀才坐迷惑之讥，四来老身招发掘之罪。如何是了？（旦）老姑姑，待怎生好？（净）小姐，这柳秀才待往临安取应。不如曲成亲事，叫童儿寻只赣船，夤

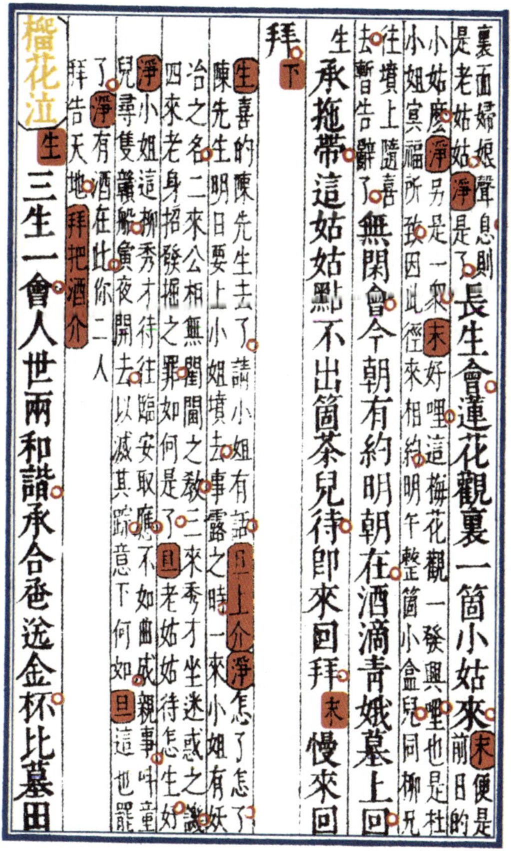

裏面婦娘聲息則是老姑姑淨是了長生會蓮花觀裏一箇小姑來末便是前日的小姑麼淨另是一眾末好哩這梅花觀一發興哩也是杜小姐冥福所致因此徑來相約明午整箇小盒兒同柳兄往墳上隨喜去暫告辭了無閑會今朝有約明朝在酒滴青娥墓上回生承拖帶這姑姑點不出箇茶兒待即來回拜末慢來回拜下

生喜的陳先生去了請小姐有話旦上介淨怎了怎了陳先生明日要上小姐墳去事露之時一來小姐有妖冶之名二來公相無閨閫之教三來秀才坐迷惑之譏四來老身招發掘之罪如何是了旦老姑姑待怎生好淨小姐這柳秀才待往臨安取應不如曲成親事叫童兒尋隻贛船夤夜開去以滅其蹤意下何如旦這也罷了淨有酒在此你二人拜告天地拜把酒介

榴花泣生三生一會人世兩和諧承合卺送金杯比墓田

夜开去，以灭其踪。意下何如？（旦）这也罢了。（净）有酒在此。你二人拜告天地。（拜，把酒介）

榴花泣（生）三生一会，人世两和谐。承合卺，送金杯。比墓田春酒这新醅，才酦转人面桃腮。（旦悲介）伤春便埋，似中山醉梦三年在。只一件来，看伊家龙凤姿容，怎配俺这土木形骸？（生）那有此话！

前腔 相逢无路，良夜肯疑猜？眠一柳，当了三槐。杜兰香真个在读书斋，则柳耆卿不是仙才。（旦叹介）幽姿暗怀，被元阳鼓的这阴无赖。柳郎，奴家依然还是女身。（生）已经数度幽期，玉体岂能无损？（旦）那是魂，这才是正身陪奉。伴情哥则是游魂，女儿身依旧含胎。

（外扮舟子歌上）春娘爱上酒家子楼，不怕归迟总弗子愁。推道那家娘子睡，且留教住要梳子头。（又歌）不论秋菊和那春子个花，个个

春酒這新醅纔醱轉人面桃腮 旦悲介 傷春便埋 似中山醉
夢三年在 只一件來 看伊家龍鳳姿容 怎配俺這土木形骸
生 那有此話
前腔 生 相逢無路 良夜肯疑猜 眠一柳當了三槐 杜蘭香
眞箇在讀書齋 則柳耆卿不是僊才 旦歎介 幽姿暗懷 被元
陽鼓的這陰無賴 柳郎 奴家依然還是女身 生 已經數度
幽期 玉體豈能無損 旦 那是魂 這纔是
正身陪奉 伴情哥則是遊魂 女兒身依舊含胎
外扮舟子歌上 春娘愛上酒家子樓 不怕歸遲總弗子
愁 推道那家娘子睡 且留教住要梳子頭 又歌 不論秋
菊和那春子箇花 箇箇能噇空肚子茶 無事莫教頻入
子庫 一名閑物他也要些子些 丑扮疙童上介 船船船
臨安去 外 來來來 攏船介 丑 門外船便相公幕下小姐
班 淨辭介 相公小姐小心去了 生 小姐無人伏侍煩老

能噇空肚子茶。无事莫教频入子库，一名闲物他也要些子些。（丑扮疙童上介）船，船，船，临安去。（外）来，来，来。（拢船介）（丑）门外船便，相公纂下小姐班。（净辞介）相公、小姐，小心去了。（生）小姐无人服侍，烦老姑姑一行，得了官时相报。（净）俺不曾收拾。（背云）事发相连，走为上计。（回介）也罢，相公赏侄儿甚么，着他和俺收拾房头，俺伴小姐去。（丑）使得。（生）便赏他这件衣服。（解衣介）（丑）谢了。事发谁当？（生）则推不知便了。（丑）这等请了。秃厮儿堪充道伴，女冠子权当梅香。（下）

急板令（众上船介）别南安孤帆夜开，走临安把双飞路排。（旦悲介）（生）因何吊下泪来？（旦）叹从此天涯。叹从此天涯。叹三年此居，三年此埋。死不能归，活了才回。（合）问今夕何夕？此来、魂脉脉，意哈哈。

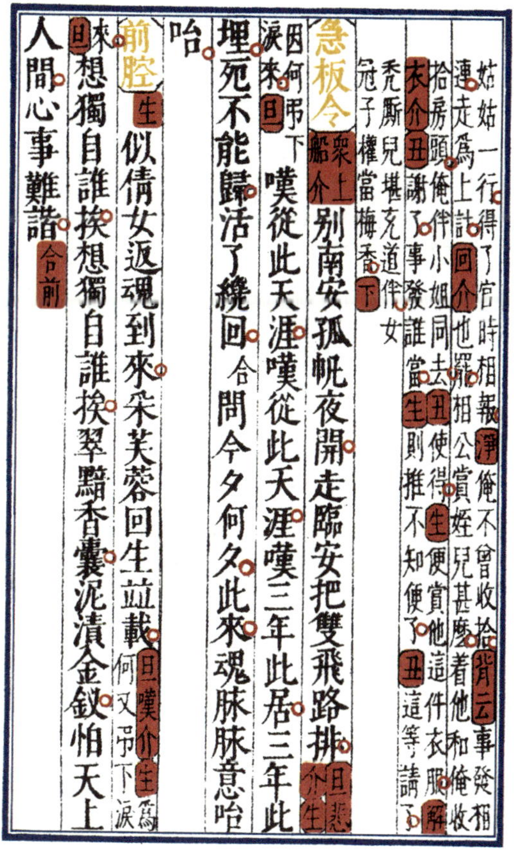
姑姑一行。得了官時相報。淨 俺不曾收拾。背云 事發相連。走爲上計。回介 也罷。相公賞姪兒甚麼。着他和俺收拾房頭。俺伴小姐同去。丑 使得。生 便賞他這件衣服。解衣介 丑 謝了。事發誰當。生 則推不知便了。丑 這等請了。秃厮兒堪充道伴女冠子權當梅香。下

急板令 衆上船介 別南安孤帆夜開。走臨安把雙飛路排。旦悲介 生 因何弔下淚來。旦 嘆從此天涯。嘆從此天涯。嘆三年此居。三年此埋。死不能歸。活了纔回。合 問今夕何夕。此來魂脉脉意哈哈。

前腔 生 似倩女返魂。到來。采芙蓉回生並載。旦嘆介 生 爲何又弔下淚來。旦 想獨自誰挨。想獨自誰挨。翠黯香囊泥漬金釵。怕天上人間。心事難諧。合前

前腔（生）似倩女返魂到来，采芙蓉回生并载。（旦叹介）（生）为何又吊下泪来？（旦）想独自谁挨，想独自谁挨？翠黯香囊，泥渍金钗。怕天上人间，心事难谐。（合前）

（净）夜深了，叫停船。你两人睡罢。（生）风月舟中，新婚佳趣，其乐何如！

一撮棹（生）蓝桥驿，把奈河桥风月筛。（旦）柳郎，今日方知有人间之乐也。七星版，三星照，两星排。今夜呵，把身子儿带，情儿迈、意儿挨。（净）你过河，衣带紧、请宽怀。（生）眉横黛，小船儿禁重载？这欢眠自在，抵多少吓魂台。

尾声（生）情根一点是无生债。（旦）叹孤坟何处是俺望夫台？柳郎呵！俺和你死里淘生情似海。

（生）偷去须从月下移，
（净）好风偏似送佳期。
（旦）傍人不识扁舟意，
（净）惟有新人子细知。

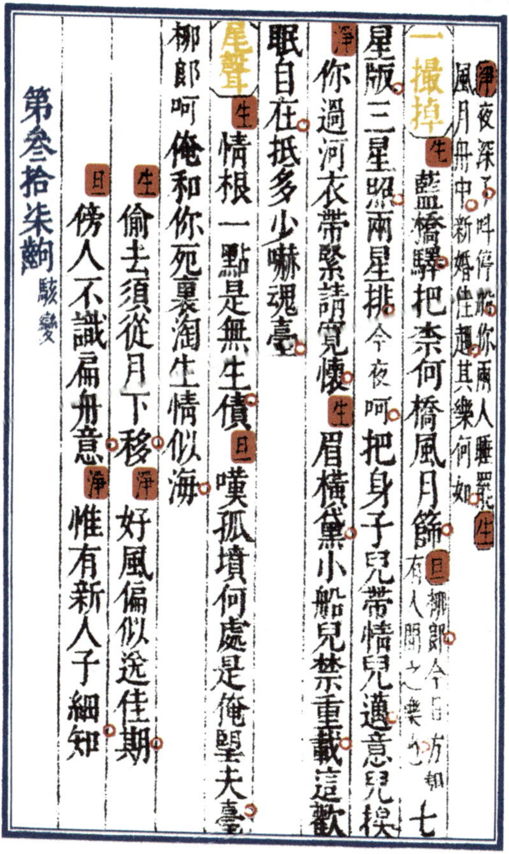
淨 夜深了叫停船。你兩人睡罷。生 風月舟中新婚佳趣其樂何如。
一撮棹 生 藍橋驛把奈何橋風月篩。旦 柳郎今日方知有人間之樂也。七星版三星照兩星排。今夜呵。把身子兒帶情兒邁意兒挨。淨 你過河衣帶緊請寬懷。生 眉橫黛小船兒禁重載這歡眠自在抵多少嚇魂臺。
尾聲 生 情根一點是無生債。旦 嘆孤墳何處是俺望夫臺。柳郎呵 俺和你死裏淘生情似海。
生 偷去須從月下移。淨 好風偏似送佳期。
旦 傍人不識扁舟意。淨 惟有新人子細知。
第叁拾柒齣 駭變

第三十七出　骇变

集唐（末上）风吹不动顶垂丝，吟背春城出草迟。毕竟百年浑是梦，夜来风雨葬西施。俺陈最良，只因感激杜太守，为他看顾小姐坟茔。昨日约了柳秀才到坟上望去，不免走一遭。（行介）岩扉不掩云长在，院径无媒草自深。待俺叫门。（叫介）呀，往常门儿重重掩上，今日都开在此。待俺参了圣。（看菩萨介）咳，冷清清没香没灯的。呀，怎不见了杜小姐牌位？待俺问一声老姑姑。（叫三声介）俗家去了。待俺叫柳兄问他。（叫介）柳朋友！（又叫介）柳先生！一发不应了。（看介）嗄！柳秀才去了。医好了病，来不参，去不辞。没行止，没行止！待俺西房瞧瞧。咳哟！道姑也搬去了。磬儿、锅儿、床席，一些都不见了。怪哉！（想介）是了。日前小道姑有话，昨日又听的小道姑声息，其中必有柳梦梅勾搭事情，一

集唐（末上）風吹不動頂垂絲吟背春城出草遲畢竟百
年渾是夢夜來風雨葬西施俺陳最良只因感激杜太
守爲他看顧小姐墳塋昨日約了柳秀才到墳上望去
不免走一遭（行介）岩扉不掩雲長在院徑無媒草自深
待俺叫門（叫介）呀往常門兒重重掩上今日都開在此
待俺參了聖（看菩薩介）咳冷清清沒香沒燈的呀怎不
見了杜小姐牌位待俺問一聲老姑姑（叫三聲介）俗家
去了待俺叫柳兄問他（叫介）柳朋友（又叫介）柳先生一
發不應了（看介）嗄柳秀才去了醫好了病來不參去不
辭沒行止沒行止待俺西房瞧瞧咳喲道姑也搬去了
磬兒鍋兒床席一些都不見了怪哉（想介）是了日前小
道姑有話昨日又聽的小道姑聲息其中必有柳夢梅
勾搭事情一夜去了沒行止沒行止
由他由他到後園看小姐墳去（行介）
懶畫眉（末）深徑側老蒼苔那幾所月榭風亭久不開當時
曾此葬金釵（望介）呀蓬蓬墳高高兒的如今平下來了也緣何不見墳兒在敢是
狐兔穿空倒塌來

夜去了。没行止，没行止！由他，由他。到后园看小姐坟去。（行介）

【懒画眉】（末）园深径侧老苍苔，那几所月榭风亭久不开，当时曾此葬金钗。（望介）呀，旧坟高高儿的，如今平下来了也。缘何不见坟儿在？敢是狐兔穿空倒塌来？

这太湖石，只左边靠动了些，梅树依然。（惊介）咳呀！小姐坟被劫了也！

【朝天子】（放声哭介）小姐！天！是甚么发冢无情短幸材？他有多少金珠葬在打眼来！小姐，你若早有人家，也搬回去了。则为玉镜台无分照泉台。好孤哉！怕蛇钻骨、树穿骸，不提防这灾。

知道了，柳梦梅岭南人，惯了劫坟。将棺材放在近所，截了一角为记，要人取赎。这贼意思，止不过说杜老先生闻知，定来取赎。想那棺材，只在左近埋下了，待俺寻。（见介）咳呀！这草窝里不是朱漆板头？这不是大锈钉！开了去？天！小姐骨

這太湖石只左邊靠動了些梅樹依然（驚介）咳呀小姐墳被刼了也

【朝天子】（放聲哭介）小姐天是什麼發塚無情短倖材他有多少金珠葬在打眼來小姐你若早有人家也搬回去了則爲玉鏡臺無分照泉臺好孤哉怕蛇鑽骨樹穿骸不隄防這災

知道了柳夢梅嶺南人慣了刼墳將棺材放在近所截了一角爲記要人取贖這賊意思止不過說杜老先生聞知定來取贖想那棺材只在左近埋下了待俺尋（見介）咳呀這草窩裏不是硃漆板頭這不是大鏽釘開了去天小姐骨殖去在那裏（望介）那池塘裏浮著片棺材是了小姐屍骨拋在池裏去了狠心的賊也

【普天樂】（末）問天天你怎把他昆池碎刼無餘在又不欠觀音鎖骨連環債怎丟他水月魂骸亂紅衣暗泣蓮腮似黑月重拋業海待車乾池水撈起他骨殖來怕浪淘沙碎玉難分派到不

殖丢在那里？（望介）那池塘里浮着一片棺材。是了，小姐尸骨抛在池里去了。狠心的贼也！

普天乐（末）问天天你怎把他昆池碎劫无余在？又不欠观音锁骨连环债，怎丢他水月魂骸？乱红衣暗泣莲腮，似黑月重抛业海。待车干池水，捞起他骨殖来，怕浪淘沙碎玉难分派。到不如当初水葬无猜。贼眼脑生来毒害，那些个怜香惜玉，致命图财！

先师云：『虎兕出于柙，龟玉毁于椟中，典守者不得辞其责。』俺如今先去禀了南安府缉拿。星夜往淮扬，报知杜老先生去。

尾声（末）石虔婆，他古弄里金珠曾见来。柳梦梅，他做得个破周书汲冢才。小姐呵，你道他为甚么向金盖银墙做打家贼？

丘坟发掘当官路，
春草茫茫墓亦无。
致汝无辜由俺罪，
狂眠恣饮是凶徒。

如當初水葬無猜賊眼腦生來毒害那些箇憐香惜玉致命圖財
先師云虎兕出於柙龜玉毀於櫝中典守者不得辭其責俺如今先去禀了南安府緝拿星夜往淮揚報知杜老先生去
尾聲 末 石虔婆他古弄裡金珠曾見來柳夢梅他做得箇破周書汲冢才小姐呵你道他為甚麼向金蓋銀牆做打家賊
丘墳發掘當官路　春草茫茫墓亦無
致汝無辜由俺罪　狂眠恣飲是凶徒

第叄拾捌齣 淮警

第三十八出　淮警

霜天晓角（净引众上）英雄出众，鼓噪红旗动。三年绣甲锦蒙茸，弹剑把雕鞍斜鞚。

贼子豪雄是李全，忠心赤胆向胡天。靴尖踢倒长天堑，却笑江南土不坚。俺溜金王，奉大金之命，骚扰江淮三年。打听大金家兵粮凑集，将次南征，教俺淮扬开路，不免请出贱房计议。中军快请。（众叫介）大王叫箭坊。（老旦扮军人持箭上）箭坊俱已造完。（净笑恼介）狗才，怎么说？（老旦）大王说，请出箭坊计议。（净）胡说！俺自请杨娘娘，是你箭坊？（老旦）杨娘娘是大王箭坊，小的也是箭坊。（净喝介）

前腔（丑上）帐莲深拥，压寨的阴谋重。（见介）大王兴也！你夜来鏖战好粗雄。困的俺垓心没缝。

大王夫，俺睡倦了。请俺甚事商量？（净）闻得金主南侵，教俺攻打淮扬，以便征进。思想扬州有杜安抚镇守，

霜天曉角（淨引衆上）英雄出衆。鼓譟紅旗動。三年綉甲錦蒙茸
彈劍把雕鞍斜鞚。
賊子豪雄是李全。忠心赤膽向胡天。靴尖踢倒長天塹。
却笑江南土不堅。俺溜金王。奉大金之命。騷擾江淮三
年。打聽大金家兵粮湊集。將次南征。教俺淮揚開路。不
免請出賤房計議。中軍快請。（衆叫介）大王叫箭坊。（老旦
扮軍人持箭上）箭坊俱已造完。（淨笑惱介）狗才怎麼說
（老旦）大王說請出箭坊計議。（淨）胡說俺自請楊娘娘是
你箭坊。（老旦）楊娘娘是大王
箭坊。小的也是箭坊。（淨喝介）
前腔（丑上）帳蓮深擁。壓寨的陰謀重。（見介）大王興也。你夜來鏖戰
好麄雄。困的俺垓心沒縫。
大王夫。俺睡倦了。請俺甚事商量。（淨）聞得金主南侵。教
俺攻打淮揚。以便征進。思想揚州有杜安撫鎮守。急切
難攻。如何是好。（丑）依奴家所見。先圍了淮安。杜安撫定
然赴救。俺分兵揚州。斷其聲援。於中取事。（淨）高高娘娘

急切难攻。如何是好？（丑）依奴家所见，先围了淮安，杜安抚定然赴救。俺分兵扬州，断其声援，于中取事。（净）高，高！娘娘这计，李全要怕了你。（丑）你那一宗儿不怕了奴家！（净）罢了。未封王号时，俺是个怕老婆的强盗。封王之后，也要做怕老婆的王。（丑）着了。快起兵去攻打淮城。

锦上花（净）拨转磨旗峰，促紧先锋。千兵摆列，万里奔冲。鼓通通，鼓通通，噪的那淮扬动。

前腔（众）军中母大虫，绰有威风。连环阵势，烟粉牢笼。哈哄哄，哈哄哄，哄的淮扬动。

（丑）溜金王听俺分付：军到处，不许你抢占半名妇女。如违，定以军法从事。（净）不敢。

（丑）日暮风沙古战场，
（净）军营人学内家妆。
（众）如今领帅红旗下，
（净）擘破云鬟金凤凰。

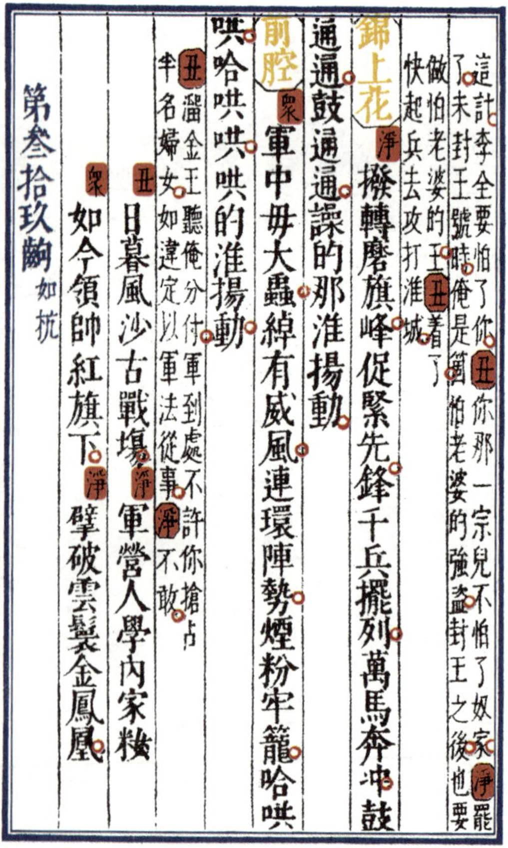
這計李全要怕了你。丑你那一宗兒不怕了奴家。淨罷了。未封王號時。俺是個怕老婆的強盜。封王之後。也要做怕老婆的王。丑着了。快起兵去攻打淮城。
錦上花 淨撥轉磨旗峰。促緊先鋒。千兵擺列。萬馬奔沖。鼓通通鼓通通。譟的那淮揚動。
前腔 衆軍中母大蟲。綽有威風。連環陣勢。煙粉牢籠。哈哄哄哈哄哄。哄的淮揚動。
丑溜金王聽俺分付。軍到處不許你搶占半名婦女。如違定以軍法從事。淨不敢。
丑日暮風沙古戰場。淨軍營人學內家粧
衆如今領帥紅旗下。淨擘破雲鬟金鳳凰。
第叁拾玖齣 如杭

第三十九出 如杭

唐多令（生上）海月未尘埋，（旦上）新妆倚镜台。（生）卷钱塘风色破书斋。（旦）夫，昨夜天香云外吹，桂子月中开。

（生）夫妻客旅闷难开，（旦）待唤提壶酒一杯。（生）江上怒潮千丈雪，（旦）好似禹门平地一声雷。（生）俺和你夫妻相随，到了临安京都地面。赁下一所空房，可以理会书史。争奈试期尚远，客思转深。如何是好？（旦）早上分付姑姑，买酒一壶，少解夫君之闷，尚未见回。（生）生受了。娘子，一向不曾话及：当初只说你是西邻女子，谁知感动幽冥，匆匆成其夫妇。一路而来，到今不曾请教。小姐可是见小生于道院西头？因何诗句上『不是梅边是柳边』，就指定了小生姓名？这灵通委是怎的？（旦笑介）柳郎，俺说见你于道院西头是假。我前生呵！

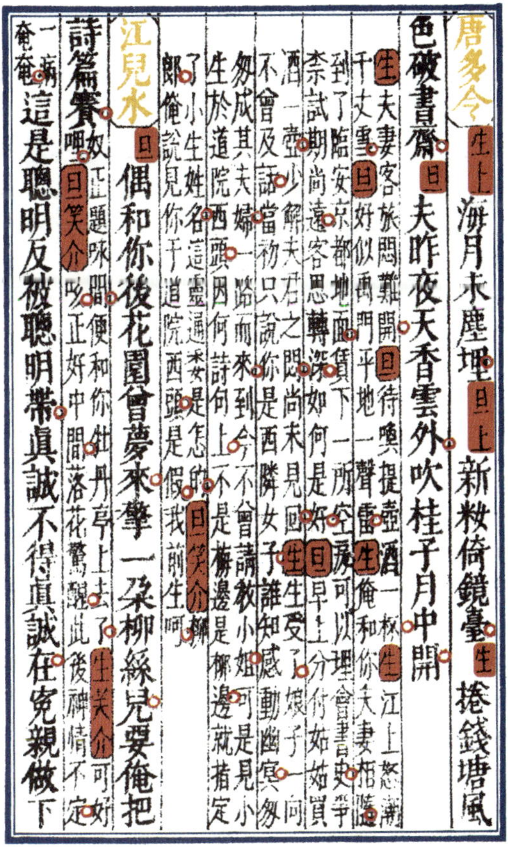

唐多令 生上 海月未塵埋 旦上 新粧倚鏡臺 生 捲錢塘風
色破書齋 旦 夫昨夜天香雲外吹桂子月中開
生 夫妻客旅悶難開 旦 待喚提壺酒一杯 生 江上怒潮
千丈雪 旦 好似禹門平地一聲雷 生 俺和你夫妻相隨
到了臨安京都地面賃下一所空房可以理會書史爭
奈試期尚遠客思轉深如何是好 旦 早上分付姑姑買
酒一壺少解夫君之悶尚未見回 生 生受了娘子一向
不曾話及當初只說你是西鄰女子誰知感動幽冥匆
匆成其夫婦一路而來到今不曾請教小姐可是見小
生於道院西頭因何詩句上不是梅邊是柳邊就指定
了小生姓名這靈通委是怎的 旦笑介 柳
郎俺說見你于道院西頭是假我前生呵
江兒水 旦 偶和你後花園曾夢來擎一朶柳絲兒要俺把
詩篇賽奴正題咏間便和你牡丹亭上去了 生笑介 可好
哩 旦笑介 吵正好中間落花驚醒此後神情不定
一病奄奄這是聰明反被聰明帶眞誠不得眞誠在宪親做下

江儿水（旦）偶和你后花园曾梦来，擎一条柳丝儿要俺把诗篇赛。奴正题咏间，便和你牡丹亭上去了。（生笑介）可好哩？（旦笑介）咳，正好中间，落花惊醒。此后神情不定，一病奄奄。这是聪明反被聪明带，真诚不得真诚在，冤亲做下这冤亲债。一点色情难坏，再世为人，话做了两头分拍。

前腔（生）是话儿听的都呆答孩。则俺为情痴信及你人儿在。还则怕邪淫惹动阴曹怪，忌亡坟触犯阴阳戒。分书生领受阴人爱，勾的你色身无坏。出土成人，又看见这帝城风采。

（净提酒上）路从丹凤城边过，酒向金鱼馆内沽。呀，相公、小姐不知，俺在江头沽酒，看见各路秀才，都赴选场去了。相公错过天大好事。（生、旦作忙介）（旦）相公只索快行。（净）这酒便是状元红了。

小措大（旦把酒介）喜的一宵恩爱，被功名二字惊开。好开怀，这御酒三

這寃親債。一點色情難壞。再世爲人。話做了兩頭分拍。

前腔 生 是話兒聽的都呆答孩。則俺爲情痴信及你人兒在。還則怕邪淫惹動陰曹怪。忌亡墳觸犯陰陽戒。分書生領受陰人愛。勾的你色身無壞。出土成人。又看見這帝城風采。

淨提酒上 路從丹鳳城邊過。酒向金魚舘內沽。呀相公小姐。不知俺在江頭沽酒看見各處秀才。都赴選場去了。相公錯過天大好事。生旦作忙介 旦 相公只索快行。淨 這酒便是狀元紅了。

小措大 旦把酒介 喜的一宵恩愛。被功名二字驚開。好開懷這御酒三杯。放着四嬋娟人月在。立朝馬五更門外。聽六街裡喧傳人氣槩。七步才。蹬上了寒宫八寶臺。沉醉了九重

怀，放着四婵娟人月在。立朝马五更门外，听六街里喧传人气概。七步才，蹬上了寒宫八宝台。沉醉了九重春色，便看花十里归来。

前腔（生）十年窗下，遇梅花冻九才开。夫贵妻荣八字安排。敢你七香车稳情载，六宫宣有你朝拜，五花诰封你非分外。论四德，似你那三从结愿谐。二指大泥金报喜。打一轮皂盖飞来。

（旦）夫，我记的春容诗句来。

尾声（旦）盼今朝得傍你蟾宫客，你和俺倍精神金阶对策。高中了，同去访你丈人、丈母呵，则道俺从地窟里登仙那大喝采。

（旦）良人的的有奇才，
（净）恐失佳期后命催。
（生）红粉楼中应计日，
（合）遥闻笑语自天来。

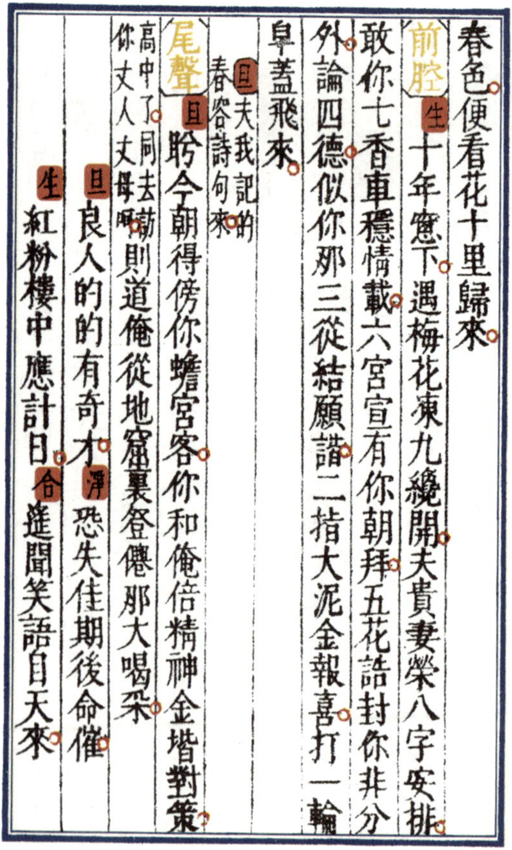
春色便看花十里歸來
前腔 生 十年窻下遇梅花凍九纔開夫貴妻榮八字安排敢你七香車穩情載六宮宣有你朝拜五花誥封你非分外論四德似你那三從結願諧二指大泥金報喜打一輪皂蓋飛來
旦 夫我記的春容詩句來
尾聲 旦 盼今朝得傍你蟾宮客你和俺倍精神金堦對策高中了同去訪你丈人丈母呵則道俺從地窟裏登僊那大喝采
旦 良人的的有奇才 淨 恐失佳期後命催
生 紅粉樓中應計日 合 遙聞笑語自天來

第四十出　仆侦

孤飞雁（净扮郭驼挑担上）世路平消长，十年事老头儿心上。柳郎君，翰墨人家长。无营运、单承望，天生天养，果树成行。年深树老，把园围抛漾。你索在何方？好没主量。凄惶，趁上他身衣口粮。

家人做事兴，全靠主人命。主人不在家，园树不开花。俺老驼，一生依着柳相公种果为生。你说好不古怪：柳相公在家，一株树上摘百十来个果儿；自柳相公去后，一株树上生百十来个虫。便胡乱结几个果，小厮们偷个尽。老驼无主，被人欺负。因此发个老狠，体探俺相公过岭北来了，在梅花观养病，直寻到此，早则南安府大封条封了观门。听的边厢人说，道婆为事走了，有个侄儿癞头鼋小西门住。（行介）抹过大东路，投至小西门。去寻问他。（下）

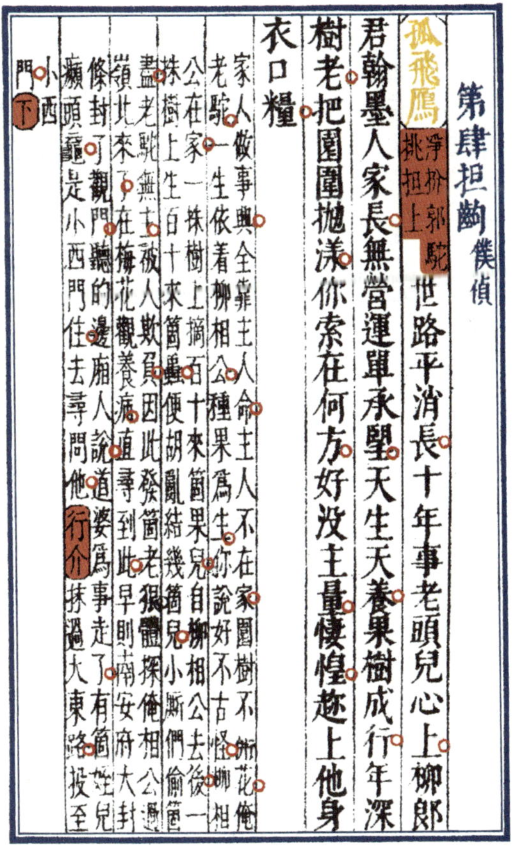

第肆拾齣　僕偵

孤飛鴈（净扮郭駝挑担上）世路平消長。十年事老頭兒心上。柳郎君。翰墨人家長。無營運。單承望。天生天養。果樹成行。年深樹老。把園圍抛漾。你索在何方。好沒主量。悽惶。趂上他身衣口糧。

家人做事興。全靠主人命。主人不在家。園樹不開花。俺老駝。一生依着柳相公種果爲生。你說好不古怪。柳相公在家。一株樹上摘百十來箇果兒。自柳相公去後。一株樹上生百十來箇蟲。便胡亂結幾箇兒。小厮們偷箇盡。老駝無主。被人欺負。因此發箇老狠。體探俺相公過嶺北來了。在梅花觀養病。直尋到此。早則南安府大封條封了觀門。聽的邊廂人說。道婆爲事走了。有箇姪兒癩頭黿是小西門住。去尋問他。（行介）抹過大東路。投至小西門。（下）

金钱花（丑扮疙童披衣笑上）自小疙辣郎当，郎当。官司拿俺为姑娘，姑娘。尽了法，脑皮撞。得了命，卖了房。充小厮，串街坊。

若要人不知，除非己不为。自家癞头鼋便是。这无人所在，表白一会。你说姑娘和柳秀才那事，干得好，又走得好！只被陈教授那狗才，禀过南安府，拿了俺去。拷问姑娘那里去了？劫了杜小姐坟哩！你道俺更不聪明，却也颇颇的，则掉着头不做声。那鸟官喝道：『马不吊不肥，人不拶不直。把这厮上起脑箍来！』哎也，哎也，好不生疼！原来用刑人先捞了俺一架金钟玉磬，替俺方便，禀说这小厮夹出脑髓来了。那鸟官喝道：『捻上来瞧。』瞧了，大鼻子一飏，说道：『这小厮真个夹出脑浆来了。』不知是俺癞头上脓。叫松了刑，着保在外。俺如今有了命，把柳相公送俺这件黑海青穿摆将起来。（唱介）摆摇摇，摆摆摇。没人所在，被俺摆过子桥。（净

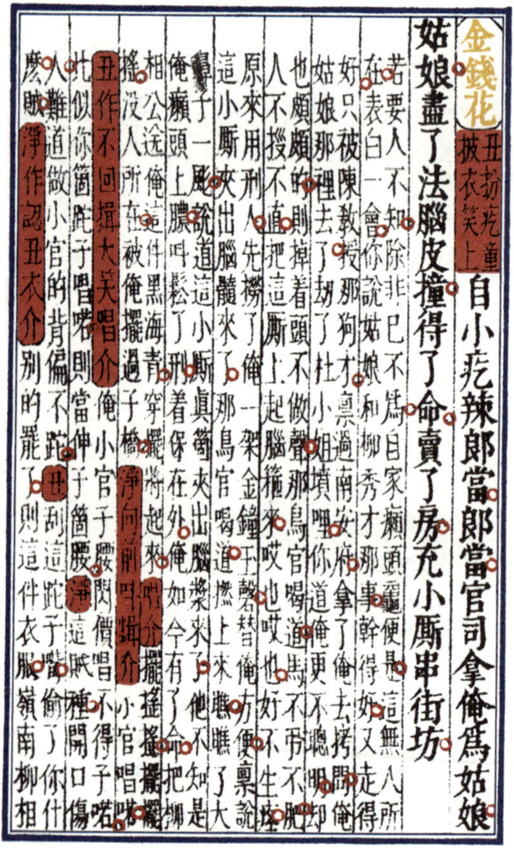
金錢花（丑扮疙童披衣笑上）自小疙辣郎當郎當官司拿俺為姑娘姑娘盡了法腦皮撞得了命賣了房充小廝串街坊

若要人不知除非己不為自家癩頭黿便是這無人所在表白一會你說姑娘和柳秀才那事幹得好又走得好只被陳教授那狗才禀過南安府拿了俺去拷問俺姑娘那裡去了劫了杜小姐墳哩你道俺更不聰明却也頗頗的則掉着頭不做聲那鳥官喝道馬不弔不肥人不拶不直把這廝上起腦箍來哎也哎也好不生疼原來用刑人先撈了俺一架金鐘玉磬替俺方便禀說這小廝夾出腦髓來了那鳥官喝道撚上來瞧瞧了大鼻子一颺說道這小廝真箇夾出腦漿來了他不知是俺癩頭上膿叫鬆了刑着保在外俺如今有了命把柳相公送俺這件黑海青穿擺將起來（唱介）擺搖搖擺擺搖沒人所在被俺擺過子橋（淨向前叫揖介）小官唱喏（丑作不回揖大笑唱介）俺小官子攔閃偺唱不得子喏比似你箇跎子唱喏則當伸子箇腰（淨）這賊種開口傷人難道做小官的背偏不跎（丑）刮這跎子嘴偷了你什麼賊（淨作認丑衣介）別的罷了則這件衣服嶺南柳相

向前叫揖介）小官唱喏。（作不回揖，大笑唱介）俺小官子腰闪价，唱不的子喏。比似你个驼子唱喏，则当伸子个腰。（净）这贼种！开口伤人。难道做小官的背偏不驼？（丑）刮这驼子嘴！偷了你甚么？贼？（净作认丑衣介）别的罢了，则这件衣服，岭南柳相公的，怎在你身上？（丑）咳呀！难道俺做小官的，就没件干净衣服，便是岭南柳家的？隔这般一道梅花岭，谁见俺偷来？（净）这衣带上有字，你还不认？叫地方！（扯丑作怕倒介）罢了，衣服还你去啰。（净）耍哩！俺正要问一个人。（丑）谁？（净）柳秀才那里去了？（丑）不知。（净三问）（丑三不知介）（净）你不说，叫地方去。（丑）罢了，大路头难好讲话，演武厅去。（行介）（净）好个僻静所在。（丑）咦，柳秀才到有一个。可是你问的不是？你说得像，俺说；你说不像，休想。叫地方，便到官司，俺也只是不说。（净）这小厮倒贼。听俺道来：

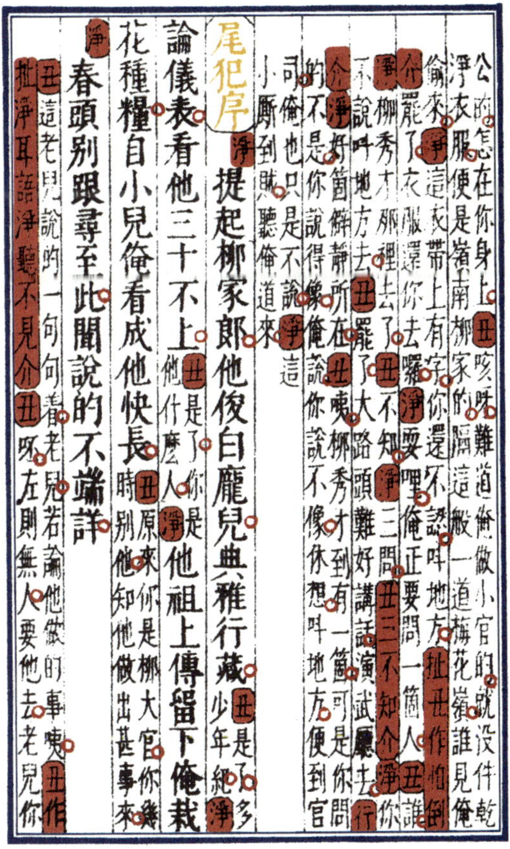
公的怎在你身上（丑）咳呀難道俺做小官的就沒件乾淨衣服便是嶺南柳家的隔這般一道梅花嶺誰見俺偷來（淨）這衣帶上有字你還不認叫地方（扯丑作怕倒介）罷了衣服還你去囉（淨）耍哩俺正要問一箇人（丑）誰（淨）柳秀才那裡去了（丑）不知（淨三問）（丑三不知介）（淨）你不說叫地方去（丑）罷了大路頭難好講話演武廳去（行介）（淨）好箇僻靜所在（丑）咦柳秀才到有一箇可是你問的不是你說得像俺說你說不像休想叫地方便到官司俺也只是不說（淨）這小厮倒賊聽俺道來

尾犯序（淨）提起柳家郎他俊白龐兒典雅行藏（丑）是了多少年紀（淨）論儀表看他三十不上（丑）是了你是他什麼人（淨）他祖上傳留下俺栽花種糧自小兒俺看成他快長（丑）原來你是柳大官你幾時別他知他做出甚事來（淨）春頭別跟尋至此聞說的不端詳（丑）這老兒說的一句句着老兒若論他做的事咦（丑作扯淨耳語淨聽不見介）（丑）呸左則無人要他去老兒你

尾犯序（净）提起柳家郎，他俊白庞儿，典雅行藏。（丑）是了。多少年纪？（净）论仪表，看他三十不上。（丑）是了。你是他甚么人？（净）他祖上、传留下俺栽花种粮。自小儿俺看成他快长。（丑）原来你是柳大官。你几时别他，知他做出甚事来？（净）春头别，跟寻至此，闻说的不端详。

（丑）这老儿说的一句句着。老儿，若论他做的事，咦！（丑作扯净耳语）（净听不见介）（丑）呸，左则无人，耍他去。老儿，你听者。

前腔他到此病郎当。逢着个杜太爷衙教小姐的陈秀才，勾引他养病庵堂，去后园游赏。（净）后来？（丑）一游游到杜小姐坟儿上，拾得一轴春容，朝思暮想，做出事来。（净）怎的来？（丑）秀才家为真当假，劫坟偷圹。（净惊介）这却怎了？（丑）你还不知。被那陈教授禀了官，围住观门。拖番柳秀才，和俺姑娘行了杖。棚琶拶压，不怕不招。点了供纸，解上江西提刑廉访司。问那六案都孔目，这男女应得何罪？六案请了律令，禀复道：但偷坟见尸者，依律一秋。

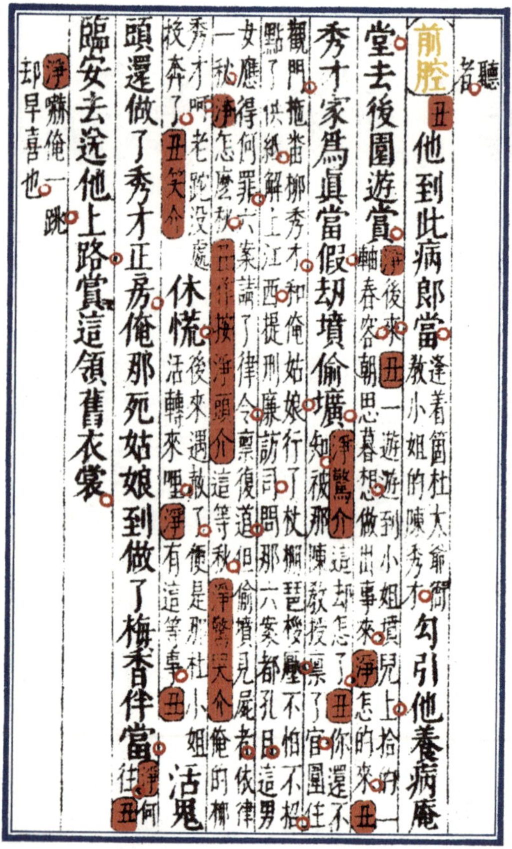

聽者。

前腔【丑】他到此病郎當。逢着箇杜太爺衙教小姐的陳秀才，勾引他養病庵堂，去後園遊賞。【淨】後來？【丑】一遊遊到小姐墳兒上，拾得一軸春容，朝思暮想，做出事來。【淨】怎的來？【丑】秀才家爲眞當假，劫墳偷壙。【淨驚介】這却怎了？【丑】你還不知。被那陳教授禀了官，圍住觀門。拖番柳秀才，和俺姑娘行了杖。棚琶拶壓，不怕不招。點了供紙，解上江西提刑廉訪司。問那六案都孔目，這男女應得何罪？六案請了律令，禀復道：但偷墳見屍者，依律一秋。【淨】怎麼秋？【丑作按淨頭介】這等秋。【淨驚哭介】俺的柳秀才呵，老跎沒處投奔了。【丑笑介】休慌，後來遇赦了，便是那杜小姐活轉來哩。【淨】有這等事？【丑】活鬼頭還做了秀才正房，俺那死姑娘到做了梅香伴當。【淨】何往？【丑】臨安去。送他上路，賞這領舊衣裳。【淨】嚇俺一跳，却早喜也。

（净）怎么秋？（丑作按净头介）这等秋。（净惊哭介）俺的柳秀才呵，老驼没处投奔了。（丑笑介）休慌。后来遇赦了。便是那杜小姐活转来哩。（净）有这等事！（丑）活鬼头还做了秀才正房，俺那死姑娘到做了梅香伴当。（净）何往？（丑）临安去，送他上路，赏这领旧衣裳。

（净）吓俺一跳。却早喜也！

尾声（净）去临安定是图金榜。（丑）着了。（净）俺勒挣着躯腰走帝乡。（丑）老哥，你路上精细些。现如今一路里画影图形捕凶党。

（净）寻得仙源访隐沦，

（丑）郡城南下是通津。

（净）众中不敢分明说，

（丑）遥想风流第一人。

第四十一出 耽试

凤凰阁（净扮苗舜宾引众上）九边烽火咤。秋水鱼龙怎化？广寒丹桂吐层花，

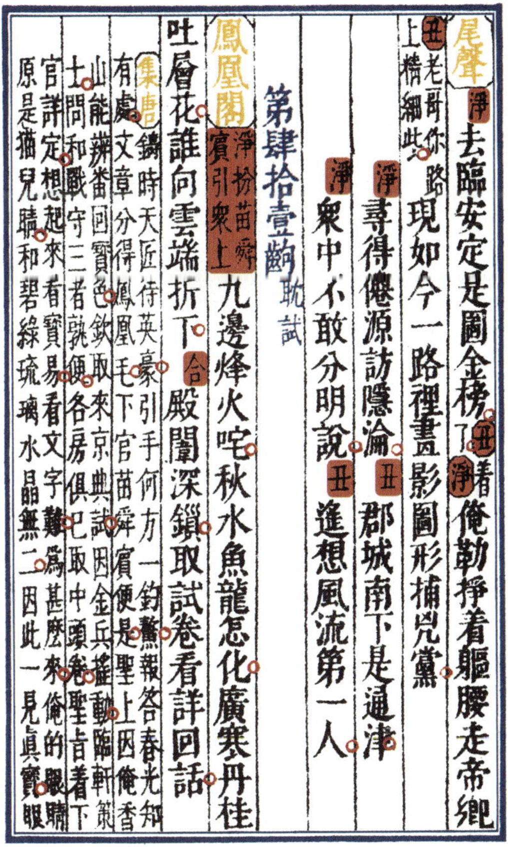
尾聲 淨 去臨安定是圖金榜 丑 了 淨 着 俺勒掙着軀腰走帝鄉 丑 老哥你路上精細些 現如今一路裡畫影圖形捕兇黨
淨 尋得僊源訪隱淪 丑 郡城南下是通津
淨 衆中不敢分明說 丑 遥想風流第一人
第肆拾壹齣 耽試
鳳凰閣 淨扮苗舜賓引衆上 九邊烽火咤秋水魚龍怎化廣寒丹桂吐層花誰向雲端折下 合 殿闈深鎖取試卷看詳回話
集唐 鑄時天匠待英豪引手何方一釣鰲報答春光知有處文章分得鳳凰毛下官苗舜賓便是聖上因俺香山能辨番回寶色欽取來京典試因金兵搖動臨軒策士問和戰守三者孰便各房俱已取中頭卷聖旨着下官詳定想起來看寶易看文字難爲甚麼來俺的眼睛原是猫兒睛和碧綠琉璃水晶無二因此一見眞寶眼

谁向云端折下？（合）殿闱深锁，取试卷看详回话。

【集唐】铸时天匠待英豪，引手何妨一钓鳌？报答春光知有处，文章分得凤凰毛。下官苗舜宾便是。圣上因俺香山能辨番回宝色，钦取来京典试。因金兵摇动，临轩策士，问和战守三者孰便？各房俱已取中头卷，圣旨着下官详定。想起来看宝易，看文字难。为甚么来？俺的眼睛，原是猫儿睛，和碧绿琉璃水晶无二。因此一见真宝，眼睛火出。说起文字，俺眼里从来没有。如今却也奉旨无奈，左右，开箱，取各房卷子上来。（众取卷上，净作看介）这试卷好少也。且取天字号三卷，看是何如。第一卷，『诏问：「和战守三者孰便？」』臣谨对：『臣闻国家之和贼，如里老之和事。』呀，里老和事，和不得，罢；国家事，和不来，怎了？本房拟他状元，好没分晓！且看第二卷。这意思主守。（看介）

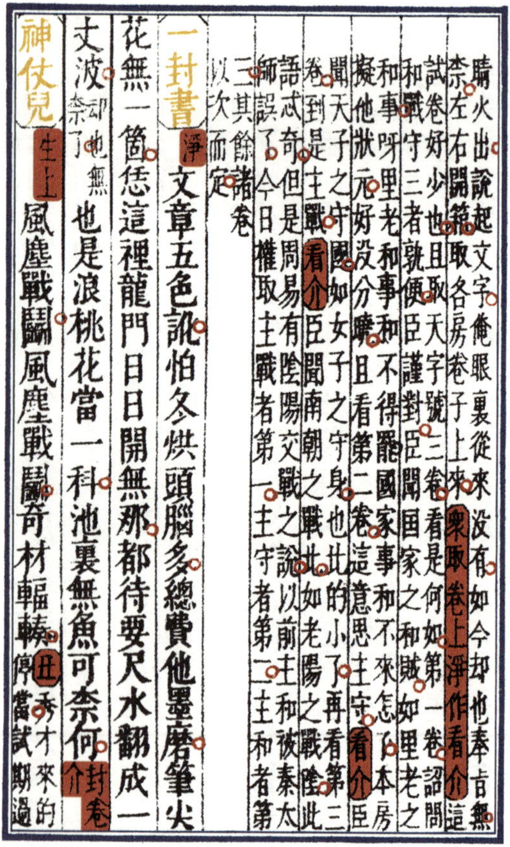
睛火出說起文字俺眼裏從來沒有如今却也奉旨無奈左右開箱取各房卷子上來（衆取卷上淨作看介）這試卷好少也且取天字號三卷看是何如第一卷詔問和戰守三者孰便臣謹對臣聞国家之和賊如里老之和事呀里老和事和不得罷國家事和不來怎了本房擬他狀元好沒分曉且看第二卷這意思主守（看介）臣聞天子之守國如女子之守身也比的小了再看第三卷到是主戰（看介）臣聞南朝之戰北如老陽之戰陰此語忒奇但是周易有陰陽交戰之說以前主和被秦太師誤了今日權取主戰者第一主守者第二主和者第三其餘諸卷以次而定

一封書（淨）文章五色訛怕冬烘頭腦多總費他墨磨筆尖花無一箇恁這裡龍門日日開無那都待要尺水翻成一丈波却也無奈了也是浪桃花當一科池裏無魚可奈何（介封卷）

神仗兒（生上）風塵戰鬭風塵戰鬭奇材輻輳（丑）秀才來的停當試期過

『臣闻天子之守国，如女子之守身。』也比的小了。再看第三卷，到是主战。（看介）『臣闻南朝之战北，如老阳之战阴。』此语忒奇。但是《周易》有『阴阳交战』之说。以前主和，被秦太师误了。今日权取主战者第一，主守者第二，主和者第三。其余诸卷，以次而定。

一封书（净）文章五色讹。怕冬烘头脑多。总费他墨磨，笔尖花无一个。恁这里龙门日日开无那，都待要尺水翻成一丈波。却也无奈了，也是浪桃花当一科，池里无鱼可奈何！（封卷介）

神仗儿（生上）风尘战斗，风尘战斗，奇材辐辏。（丑）秀才来的停当，试期过了。（生）呀！试期过了。文字可进呈么？（丑）不进呈，难道等你？道英雄入彀，恰锁院进呈时候。（生）怕没有状元在里也哥？（丑）不多，有三个了。（生）万马争先，偏骅骝落后。你快禀，有个遗才状元求见。（丑）这是朝房里面。府州县道，告遗才哩。（生）大哥，你真个

不禀？（哭介）天呵，苗老先生赍发俺来献宝。止不住卞和羞，对重瞳双泪流。（净听介）掌门的，这甚么所在！拿过来！（丑扯生进介）（生）告遗才的，望老大人收考。（净）哎也，圣旨临轩，翰林院封进。谁敢再收？（生哭介）生员从岭南万里带家口而来，无路可投，愿触金阶而死。（生起触阶，丑止介）（净背介）这秀才像是柳生，真乃南海遗珠也。（回介）秀才上来。可有卷子？（生）卷子备有。（净）这等，姑准收考，一视同仁。（生跪介）千载奇逢。（净念题介）『圣旨：「问汝多士，近闻金兵犯境，惟有和战守三策，其便何如？」』（生叩头介）领圣旨。（起介）（丑）东席舍去。（生写策介）（净再将前卷细观看介）头卷主战，二卷主守，三卷主和。主和的怕不中圣意。（生交卷，净看介）呀！风檐寸晷，立扫千言。可敬，可敬。俺急忙难看。只说和战守三件，你主那一件儿？（生）生员也无偏主。

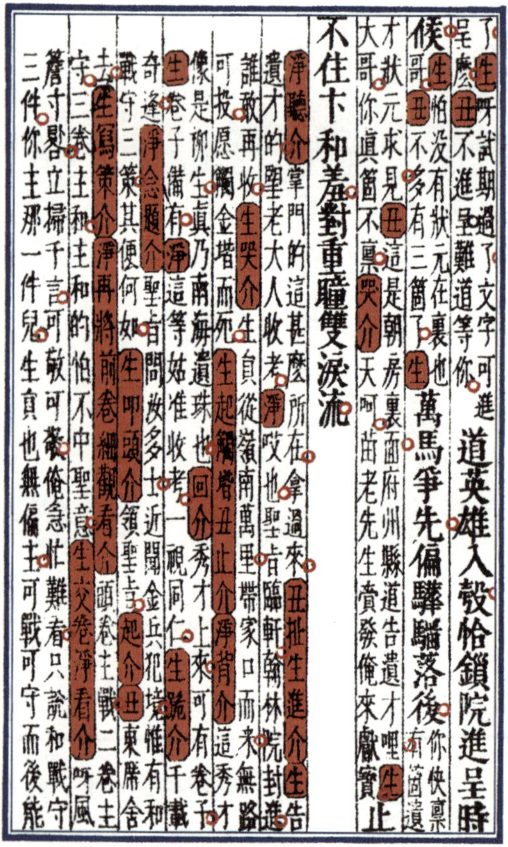
了（生）呀試期過了文字可進呈麼（丑）不進呈難道等你道英雄入彀恰鎖院進呈時候（生）怕沒有狀元在裏也哥（丑）不多有三箇了（生）萬馬爭先偏驊騮落後你快稟有箇遺才狀元求見（丑）這是朝房裏面府州縣道告遺才哩（生）大哥你真箇不稟（哭介）天呵苗老先生賫發俺來獻寶止不住卞和羞對重瞳雙淚流（淨聽介）掌門的這甚麼所在拿過來（丑扯生進介）（生）告遺才的望老大人收考（淨）哎也聖旨臨軒翰林院封進誰敢再收（生哭介）生員從嶺南萬里帶家口而來無路可投願觸金堦而死（生起觸堦丑止介）（淨背介）這秀才像是柳生真乃南海遺珠也（回介）秀才上來可有卷子（生）卷子備有（淨）這等姑准收考一視同仁（生跪介）千載奇逢（淨念題介）聖旨問汝多士近聞金兵犯境惟有和戰守三策其便何如（生叩頭介）領聖旨（起介）（丑）東席舍去（生寫策介）（淨再將前卷細觀看介）頭卷主戰二卷主守三卷主和主和的怕不中聖意（生交卷淨看介）呀風簷寸晷立掃千言可敬可敬俺急忙難看只說和戰守三件你主那一件兒生員也無偏主可戰可守而後能

可战可守而后能和。如医用药，战为表，守为里，和在表里之间。（净）高见，高见。则当今事势何如？

马蹄花（生）当今呵，宝驾迟留，则道西湖画锦游。为三秋桂子，十里荷香，一段边愁。则愿的『吴山立马』那人休。俺燕云唾手何时就？若止是和呵，小朝廷羞杀江南。便战守呵，请銮舆略近神州。（净）秀才言之有理。

前腔（净）圣主垂旒，想泣玉遗珠一网收。对策者千余人，那些不知时务，未晓天心，怎做儒流？似你呵，三分话点破帝王忧，万言策检尽乾坤漏。（生）小生岭海之士。（净低介）知道了。你钓竿儿拂绰了珊瑚，敢今番着了鳌头。秀才，午门外候旨。（生应出，背介）这试官却是苗老大人。嫌疑之际，不敢相认。且当青镜明开眼，惟愿朱衣暗点头。（生下）（净）试卷俱已详定。左右跟随进呈去。（行介）丝纶阁下文章静，钟鼓楼中刻漏长。呀，那里鼓响？（内急擂鼓介）（丑）是枢

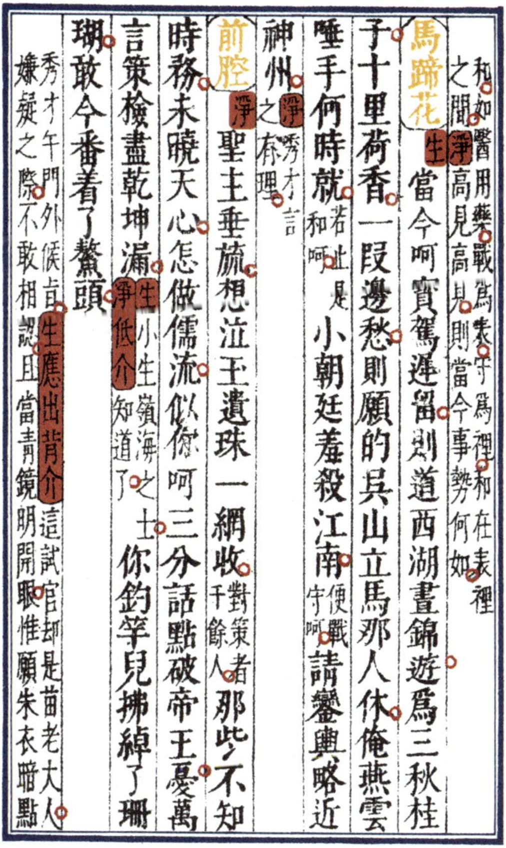
和。如醫用藥。戰爲表。守爲裡。和在表裡之間。淨 高見高見。則當今事勢何如
馬蹄花 生 當今呵寶駕遲留。則道西湖畫錦遊。爲三秋桂子。十里荷香。一段邊愁。則願的吳山立馬那人休。俺燕雲唾手何時就。若止是和呵。小朝廷羞殺江南。便戰守呵。請鑾輿略近神州。淨 秀才言之有理。
前腔 淨 聖主垂旒。想泣玉遺珠一網收。對策者千餘人。那些不知時務。未曉天心。怎做儒流。似你呵。三分話點破帝王憂。萬言策檢盡乾坤漏。生 小生嶺海之士。淨低介 知道了。你釣竿兒拂綽了珊瑚。敢今番着了鰲頭。
秀才午門外候旨。生應出背介 這試官却是苗老大人。嫌疑之際。不敢相認。且當青鏡明開眼。惟願朱衣暗點

密府楼前边报鼓。（内马嘶介）（净）边报警急。怎了？怎了？（外扮老枢密上）花萼夹城通御气，芙蓉小苑入边愁。（见介）（净）老先生奏边事而来？（外）便是。先生为进卷而来？（净）正是。（外）今日之事，以缓急为先后，僭了。（外叩头奏事介）掌管天下兵马知枢密院事臣谨奏俺主。（内宣介）所奏何事？

滴溜子（外）金人的，金人的，风闻入寇。（内）谁是先锋？（外）李全的，李全的，前来战斗。（内）到甚么地方了？（外）报到了淮扬左右。（内）何人可以调度？（外）有杜宝现为淮扬安抚。怕边关早晚休，要星忙厮救。

（净叩头奏事介）臣看卷官苗舜宾谨奏俺主。

前腔（净）临轩的，临轩的，文章看就。呈御览，呈御览，定其卷首。黄道日，传胪祗候。众多官在殿头，把琼林宴备久。

頭生下淨試卷俱已詳定左右跟隨進呈去行介絲綸閣下文章靜鐘鼓樓中刻漏長呀那裡鼓響內急擂鼓介丑是樞密府樓前邊報鼓內馬嘶介淨邊報警急怎了怎了外扮老樞密上花萼夾城通御氣芙蓉小苑入邊愁見介淨老先生奏邊事而來外便是先生為進卷而來淨正是外今日之事以緩急為先後僭了外叩頭奏事介掌管天下其馬知樞密院事臣謹奏俺主內宣介所奏何事

滴溜子外金人的金人的風聞入寇內誰是先鋒外李全的李全的前來戰鬬內到什麼地方了外報到了淮揚左右內何人可以調度外有杜寶現為淮揚安撫怕邊關早晚休要星忙厮救

淨叩頭奏事介臣看卷官苗舜賓謹奏俺主

前腔淨臨軒的臨軒的文章看就呈御覽呈御覽定其卷首黃道日傳臚祗候衆多官在殿頭把瓊林宴備久

（内）奏事官午门外伺候。（外、净同起介）（净）老先生，听的金兵为何而动？（外）适才不敢奏知。金主此行，单为来抢占西湖美景。（净）痴鞑子，西湖是俺大家受用的，若抢了西湖去，这杭州通没用了。（内宣介）听旨：朕惟治天下，有缓有急，乃武乃文。今淮扬危急，便着安抚杜宝前去迎敌，不可有迟。其传胪一事，待干戈宁辑，偃武修文。可谕知多士。叩头。（外、净叩头呼『万岁』起介）

（外）泽国江山入战图，
（净）曳裾终日盛文儒。
（外）多才自有云霄望，
（净）其奈边防重武夫。

第四十二出 移镇

夜游朝（外扮杜安抚引众上）西风扬子津头树，望长淮渺渺愁予。枕障江南，钩连塞北。如此江山几处？

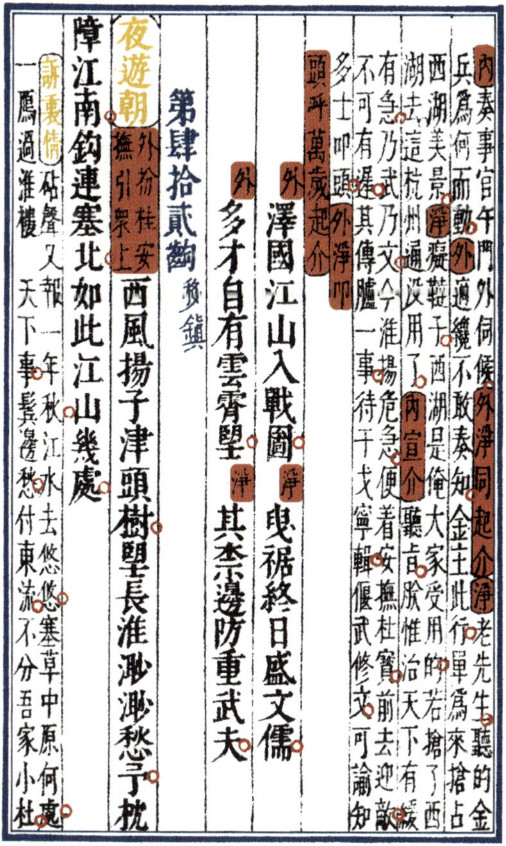
內奏事官午門外伺候外淨同起介淨老先生聽的金兵爲何而動外適纔不敢奏知金主此行單爲來搶占西湖美景淨癡韃子西湖是俺大家受用的若搶了西湖去這杭州通没用了內宣介聽旨朕惟治天下有緩有急乃武乃文今淮揚危急便着安撫杜寶前去迎敵不可有遲其傳臚一事待干戈寧輯偃武修文可諭知多士叩頭外淨叩頭呼萬歲起介

外澤國江山入戰圖淨曳裾終日盛文儒
外多才自有雲霄望淨其奈邊防重武夫

第肆拾貳齣 移鎮

夜遊朝外扮杜安撫引衆上西風揚子津頭樹望長淮渺渺愁予枕障江南鈎連塞北如此江山幾處
訴衷情砧聲又報一年秋江水去悠悠塞草中原何處一鴈過淮樓天下事鬢邊愁付東流不分吾家小杜

诉衷情砧声又报一年秋，江水去悠悠。塞草中原何处？一雁过淮楼。　天下事，鬓边愁，付东流。不分吾家小杜，清时醉梦扬州。自家淮扬安抚使杜宝。自到扬州三载，虽则李全骚扰，喜得大势平安。昨日打听边金兵要来，下官十分忧虑。可奈夫人不解事，偏将亡女絮伤心。

似娘儿（老旦引贴上）夫主掣兵符，也相从燕幙棲迟，（叹介）画屏风外秦淮树，看两点金焦，十分眉恨，片影江湖。

（老旦）相公万福。（外）夫人免礼。

玉楼春（老旦）相公，几年别下南安路，春去秋来朝复暮。（外）空怀锦水故乡情，不见扬州行乐处。（老旦）你摩挲老剑评今古，那个英雄闲处住？（泪介）（合）忘忧恨自少宜男，泪洒岭云江外树。（老旦）相公，我提起亡女，你便无言，岂知俺心中愁恨？一来为苦伤女儿，二

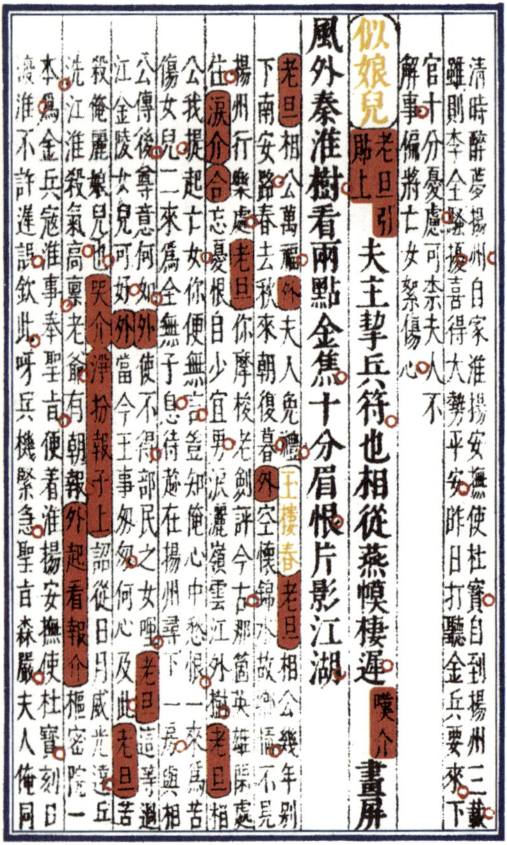

清時醉夢揚州自家淮揚安撫使杜寶自到揚州三載雖則李全騷擾喜得大勢平安昨日打聽金兵要來下官十分憂慮可柰夫人不解事偏將亡女絮傷心

似娘兒 老旦引貼上 夫主掣兵符也相從燕幙棲遲 嘆介 畫屏風外秦淮樹看兩點金焦十分眉恨片影江湖

老旦 相公萬福 外 夫人免禮 玉樓春 老旦 相公幾年別下南安路春去秋來朝復暮 外 空懷錦水故鄉情不見揚州行樂處 老旦 你摩挲老劍評今古那箇英雄閒處住 淚介 合 忘憂恨自少宜男淚灑嶺雲江外樹 老旦 相公我提起亡女你便無言豈知俺心中愁恨一來爲苦傷女兒二來爲全無子息待趁在揚州尋下一房與相公傳後尊意何如 外 使不得部民之女嗹 老旦 這等過江金陵女兒可好 外 當今王事匆匆何心及此 老旦 苦殺俺麗孃兒也 哭介 淨扮報子上 詔從日月威光遠丘洗江淮殺氣高稟老爺有朝報 外 起看報介 樞密院一本爲金兵寇淮事奉聖旨便著淮揚安撫使杜寶刻日渡淮不許遲誤欽此呀兵機緊急聖旨森嚴夫人俺同

来为全无子息。待趁在扬州寻下一房，与相公传后。尊意何如？（外）使不得，部民之女哩。（老旦）这等，过江金陵女儿可好？（外）当今王事匆匆，何心及此。（老旦）苦杀俺丽娘儿也！（哭介）（净扮报子上）诏从日月威光远，兵洗江淮杀气高。禀老爷，有朝报。（外起看报介）枢密院一本，为金兵寇淮事。奉圣旨：使着淮扬安抚使杜宝，刻日渡淮，不许迟误。钦此。呀！兵机紧急，圣旨森严。夫人，俺同你移镇淮安，就此起程了。（丑扮驿丞上）羽檄从参赞，牙签报驿程。禀老爷，船只齐备。（内鼓吹介）（上船介）（内禀『合属官吏候送』）（外分付『起去』介）（外）夫人，又是一江秋色也。

【长拍】（外）天意秋初，天意秋初，金风微度，城阙外画桥烟树。看初收泼火，嫩凉生微雨沾裾。移画舸浸蓬壶，

你移鎮淮安就此起程也（丑扮驛丞上）羽檄從參贊牙籤報驛程禀老爺船隻齊備（內鼓吹介）（上船介）（內禀合屬官吏候送）（外分付起去介）（外）夫人又是一江秋色也

長拍（外）天意秋初天意秋初金風微度城闕外畫橋煙樹看初收潑火嫩涼生微雨沾裾移畫舸浸蓬壺報潮生風氣肅浪花飛吐點點白鷗飛近渡風定也落日搖帆映綠蒲白雲秋窣的鳴簫鼓何處菱謌喚起江湖（外）呀廝上跑馬的甚麼人

不是路（末扮報子跑馬上）馬上傳呼慢櫓停船看羽書（外）怎的（末）那淮安府李全將次逞狂圖（外）可發兵守禦麼（末）怎支吾星飛調度安撫則怕這水路裡躭延你還走旱途（外）休驚懼夫人吾

报潮生，风气肃。浪花飞吐，点点白鸥飞近渡。风定也，落日摇帆映绿蒲，白云秋窣的鸣箫鼓。何处菱歌，唤起江湖？

（外）呀，岸上跑马的甚么人？

不是路（末扮报子，跑马上）马上传呼，慢橹停船看羽书。（外）怎的来？（末）那淮安府，李全将次逞狂图。（外）可发兵守御么？（末）怎支吾？星飞调度凭安抚。则怕这水路里耽延，你还走旱途。（外）休惊惧。夫人，吾当走马红亭路，你转船归去，转船归去。

（老旦）咳，后面报马又到哩。

前腔（丑扮报子上）万骑胡奴，他要堑断长淮塞五湖。老爷快行，休迟误。小的先去也。怕围城缓急要降胡。（下）（老旦哭介）待何如？你星霜满鬓当戎虏，似这等烽火连天各路衢。（外）真愁促，怕扬州隔断无归路，再和你相逢何处、相逢何处？

（外）夫人，就此告辞了。扬州定然有警，可径走临安。

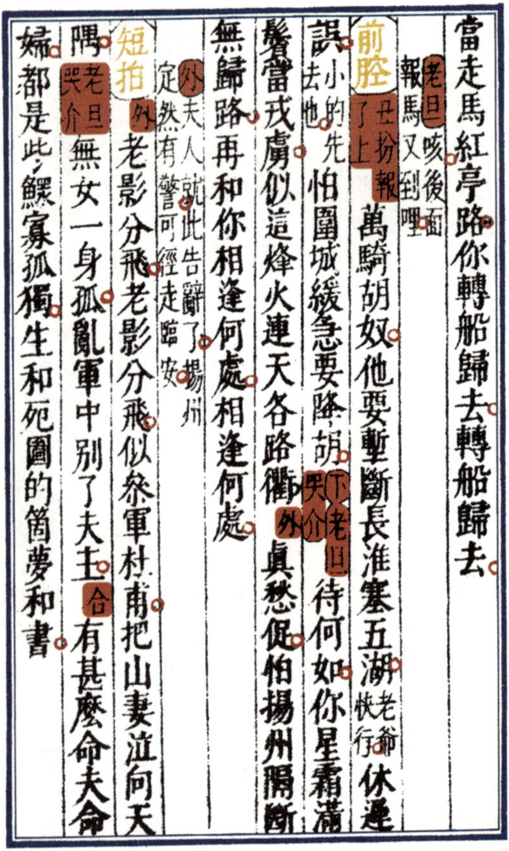
當走馬紅亭路你轉船歸去轉船歸去

老旦 咳後面報馬又到哩

前腔 丑扮報子上 萬騎胡奴他要塹斷長淮塞五湖老爺快行休遲誤小的先去也怕圍城緩急要降胡 下 老旦哭介 待何如你星霜滿鬢當戎虜似這烽火連天各路衢 外 真愁促怕揚州隔斷無歸路再和你相逢何處相逢何處

外 夫人就此告辭了揚州定然有警可經走臨安

短拍 外 老影分飛老影分飛似參軍杜甫把山妻泣向天隅 老旦哭介 無女一身孤亂軍中別了夫主 合 有甚麼命夫命婦都是此鰥寡孤獨生和死圖的箇夢和書

短拍（外）老影分飞，老影分飞，似参军杜甫，把山妻泣向天隅。（老旦哭介）无女一身孤，乱军中别了夫主。（合）有甚么命夫命妇，都是些鳏寡孤独！生和死，图的个梦和书。

尾声（老旦）老残生两下里自支吾。（外）俺做的是这地头军府。（老旦）老爷也，珍重你这满眼兵戈一腐儒。（外下）（老旦叹介）天呵，看扬州兵火满道。春香，和你径走临安去也。

隋堤风物已凄凉，楚汉宁教作战场。
闺阁不知戎马事，双双相趁下残阳。

第四十三出 御淮

六幺令（外引生、末，众扮军行上）西风扬噪，漫腾腾杀气兵妖，望黄淮秋卷浪云高。排雁阵，展《龙韬》。断重围杀过河阳道。

（外）走乏了。众军士，前面何处？（众）淮城近了。（外望介）天

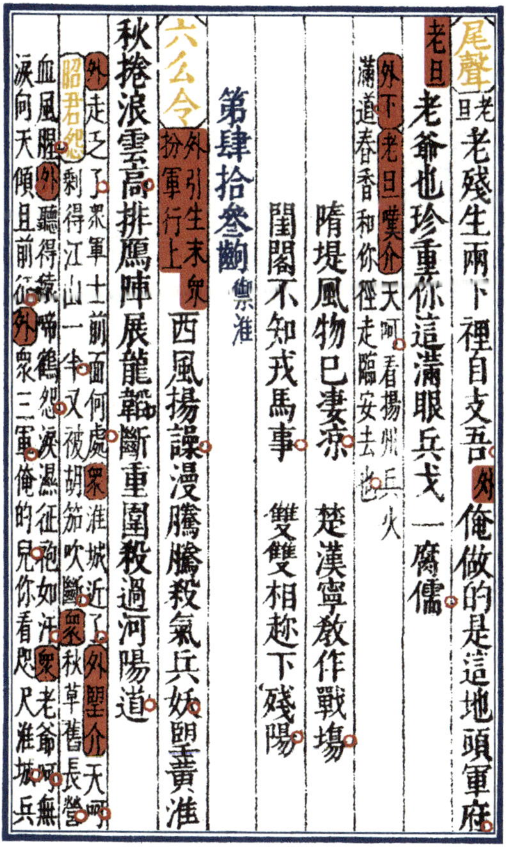
尾聲 老旦 老殘生兩下裡自支吾 外 俺做的是這地頭軍府

老旦 老爺也珍重你這滿眼兵戈一腐儒

外下 老旦嘆介 天呵看揚州兵火滿道春香和你徑走臨安去也

隋堤風物已淒涼 楚漢寧教作戰場

閨閣不知戎馬事 雙雙相趁下殘陽

第肆拾叁齣 禦淮

六幺令 外引生末眾扮軍行上 西風揚譟漫騰騰殺氣兵妖望黃淮

秋捲浪雲高排雁陣展能韜斷重圍殺過河陽道

外 走乏了眾軍士前面何處 眾 淮城近了 外望介 天呵

昭君怨 剩得江山一半又被胡笳吹斷 眾 秋草舊長營

血風腥 外 聽得猿啼鶴怨淚濕征袍如汗 眾 老爺呵無

淚向天傾且前行 外 眾三軍俺的兒你看咫尺淮城兵

呵！昭君怨剩得江山一半，又被胡笳吹断。（众）秋草旧长营，血风腥。（外）听得猿啼鹤怨，泪湿征袍如汗。（众）老爷呵！无泪向天倾，且前征。（外）众三军，俺的儿，你看咫尺淮城，兵势甚危急。俺们一边舍死先冲入城，一面奏请朝廷添兵救助。三军听吾号令，鼓勇而行。（众哭应介）谨如军令。

四边静（行介）坐鞍心把定中军号，四面旌旗绕。旗开日影摇，尘迷日光小。（合）胡兵气骄，南兵路遥。血晕几重围，孤城怎生料！

（外）前面寇兵截路，冲杀前去！

（合下）

前腔（净引丑、贴扮众军喊上）李将军射雁穿心落，豹子翻身嚼。单尖宝蹬挑，把追风腻旗儿袅。（合前）

（净笑介）你看俺溜金王手下，雄兵万余，把淮阴城围了七周遭，好不紧也！（内擂鼓喊介）（净）呀，前路兵风，想是杜安抚来到。分兵一千，迎

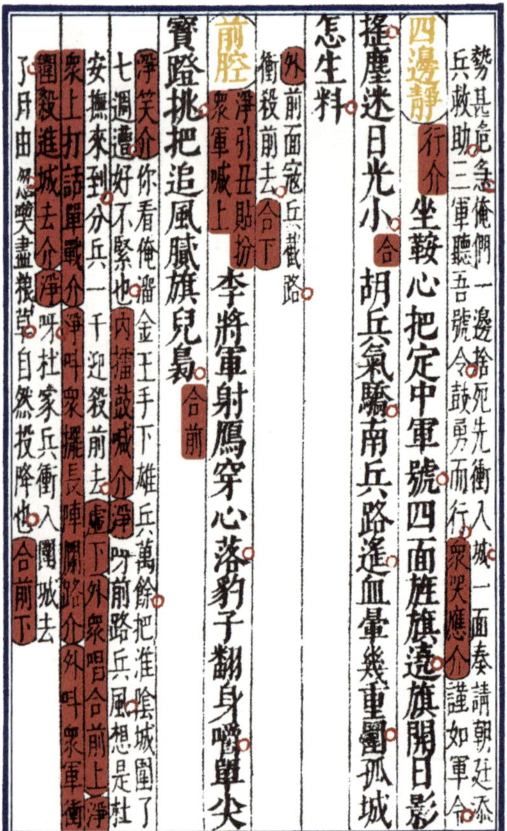
勢甚危急俺們一邊捨死先衝入城一面奏請朝廷添兵救助三軍聽吾號令鼓勇而行（衆哭應介）謹如軍令

四邊靜（行介）坐鞍心把定中軍號四面旌旗遶旗開日影搖塵迷日光小（合）胡兵氣驕南兵路遥血暈幾重圍孤城怎生料

（外）前面寇兵截路衝殺前去（合下）

前腔（淨引丑貼扮衆軍喊上）李將軍射鴈穿心落豹子翻身嚼單尖寶蹬挑把追風膩旗兒裊（合前）

（淨笑介）你看俺溜金王手下雄兵萬餘把淮陰城圍了七週遭好不緊也（內擂鼓喊介）（淨）呀前路兵風想是杜安撫來到分兵一千迎殺前去（虜下）（外衆唱合前上）（淨衆上打話單戰介）（淨）吽衆擺長陣開路介（外）吽衆軍衝圍殺進城去介（淨）呀杜家兵衝入圍城去了由他喫盡糧草自然投降也（合前下）

杀前去。（虚下）（外、众唱『合前』上）（净众上打话，单战介）（净叫众摆长阵拦路介）（外叫『众军，冲围杀进城去』介）（净）呀，杜家兵冲入围城去了。且由他。吃尽粮草，自然投降也。（合前）（下）

番卜算（老旦、末扮文官上）镇日阵云飘，闪却乌纱帽。（净、丑扮武官上）（净）长枪大剑把河桥。（丑）鼓角如龙叫。（见介）请了。更漏子（老旦）枕淮楼，临海际。（末）杀气腾天震地。（丑）闻炮鼓，使人惊。插天飞不成。（净）匣中剑，腰间箭，领取背城一战。（合）愁地道，怕天冲，几时来杜公？（老旦）俺们是淮安府行军司马，和这参谋，都是文官。遭此贼兵围紧，久已迎接安抚杜老大人，还不见到。敢问二位留守将军，有何计策？（丑）依在下所见，降了他罢。（末）怎说这话？（丑）不降，走为上计。（老旦）走的一个，走不

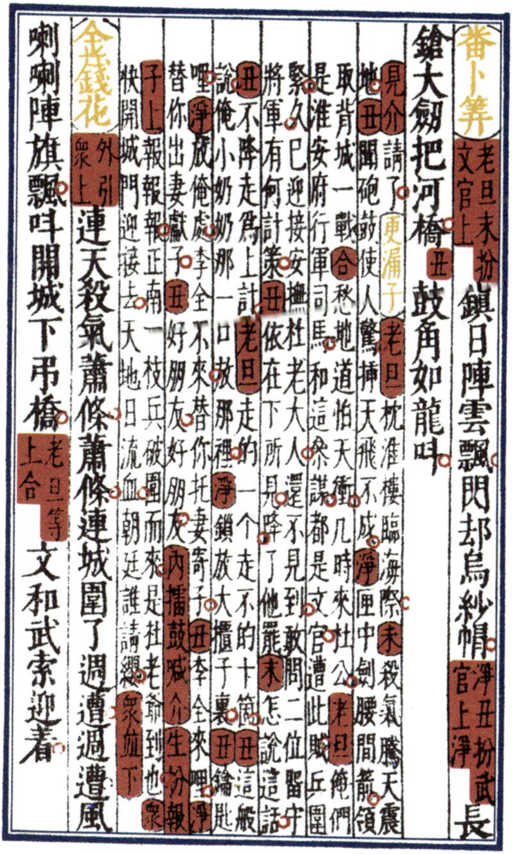
番卜筭 老旦末扮文官上 鎮日陣雲飄。閃却烏紗帽。淨丑扮武官上 淨 長鎗大劍把河橋。丑 鼓角如龍叫。見介 請了。更漏子 老旦 枕淮樓臨海際。末 殺氣騰天震地。丑 聞砲鼓使人驚。插天飛不成。淨 匣中劍腰間箭。領取背城一戰。合 愁地道。怕天衝。几時來杜公。老旦 俺們是淮安府行軍司馬。和這參謀。都是文官。遭此賊兵圍緊。久已迎接安撫杜老大人。還不見到。敢問二位留守將軍有何計策。丑 依在下所見。降了他罷。末 怎說這話。丑 不降走為上計。老旦 走的一个走不的。十箇 丑 這般說。俺小奶奶那一口。救那裡。淨 鎖放大櫃子裏。丑 鑰匙哩。淨 放俺處。李全不來。替你托妻寄子。丑 李全來哩。淨 替你出妻獻子。丑 好朋友。好朋友。內擂鼓喊介 生扮報子上 報報報。正南一枝兵。破圍而來。是杜老爺到也。眾 快開城門迎接去。天地日流血。朝廷誰請纓。眾旋下

金錢花 外引眾上 連天殺氣蕭條。蕭條。連城圍了週遭。週遭。風喇喇陣旗飄。吽開城下弔橋。老旦等上合 文和武索迎着。

的十个。（丑）这般说，俺小奶奶那一口放那里？（净）锁放大柜子里。（丑）钥匙哩？（净）放俺处。李全不来，替你托妻寄子。（丑）李全来哩？（净）替你出妻献子。（丑）好朋友！好朋友！（内擂鼓喊介）（生扮报子上）报，报，报！正南一枝兵马，破围而来。是杜老爷到也。（众）快开城门迎接去。天地日流血，朝廷谁请缨。（众并下）

金钱花（外引众上）连天杀气萧条，萧条。连城围了周遭，周遭。风喇喇，阵旗飘。叫开城，下吊桥。（老旦等上）（合）文和武，索迎着。（老旦等跪介）文武官属，迎接老大人。（外）起来，敌楼相见。（老旦等应，起，下）

前腔（外）胡尘染惹征袍，征袍。血花风腥宝刀，宝刀。（内擂鼓介）淮安鼓，扬州箫。摆鸾旗，登丽谯。（合）排衙了，列功曹。

（到介）（贴扮办事官上）禀老爷升堂。

粉蝶儿引（外）万里寄《龙韬》，那得戍楼清啸？

（贴报门介）文武官属进。（老旦等参见介）孤城累卵，方当万死之危；开府弄丸，来赴两家之难。凡俺官僚，礼当拜谢。（外）兵锋四起，劳苦诸公，皆老夫迟慢之罪。只长揖便了。（众应起揖介）（外）看来此贼颇有兵机。放俺入城，其中有计。（众）不过穿地道，起云梯，下官粗知备御。（外）怕的是锁城之法耳。（丑）敢问何谓锁城？是里面锁，外面锁？外面锁，锁住了溜金王；若里面锁，连下官都锁住了。（外）不提起罢了。城中兵几何？（净）一万三千。（外）粮草几何？（末）可支半年。（外）文武同心，救援可待。（内擂鼓喊介）（生扮报子上）报，报，李全兵紧围了城。（外长叹介）这贼好无理也！

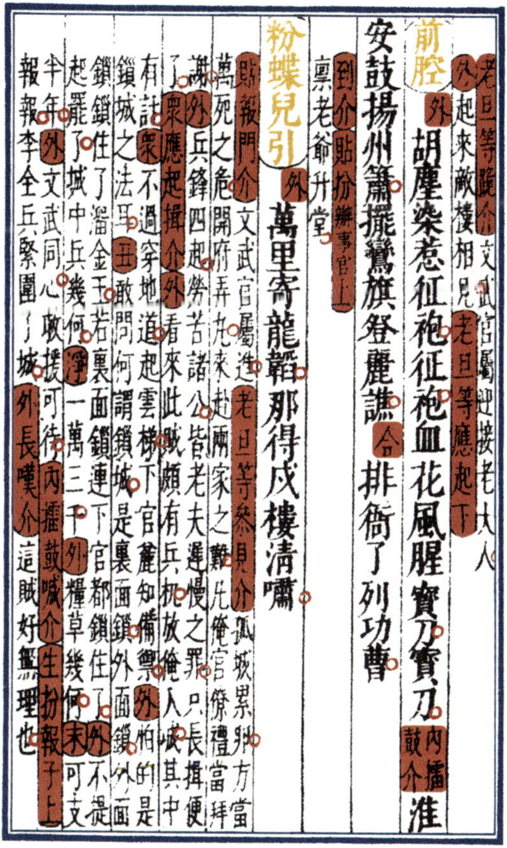

老旦等跪介 文武官屬迎接老大人
外起來敵樓相見 老旦等應起下
前腔 外 胡塵染惹征袍征袍血花風腥寶刀寶刀 內擂鼓介 淮
安鼓揚州簫擺鸞旗登麗譙 合 排衙了列功曹
到介 貼扮辦事官上 禀老爺升堂
粉蝶兒引 外 萬里寄龍韜那得戍樓清嘯
貼報門介 文武官屬進 老旦等參見介 孤城累卵方當
萬死之危開府弄丸來赴兩家之難凡俺官僚禮當拜
謝 外 兵鋒四起勞苦諸公皆老夫遲慢之罪只長揖便
了 眾應起揖介 外 看來此賊頗有兵機放俺入城其中
有計 眾 不過穿地道起雲梯下官粗知備禦 外 怕的是
鎖城之法耳 丑 敢問何謂鎖城是裏面鎖外面鎖外面
鎖鎖住了溜金王若裏面鎖連下官都鎖住了 外 不提
起罷了城中兵幾何 淨 一萬三千 外 糧草幾何 末 可支
半年 外 文武同心救援可待 內擂鼓喊介 生 扮報子上
報報李全兵緊圍了城 外長嘆介 這賊好無理也

刬锹儿（外）兵多食广禁围绕，则要你文班武职两和调。（众）巡城彻昏晓，这军民苦劳。（内喊介）（泣介）（合）那兵风正号，俺军声静悄。（外拜天，众扶同拜介）泪洒孤城，把苍天暗祷。

前腔（众）危楼百尺堪长啸，筹边两字寄英豪。（外）江淮未应小，君侯佩刀。（合前）

（外）从今日起，文官守城，武官出城，随机策应。（丑）则怕大金家兵来了。（外）金兵呵。

尾声 他看头势而来不定交，休先倒折了赵家旗号。便来呵，也少不得死里求生那一着敲。

（净）日日风吹虏骑尘，
（丑）三千犀甲拥朱轮。
（外）胸中别有安边计，
（众）莫遗功名属别人。

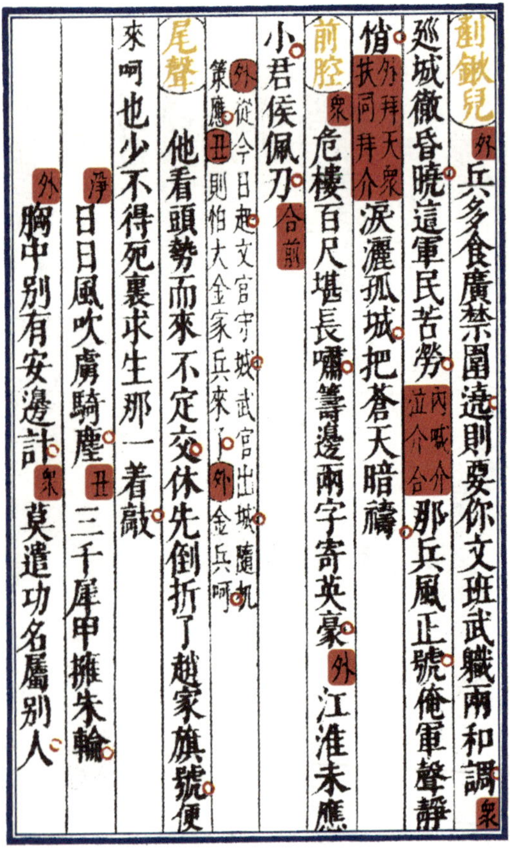
劃鍬兒 外 兵多食廣禁圍遶則要你文班武職兩和調 衆 廵城徹昏曉這軍民苦勞 內喊介 泣介 合 那兵風正號俺軍聲靜悄 外拜天衆扶同拜介 淚灑孤城把蒼天暗禱
前腔 衆 危樓百尺堪長嘯籌邊兩字寄英豪 外 江淮未應小君侯佩刀 合前
外 從今日起文官守城武官出城隨机策應 丑 則怕大金家兵來了 外 金兵呵
尾聲 他看頭勢而來不定交休先倒折了趙家旗號便來呵也少不得死裏求生那一着敲
淨 日日風吹虜騎塵 丑 三千犀甲擁朱輪
外 胸中別有安邊計 衆 莫遺功名屬別人

第四十四出　急　难

菊花新（旦上）晓妆台圆梦鹊声高，闲把金钗带笑敲。博山秋影摇，盼泥金俺明香暗焦。

鬼魂求出世，贫落望登科。夫荣妻贵显，凝盼事如何？俺杜丽娘，跟随柳郎科试，偶逢天子招贤，只这些时还迟喜报。正是：长安咫尺如千里，夫婿迢遥第一人。

出队子（生上）词场凑巧，无奈兵戈起祸苗。盼泥金赚杀玉多娇，他待地窟里随人上九霄。一脉离魂，江云暮潮。

（见介）（旦）柳郎，你回来了。望你高车昼锦，为何徒步而回？（生）听俺道来：

瓦盆儿（生）去迟科试、收场锁院散群豪。（旦）咳，原来去迟了。（生）喜逢着旧知交。（旦）可曾补上？（生）亏他满船明月，又把去珠淘。（旦喜

第肆拾肆齣　急難

菊花新 旦上 曉粧臺圓夢鵲聲高。閑把金釵帶笑敲。博山秋影搖。盼泥金俺明香暗焦。

鬼魂求出世。貧落望登科。夫榮妻貴顯。凝盼事如何。俺杜麗娘。跟隨柳郎科試。偶逢天子招賢。只這些時還遲喜報。正是長安咫尺如千里。夫壻迢遥第一人。

出隊子 生上 詞場湊巧。無奈兵戈起禍苗。盼泥金賺殺玉多嬌。他待地窟裡隨人上九霄。一脉離魂。江雲暮潮。

見介 旦 柳郎你回來了。望你高車晝錦。為何徒步而回。生 聽俺道來。

瓦盆兒 生 去遲科試。收場鎖院散羣豪。旦 咳原來去遲了。生 喜逢着舊知交。旦 可曾補上。生 虧他滿船明月。又把去珠淘。旦喜介 好了 放榜未 生

介）好了。放榜未？（生）恰正在奏龙楼，开凤榜，蹊跷。（旦）怎生蹊跷？（生）你不知，大金家兵起，杀过淮扬来了。忙喇煞细柳营，权将杏苑抛刚则迟误了你夫人花诰。（旦）迟也不争几时。则问你，淮扬地方，便是俺爹爹管辖之处了？（生）便是。（旦哭介）天也，俺的爹娘怎了！（泣介）（生）直恁的活擦擦、痛生生，肠断了。比如你在泉路里可心焦？

（旦）罢了。奴有一言，未忍启齿。（生）但说不妨。（旦）柳郎，放榜之期尚远，欲烦你淮扬打听爹娘消耗，未审许否？（生）谨依尊命。奈放小姐不下。（旦）不妨，奴家自会支吾。（生）这等，就此起程了。

榴花泣（旦）白云亲舍，俺孤影旧梅梢。道香魂恁寂寥，怎知魂向你柳枝销。维扬千里，长是一灵飘。回生事少，爹娘呵，听的俺活在人间惊一跳。平白地凤婿过门，好似半青天鹊影成桥。

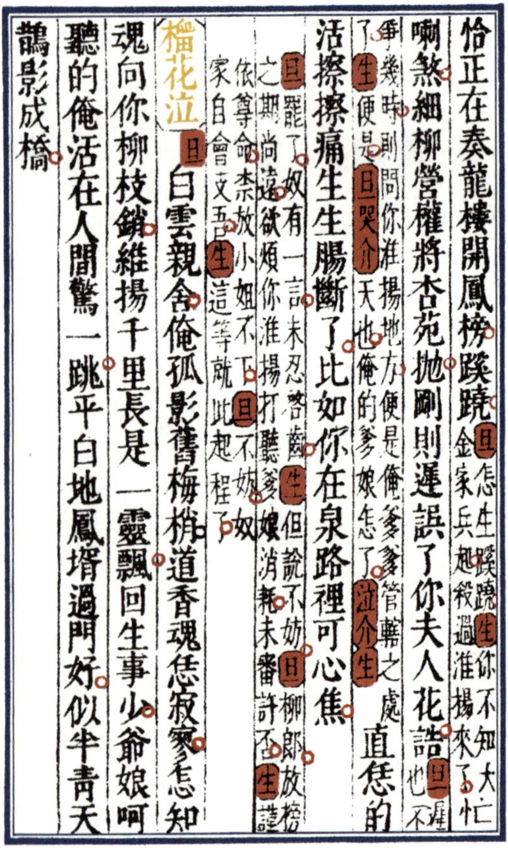
恰正在奏龍樓開鳳榜蹊蹺（旦）怎生蹊蹺（生）你不知大金家兵起殺過淮揚來了忙喇煞細柳營權將杏苑拋剛則遲誤了你夫人花誥（旦）遲也不爭幾時則問你淮揚地方便是俺爹爹管轄之處（生）便是（旦哭介）天也俺的爹娘怎了（泣介）（生）直恁的活擦擦痛生生腸斷了比如你在泉路裡可心焦（旦）罷了奴有一言未忍啓齒（生）但說不妨（旦）柳郎放榜之期尚遠欲煩你淮揚打聽爹娘消耗未審許否（生）謹依尊命奈放小姐不下（旦）不妨奴家自會支吾（生）這等就此起程了

榴花泣（旦）白雲親舍俺孤影舊梅梢道香魂恁寂寥怎知魂向你柳枝銷維揚千里長是一靈飄回生事少爺娘呵聽的俺活在人間驚一跳平白地鳳壻過門好似半青天鵲影成橋

前腔（生）俺且行且止，两处系心苗。要留旅店伴多娇……（旦）有姑姑为伴。（生）阴人难伴你这冷长宵。把心儿不定，还怕你旧魂飘。（旦）再不飘了。（生）俺文高中高，怕一时榜下归难到。（旦泣介）俺爹娘呵！（生）你念双亲舍的离情，俺为半子怎惜攀高。小姐，卑人拜见岳翁岳母，起头便问及回生之事了。

渔家灯（旦叹介）说的来似怪如妖，怕爷爷执古妆乔。（想介）有了，将奴春容带在身傍。但见了一幅春容，少不的问俺两下根苗。（生）问时怎生打话？（旦）则说是天曹，偶然注定的姻缘到，蓦踏着墓坟开了。（生）说你先到俺书斋才好。（旦羞介）休乔，这话教人笑。略说与梅香贼牢。

前腔（生）俺满意儿待驷马过门，和你离魂女同归气高。谁承望探高亲去傍干戈，怕寒儒欠整衣毛。（旦）女婿老成些不妨。则途路孤栖，使奴挂念。

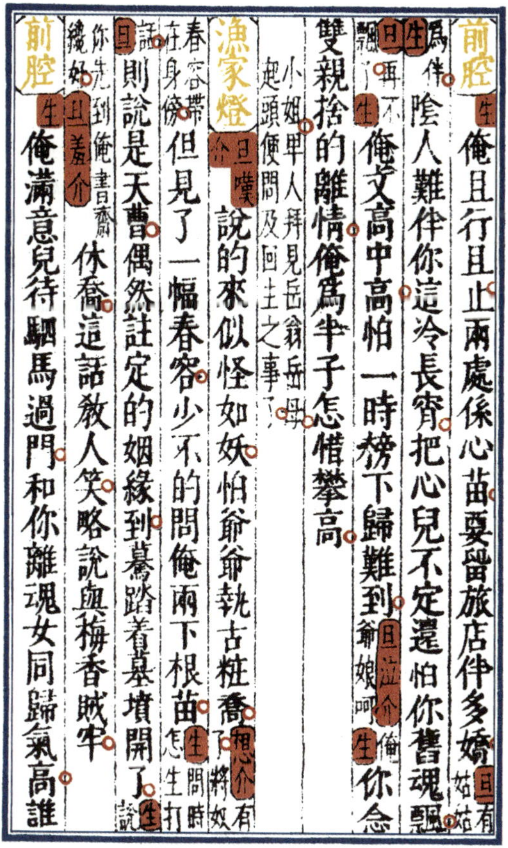
前腔 生 俺且行且止兩處係心苗要留旅店伴多嬌 旦 有姑姑爲伴 生 陰人難伴你這冷長宵把心兒不定還怕你舊魂飄 旦 再不飄了 生 俺文高中高怕一時榜下歸難到 旦泣介 俺爹娘呵 生 你念雙親捨的離情俺爲半子怎惜攀高 小姐卑人拜見岳翁岳母起頭便問及回生之事了

漁家燈 旦嘆介 說的來似怪如妖怕爺爺執古粧喬 想介 有了將奴春容帶在身傍但見了一幅春容少不的問俺兩下根苗 生 問時怎生打話 旦 則說是天曹偶然註定的姻緣到驀踏着墓墳開了 生 說你先到俺書齋 旦羞介 休喬這話教人笑略說與梅香賊牢

前腔 生 俺滿意兒待駟馬過門和你離魂女同歸氣高誰

（生）秋霄，云横雁字斜阳道，向秦淮夜泊魂消。（旦）夫，你去时冷落些，回来报中状元呵……（生）名标，大拜门喧笑，抵多少驸马还朝。

（净上）雨伞晴兼雨，春容秋复春。包袱雨伞在此。

尾声（拜别介）（旦）秀才郎探的个门楣着。（生）报重生这欢声不小。（旦）柳郎，那里平安了便回，休只顾的月明桥上听吹箫。

（生）不为经时谒丈人，
（旦）囊无一物献尊亲。
（生）马蹄渐入扬州路，
（旦）两地各伤无限神。

第四十五出　寇间

包子令（老旦、外扮贼兵巡哨上）大王原是小喽罗，喽罗。娘娘原是小军婆，

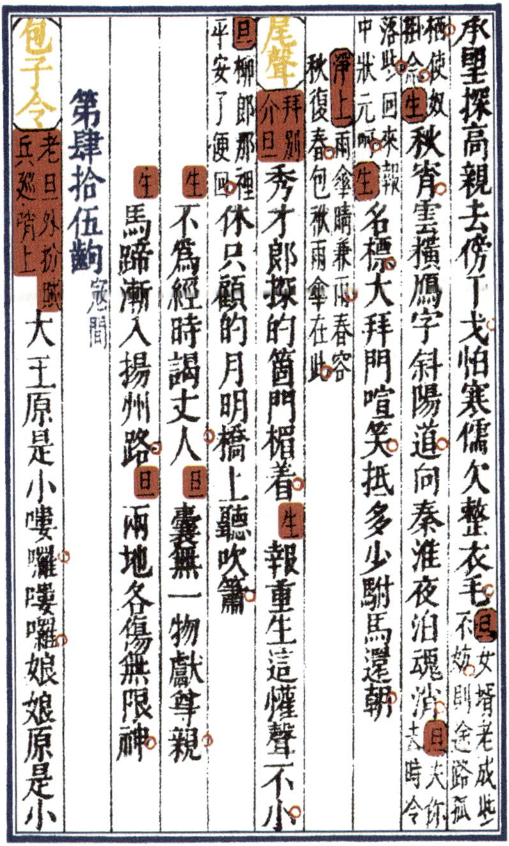
承望探高親去傍干戈，怕寒儒欠整衣毛。（旦）女壻老成些不妨，則途路孤栖使奴剗舍。（生）秋宵，雲橫雁字斜陽道，向秦淮夜泊魂消。（旦）夫，你去時冷落些，回來報中狀元呵。（生）名標，大拜門喧笑，抵多少駙馬還朝。
（淨上）雨傘晴兼雨，春容秋復春。包袱雨傘在此。
尾聲（拜別介）（旦）秀才郎探的箇門楣着。（生）報重生這懽聲不小。（旦）柳郎那裡平安了便回，休只顧的月明橋上聽吹簫。
（生）不為經時謁丈人，（旦）囊無一物獻尊親。
（生）馬蹄漸入揚州路，（旦）兩地各傷無限神。
第肆拾伍齣　寇間
包子令（老旦外扮賊兵巡哨上）大王原是小嘍囉，嘍囉。娘娘原是小

军婆。立下个草朝忒快活，亏心又去抢山河。（合）转巡罗，山前山后一声锣。兄弟，大王爷攻打淮城，要个人见杜安抚打话。大路头影儿没一个，小路头寻去。（唱前合下）

驻马听（末雨伞、包袱上）家舍南安，有道为生新失馆。要腰缠十万，教学千年，方才满贯。俺陈最良，为报杜小姐之事，扬州见杜安抚大人。谁知他淮安被围，教俺没前没后。大路上不敢行走，抄从小路而去。学先师传食走胡旋，怯书生避寇遭涂炭。你看树影凋残，猿啼虎啸教人叹。（丑、外上）明知山有虎，故向虎边行。乌汉那里去？（拿介）（末）饶命！大王！（外）还有个大王哩。（末）天！天！怎了！正是：乌鸦喜鹊同行，吉凶全然未保。（并同下）

普贤歌（净、丑众上）莽乾坤生俺贼儿顽，谁道贼人胆里单！南朝俺不蛮，北朝俺不番。甚天公有处安排俺？

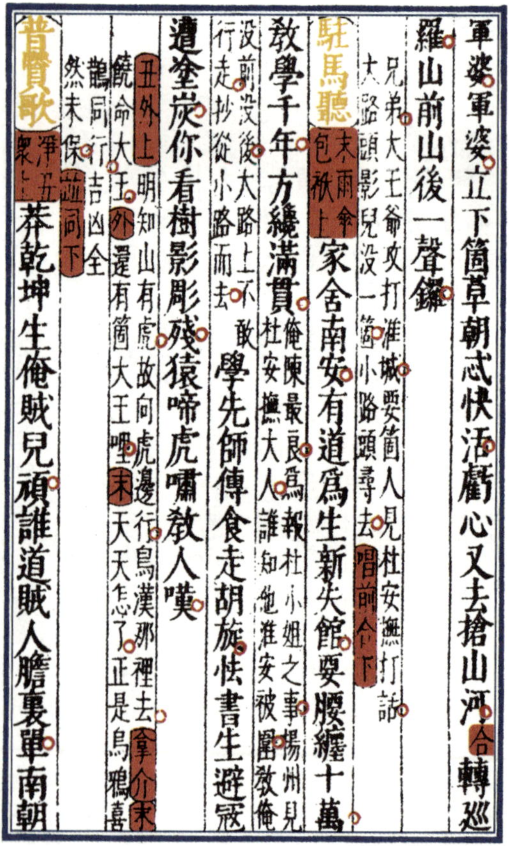

娘娘，俺和你围了淮安许时，只是不下。要得个人去淮安打话，兼看杜安抚动定如何。则眼下无人可使哩。（丑）必得杜老儿亲信之人，将计就计，方才可行。

粉蝶儿（外绑末上）没路走羊肠，天天呵，撞入这屠门怎放！

（见介）（外）禀大王，拿的个南朝汉子在此。（净）是个老儿。何方人氏？作何生理？（末）听禀：

大迓鼓（末）生员陈最良，南安人氏，访旧淮扬。（净）访谁？（末）便是杜安抚。他后堂曾设扶风帐。（丑）你原来他衙中教学。几个学生？（末）则他甄氏夫人，单生下一女。女书生年少亡。（丑）还有何人？（末）义女春香，夫人伴房。

（丑笑背介）一向不知杜老家中事体。今日得知，吾有计矣。（回介）这腐儒，且带在辕门外去。（众应，押末下介）（丑）大王，奴家有了一

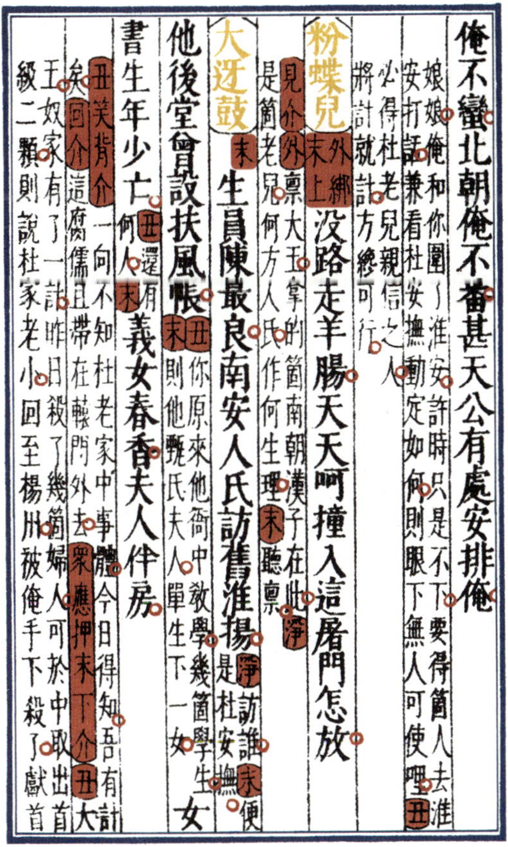
俺不蠻北朝俺不番甚天公有處安排俺
娘娘俺和你圍了淮安許時只是不下要得箇人去淮
安打話兼看杜安撫動定如何則眼下無人可使哩丑
必得杜老兒親信之人
將計就計方纔可行
粉蝶兒外綁末上沒路走羊腸天天呵撞入這屠門怎放
見介外稟大王拿的箇南朝漢子在此淨
是箇老兒何方人氏作何生理末聽稟
大迓鼓末生員陳最良南安人氏訪舊淮揚淨訪誰末便是杜安撫
他後堂曾設扶風帳丑你原來他衙中教學幾箇學生末則他甄氏夫人單生下一女
書生年少亡丑還有何人末義女春香夫人伴房
丑笑背介一向不知杜老家中事體今日得知吾有計
矣回介這腐儒且帶在轅門外去眾應押末下介丑大
王奴家有了一計昨日殺了幾箇婦人可於中取出首
級二顆則說杜家老小回至楊州被俺手下殺了獻首

计。昨日杀了几个妇人，可于中取出首级二颗。则说杜家老小，回至扬州，被俺手下杀了，献首在此。故意苏放那腐儒，传示杜老。杜老心寒，必无守城之意矣。（净）高见，高见。（净起低声分付介）叫中军。（生扮上）（净）俺请那腐儒讲话中间，你可将昨日杀的妇人首级二颗来献，则说是杜安抚夫人甄氏和他使女春香。牢记着。（生应下）（净）左右，再拿秀才来见。（众押末上介）（末）饶命！大王！（净）你是个细作，不可轻饶。（丑）劝大王松了他，听他讲些兵法到好。（净）也罢。依娘娘说，松了他。（众放末缚介）（末叩头介）叩谢大王、娘娘不杀之恩。（净）起来，讲些兵法俺听。（末）卫灵公问陈于孔子，孔子不对。说道：『吾未见好德如好色者也。』（净）这是怎么说？（末）则

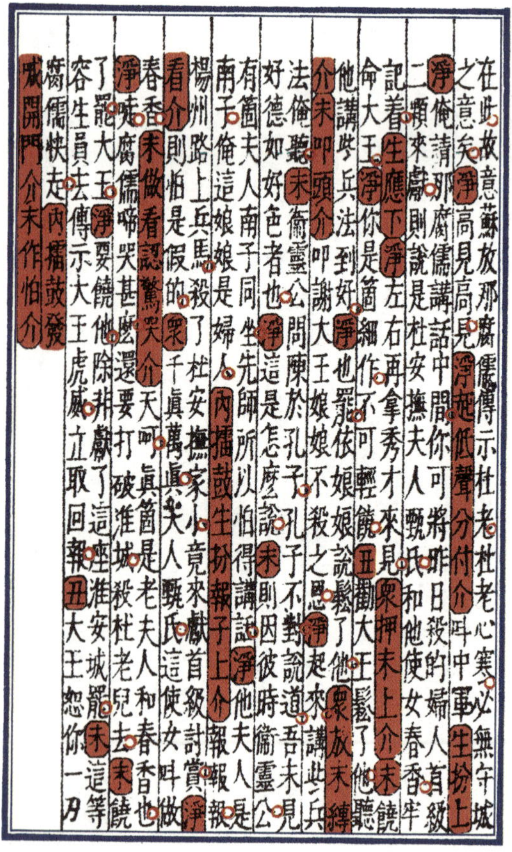
在此故意蘇放那腐儒傳示杜老杜老心寒必無守城之意矣淨高見高見淨起低聲分付介叫中軍生扮上淨俺請那腐儒講話中間你可將昨日殺的婦人首級二顆來獻則說是杜安撫夫人甄氏和他使女春香牢記着生應下淨左右再拿秀才來見衆押末上介末饒命大王淨你是箇細作不可輕饒丑勸大王鬆了他聽他講些兵法到好淨也罷依娘娘說鬆了他衆放末縛介末叩頭介叩謝大王娘娘不殺之恩淨起來講些兵法俺聽末衛靈公問陳於孔子孔子不對說道吾未見好德如好色者也淨這是怎麼說末則因彼時衛靈公有箇夫人南子同坐先師所以怕得講話淨他夫人是南子俺這娘娘是婦人內擂鼓生扮報子上介報報報楊州路上兵馬殺了杜安撫一家竟來獻首級討賞淨看介則怕是假的衆千真萬真夫人甄氏這使女叫做春香末做看認驚哭介天呵真箇是老夫人和春香也淨唗腐儒啼哭甚麼還要打破淮城殺杜老兒去末饒了罷大王淨要饒他除非獻了這座淮安城罷末這等容生員去傳示大王虎威立取回報丑大王恕你一刀腐儒快走內擂鼓發喊開門介末作怕介

因彼时卫灵公有个夫人南子同坐，先师所以怕得讲话。（净）他夫人是南子，俺这娘娘是妇人。（内擂鼓，生扮报子上介）报，报，报！扬州路上兵马，杀了杜安抚家小，竟来献首级讨赏。（净看介）则怕是假的。（众）千真万真。夫人甄氏，这使女叫做春香。（末做看认，惊哭介）天呵！真个是老夫人和春香也！（净）哇！腐儒啼哭甚么！还要打破淮城，杀杜老儿去。（末）饶了罢，大王。（净）要饶他，除非献了这座淮安城罢。（末）这等，容生员去传示大王虎威，立取回报。（丑）大王恕你一刀，腐儒快走。（内擂鼓发喊，开门介）（末作怕介）

尾声（净）显威风记的这溜金王。（净、丑）你去说与杜安抚呵，着甚么耀武扬威早纳降，俺实实的要展江山、非是谎。（下）

（末打躬送介，吊场）活强盗，活强盗。杀了杜老夫人、春香。不免城中报去。

海神东过恶风回，
日暮沙场飞作灰。
今日山翁旧宾主，
与人头上拂尘埃。

第四十六出　折寇

破阵子（外戎装佩剑引众上）接济风云阵势，侵寻岁月边陲。（内擂鼓喊介）（外叹介）你看虎咆般炮石连雷碎，雁翅似刀轮密雪施。李全，李全，你待要霸江山，吾在此。

集唐 谁能谈笑解重围？万里胡天鸟不飞。今日海门南畔事，满头霜雪为兵机。我杜宝，自到淮扬，即遭

尾聲（淨）顯威風記的這淄金王。（淨丑）與杜安撫呀，你去說着甚麼耀武揚威早納降。俺實實的要展江山非是謊。（下）

（末打躬送介吊場）活強盜，活強盜。殺了杜老夫人春香。不免城中報去。

海神東過惡風廻。日暮沙塲飛作灰。
今日山翁舊賓主。與人頭上拂塵埃。

第肆拾陸齣　折寇

破陣子（外戎裝佩劍引衆上）接濟風雲陣勢。侵尋歲月邊埀。（內擂鼓喊介）（外嘆介）你看虎咆般砲石連雷碎。鴈翅似刀輪密雪施。李全李全你箇要霸江山吾在此。

集唐 誰能談笑解重圍。萬里胡天鳥不飛。今日海門南畔事。滿頭霜雪爲兵機。我杜寶。自到淮揚即遭兵亂孤

兵乱。孤城一片，困此重围。只索调度兵粮，飞扬金鼓。生还无日，死守由天。潜坐敌楼之中，追想靖康而后。中原一望，万事伤心。

玉桂枝（外）问天何意？有三光不辨华夷，把腥膻吹换人间，这望中原做了黄沙片地。（恼介）猛冲冠怒起，猛冲冠怒起，是谁弄的，江山如是？（叹介）中原已矣！关河困，心事违。也则愿保扬州，济淮水。俺看李全贼数万之众，破此何难？进退迟疑，其间有故。俺有一计可救围，恨无人与游说。

（内擂鼓介）（净扮报子上）羽檄场中无雁到，鬼门关上有人来。好笑，城围的铁桶似紧，有秀才来打秋风，则索报去。禀老爷，有个故人相访。（外）敢是奸细？（净）说是江右南安府陈秀才。（外）这迂儒怎生飞的进来？快请见。

浣溪沙（末上）摆旌旗，添景致，又不是闹元宵鼓炮齐飞。杜老爷在那

城一片困此重圍只索調度兵粮飛揚金鼓生還無日死守由天潛坐敵樓之中追想靖康而後中原一望萬事傷心

玉桂枝 外 問天何意有三光不辨華夷把腥羶吹換人間這望中原做了黄沙片地 惱介 猛冲冠怒起猛冲冠怒起是誰弄的江山如是 嘆介 中原已矣關河困心事違也則願保揚州濟淮水俺看李全賊數萬之衆破此何難進退遲疑其間有故俺有一計可救圍恨無人與遊説

内擂鼓介 淨扮報子上 羽檄場中無鴈到鬼門關上有人來好笑城圍的鐵桶似緊有秀才來打秋風則索報去禀老爺有箇故人相訪 外 敢是奸細 淨 說是江右南安府陳秀才 外 這迂儒怎生飛的進來快請見

浣溪沙 末上 擺旌旗添景致又不是鬧元宵鼓砲齊飛杜老

里？（外出笑迎介）忽闻的千里故人谁？（叹介）原来是先生到此，教俺惊垂泪。（末）老公相头通白了。（合）白首相看俺与伊，三年一见愁眉。（拜介）（末）集唐 头白乘驴悬布囊，（外）故人相见忆山阳。（末）横塘一别千余里，（外）却认并州作故乡。（末）恭谂公相，又苦伤老夫人回扬州，被贼兵所算了。（外惊介）怎知道？（末）生员在贼营中，眼同验过老夫人首级，和春香都杀了。（外哭介）天呵，痛杀俺也！

玉桂枝（外）相夫登第，表贤名甄氏吾妻。称皇宣一品夫人，又待伴俺立双忠烈女。想贤妻在日，想贤妻在日，凄然垂泪，俨然冠帔。（外哭倒，众扶介）（末）我的老夫人，老夫人，怎了！你将官们也大家哭一声儿么！（众哭介）老夫人呵！（外作恼，拭泪介）呀，好没来由！夫人是朝廷命妇，骂贼而死，理所当然。我怎为他乱了方寸，灰了军心？身为将，怎顾的私？任恓惶，百无

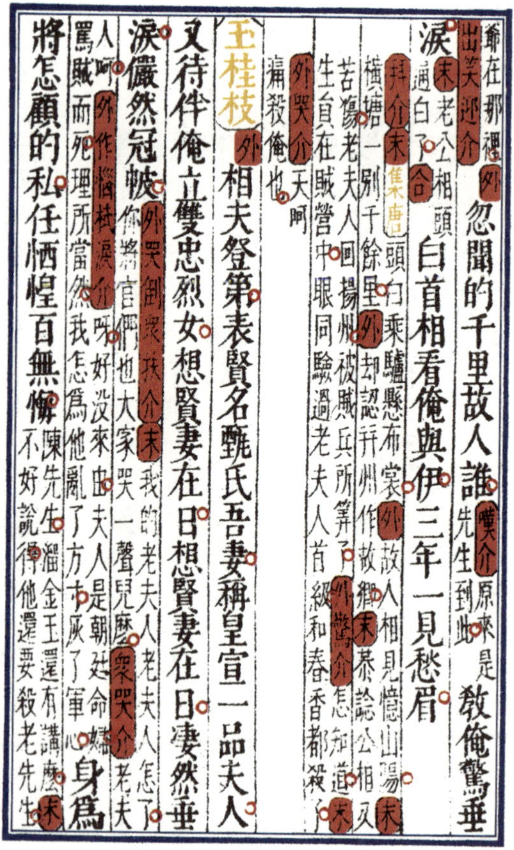
爺在那裡（外出笑迎介）忽聞的千里故人誰（嘆介）原來是先生到此教俺驚垂淚（末）老公相頭通白了（合）白首相看俺與伊三年一見愁眉（拜介）（末）集唐頭白乘驢懸布囊（外）故人相見憶山陽（末）橫塘一別千餘里（外）却認并州作故鄉（末）恭諗公相又苦傷老夫人回揚州被賊兵所算了（外驚介）怎知道（末）生員在賊營中眼同驗過老夫人首級和春香都殺了（外哭介）天呵痛殺俺也

玉桂枝（外）相夫登第表賢名甄氏吾妻稱皇宣一品夫人又待伴俺立雙忠烈女想賢妻在日想賢妻在日淒然垂淚儼然冠帔（外哭倒眾扶介）（末）我的老夫人老夫人怎了你將官們也大家哭一聲兒麼（眾哭介）老夫人呵（外作惱拭淚介）呀好沒來由夫人是朝廷命婦罵賊而死理所當然我怎為他亂了方寸灰了軍心身為將怎顧的私任恓惶百無悔陳先生溜金王還有講麼（末）不好說得他還要殺老先生

悔。陈先生，溜金王还有讲么？（末）不好说得，他还要杀老先生。（外）咳，他杀俺甚意儿？俺杀他全为国。（末）依了生员，两下都不要杀。（做扯外耳语介）那溜金王要这座淮安城。（外）噤声！那贼营中是一个座位，是两个座位？（末）他和妻子连席而坐。（外笑介）这等，吾解此围必矣。先生竟为何来？（末）老先生不问，几乎忘了。为小姐坟儿被盗，竟来此相报。（外惊介）天呵！冢中枯骨，与贼何仇？都则为那些宝玩害了也。贼是谁？（末）老公相去后，道姑招了个岭南游棍柳梦梅为伴。见物起心，一夜劫坟逃去，尸骨丢在池水中。因此不远千里而告。（外叹介）女坟被发，夫人遭难。正是：未归三尺土，难保百年身。既归三尺土，难保百年坟。也索罢了，则可惜先生一片好心。（末）生员拜别老公相后，一发贫薄了。（外叹介）军中仓卒，无以为情。我把一大功劳，先

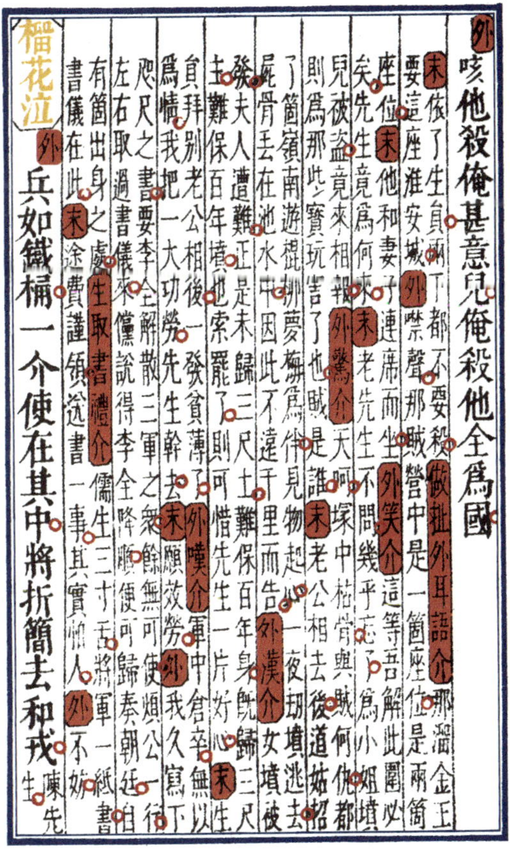
外 咳 他殺俺甚意兒俺殺他全爲國 末 依了生員兩下都不要殺 做扯外耳語介 那溜金王要這座淮安城 外 噤聲那賊營中是一箇座位是兩箇座位 末 他和妻子連席而坐 外笑介 這等吾解此圍必矣先生竟爲何來 末 老先生不問幾乎忘了爲小姐墳兒被盜竟來相報 外驚介 天呵塚中枯骨與賊何仇都則爲那些寶玩害了也賊是誰 末 老公相去後道姑招了箇嶺南遊棍柳夢梅爲伴見物起心一夜刧墳逃去屍骨丟在池水中因此不遠千里而告 外嘆介 女墳被發夫人遭難正是未歸三尺土難保百年身旣歸三尺土難保百年墳也索罷了則可惜先生一片好心 末 生員拜別老公相後一發貧薄了 外嘆介 軍中倉卒無以爲情我把一大功勞先生幹去 末 願效勞 外 我久寫下咫尺之書要李全解散三軍之衆餘無可使煩公一行左右取過書儀來儻說得李全降順便可歸奏朝廷自有箇出身之處 生取書禮介 儒生三寸舌將軍一紙書書儀在此 末 途費謹領送書一事其實怕人 外 不妨陳先生

榴花泣 外 兵如鐵桶一介使在其中將折簡去和戎

生干去。（末）愿效劳。（外）我久写下咫尺之书，要李全解散三军之众。余无可使，烦公一行。左右，取过书仪来。倘说得李全降顺，便可归奏朝廷，自有个出身之处。（生取书礼介）儒生三寸舌，将军一纸书。书仪在此。（末）途费谨领。送书一事，其实怕人。（外）不妨。

榴花泣（外）兵如铁桶，一介使在其中。将折简、去和戎。陈先生，你志诚打的贼儿通。虽然寇盗奸雄，他也相机而动。（末）恐游说非书生之事。（外）看他开围放你来，其意可知。你这书生正好做传书用。（末）仗恩台一字长城，借寒儒八面威风。（内鼓吹介）

尾声（外）戍楼羌笛话匆匆。事成呵，你归去朝廷沾寸宠，这纸书，敢则是保障江淮第一封。

（外）隔河征战几归人？
（末）五马临流待幕宾。
（外）劳动先生远相访，
（末）恩波自会惜枯鳞。

第四十七出　围释

出队子（贴扮通事上）一天之下，南北分开两事家。中间放着个蓼儿洼，明助着番家打汉家。通事中间，拨嘴撩牙。

事有足诧，理有必然。自家溜金王麾下一名通事便是。好笑，好笑，俺大王助金围宋，攻打淮城。谁知北朝暗地差人去到南朝讲话。正是：暂通禽兽语，终是犬羊心。（下）

双劝酒（净引众上）横江虎牙，插天鹰架。擂鼓扬旗，冲车甲马。把座锦城墙、围的阵云花。杜安抚你有翅难加。

自家溜金王。攻打淮城，日久未下。外势虽然虎踞，中心未免狐疑。一来怕南朝大兵兼程策应，二来怕北朝见责委任无功：真个进退两难。

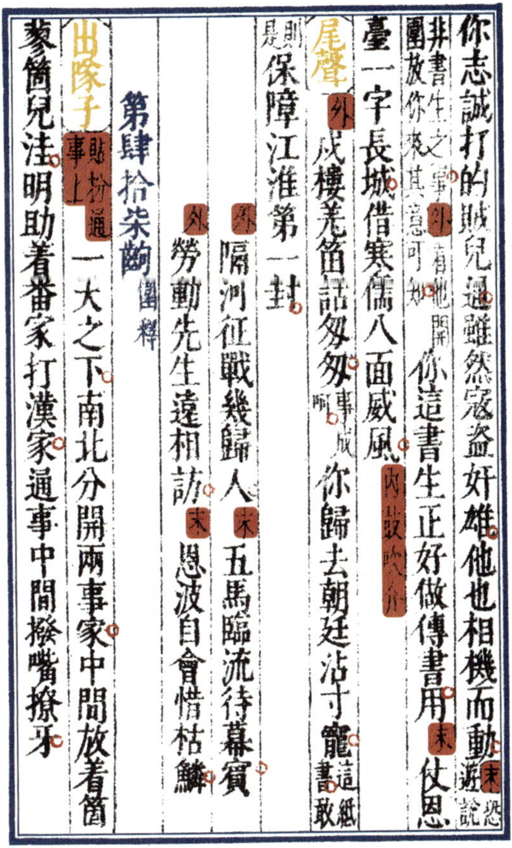
你志誠打的賊兒通。雖然寇盜奸雄。他也相機而動。末 恐遊說非書生之事。外 看他開圍放你來，其意可知。你這書生正好做傳書用。末 仗恩臺一字長城。借寒儒八面威風。內鼓吹介

尾聲 外 戍樓羌笛話匆匆。事成啊 你歸去朝廷沾寸寵。這紙書敢則是保障江淮第一封。

末 隔河征戰幾歸人。末 五馬臨流待幕賓。

外 勞動先生遠相訪。末 恩波自會惜枯鱗。

第肆拾柒齣　圍釋

出隊子 貼扮通事上 一天之下。南北分開兩事家。中間放着箇蓼箇兒洼。明助着番家打漢家。通事中間撥嘴撩牙。

待娘娘到来计议。（丑上）驱兵捉将蚩尤女，捏鬼妆神豹子妻。大王，你可听见，大金家有人南朝打话，回到俺营门之外了。（净）有这事？

（老旦扮番将带刀骑马上）

北夜行船（老旦）大北里宣差传站马，虎头牌滴溜的分花。（外扮马夫赶上介）滑了，滑了。（老旦）那古里谁家？跑番了拽喇。怎生呵，大营盘没个人儿答煞。

（外大叫介）溜金爷，北朝天使到来。（净、丑作慌介）快叫通事请进。（贴上，接跪介）溜金王患病了。请那颜进。（老旦）可才可才，道句儿克卜喇。（下马，上坐介）都儿都儿。（净问贴介）怎么说？（贴）恼了。（净、丑举手，老旦做恼不回介，指净介）铁力温都答喇。（净问贴介）怎说？（贴）不敢说，要杀了。（净）却怎了？（老旦做看丑笑介）忽伶忽伶。（丑问贴介）（贴）叹娘娘生的妙。

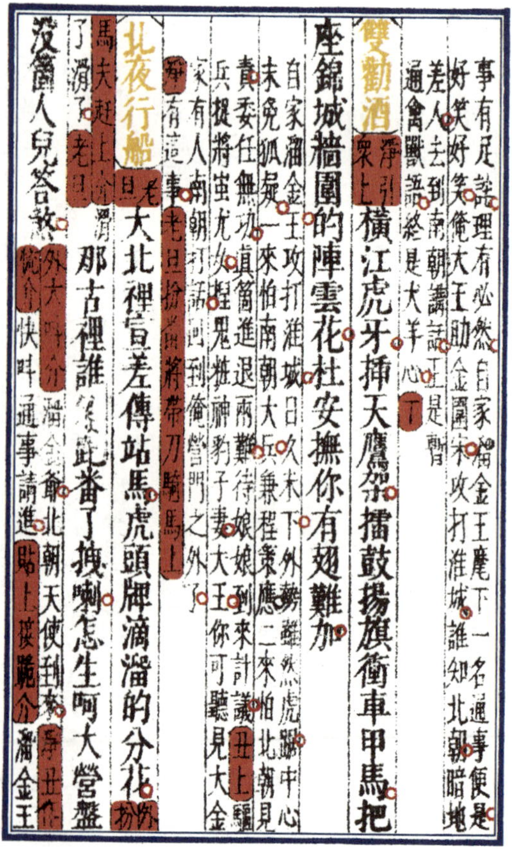
事有足諸理有必然自家溜金王麾下一名通事便是好笑好笑俺大王助金國來攻打淮城誰知北朝暗地差人去到南朝講話正是暫通會獸語終是犬羊心（下）

雙勸酒（淨引衆上）橫江虎牙揷天鷹架擂鼓揚旗衝車甲馬把座錦城牆圍的陣雲花杜安撫你有翅難加

自家溜金王攻打淮城日久未下外勢雖然虎踞中心未免狐疑一來怕南朝大兵兼程策應二來怕北朝見責委任無功眞箇進退兩難待娘娘到來計議（丑上）驅兵捉將蚩尤女捏鬼粧神豹子妻大王你可聽見大金家有人南朝打話回到俺營門之外了（淨）有這事（老旦扮番將帶刀騎馬上）

北夜行船（老旦）大北裡宣差傳站馬虎頭牌滴溜的分花（外扮馬夫赶上介）滑了滑了（老旦）那古裡誰家跑番了拽喇怎生呵大營盤沒箇人兒答煞（外大叫介）溜金爺北朝天使到來（淨丑作慌介）快叫通事請進（貼上接跪介）溜金王

（老旦）克老克老。（贴）说走渴了。（老旦手足做忙介）兀该打剌。（贴）叫马乳酒。（老旦）约儿兀只。（贴）要烧羊肉。（净叫介）快取羊肉、乳酒来。（外持酒肉上介）（老旦洒酒，取刀割羊肉吃，笑，将羊油手擦胸介）一六兀剌的。（贴）不恼了，说有礼体。（老旦作醉介）锁陀八，锁陀八。（贴）说醉了。（老旦作看丑介）倒喇倒喇。（丑笑介）怎说？（贴）要娘娘唱个曲儿。（丑）使得。

北清江引（丑）呀，哑观音觑着个番答辣，胡芦提笑哈，兀那是都麻，请将来岸答。撞门儿一句咬儿只不毛古喇。

通事，我斟一杯酒，你送与他。（贴作送酒介）阿阿儿该力。（丑）通事，说甚么？（贴）小的禀娘娘送酒。（丑）着了。（老旦作醉，看丑介）孛知孛知。（贴）又央娘娘舞一回。（丑）使得，取我梨花枪来。

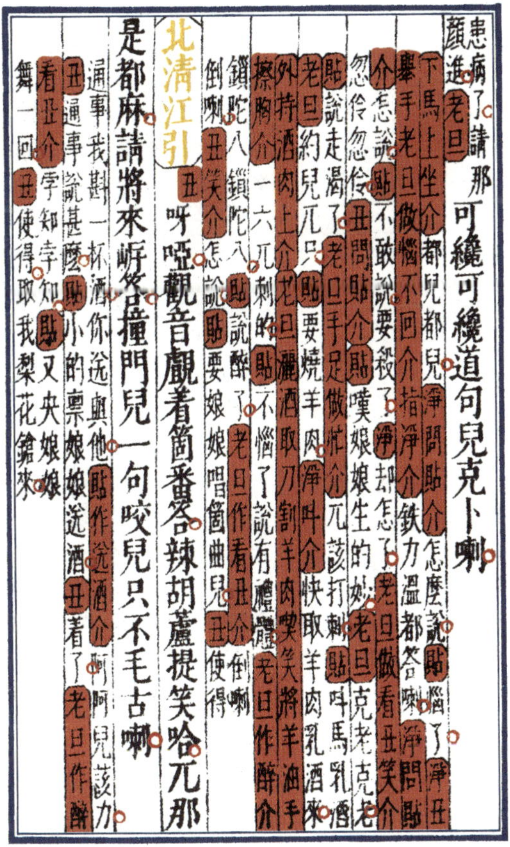

前腔（持枪舞介）冷梨花点点风儿刮，袅得腰身乍。胡旋儿打一车，花门折一花。把一个睃啜老那颜风势煞。（老旦反背，拍袖笑倒介）忽伶忽伶。（贴扶起老旦介）（老旦摆手到地介）阿来不来。（贴）这便是唱喏，叫唱一直。（老旦笑点头招丑介）哈撒哈撒。（贴）要问娘娘。（丑笑介）问甚么？（老旦扯丑轻说介）哈撒兀该毛克喇，毛克喇。（丑笑问贴介）怎说？（贴作摇头介）问娘娘讨件东西。（丑笑介）讨甚么？（贴）通事不敢说。（老旦笑倒介）古鲁古鲁。（净背叫贴问介）他要娘娘甚么东西？古鲁古鲁不住的。（贴）这件东西，是要不得的。便要时，则怕娘娘不舍的。便是娘娘舍的，大王也不舍的。便是大王舍的，小的也不舍的。（净）甚东西？直恁舍不的？（贴）他这话到明，哈撒兀该毛克喇，要娘娘有毛的所在。（净

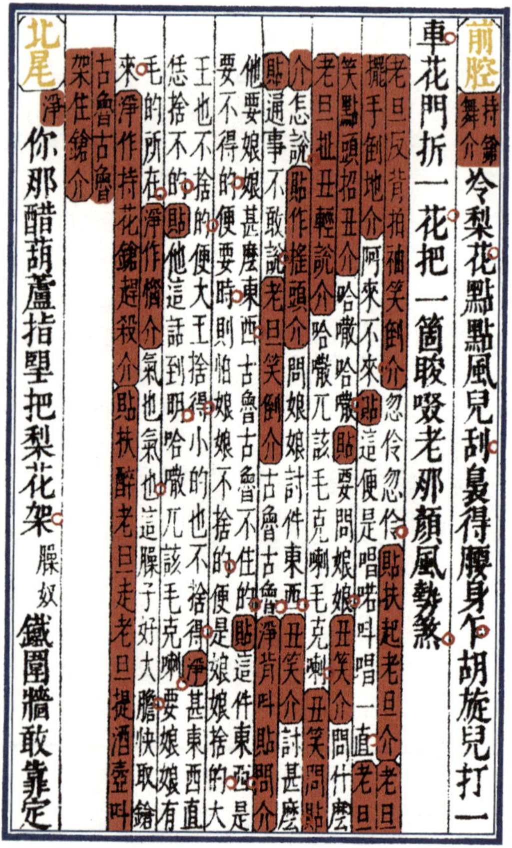
前腔 持鎗舞介 冷梨花點點風兒刮裊得腰身乍胡旋兒打一
車花門折一花把一箇睃啜老那顏風勢煞
老旦反背拍袖笑倒介 忽伶忽伶 貼扶起老旦介 老旦
擺手倒地介 阿來不來 貼 這便是唱喏叫唱一直 老旦
笑點頭招丑介 哈撒哈撒 貼 要問娘娘 丑笑介 問什麼
老旦扯丑輕說介 哈撒兀該毛克喇毛克喇 丑笑問貼
介 怎說 貼作搖頭介 問娘娘討件東西 丑笑介 討甚麼
貼 通事不敢說 老旦笑倒介 古魯古魯 淨背叫貼問介
他要娘娘甚麼東西古魯古魯不住的 貼 這件東西是
要不得的便要時則怕娘娘不捨的便是娘娘捨的大
王也不捨的便大王捨得小的也不捨得 淨 甚東西直
恁捨不的 貼 他這話到明哈撒兀該毛克喇要娘娘有
毛的所在 淨作惱介 氣也氣也這腜子好大膽快取鎗
來 淨作持花鎗趕殺介 貼扶醉老旦走 老旦提酒壺叫
古魯古魯
架住鎗介
北尾 淨 你那醋葫蘆指望把梨花架 腜奴 鐵圍牆敢靠定

作恼介）气也！气也！这臊子好大胆，快取枪来！（净作持花枪赶杀介）（贴扶醉老旦走）（老旦提酒壶叫『古鲁古鲁』架住枪介）

北尾（净）你那醋葫芦指望把梨花架，臊奴，铁围墙敢靠定你大金家。（搦倒老旦介）则踹着你那几茎儿苫嘴的赤支砂，把那咽腥臊的嗓子儿生搭杀。

（丑扯住净，放老旦介）（老旦）曳喇曳喇哈哩。（指净介）力娄吉丁母剌失，力娄吉丁母剌失。（作闪袖走下介）（净）气杀我也！那曳喇哈的甚么？（贴）叫引马的去。（净）怎指着我力娄吉丁母喇失？（贴）这要奏过他主儿，叫人来相杀。（净作恼介）（丑）老大王，你可也当着不着的。（净）啐！着了你那毛格喇哩。（丑）便许他在那里，你却也忒捻酸。（净不语介）正是我一时风火性。大金家得知，这溜金王到有些欠稳。（丑）便是，番使南朝而回，

你大金家○搦倒老旦介 則踹着你那幾莖兒苫嘴的赤支砂○把那嚥腥臊的嗓子兒生搭殺○

丑扯住淨放老旦介 老旦 曳喇曳喇哈哩○指淨介 力婁吉丁母剌失力婁吉丁母剌失 作閃袖走下介 淨 氣殺我也○那曳喇哈的什麼○貼 叫引馬的去○淨 怎指着我力婁吉丁母剌失○貼 這要奏過他主兒叫人來相殺○淨作惱介 丑 老大王你可也當着不着的○淨 啐○着了你那毛格喇哩○丑 便許他在那裏○你却也忒撚酸○淨不語介 正是我一時風火性○大金家得知○這溜金王到有些欠穩○丑 便是番使南朝而回○未必其中有詐○淨 娘娘高見何如○丑 容奴家措思○內擂鼓介 貼扮報子上 報報報前日放去的秀才從淮城中單馬飛來○道有緊急投見大王○丑 恰好着他進來○

縷縷金 末上 無之奈○可如何○書生承將令強嘍囉○內喊末驚跌介 一聲金砲響將人跌蹉○可憐可憐○密札札干戈其間放着我

未必其中有话。（净）娘娘高见何如？（丑）容奴家措思。（内擂鼓介）（贴扮报子上）报，报，报！前日放去的秀才，从淮城中单马飞来。道有紧急，投见大王。（丑）恰好，着他进来。

【缕缕金】（末上）无之奈，可如何！书生承将令，强喽啰。（内喊）（末惊跌介）一声金炮响，将人跌蹉。可怜、可怜！密札札干戈，其间放着我。

（贴唱门介）生员进。（末见介）万死一生，生员陈最良，百拜大王殿下，娘娘殿下。（净）杜安抚献了城池？（末）城池不为希罕，敬来献一座王位与大王。（净）寡人久已为王了。（末）正是官上加官，职上添职。杜安抚有书呈上。（净看书介）『通家生杜宝顿首李王麾下。』（问末介）秀才，我与杜安抚有何通家？（末）汉朝有个李、杜至交，唐朝也有个李、杜契友，因此杜安抚斗胆

称个通家。（净）这老儿好意思。书有何言？

一封书（读书介）『闻君事外朝，虎狼心，难定交。肯回心圣朝，保富贵，全忠孝。平梁取采须收好，背暗投明带早超。凭陆贾，说庄蹻。颙望麾慈即鉴昭。』

（笑介）这书劝我降宋，其实难从。『外密启一通，奉呈尊闻夫人。』（笑介）杜安抚也畏敬娘娘哩。（丑）你念我听。（净看书介）『通家生杜宝敛衽杨老娘娘帐前。』咳也，杜安抚与娘娘，又通家起来。（末）大王通得去，娘娘也通得去。（净）也通得去。只汉子不该说敛衽。（末）娘娘肯敛衽而朝，安抚敢不敛衽而拜！（丑）说的好。细念我听。（净念书介）『通家生杜宝敛衽杨老娘娘帐前：远闻金朝封贵夫为溜金王，并无封号及于夫人。此何礼也？杜宝久已保奏大宋，敕封夫人为讨金娘

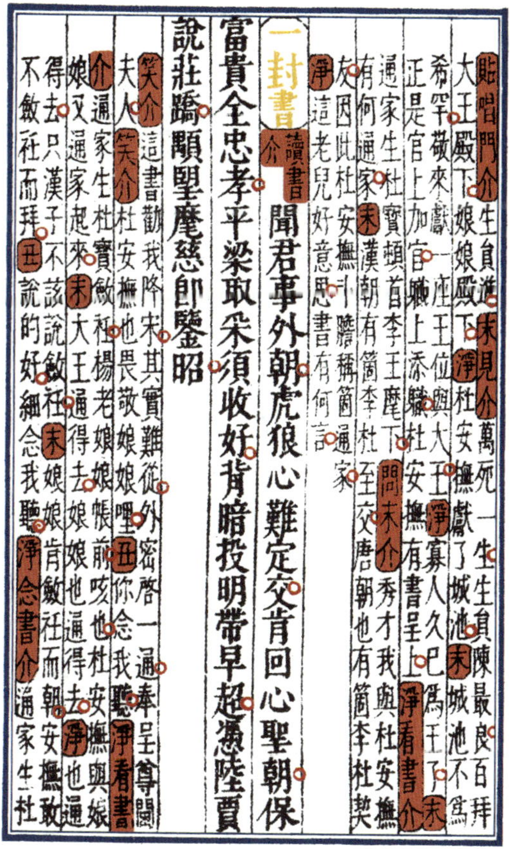

貼唱門介生負進末見介萬死一生生負陳最良百拜大王殿下娘娘殿下淨杜安撫獻了城池末城池不為希罕敬來獻一座王位與大王淨寡人久已為王了末正是官上加官職上添職杜安撫有書呈上淨看書介通家生杜寶頓首李王麾下問末介秀才我與杜安撫有何通家末漢朝有箇李杜至交唐朝也有箇李杜契友因此杜安撫引贍稱箇通家

淨這老兒好意思書有何言

一封書讀書介聞君事外朝虎狼心難定交肯回心聖朝保富貴全忠孝平梁取采須收好背暗投明帶早超憑陸賈說莊蹻顒望麾慈即鑒昭

笑介這書勸我降宋其實難從外密啓一通奉呈尊閫夫人笑介杜安撫也畏敬娘娘哩丑你念我聽淨看書介通家生杜寶斂衽楊老娘娘帳前咳也杜安撫與娘娘又通家起來末大王通得去娘娘也通得去淨也通得去只漢子不該說斂衽末娘娘肯斂衽而朝安撫敢不斂衽而拜丑說的好細念我聽淨念書介通家生杜

娘之职。伏惟妆次，鉴纳。不宣。』好也，到先替娘娘讨了恩典哩。（丑）陈秀才，封我讨金娘娘，难道要我征讨大金不成？（末）受了封诰后，但是娘娘要金子，都来宋朝取用。因此叫做讨金娘娘。（丑）这等是你宋朝美意。（末）不说娘娘，便是卫灵公夫人，也说宋朝之美。（丑）依你说，我冠儿上金子，成色要高。我是带盔儿的娘子，近时人家首饰浑脱，就一个盔儿，要你南朝照样打造一付送我。（末）都在陈最良身上。（净）你只顾讨金讨金，把我这溜金王，溜在那里？（丑）连你也做了讨金王罢。（净）谢承了。（末叩头介）则怕大王、娘娘退悔。（丑）俺主意定了。便写下降表，赍发秀才回奏南朝去。

【前腔】（净）归依大宋朝，怕金家成祸苗。（丑）秀才，你担承这遭，要黄金须任讨。（末）大王，你鄱阳湖磬响收心早，

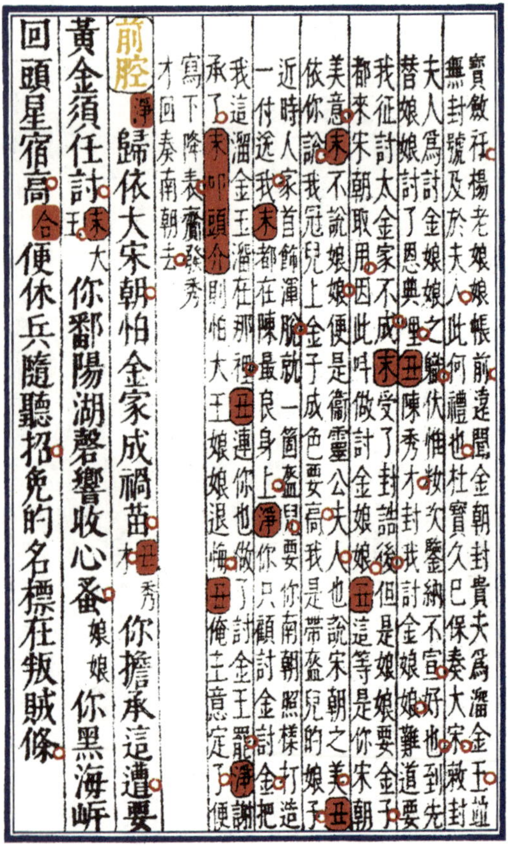
寶敕褒揚老娘娘帳前違闊金朝封貴夫爲溜金王並無封號及於夫人此何禮也杜寶久已保奏大宋敕封夫人爲討金娘娘之職伏惟妝次鑒納不宣好也到先替娘娘討了恩典哩丑陳秀才封我討金娘娘難道要我征討大金家不成末受了封誥後但是娘娘要金子都來宋朝取用因此呌做討金娘娘丑這等是你宋朝美意末不說娘娘便是衞靈公夫人也說宋朝之美丑依你說我冠兒上金子成色要高我是帶盔兒的娘子近時人家首飾渾脫就一箇盔兒要你南朝照樣打造一付送我末都在陳最良身上淨你只顧討金討金把我這溜金王溜在那裡丑連你也做了討金王罷淨謝承了末叩頭介則怕大王娘娘退悔丑俺主意定了便寫下降表賫發秀才回奏南朝去

前腔淨歸依大宋朝怕金家成禍苗丑秀才你擔承這遭要黃金須任討末大王你鄱陽湖磬響收心蚤娘娘你黑海岈回頭星宿高合便休兵隨聽招免的名標在叛賊條

娘娘，你黑海岸回头星宿高。（合）便休兵，随听招。免的名标在叛贼条。

（净）秀才，公馆留饭，星夜草表送行。（举手送末，拜别介）

尾声（净）咱比李山儿何足道，这杨令婆委实高。（末）带了你这一纸降书，管取那赵官家欢笑倒。

（末下，净、丑吊场）（净）娘娘，则为失了一边金，得了两条王。人要一个王不能勾，俺领下两个王号。岂不乐哉！（丑）不要慌，还有第三个王号。（净）甚么王号？（丑）叫做齐肩一字王。（净）怎么？（丑）杀哩。（净）随顺他。又杀甚么？（丑）你俺两人作这大贼，全仗金鞑子威势。如今反了面，南朝拿你何难。（净作恼介）哎哟，俺有万夫不当之勇，何惧南朝！（丑）你真是个楚霸王，不到乌江不止。（净）胡说！便作俺做楚霸王，要你做虞美人，定不把赵康王占了你去。（丑）

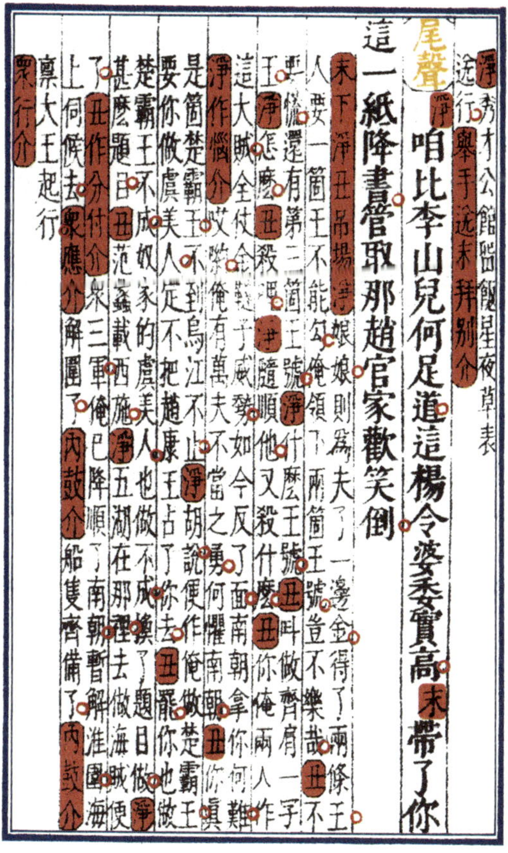

淨秀才公館留飯星夜草表送行舉手送末拜別介

尾聲淨咱比李山兒何足道這楊令婆委實高末帶了你這一紙降書管取那趙官家歡笑倒

末下淨丑吊場淨娘娘則爲失了一邊金得了兩條王人要一箇王不能勾俺領下兩箇王號豈不樂哉丑不要慌還有第三箇王號淨什麼王號丑叫做齊肩一字王淨怎麼丑殺哩淨隨順他又殺什麼丑你俺兩人作這大賊全仗金韃子威勢如今反了面南朝拿你何難淨作惱介哎嘝俺有萬夫不當之勇何懼南朝丑你眞是箇楚霸王不到烏江不止淨胡說便作俺做楚霸王要你做虞美人定不把趙康王占了你去丑罷你也做楚霸王不成奴家的虞美人也做不成換了題目做淨甚麼題目丑范蠡載西施淨五湖在那裡去做海賊便了丑作分付介衆三軍俺已降順了南朝暫解准圍海上伺候去衆應介解圍了內鼓介船隻齊備了內鼓介稟大王起行衆行介

罢，你也做楚霸王不成，奴家的虞美人也做不成。换了题目做。（净）甚么题目？（丑）范蠡载西施。（净）五湖在那里？去做海贼便了。（丑作分付介）众三军，俺已降顺了南朝。暂解淮围，海上伺候去。（众应介）解围了。（内鼓介）船只齐备了，禀大王起行。（行介）

江头送别（净）淮扬外，淮扬外，海波摇动。东风劲，东风劲，锦帆吹送。夺取蓬莱为巢洞，鳌背上立着旗峰。

前腔（丑）顺天道，顺天道，放些儿闲空。招安后，招安后，再交兵言重。险做了为金家伤炎宋。权袖手，做个混海痴龙。

（众）禀大王、娘娘，出海了。（净）且下了营，天明进发。

（净）干戈未定各为君，
（丑）龙斗雌雄势已分。
（净）独把一麾江海去，
（众）莫将弓箭射官军。

江頭送别 淨 淮揚外淮揚外海波搖動東風勁東風勁錦帆吹送奪取蓬萊爲巢洞鼇背上立着旗峰

前腔 丑 順天道順天道放些兒閑空招安後招安後再交兵言重險做了爲金家傷炎宋權袖手做箇混海痴龍

衆 禀大王娘娘出海了 淨 且下了營天明進發

淨 干戈未定各爲君 丑 龍鬬雌雄勢已分
淨 獨把一麾江海去 衆 莫將弓箭射官軍

第肆拾捌齣 遇母

十二時 旦上 不住的相思鬼把前身退悔土臭全消肉香新長嫁寒儒客店裡孤棲 淨上 又着他攀高謫貴

第四十八出　遇母

十二时（旦上）不住的相思鬼，把前身退悔。土臭全消，肉香新长。嫁寒儒客店里孤栖。（净上）又着他攀高谒贵。

浣溪沙（旦）寂寞秋窗冷篆纹，（净）明珰玉枕旧香尘，（旦）断潮归去梦郎频。（净）桃树巧逢前度客，（旦）翠烟真是再来人，（合）月高风定影随身。（旦）姑姑，奴家喜得重生，嫁了柳郎。只道一举成名，回去拜访爹娘。谁知朝廷为着淮南兵乱，开榜稽迟。我爹娘正在围城之内，只得贵发柳郎往寻消耗，撇下奴家钱塘客店。你看那江声月色，凄怆人也。（净）小姐，比你黄泉之下，景致争多。（旦）这不在话下。

针线箱（旦）虽则是荒村店江声月色，但说着坟窝里前生今世，则这

浣溪沙　旦　寂寞秋牕冷篆紋　淨　明璫玉枕舊香塵　旦　斷潮歸去夢郎頻　淨　桃樹巧逢前度客　旦　翠煙眞是再來人　合　月高風定影隨身　旦　姑姑奴家喜得重生嫁了柳郎只道一舉成名回去拜訪爹娘誰知朝廷爲着淮南兵亂開榜稽遲我爹娘正在圍城之內只得貲發柳郎往尋消耗撇下奴家錢塘客店你看那江聲月色悽愴人也　淨　小姐比你黃泉之下景致爭多　旦　這不在話下

針線廂　旦　雖則是荒村店江聲月色但說着墳窩裏前生今世則這破門簾亂撒星光內煞強似洞天黑地姑姑呵三不歸父母如何的七件事兒夫家靠誰心悠曳不死不活睡夢裏爲個人兒　淨　似小姐的罕有

前腔　淨　件着你半間靈位又守見你一房夫壻　旦　姑姑那夜投尋秀

破门帘乱撒星光内，煞强似洞天黑地。姑姑呵，三不归父母如何的？七件事儿夫家靠谁？心悠曳，不死不活，睡梦里为个人儿。

（净）似小姐的罕有。

前腔（净）伴着你半间灵位，又守见你一房夫婿。（旦）姑姑，那夜搜寻秀才，知我闪在那里？（净）则道画帧儿怎放的个人回避，做的事瞒神唬鬼。（净）昏黑了，你看月儿黑黑的星儿晦，萤火青青似鬼火吹。（旦）好上灯了。（净）没油，黑坐地，三花两焰，留的你照解罗衣。

（旦）夜长难睡，还向主家借些油去。（净）你院子里坐坐，咱去借来。合着油瓶盖，踏碎玉莲蓬。

（下）（旦玩月叹介）

月儿高（老旦、贴行路上）江北生兵乱，江南走多半。不载香车稳，跋的鞋韃断。夫主兵权，望天涯生死如何判。前呼后拥，一个春香伴。凤髻消

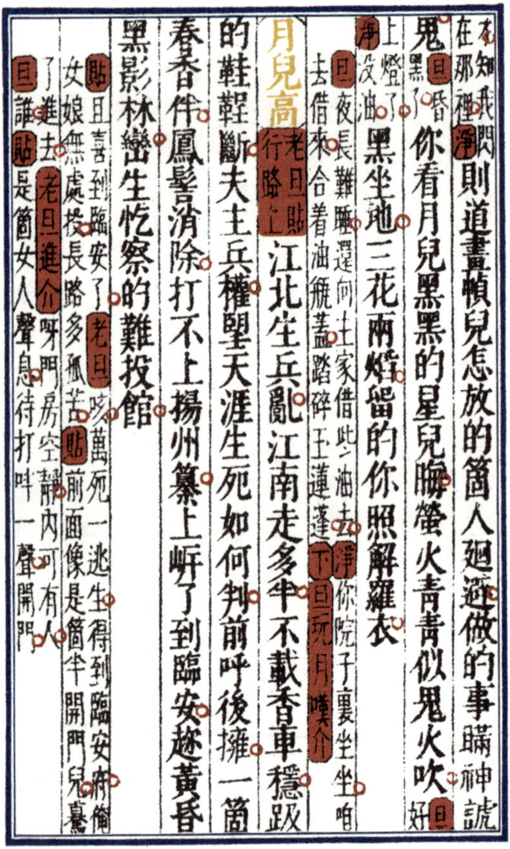
不知我閃在那裡淨則道畫幀兒怎放的箇人廻避做的事瞞神諕鬼旦昏黑了你看月兒黑黑的星兒晦螢火青青似鬼火吹旦好上燈了淨沒油黑坐地三花兩焰留的你照解羅衣

旦夜長難睡還向主家借些油去淨你院子裏坐坐咱去借來合着油瓶蓋踏碎玉蓮蓬下旦玩月嘆介

月兒高老旦貼行路上江北生兵亂江南走多半不載香車穩跋的鞋韃斷夫主兵權望天涯生死如何判前呼後擁一箇春香伴鳳髻消除打不上揚州纂上岈了到臨安越黃昏黑影林巒生忔察的難投館

貼且喜到臨安了老旦咳萬死一逃生得到臨安府備女娘無處投長路多孤苦貼前面像是箇半開門兒裏了進去老旦進介呀門房空静内可有人

旦誰貼是箇女人聲息待打叫一聲開門

除，打不上扬州纂。上岸了到临安。趁黄昏黑影林峦，生忔察的难投馆。（贴）且喜到临安了。（老旦）咳，万死一逃生，得到临安府。俺女娘无处投，长路多孤苦。（贴）前面像是个半开门儿，蓦了进去。（老旦进介）呀，门房空静，内可有人？（旦）谁？（贴）是个女人声息。待打叫一声：开门。

不是路（旦惊介）斜倚雕阑，何处娇音唤启关？（老旦）行程晚，女娘们借住霎儿间。（旦）听他言，声音不似男儿汉，待自起开门月下看。（见介）（旦）是一位女娘，请里坐。（老旦）相提盼，人间天上行方便。（旦）趋迎迟慢。趋迎迟慢。（打照面介）（老旦作惊介）

前腔（老旦）破屋颓椽，姐姐呵，你怎独坐无人灯不燃？（旦）这闲庭院，玩清光长送过这月儿圆。（老旦背叫贴）春香，这像谁来？（贴惊介）不

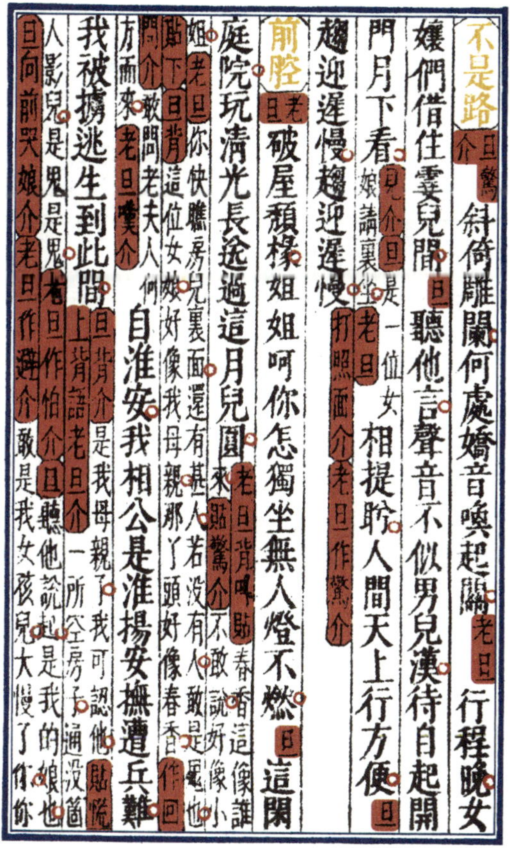
不是路旦驚介斜倚雕闌何處嬌音喚起關老旦行程晚女孃們借住雲兒閒旦聽他言聲音不似男兒漢待自起開門月下看見介旦是一位女娘請裏坐老旦相提盼人間天上行方便旦趨迎遲慢趨迎遲慢打照面介老旦作驚介

前腔老旦破屋頹椽姐姐呵你怎獨坐無人燈不燃旦這閑庭院玩清光長送過這月兒圓老旦背叫貼春香這像誰來貼驚介不敢說好像小姐老旦你快瞧房兒裏面還有甚人若没有人敢是鬼也貼下旦背這位女娘好像我母親那了頭好像春香作回問介敢問老夫人何方而來老旦嘆介自淮安我相公是淮揚安撫遭兵難我被擄逃生到此間旦背介是我母親了我可認他貼慌上背語老旦介一所空房子通没箇人影兒是鬼是鬼老旦作怕介旦聽他說起是我的娘也旦向前哭娘介老旦作避介敢是我女孩兒大慢了作你

敢说，好像小姐。（老旦）你快瞧房儿里面，还有甚人？若没有人，敢是鬼也？（贴下）（旦背）这位女娘，好像我母亲，那丫头好像春香。（作回问介）敢问老夫人，何方而来？（老旦叹介）自淮安，我相公是淮扬安抚，遭兵难，我被掳逃生到此间。（旦背介）是我母亲了，我可认他？（贴慌上，背语老旦介）一所空房子，通没个人影儿。是鬼，是鬼！（老旦作怕介）（旦）听他说起，是我的娘也。（旦向前哭娘介）（老旦作避介）敢是我女孩儿？大慢了你，你活现了。春香，有随身纸钱，快丢，快丢。（贴丢纸钱介）（旦）儿不是鬼。（老旦）不是鬼，我叫你三声，要你应我，一声高如一声。（做三叫三应，声渐低介）（老旦）是鬼也。（旦）娘，你女儿有话讲。（老旦）则略靠远，冷淋侵一阵风儿旋，这般活现。（旦）那些活现？

（旦扯老旦，老旦作怕介）儿，手恁般冷。（贴跪叩头介）小姐，休要捻了春香。（老旦）儿，不曾广超度你，是你父亲古执。（旦哭介）娘，你这等怕，女孩儿死不放娘去了。

前腔（净持灯上）门户牢拴，为甚空堂人语喧？（灯照地介）这青苔院，怎生吹落纸黄钱？（贴）夫人，来的不是道姑？（老旦）可是。（净惊介）呀，老夫人和春香那里来？这般大惊小怪。看他打盘旋，那夫人呵，怕漆灯无焰将身远。小姐恨不得幽室生辉得近前。（旦）姑姑快来，奶奶害怕。（贴）这姑姑敢也是个鬼？（净扯老旦，照旦介）休疑惮。移灯就月端详遍，可是当年人面？（合）是当年人面。

（老旦抱旦泣介）儿呵，便是鬼，娘也不舍的去了！

前腔（老旦）肠断三年，怎坠海明珠去复旋？（旦）爹娘面，阴司里怜念把魂还。（贴）小姐，你怎生出的坟来？

活現了。春香有嚧身紙錢。快丟快丟。貼丟紙錢介 旦 兒不是鬼。老旦 不是鬼。我叫你三聲。要你應我一聲高如一聲。做三叫三應聲漸低介 老旦 是鬼也。旦 娘你女兒有話講。老旦 則略靠遠。冷淋侵一陣風兒旋。這般活現。旦 那些活現。

旦扯老旦作怕介 兒手恁般冷。貼跪叩頭介 小姐休要撚了春香。老旦 兒不曾廣超度。你是你父親古執。旦哭介 娘你這等怕。女孩兒死不放娘去了。

前腔 淨持燈上 門戶牢拴。爲甚空堂人語喧。燈照地介 這青苔院。怎生吹落紙黃錢。貼 夫人來的不是道姑。老旦 可是。淨驚介 呀。老夫人和春香那裏來。這般大驚小怪。看他打盤旋。那夫人呵。怕漆燈無燄將身遠。小姐恨不得幽室生輝得近前。旦 姑姑快來。奶奶害怕。貼 這姑姑敢也是箇鬼。淨扯老旦照旦介 休疑憚。移燈就月端詳遍。可是當年人面。合 是當年人面。

（旦）好难言。（老旦）是怎生来？（旦）则感的是东岳大恩眷，托梦一个书生把墓踹穿。（老旦）书生何方人氏？（旦）是岭南柳梦梅。（贴）怪哉，当真有个柳和梅。（老旦）怎同他来此？（旦）他来科选。（老旦）这等是个好秀才，快请相见。（旦）我央他看淮扬动定去把爹娘探，因此上独眠深院，独眠深院。

（老旦背与贴语介）有这等事？（贴）便是，难道有这样出跳的鬼？（老旦回介泣介）我的儿呵！

番山虎（老旦）则道你烈性上青天，端坐在西方九品莲，不道三年鬼窟里重相见。哭得我手麻肠寸断，心枯泪点穿。梦魂沉乱，我神情倒颠。看时儿立地，叫时娘各天。怕你茶与饭无浇奠，牛羊侵墓田。（合）今夕何年？今夕何年？咦，还怕这相逢梦边。

前腔（旦泣介）你抛儿浅土，骨冷难眠。吃不尽爷娘饭，江南寒食天。可也不想有今日，也道不起从前。似这

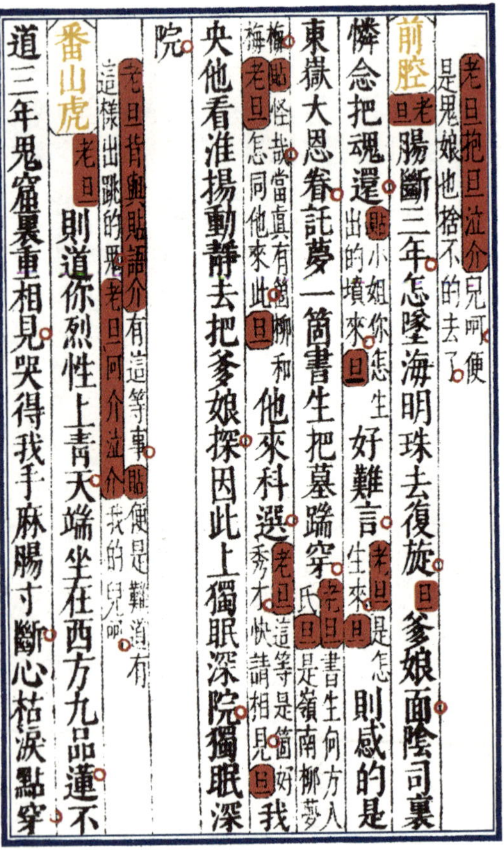
老旦抱旦泣介兒呵便是鬼娘也捨不的去了

前腔老旦腸斷三年怎墜海明珠去復旋旦爹娘面陰司裏憐念把魂還貼小姐你怎生好難言老旦是怎生來旦則感的是東嶽大恩眷託夢一箇書生把墓踹穿老旦書生何方人氏旦是嶺南柳夢梅貼怪哉當眞有箇柳梅和老旦怎同他來此旦他來科選老旦這等是箇好秀才快請相見旦我央他看淮揚動靜去把爹娘探因此上獨眠深院獨眠深院

老旦背與貼語介有這等事貼便是難道有這樣出跳的鬼老旦回介泣介我的兒呵

番山虎老旦則道你烈性上青天端坐在西方九品蓮不道三年鬼窟裏重相見哭得我手麻腸寸斷心枯淚點穿

般糊突迷，甚时明白也天！鬼不要，人不嫌，不是前生断，今生怎得连！（合前）（老旦）老姑姑，也亏你守着我儿。

前腔（净）近的话不堪提咽，早森森地心疏体寒。空和他做七做中元，怎知他成双成爱眷？（低与老旦介）我捉鬼拿奸，知他影戏儿做的恁活现？（合）这样奇缘，这样奇缘，打当了轮回一遍。

前腔（贴）论魂离倩女是有，知他三年外灵骸怎全？则恨他同棺椁、少个郎官，谁想他为院君这宅院。小姐呵，你做的相思鬼穿，你从夫意专。那一日春香不铺其孝筵，那节儿夫人不哀哉醮荐？早知道你撇离了阴司，跟了人上船！（合前）

尾声（老旦）感得化生女显活在灯前面。则你的亲爹，他在贼子窝中没信传。（旦）娘放心，有我那信行的人儿，他穴地通天，打听的远。

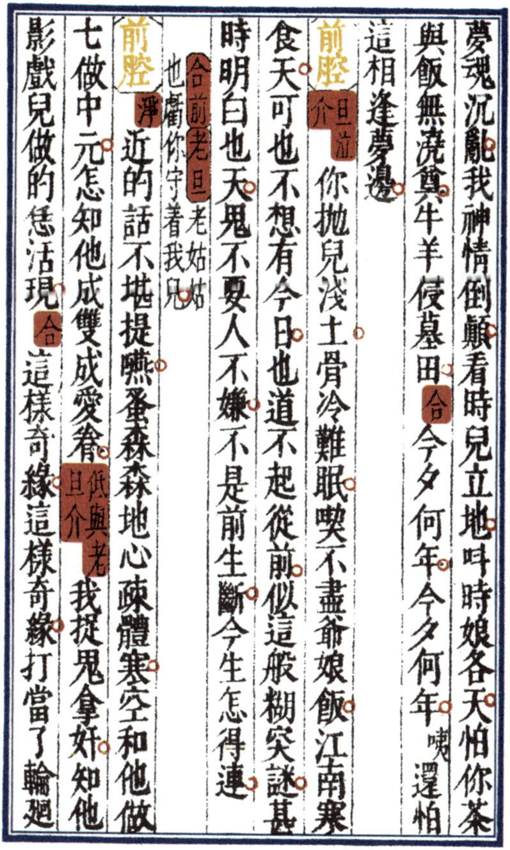
夢魂沉亂我神情倒顛看時兒立地叫時娘各天怕你茶與飯無澆奠牛羊侵墓田 合 今夕何年今夕何年 咦 還怕這相逢夢邊

前腔 旦泣介 你拋兒淺土骨冷難眠喫不盡爺娘飯江南寒食天可也不想有今日也道不起從前似這般糊突謎甚時明白也天鬼不要人不嫌不是前生斷今生怎得連

合前老旦 老姑姑也虧你守着我兒

前腔 淨 近的話不堪提嚥早森森地心疏體寒空和他做七做中元怎知他成雙成愛眷 低與老旦介 我捉鬼拿奸知他影戲兒做的恁活現 合 這樣奇緣這樣奇緣打當了輪廻

想像精灵欲见难，
碧桃何处便骖鸾？
莫道非人身不暖，
菱花初晓镜光寒。

第四十九出　淮泊

三登乐（生包袱、雨伞上）有路难投，禁得这乱离时候！走孤寒落叶知秋。为娇妻思岳丈，探听扬州。又谁料他困守淮扬，索奔前答救。

集唐　那能得计访情亲？浊水污泥清路尘。自恨为儒逢世难，却怜无事是家贫。俺柳梦梅，阳世寒儒，蒙

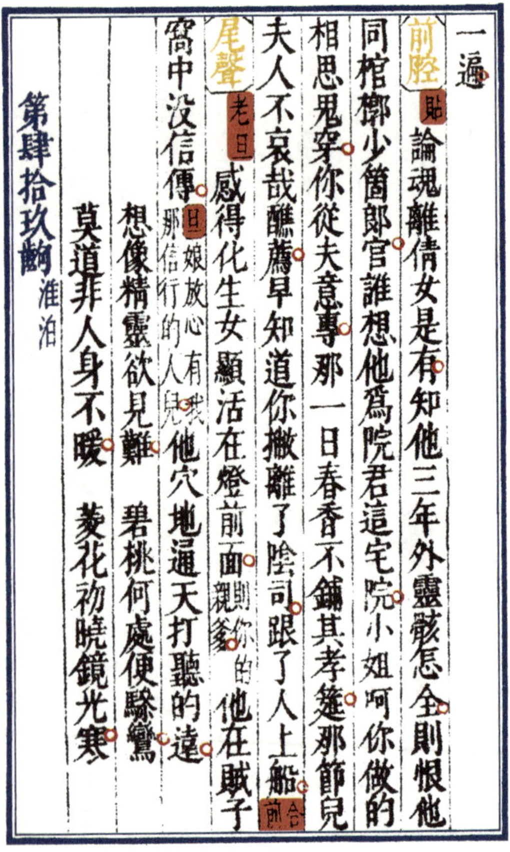

一遍。

【前腔】（貼）論魂離倩女是有，知他三年外靈骸怎全？則恨他同棺槨少箇郎官，誰想他為院君這宅院。小姐呵，你做的相思鬼穿，你從夫意專。那一日春香不鋪其孝筵，那節兒夫人不哀哉醮薦。早知道你撇離了陰司，跟了人上船。（合前）

【尾聲】（老旦）感得化生女顯活在燈前面，則你的親爹他在賊子窩中沒信傳。（旦）娘放心，有我那信行的人兒他穴地通天打聽的遠。

想像精靈欲見難，碧桃何處便驂鸞？
莫道非人身不暖，菱花初曉鏡光寒。

第肆拾玖齣　淮泊

杜小姐阴司热宠，得为夫妇，相随赴科。且喜殿试撺过卷子，又被边报耽误榜期。因此小姐呵，闻说他尊翁淮扬兵急，叫俺沿路上体访安危。亲赍一幅春容，敬报再生之喜。虽则如此，客路贫难，诸凡路费之资，尽出圹中之物。其间零碎宝玩，急切典卖不来。有些成器金银，土气销镕有限。兼且小生看书之眼，并不认的戥子星儿。一路上赚骗无多，逐日里支分有尽。到得扬州地面，恰好岳丈大人移镇淮城。贼兵阻路，不敢前进。且喜因循解散，不免迤逦数程。

锦缠道（生）早则要、醉扬州，寻杜牧，梦三生花月楼，怎知他长淮去休！那里有缠十万、顺天风跨鹤闲游！则索傍渔樵寻食宿、败荷衰柳，添一抹五湖秋。那秋意儿有许多迤逗！咱功名事未酬，冷落我断肠闺秀。堪回首？算江南江北有十分愁。

三登樂 生包袱雨傘上 有路難投禁得這亂離時候走孤寒落葉知秋為嬌妻思岳丈探聽揚州又誰料他困守淮揚索奔前答救

集唐 那能得計訪情親濁水汚泥清路塵自恨為儒逢世難却憐無事是家貧俺柳夢梅陽世寒儒蒙杜小姐陰司熱寵得為夫婦相隨赴科且喜殿試攛過卷子又被邊報躭誤榜期因此小姐呵聞說他尊翁淮揚兵急叫俺沿路上體訪安危親賫一幅春容敬報再生之喜雖則如此客路貧難諸凡路費之資盡出壙中之物其間零碎寶玩急切典賣不來有此成器金銀土氣銷鎔有限兼且小生看書之眼並不認的戥子星兒一路上賺騙無多逐日裏支分有盡到得揚州地面恰好岳丈大人移鎮淮城賊兵阻路不敢前進且喜因循解散不免迤邐數程

錦纏道 生 早則要醉揚州尋杜牧夢三生花月樓怎知他

一路行来，且喜看见了插天高的淮城，城下一带清长淮水。那城楼之上，还挂有丈六阔的军门旗号。大吹大擂，想是日晚掩门了。且寻小店歇宿。（丑上）多搀白水江湖酒，少赚黄边风月钱。秀才投宿么？（生进店介）（丑）要果酒？案酒？（生）天性不饮。（丑）柴米是要的？（生）吃倒算。（丑）算倒吃。（生）花银五分在此。（丑）高银散碎些，待我称一称。（称介，作惊叫介）银子走了。（寻介）（生）怎大惊小怪？（丑）秀才，银子地缝里走了，你看碎珠儿。（生）这等，还有几块在这里。（丑接银又走，三度介）呀，原来秀才会使水银。（生）因何是水银？（背介）是了，是小姐殡敛之时，水银在口。龙含土成珠而上天，鬼含汞成丹而出世，理之然也。此乃见风而化。原初小姐死，水银也死；如今小姐活，水银也活了。则可惜这神奇之物，世人

長淮去休那裡有纏十萬順天風跨鶴閑遊則索傍漁樵
尋食宿敗荷衰柳添一抹五湖秋那秋意兒有許多逍遥
咱功名事未酬冷落我斷腸閨秀堪回首算江南江北有
十分愁

一路行來且喜看見了插天高的淮城城下一帶清長淮水那城樓之上還掛有丈六闊的軍門旗號大吹大擂想是日晚掩門了且尋小店歇宿丑上多攙白水江湖酒少賺黃邊風月錢秀才投宿麼生進店介丑要果酒案酒生天性不飲丑柴米是要的生喫倒筭丑筭倒喫生花銀五分在此丑高銀散碎些待我稱一稱介作驚叫介銀子走了尋介生怎的大驚小怪丑秀才銀子地縫裏走了你看碎珠兒生這等還有幾塊在這裡丑接銀又走三度介呀原來秀才會使水銀生因何是水銀背介是了是小姐殯殮之時水銀在口龍含土成珠而上天鬼含汞成丹而出世理之然也此乃見風而化原初小姐死水銀也死如今小姐活水銀也活了則

不知。（回介）也罢了。店主人，你将我花银都消散去了，如今一厘也无。这本书是我平日看的，准酒一壶。（丑）书破了。（生）贴你一枝笔。（丑）笔开花了。（生）此中使客往来，你可也听见『读书破万卷』？（丑）不听见。（生）可听见『梦笔吐千花』？（丑）不听见。

皂罗袍（生作笑介）可笑一场闲话，破诗书万卷，笔蕊千花。是我差了，这原不是换酒的东西。（丑笑介）神仙留玉佩，卿相解金貂。（生）你说金貂玉佩，那里来的？有朝货与帝王家，金貂玉佩书无价。你还不知道，便是千金小姐，依然嫁他。一朝臣宰，端然拜他。（丑）要他则甚？（生）读书人把笔安天下。

（生）不要书，不要笔，这把雨伞可好？（丑）天下雨哩。（生）明日不走了。（丑）饿死在这里？（生笑介）你认的淮扬杜安抚么？（丑）谁不认的！

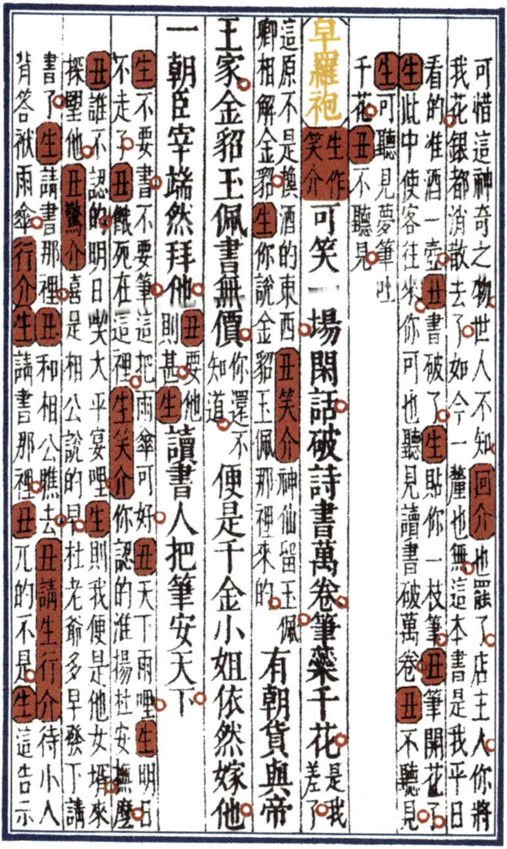
可惜這神奇之物世人不知（回介）也罷了店主人你將
我花銀都消散去了如今一釐也無這本書是我平日
看的准酒一壺（丑）書破了（生）貼你一枝筆（丑）筆開花了
（生）此中使客往來你可也聽見讀書破萬卷（丑）不聽見
（生）可聽見夢筆吐
千花（丑）不聽見
皂羅袍（生作笑介）可笑一場閒話破詩書萬卷筆蘂千花是我
差了
這原不是換酒的東西（丑笑介）神仙留玉佩
卿相解金貂（生）你說金貂玉佩那裡來的有朝貨與帝
王家金貂玉佩書無價你還不知道便是千金小姐依然嫁他
一朝臣宰端然拜他（丑）要他則甚（生）讀書人把筆安天下
（生）不要書不要筆這把雨傘可好（丑）天下雨哩（生）明日
不走了（丑）餓死在這裡（生笑介）你認的淮揚杜安撫麼
（丑）誰不認的明日要大平宴哩（生）則我便是他女壻來
探望他（丑驚介）喜是相公說的早杜老爺多早發下請
書了（生）請書那裡（丑）和相公瞧去（丑請生行介）待小人
背答袱雨傘（行介）（生）請書那裡（丑）兀的不是（生）這告示

明日吃太平宴哩。（生）则我便是他女婿，来探望他。（丑惊介）喜是相公说的早，杜老爷多早发下请书了。（生）请书那里？（丑）和相公瞧去。（丑请生行介）待小人背答祓雨伞。（行介）（生）请书那里？（丑）兀的不是！（生）这告示居民的。（丑）便是。你瞧：

前腔（丑）『禁为闲游奸诈。』杜老爷是巴上生的，『自三巴到此，万里为家。不教子侄到官衙，从无女婿亲闲杂。』这句单指你相公，『若有假充行骗，地方禀拿。』下面说小的了，『扶同歇宿，罪连主家。为此须至关防者。』『右示通知。建炎三十二年五月日示。』你看后面『安抚司杜』大花押。上面盖着一颗『钦差安抚淮扬等处地方提督军务安抚司使之印』，鲜明紫粉。相公，相公，你在此消停，小人告回了。各人自扫门前雪，休管他家屋上霜。（下）（生哭介）我的妻，你怎知丈夫到此凄惶

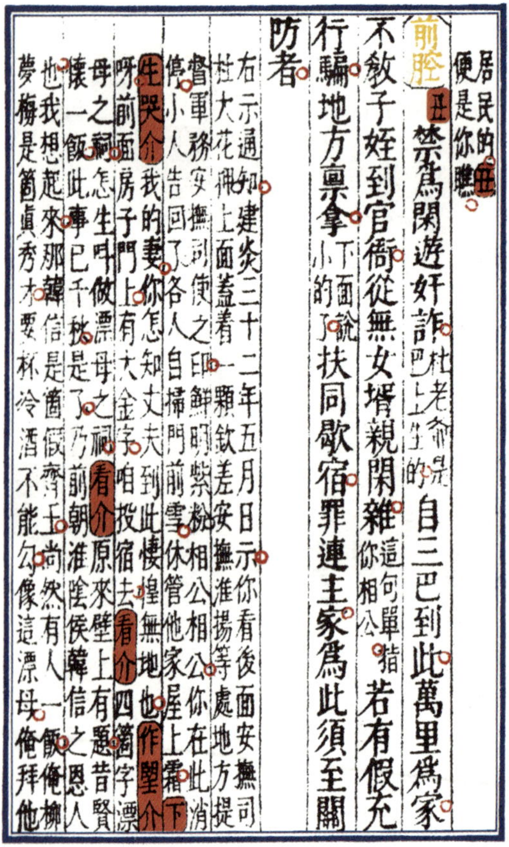
居民的丑便是你瞧
前腔丑禁爲閑遊奸詐杜老爺是巴上生的自三巴到此萬里爲家
不教子姪到官衙從無女壻親閑雜這句單指你相公若有假充
行騙地方稟拿下面說小的了扶同歇宿罪連主家爲此須至關
防者
右示通知建炎三十二年五月日示你看後面安撫司
杜大花押上面蓋着一顆欽差安撫淮揚等處地方提
督軍務安撫司使之印鮮明紫粉相公相公你在此消
停小人告回了各人自掃門前雪休管他家屋上霜下
生哭介我的妻你怎知丈夫到此悽惶無地也作望介
呀前面房子門上有大金字咱投宿去看介四箇字漂
母之祠怎生叫做漂母之祠看介原來壁上有題昔賢
懷一飯此事已千秋是了乃前朝淮陰侯韓信之恩人
也我想起來那韓信是箇假齊王尚然有人一飯俺柳
夢梅是箇眞秀才要杯冷酒不能勾像這漂母俺拜他

无地也。（作望介）呀，前面房子门上有大金字，咱投宿去。（看介）四个字：漂母之祠。怎生叫做漂母之祠？（看介）原来壁上有题：『昔贤怀一饭，此事已千秋。』是了，乃前朝淮阴侯韩信之恩人也。我想起来，那韩信是个假齐王，尚然有人一饭，俺柳梦梅是个真秀才，要杯冷酒不能勾！像这漂母，俺拜他一千拜。

莺皂袍（拜介）垂钓楚天涯，瘦王孙，遇漂纱。楚重瞳较比这秋波瞎。太史公表他，淮安府祭他，甫能勾一饭千金价。看古来妇女多有俏眼儿：文公乞食，僖妻礼他；昭关乞食，相逢浣纱。凤尖头叩首三千下。

起更了，廊下一宿。早去伺候开门，没水梳洗。（看介）好了，下雨哩。

旧事无人可共论，
只应漂母识王孙。
辕门拜手儒衣弊，
莫使沾濡有泪痕。

第五十出 闹宴

梁州令（外引丑众上）长淮千骑雁行秋，浪卷云浮。思乡泪国倚层楼。（合）看机遣，逢奏凯，且迟留。

昭君怨 万里封侯岐路，几雨英雄草屦。秋城鼓角催，老将来。 烽火平安昨夜，梦醒家山泪下。 兵戈未许归，意徘徊。我杜宝，身为安抚，时值兵冲。围绝救援，贻书解散。李寇既去，金兵不来。中间善后事宜，且自看详停当。分付中军，门外伺候。（众下）（丑把门介）（外叹介）虽有存城之欢，实切亡妻之痛。（泪介）我的夫人呵，昨已单本题请他的身后恩典，兼求赐假西归。未知旨意如何？正是：功名富贵草头露，骨肉团圆锦上花。（看文书介）

一千拜。

鶯啼序（拜介）埀釣楚天涯。瘦王孫遇漂紗。楚重瞳較比這秋波瞎。太史公表他淮安府。祭他甫能勾一飯千金價。看古來婦女多有俏眼兒。文公乞食僖妻禮他。昭關乞食相逢浣紗。鳳尖頭叩首三千下。

起更了。廊下一宿。早去伺候開門。沒水梳洗。（看介）好了。下雨哩。

舊事無人可共論。只應漂母識王孫。

轅門拜手儒衣弊。莫使沾濡有淚痕。

第伍拾齣 鬧宴

梁州令（外引丑衆上）長淮千騎鴈行秋。浪捲雲浮。思鄉淚國倚金蕉叶（生破衣巾携春容上）穷愁客愁，正摇落雁飞时候。（整容介）帽儿光整顿从头，还则怕未分明的门楣认否？

（丑喝介）甚么人行走？（生）是杜老爷女婿拜见。（丑）当真？（生）秀才无假。（丑进禀介）（外）关防明白了。（问丑介）那人材怎的？（丑）也不怎的。袖着一幅画儿。（外笑介）是个画师。则说老爷军务不闲便了。（丑见生介）老爷军务不闲。请自在。（生）叫我自在，自在不成人了。（丑）等你去，成人不自在。（生）老爷可拜客去么？（丑）今日文武官僚吃太平宴，牌簿都缴了。（生）大哥，怎么叫做太平宴？（丑）这是各边方年例。则今年退了贼，筵宴盛些。席上有金花树，银台盏，长尺头，大元宝，无数的。你是老爷女婿，背几个去。（生）原来如此。则怕进见之时，考一首《太平宴诗》，或是《军中凯歌》，或

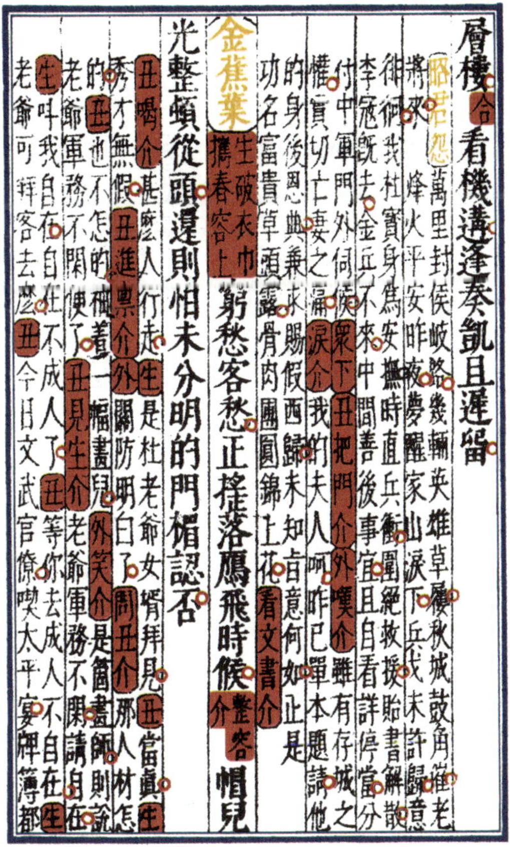
層樓（合）看機遘逢奏凱且遲留（昭君怨）萬里封侯岐路幾輛英雄草屨秋城鼓角催老將來烽火平安昨夜夢醒家山淚下兵戈未許歸意御俺我杜寶身爲安撫時直兵衝圍絕救援貽書解散李寇既去金兵不來中間善後事宜且自看詳停當分付中軍門外伺候（衆下）（丑把門介）（外嘆介）雖有存城之權負切亡妻之痛（淚介）我的夫人啊昨已單本題請他的身後恩典兼求賜假西歸未知旨意何如止是功名富貴草頭露骨肉團圓錦上花（看文書介）

（金蕉葉）（生破衣巾攜春容上）窮愁客愁正搖落鴈飛時候（整容介）帽兒光整頓從頭還則怕未分明的門楣認否

（丑喝介）甚麽人行走（生）是杜老爺女婿拜見（丑）當真（生）秀才無假（丑進稟介）（外）關防明白了（問丑介）那人材怎的（丑）也不怎的袖着一幅畫兒（外笑介）是箇畫師則說老爺軍務不閑便了（丑見生介）老爺軍務不閑請自在（生）叫我自在自在不成人了（丑）等你去成人不自在（生）老爺可拜客去麽（丑）今日文武官僚喫太平宴牌簿都

是《淮清颂》，急切怎好？且在这班房里等着，打想一篇，正是有备无患。（丑）秀才还不走，文武官员来也。（生下）

梁州令（末扮文官上）长淮望断塞垣秋，喜兵甲潜收。贺升平、歌颂许吾流。（净扮武官上）兼文武，陪将相，宴公侯。

请了。（末）今日我文武官属太平宴，水陆务须华盛，歌舞都要整齐。（末、净见介）圣天子万灵拥辅，老君侯八面威风。寇兵销咫尺之书，军礼设太平之宴。谨已完备，望乞俯容。（外）军功虽卑未难当，年例有诸公怎废？难言奏凯，聊用舒怀。（内鼓吹介）（丑持酒上）黄石兵书三寸舌，清河雪酒五加皮。酒到。

梁州序（外浇酒介）天开江左，地冲淮右，气色夜连刁斗。（末、净进酒介）长城一线，何来得御君侯！喜平销战气，不动征旗，一纸书回寇。那

繳了（生）大哥怎麼叫做太平宴（丑）這是各邊方年例則今年退了賊筵宴盛此席上有金花樹銀臺盞長尺頭大元寶無數的你是老爺女婿背幾箇去（生）原來如此則怕進見之時考一首太平宴詩或是軍中凱歌或是淮清頌急切怎好且在這班房裏等着打想一篇正是有備無患（丑）秀才還不走文武官員來也（生下）

梁州令（末扮文官上）長淮望斷塞垣秋喜兵甲潛收賀昇平謌頌許吾流（淨扮武官上）兼文武陪將相宴公侯

請了（末）今日我文武官屬太平宴水陸務須華盛歌舞都要整齊（末淨見介）聖天子萬靈擁輔老君侯八面威風寇兵銷咫尺之書軍禮設太平之宴謹已完備望乞俯容（外）軍功雖卑末難當年例有諸公怎廢難言奏凱聊用舒懷（內鼓吹介）（丑持酒上）黃石兵書三寸舌清河雪酒五加皮酒到

梁州序（外澆酒介）天開江左地冲淮右氣色夜連刀斗（末淨進酒介）長城一線何來得御君侯喜平銷戰氣不動征旗一紙書

堪羌笛里望神州！这是万里筹边第一楼。（合）乘塞草，秋风候，太平筵上如淮酒，尽慷慨，为君寿。

前腔（外）吾皇福厚，群才策凑，半壁围城坚守。（末、净）分明军令，杯前借箸题筹。（外）我题书与李全夫妇呵，也是燕支却虏，夜月吹篪，一字连环透。不然无救也怎生休！不是天心不聚头。（合前）

（内擂鼓介）（老旦扮报子上）金貂并入三公府，锦帐谁当万里城？报老爷，奏本已下，奉有圣旨，不准致仕。钦取老爷还朝，同平章军国大事。老夫人追赠一品贞烈夫人。（末、净）平章乃宰相之职，君侯出将入相，官属不胜欣仰。

前腔（末、净送酒介）揽貂蝉岁月淹留，庆龙虎风云辐辏。君侯此一去呵，看洗兵河汉，接天高手。偏好桂花时节，天香随马，箫鼓鸣清昼。到长安宫阙里报高秋，可也河上砧声忆旧游？（合前）

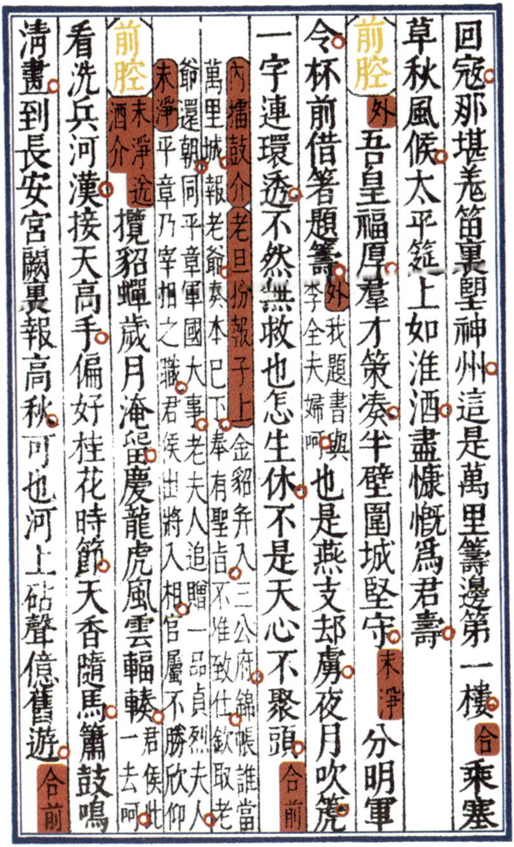
回寇邪堪羌笛裏望神州這是萬里籌邊第一樓（合）乘塞草秋風候太平筵上如淮酒盡慷慨爲君壽

前腔（外）吾皇福厚羣才策湊半壁圍城堅守（末淨）分明軍令杯前借箸題籌（外）我題書與李全夫婦呵也是燕支却虜夜月吹篪一字連環透不然無救也怎生休不是天心不聚頭（合前）

（內擂鼓介）（老旦扮報子上）金貂并入三公府錦帳誰當萬里城報老爺奏本已下奉有聖旨不准致仕欽取老爺還朝同平章軍國大事老夫人追贈一品貞烈夫人（末淨）平章乃宰相之職君侯出將入相官屬不勝欣仰

前腔（末淨送酒介）攬貂蟬歲月淹留慶龍虎風雲輻輳君侯此一去呵看洗兵河漢接天高手偏好桂花時節天香隨馬簫鼓鳴清晝到長安宮闕裏報高秋可也河上砧聲憶舊遊（合前）

（外）诸公皆高才壮岁，自致封侯。如杜宝者，白首还朝，何足道哉！

前腔（外）每日价看镜登楼，泪沾衣浑不如旧。似江山如此，光阴难又。猛把吴钩看了，阑干拍遍，落日重回首。此去呵，恨南归草草也寄东流，（举手介）你可也明月同谁啸庾楼？（合前）

（生上）腹稿已吟就，名单还未通。（见丑介）大哥替我再一禀。（丑）老爷正吃太平宴。（生）我太平宴诗也想完一首了，太平宴还未完。（丑）谁叫你想来？（生）大哥，俺是嫡亲女婿，没奈何禀一禀。（丑进禀介）禀老爷，那个嫡亲女婿，没奈何禀见。（外）好打！（丑出作恼，推生出介）（生）老丈人高宴未终，咱半子礼当恭候。（下）（旦、贴扮女乐上）壮士军前半死生，美人帐下能歌舞。营妓们叩头。

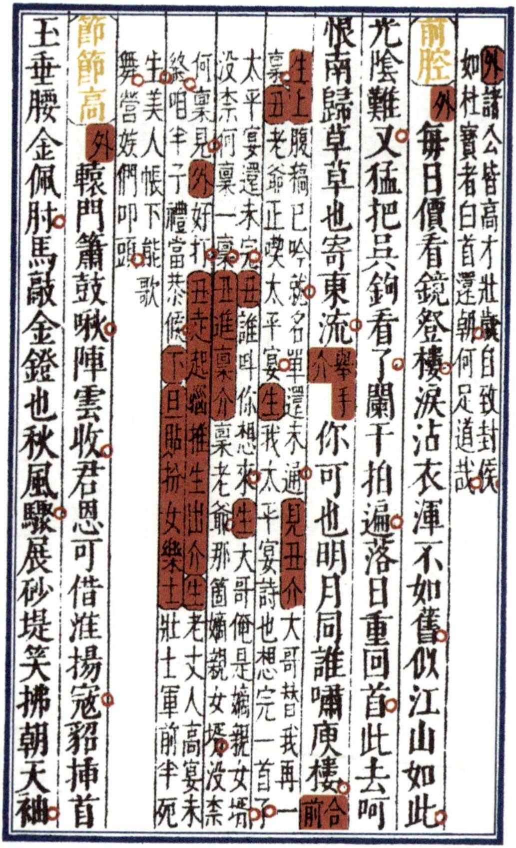
外 諸公皆高才壯歲。自致封侯。如杜寶者白首還朝。何足道哉。

前腔 外 每日價看鏡登樓。淚沾衣渾不如舊。似江山如此。光陰難又。猛把吳鉤看了。闌干拍遍。落日重回首。此去呵。恨南歸草草也寄東流。舉手介 你可也明月同誰嘯庾樓。合前

生上 腹稿已吟就。名單還未通。見丑介 大哥替我再一稟。丑 老爺正喫太平宴。生 我太平宴詩也想完一首了。太平宴還未完。丑 誰叫你想來。生 大哥。俺是嫡親女婿。沒柰何稟一稟。丑進稟介 稟老爺。那箇嫡親女婿。沒柰何稟見。外 好打。丑出作惱推生出介 生 老丈人高宴未終。咱半子禮當恭候。下 旦貼扮女樂上 壯士軍前半死生。美人帳下能歌舞。營妓們叩頭。

節節高 外 轅門簫鼓啾。陣雲收。君恩可借淮揚寇。貂插首。玉垂腰。金佩肘。馬敲金鐙也。秋風驟。展砂堤笑拂朝天袖。

节节高（外）辕门箫鼓啾，阵云收。君恩可借淮扬寇？貂插首，玉垂腰，金佩肘。马敲金镫也秋风骤，展沙堤笑拂朝天袖。（合）但卷取江山献君王，看玉京迎驾把笙歌奏。

（生上）欲穷千里目，更上一层楼。想歌阑宴罢，小生饥困了，不免冲席而进。（丑拦介）饿鬼不羞！（生恼介）你是老爷跟马贱人，敢辱我乘龙贵婿？打不得你？（生打丑介）（外问介）军门外谁敢喧嚷？（丑）是早上嫡亲女婿叫做没奈何的，破衣、破帽、破褡裢、破雨伞，手里拿一幅破画儿，说他饿的荒了，要来冲席。但劝的都打，连打了九个半，则剩下小的这半个脸儿。（外恼介）可恶！本院自有禁约，何处寒酸，敢来胡赖？（末、净）此生委系乘龙，属官礼当攀凤。（外）一发中他计了。叫中军官暂时拿下那光棍。逢州县驿，递解到临安监候者。（老旦扮中军官应介）

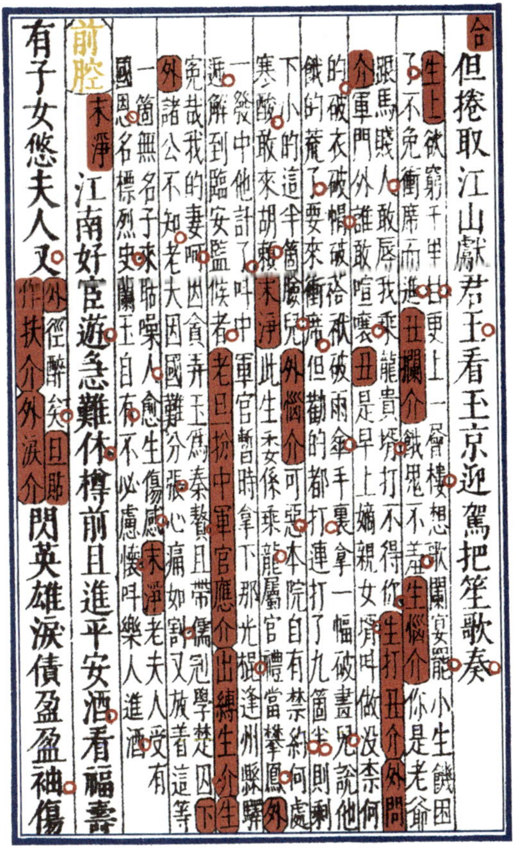
（合）但捲取江山獻君王看玉京迎駕把笙歌奏（生上）欲窮千里目更上一層樓想歌闌宴罷小生餓困了不免衝席而進（丑攔介）餓鬼不羞（生惱介）你是老爺跟馬賤人敢辱我乘龍貴壻打不得你（生打丑介）（外問介）軍門外誰敢喧嚷（丑）是早上嫡親女壻叫做沒奈何的破衣破帽破褡褳破雨傘手裏拿一幅破畫兒說他餓的荒了要來衝席但勸的都打連打了九箇半則剩下小的這半箇臉兒（外惱介）可惡本院自有禁約何處寒酸敢來胡賴（末淨）此生委係乘龍屬官禮當攀鳳（外）一發中他計了叫中軍官暫時拿下那光棍逢州縣驛遞解到臨安監候者（老旦扮中軍官應介）（出縛生介）（生）冤哉我的妻啊因貧弄玉為秦贅且帶儒冠學楚囚（下）（外）諸公不知老夫因國難分張心痛如割又被着這等一箇無名子來胡嚷人愈生傷感（末淨）老夫人受有國恩名標烈女蘭玉自有不必慮懷吁樂人進酒

前腔（末淨）江南好宦遊急難休樽前且進平安酒看福壽有子女悠夫人又（外）徑醉矣（旦）聽（作扶介）（外淚介）閃英雄淚債盈盈袖傷

（出缚生介）（生）冤哉！我的妻呵！因贫弄玉为秦赘，且戴儒冠学楚囚。（下）（外）诸公不知，老夫因国难分张，心痛如割。又放着这等一个无名子来聒噪人，愈生伤感。（末、净）老夫人受有国恩，名标烈史。兰玉自有，不必虑怀。叫乐人进酒。

前腔（末、净）江南好宦游。急难休，樽前且进平安酒。看福寿有，子女悠，夫人又。（外）径醉矣。（旦、贴作扶介）（外泪介）闪英雄泪渍盈盈袖，伤心不为悲秋瘦。（合前）

（外）诸公请了。老夫归朝念切，即便起程。（内鼓乐介）

尾声（外）明日离亭一杯酒。（末、净）则无奈丹青圣主求。（外笑介）怕画的上麒麟人白首。

（外）万里沙西寇已平，
（末）东归衔命见双旌。
（净）塞鸿过尽残阳里，
（众）淮水长怜似镜清。

第五十一出　榜　下

（老旦、丑扮将军持瓜、锤上）凤舞龙飞作帝京，巍峨宫殿羽林兵。天门欲放传胪喜，江路新传奏凯声。请了。圣驾升殿，在此祇候。

北点绛唇（外扮老枢密上）整点朝纲，运筹边饷，山河壮。（净扮苗舜宾上）翰苑文章，显豁的升平象。

（净）请了，恭喜李全纳款，皆老枢密调度之功也。（外）正此引奏。前日先生看定状元试卷，蒙圣旨武偃文修，今其时矣。（净）正此题请。呀，一个老秀才走将来。好怪，好怪！（末破衣巾捧表上）先师孔夫子，未得见周王。本朝圣天子，得睹我陈最良。非小可也。（见外、净介）生员陈最良告揖。（净惊介）又是遗才告考么？（末）不敢，生员

心不爲悲秋瘦。合前

外　諸公請了。老夫歸朝念切。郎便起程。內鼓樂介

尾聲　外　明日離亭一杯酒。末淨　則無奈丹青聖主求。外笑介　怕畫的上麒麟人白首。

外　萬里沙西寇已平。末　東歸銜命見雙旌。

淨　塞鴻過盡殘陽裏。衆　淮水長憐似鏡清。

第伍拾壹齣　榜下

老旦丑扮將軍持瓜槌上　鳳舞龍飛作帝京。巍峨宮殿羽林兵。天門欲放傳臚喜。江路新傳奏凱聲。請了。聖駕升殿。在此祇候。

北點絳脣　外扮老樞密上　整點朝綱。運籌邊餉。山河壯。淨扮苗舜賓上　翰

是这枢密老大人门下引奏的。（外）则这生员，是杜安抚叫他招安了李全，便中带有降表。在此引见。（内响鼓，唱介）奏事官上御道。（外前跪，引末后跪、叩头介）（外）『掌管天下兵马知枢密院事臣谨奏：恭贺吾主，圣德天威。淮寇来降，金兵不动。有淮扬安抚臣杜宝，敬遣南安府学生员臣陈最良奏事。带有李全降表进呈。微臣不胜欢忭！』（内应介）杜宝招安李全一事，就着生员陈最良详奏。（外）万岁！（起介）（末）带表生员臣陈最良谨奏：

驻云飞（末）淮海维扬，万里江山气脉长。那安抚机谋壮，矫诏从宽荡。嗏，李贼快迎降，他表文封上。金王闻知，不敢兵南向。他则好看花到洛阳，咱取次擒胡过汴梁。

（内接应介）奏事的午门候旨。（末）万岁！（起介）（净跪介）前廷试着看详文字官臣苗舜宾谨奏：

苑文章顯豁的昇平象
淨請了恭喜李全納款皆老樞密調度之功也外正此
引奏前日先生看定狀元試卷蒙聖旨武偃文修今其
時矣淨正此題請呀一箇老秀才走將來好怪好怪末
戴衣巾捧表上先師孔夫子未得見周王本朝聖天子
得覩我陳最良非小可也見外淨介生員陳最良告揖
淨驚介又是遺才告考麼末不敢生員是這樞密老大
人門下引奏的外則這生員是杜安撫叫他招安了李
全便中帶有降表在此引見內响鼓唱介奏事官上御
道外前跪引末後跪叩頭介外掌管天下兵馬知樞密
院事臣謹奏恭賀吾主聖德天威淮寇來降金兵不動
有淮揚安撫臣杜寶敬遣南安府學生員臣陳最良奏
事帶有李全降表進呈微臣不勝懽忭內應介杜寶招
安李全一事就着生員陳最良詳奏外
萬歲起介末帶表生員臣陳最良謹奏
駐雲飛末淮海維揚萬里江山氣脉長那安撫機謀壯矯
詔從寬蕩嗏李賊快迎降他表文封上金王聞知不敢兵

前腔（净）殿策贤良，榜下诸生候久长。乱定人欢畅，文运天开放。嗏，文字已看详，胪传须唱。莫遣夔龙，久滞风云望。早是蟾宫桂有香，御酒封题菊半黄。

（内介）午门外候旨。（净）万岁！（起行介）今当榜期，这些寒儒，却也候久。（外笑介）则这陈秀才，夹带一篇海贼文字，到中得快。（内介）圣旨已到，跪听宣读。『朕闻李全贼平，金兵回避。甚喜，甚喜。此乃杜宝大功也。杜宝已前有旨，钦取回京。陈最良有奔走口舌之才，可充黄门奏事官，赐其冠带。其殿试进士，于中柳梦梅可以状元。金瓜仪从，杏苑赴宴。谢恩。』（众呼『万岁』起介）（众扮杂取冠带上）黄门旧是黉门客，蓝袍新作紫袍仙。（末作换冠服介）二位老先生，告揖。（外、净贺介）恭喜，恭喜。明日便借重新黄门唱榜了。（末）适间宣旨，状元柳梦梅何处人？（净）岭南人，此生遭际的奇异。（外）有甚奇异？（净）其

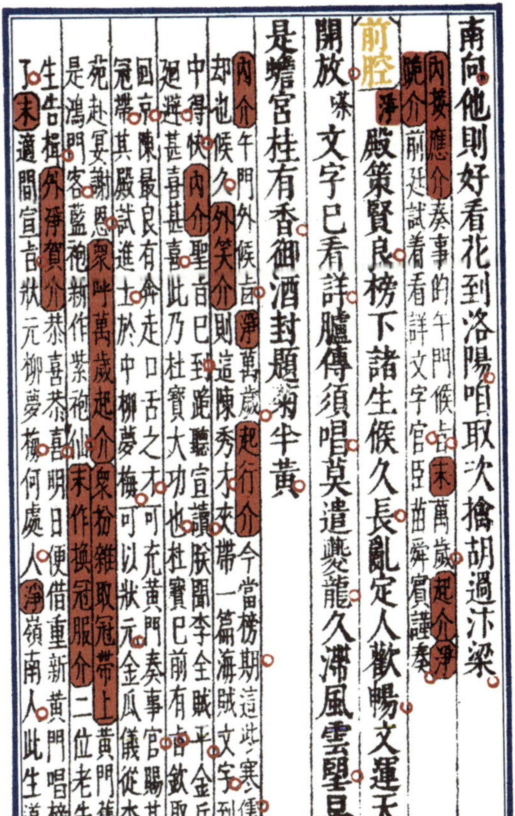

南向他則好看花到洛陽咱取次擒胡過汴梁

內要應介奏事的午門候旨末萬歲起介淨跪介前廷試着看詳文字官臣苗舜賓謹奏

前腔 淨 殿策賢良榜下諸生候久長亂定人歡暢文運天開放嗏文字已看詳臚傳須唱莫遣夔龍久滯風雲望早是蟾宮桂有香御酒封題菊半黃

內介午門外候旨淨萬歲起行介今當榜期這些寒儒却也候久外笑介則這陳秀才夾帶一篇海賊文字到中得快內介聖旨已到跪聽宣讀朕聞李全賊平金兵迴避甚喜甚喜此乃杜寶大功也杜寶已前有旨欽取回京陳最良有奔走口舌之才可充黃門奏事官賜其冠帶其殿試進士於中柳夢梅可以狀元金瓜儀從杏苑赴宴謝恩眾呼萬歲起介眾扮雜取冠帶上黃門舊是黌門客藍袍新作紫袍仙末作換冠服介二位老先生告揖外淨賀介恭喜恭喜明日便借重新黃門唱榜了末適間宣旨狀元柳夢梅何處人淨嶺南人此生遭

日试卷看详已定，将次进呈。恰好此生午门外放声大哭，告收遗才，原来为搬家小到京迟误。学生权收他在附卷进呈，不想点中状元。（外）原来有此！（末背想介）听来敢便是那个、那个柳梦梅？他那有家小？是了，和老道姑做一家儿。（回介）不瞒老先生，这柳梦梅也和晚生有旧。（外净）一发可喜可贺了。

（净）榜题金字射朝晖，
（外）独奏边机出殿迟。
（末）莫道官忙身老大，
（合）曾经卓立在丹墀。

第五十二出 索元

吴小四（净扮郭驼伞、包上）天九万，路三千，月余程，抵半年。破虱装衣担压肩，压的头脐匾又圆，圪喇察龟儿爬上天。

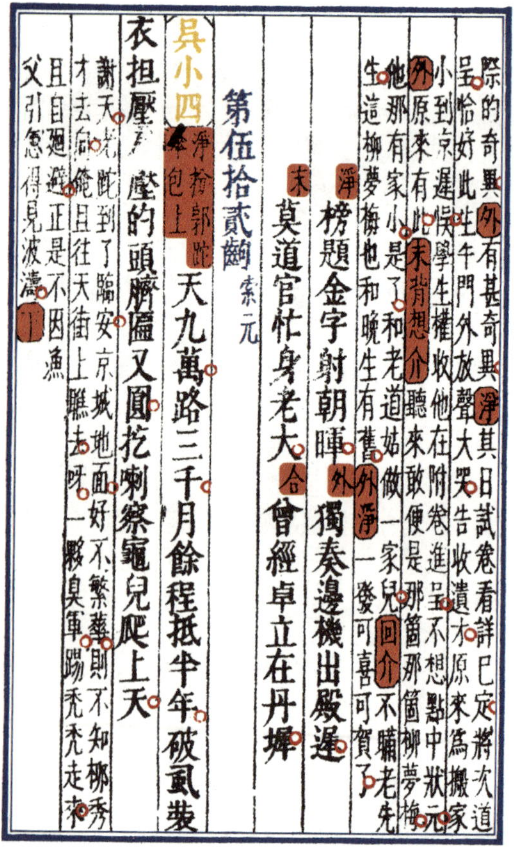

際的奇異（外）有甚奇異（淨）其日試卷看詳已定將次道呈恰好此生午門外放聲大哭告收遺才原來爲搬家小到京遲悞學生權收他在附卷進呈不想點中狀元（外）原來有此（末背想介）聽來敢便是那箇那箇柳夢梅他那有家小是了和老道姑做一家兒（回介）不瞞老先生這柳夢梅也和晚生有舊（外淨）一發可喜可賀了

（淨）榜題金字射朝暉（外）獨奏邊機出殿遲

（末）莫道官忙身老大（合）曾經卓立在丹墀

第伍拾貳齣 索元

吳小四（淨扮郭駝傘包上）天九萬路三千月餘程抵半年破虱裝衣担壓肩壓的頭臍匾又圓圪喇察龜兒爬上天

謝天謝地到了臨安京城地面好不繁華則不知柳秀才去向俺且往天街上瞧去呀一夥臭軍踢禿禿走來且自迴避正是不因漁父引怎得見波濤

谢天，老驼到了临安。京城地面，好不繁华。则不知柳秀才去向，俺且往天街上瞧去。呀，一伙臭军踢秃秃走来，且自回避。正是：不因渔父引，怎得见波涛！（下）

六么令（老旦、丑扮军校旗、锣上）朝门榜遍，怎生状元柳梦梅不见？又不是黄巢下第题诗趟。排门的问，刻期宜，再因循敢淹答了杏园公宴。

（老旦笑介）好笑，好笑，大宋国一场怪事。你道差不差？中了状元干鳖煞。你道奇不奇？中了状元啰唣唏。你道兴不兴？中了状元胡厮蹬。你道山不山？中了状元一道烟。天下人古怪，不像岭南人。你瞧这驾牌上，『钦点状元岭南柳梦梅，年二十七岁，身中材，面白色』。这等明明道着，却普天下找不出这人。敢家去哩？亡化哩？睡觉哩？则淹了琼林宴席面儿。（丑）哥，人山人海，那里淘气去？俺们把一位带了

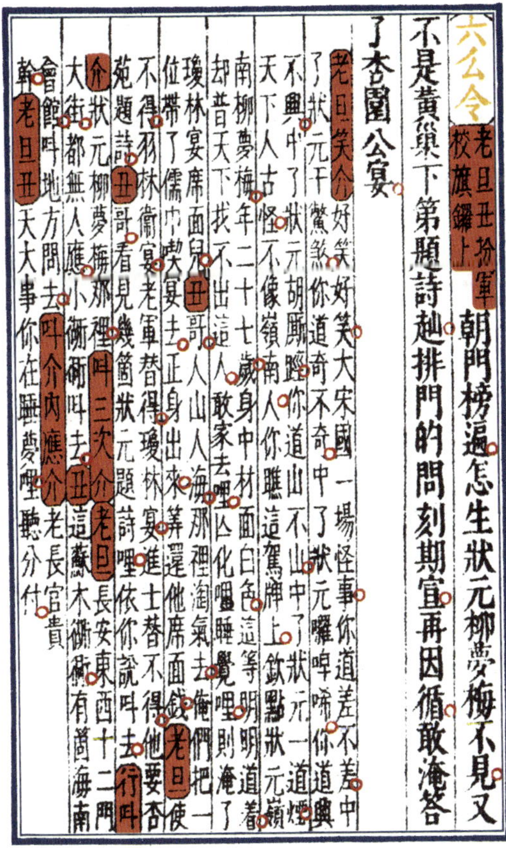
六幺令 老旦丑扮軍校旗鑼上 朝門榜遍怎生狀元柳夢梅不見又不是黃巢下第題詩趟排門的問刻期宜再因循敢淹答了杏園公宴

老旦笑介 好笑好笑大宋國一塲怪事你道差不差中了狀元干鱉煞你道奇不奇中了狀元囉唕唏你道興不興中了狀元胡廝蹬你道山不山中了狀元一道煙天下人古怪不像嶺南人你瞧這駕牌上欽點狀元嶺南柳夢梅年二十七歲身中材面白色這等明明道着却普天下找不出這人敢家去哩亡化哩睡覺哩則淹了瓊林宴席面兒 丑 哥人山人海那裏淘氣去俺們把一位帶了儒巾嘍大宴去正身出來筭還他席面錢 老旦 使不得羽林衛宴老軍替得瓊林宴進士替不得他要杏苑題詩 丑 哥看見幾箇狀元題詩哩依你說叫去 行叫介 狀元柳夢梅那裏 叫三次介 老旦 長安東西十二門大街都無人應小衙衕叫去 丑 這蘇木衙衕有箇海南會館叫地方問去 叫介內應介 老長官貴幹 老旦丑 天大事你在睡夢哩聽分付

儒巾吃宴去。正身出来，算还他席面钱。（老旦）使不得，羽林卫宴老军替得，琼林宴进士替不得。他要杏苑题诗。（丑）哥，看见几个状元题诗哩。依你说，叫去。（行叫介）状元柳梦梅那里？（叫三次介）（老旦）长安东西十二门，大街都无人应，小胡同叫去。（丑）这苏木胡同有个海南会馆。叫地方问去。（叫介，内应介）老长官贵干？（老旦、丑）天大事，你在睡梦哩！听分付。

香柳娘（众）问新科状元，问新科状元。（内）何处人？（众）广南乡贯。（内）是何名姓？（众）柳梦梅，面白无疤缱。（内）谁寻他来？（众）是当今驾传，是当今驾传。要得柳如烟，裁开杏花宴。（内）俺这一带铺子都没有，则瓦市王大姐家歇着个番鬼。（众）这等，去，去，去。（合）柳梦梅也天，柳梦梅也天。好几个盘旋，影儿不见。（下）

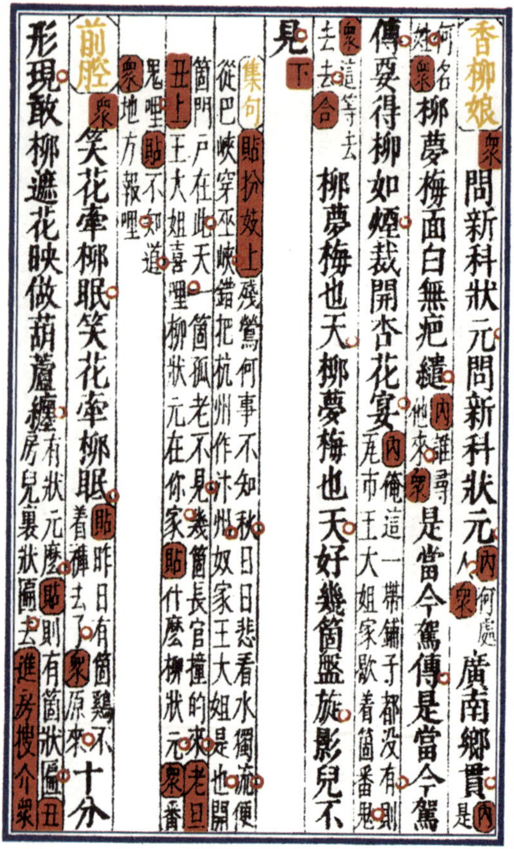
香柳娘 衆 問新科狀元 問新科狀元 內 何處人 衆 廣南鄉貫 內 是何名姓 衆 柳夢梅面白無疤纏 內 誰尋他來 衆 是當今駕傳是當今駕傳 要得柳如煙 裁開杏花宴 內 俺這一帶舖子都沒有 則瓦市王大姐家歇着箇番鬼 衆 這等去 去去 合 柳夢梅也天 柳夢梅也天 好幾箇盤旋影兒不見 下

集句 貼扮妓上 殘鶯何事不知秋 日日悲看水獨流 便從巴峽穿巫峽 錯把杭州作汴州 奴家王大姐是也 開箇門戶在此天 一箇孤老不見 幾箇長官撞的來 老旦丑上 王大姐 喜哩 柳狀元在你家 貼 什麼柳狀元 衆 番鬼哩 貼 不知道 衆 地方報哩

前腔 衆 笑花牽柳眠 笑花牽柳眠 貼 昨日有箇雞不着褲去了 衆 原來十分形現 敢柳遮花映 做葫蘆纏 有狀元麼 貼 則有箇狀匾 丑 房兒裏狀匾去 進房搜介 衆

集句（贴扮妓上）残莺何事不如秋？日日悲看水独流。便从巴峡穿巫峡，错把杭州作汴州。奴家王大姐是也。开个门户在此。天，一个孤老不见，几个长官撞的来。（老旦、丑上）王大姐喜哩。柳状元在你家。（贴）甚么柳状元？（众）番鬼哩。（贴）不知道。（众）地方报哩。

前腔（众）笑花牵柳眠，笑花牵柳眠。（贴）昨日有个鸡，不着裤去了。（众）原来十分形现。敢柳遮花映做葫芦缠。有状元么？（贴）则有个状匾。（丑）房儿里状匾去。（进房搜介）（众诨，贴走下介）（众）找烟花状元，找烟花状元。热赶在谁边，毛臊打教遍。去罢。（合前）（下）

前腔（净拐杖上）到长安日边，到长安日边。果然风宪，九街三市排场遍。柳相公呵，他行踪杳然，他行踪杳然。有了俏家缘，风声儿落谁店？少不得大道上行走。那柳梦梅也天！（老旦、丑上）柳梦梅也天！好几个盘旋，影儿不见。

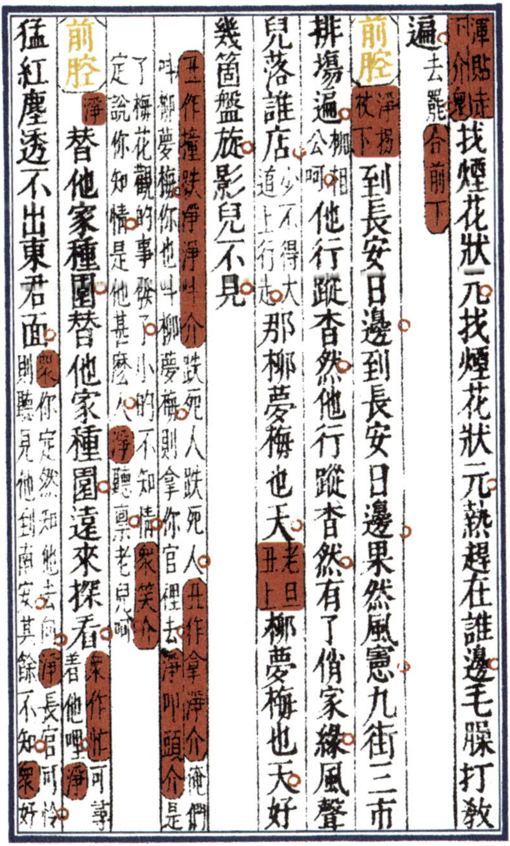
渾貼走下介眾找煙花狀元找煙花狀元熱趕在誰邊毛臊打教遍去罷合前下
前腔淨拐杖下到長安日邊到長安日邊果然風憲九街三市排場遍柳相公呵他行蹤杳然他行蹤杳然有了俏家緣風聲兒落誰店少不得大道上行走那柳夢梅也天老旦丑上柳夢梅也天好幾箇盤旋影兒不見
丑作撞跌淨淨叫介跌死人跌死人丑作拿淨介俺們叫柳夢梅你也叫柳夢梅則拿你官裡去淨叩頭介是了梅花觀的事發了小的不知情眾笑介定說你知情是他甚麼人淨聽稟老兒啊
前腔淨替他家種園替他家種園遠來探看眾作忙介可等着他哩淨猛紅塵透不出東君面眾你定然知他去向淨長官可憐則聽見他到南安其餘不知眾好

（丑作撞跌净，净叫介）跌死人，跌死人！（丑作拿净介）俺们叫柳梦梅，你也叫柳梦梅。则拿你官里去。（净叩头介）是了，梅花观的事发了。小的不知情。（众笑介）定说你知情！是他甚么人？（净）听禀：老儿呵！

前腔（净）替他家种园，替他家种园，远来探看。（众作忙）可寻着他哩？（净）猛红尘透不出东君面。（众）你定然知他去向。（净）长官可怜，则听见他到南安，其余不知。（众）好笑，好笑！他到这临安应试，得中状元了。（净惊喜介）他中了状元，他中了状元！踏的菜园穿，攀花上林苑。长官，他中了状元，怕没处寻他！（众）便是哩。（合前）（众）也罢，饶你这老儿，协同寻他去。

（老）一第由来是出身，
（丑）五更风水失龙鳞。
（净）红尘望断长安陌，
（各）只在他乡何处人？

笑好笑他到這臨安應試得中狀元了（淨驚喜介）他中了狀元他中了狀元踏的菜園穿攀花上林苑長官他中了狀元怕沒處尋他（眾）便是哩（合前）（眾）也罷饒你這老兒協同尋他去

（老）一第由來是出身（丑）五更風水失龍鱗

（淨）紅塵望斷長安陌（合）只在他鄉何處人

第伍拾叁齣　硬拷

風入松慢（生上）無端雀角土牢中是甚麼孔雀屏風一杯水飯東牀用草牀頭綉褥芙蓉天呵繫頸的是定昏店赤繩羈鳳領解的是藍橋驛配遞乘龍

（集唐）夢到江南身旅羈句羞君恥是男兒自家妻父猶如此若問傍人那得知俺柳夢梅因領杜小姐言命去

第五十三出　硬拷

风入松慢（生上）无端雀角土牢中。是甚么孔雀屏风？一杯水饭东床用，草床头绣褥芙蓉。天呵，系颈的是定昏店、赤绳羁凤，领解的是蓝桥驿、配递乘龙。

集唐　梦到江南身旅羁，包羞忍耻是男儿。自家妻父犹如此，若问傍人那得知！俺柳梦梅，因领杜小姐言命，去淮扬谒见杜安抚。他在众官面前，怕俺寒儒薄相，故意不行识认，递解临安。想他将次下马，提审之时，见了春容，不容不认。只是眼下凄惶也。（净扮狱官，丑扮狱卒持棍上）试唤皋陶鬼，方知狱吏尊。咄！淮安府解来囚徒那里？（生见举手介）（净）见面钱？（生）少有。（丑）入监油？（生）也无。（净作恼介）哎呀，一件也没有，大胆来举手。（打介）（生）不要打，尽

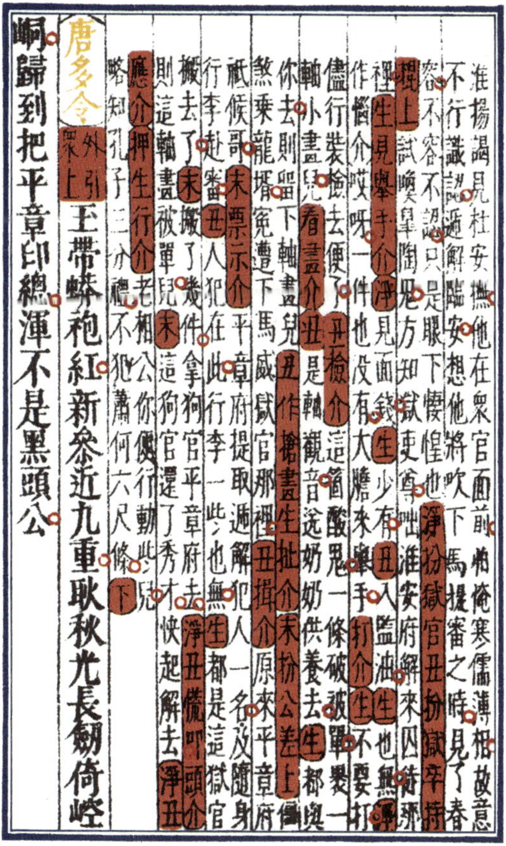
淮揚謁見杜安撫他在衆官面前怕俺寒儒薄相故意不行識認遞解臨安想他將次下馬提審之時見了春容不容不認只是眼下悽惶也（淨扮獄官丑扮獄卒持棍上）試喚臯陶鬼方知獄吏尊咄淮安府解來囚徒那裡（生見舉手介）（淨）見面錢（生）少有（丑）入監油（生）也無（淨作惱介）哎呀一件也沒有大膽來舉手（打介）（生）不要打儘行裝撿去便了（丑撿介）這箇酸鬼一條破被單裹一軸小畫兒（看畫介）（丑）是軸觀音送奶奶供養去（生）都與你去則留下軸畫兒（丑作搶畫生扯介）（末扮公差上）儼然乘龍壻寃遭下馬威獄官那裡（丑揖介）原來平章府祗候哥（末票示介）平章府提取遞解犯人一名及隨身行李赴審（丑）人犯在此行李一些也無（生）都是這獄官搬去了（末）搬了幾件拿狗官平章府去（淨丑慌叩頭介）則這軸畫被單兒（末）這狗官還了秀才快起解去（淨丑應介押生行介）老相公你便行動些兒略知孔子三分禮不犯蕭何六尺條（下）

唐多令（外引衆上）玉帶蟒袍紅新參近九重耿秋光長劍倚崆峒歸到把平章印總渾不是黑頭公

行装检去便了。（丑检介）这个酸鬼，一条破被单，裹一轴小画儿。（看画介）（丑）是轴观音，送奶奶供养去。（生）都与你去，则留下轴画儿。（丑作抢画，生扯介）（末扮公差上）僵煞乘龙婿，冤遭下马威。狱官那里？（丑揖介）原来平章府祇候哥。（末票示介）平章府提取递解犯人一名，及随身行李赴审。（丑）人犯在此，行李一些也无。（生）都是这狱官搬去了。（末）搬了几件？拿狗官平章府去。（净、丑慌叩头介）则这轴画儿、被单儿。（末）这狗官！还了秀才，快起解去。（净、丑应介）（押生行介）老相公，你便行动些儿。略知孔子三分礼，不犯萧何六尺条。（下）

唐多令（外引众上）玉带蟒袍红，新参近九重。耿秋光长剑倚崆峒。归到把平章印总，浑不是，黑头公。

集唐 秋来力尽破重围，入掌银台护紫微。回头却叹浮生事，长向东风

有是非。自家杜平章。因淮扬平寇，叨蒙圣恩，超迁相位。前日有个棍徒，假充门婿。已着递解临安府监候。今日不免取出细审一番。（净、丑押生上）（杂扮门官唱门介）临安府解犯人进。（见介）（生）岳丈大人拜揖。（外坐笑介）（生）人将礼乐为先。（众大呼喝介）（生长叹介）

新水令（生）则这怯书生剑气吐长虹，原来丞相府十分尊重，声息儿忒汹涌。咱礼数缺通融，曲曲躬躬；他那里半抬身全不动。

（外）寒酸，你是那色人数？犯了法，在相府阶前不跪！（生）生员岭南柳梦梅，乃老大人女婿。（外）呀，我女已亡故三年。不说到纳采下茶，便是指腹裁襟，一些没有。何曾得有个女婿来？可笑，可恨！祗候们与我拿下。（生）谁敢拿！

步步娇（外）我有女无郎，早把他青年送。划口儿轻调哄。便做是我远房

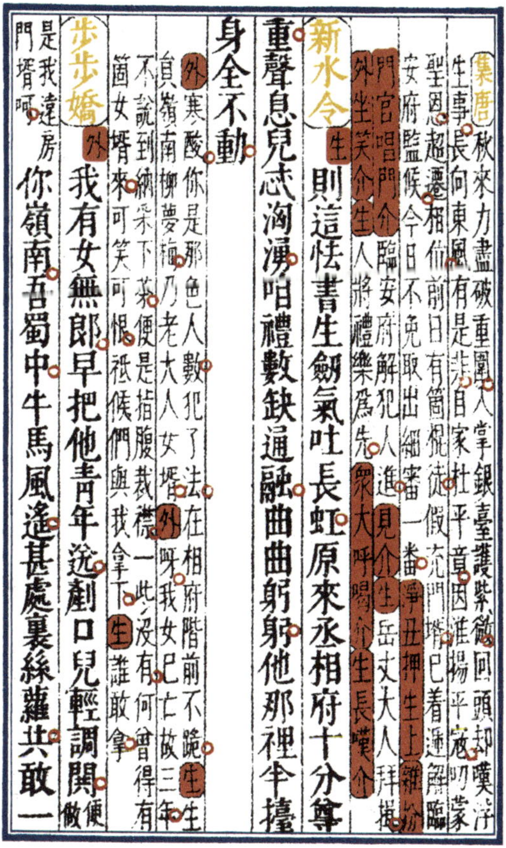
集唐 秋來力盡破重圍。入掌銀臺護紫微。回頭却嘆浮生事。長向東風有是非。自家杜平章。因淮揚平寇。叨蒙聖恩。超遷相位。前日有箇棍徒。假充門婿。已着遞解臨安府監候。今日不免取出細審一番。淨丑押生上 雜扮門官唱門介 臨安府解犯人進。見介 生 岳丈大人拜揖。外坐笑介 生 人將禮樂爲先。衆大呼喝介 生長嘆介

新水令 生 則這怯書生劍氣吐長虹。原來丞相府十分尊重。聲息兒忒洶湧。咱禮數缺通融。曲曲躬躬。他那裡半擡身全不動。

外 寒酸。你是那色人數。犯了法在相府階前不跪。生 生員嶺南柳夢梅。乃老大人女婿。外 呀。我女已亡故三年。不說到納采下茶。便是指腹裁襟。一些沒有。何曾得有箇女婿來。可笑可恨。祗候們與我拿下。生 誰敢拿。

步步嬌 外 我有女無郎。早把他青年送。剗口兒輕調閧。便做是我遠房門婿呵。你嶺南吾蜀中。牛馬風遙。甚處裏絲蘿共。敢一

门婿呵，你岭南，吾蜀中，牛马风遥，甚处里丝萝共？敢一棍儿走秋风！指说关亲，骗的军民动。

（生）你这样女婿，眠书雪案，立榜云霄，自家行止用不尽，定要秋风老大人？（外）还强嘴！搜他裹袱里，定有假雕书印，并赃拿贼。（丑开袱介）破布单一条，观音画一幅。（外看画惊介）呀，见赃了。这是我女孩儿春容。你可到南安，认的石道姑么？（生）认的。（外）认的个陈教授么？（生）认的。（外）天网恢恢，原来劫坟贼便是你。左右，采下打。（生）谁敢打！（外）这贼快招来。（生）谁是贼？老大人，拿贼见赃，不曾捉奸见床来。

折桂令（生）你道证明师一轴春容。（外）春容分明是厝葬的。（生）可知道是苔苔石缝，迸坼了云踪。（外）快招来。（生）我一谜的承供，供的是开棺见喜，挡煞逢凶。（外）圹中还有玉

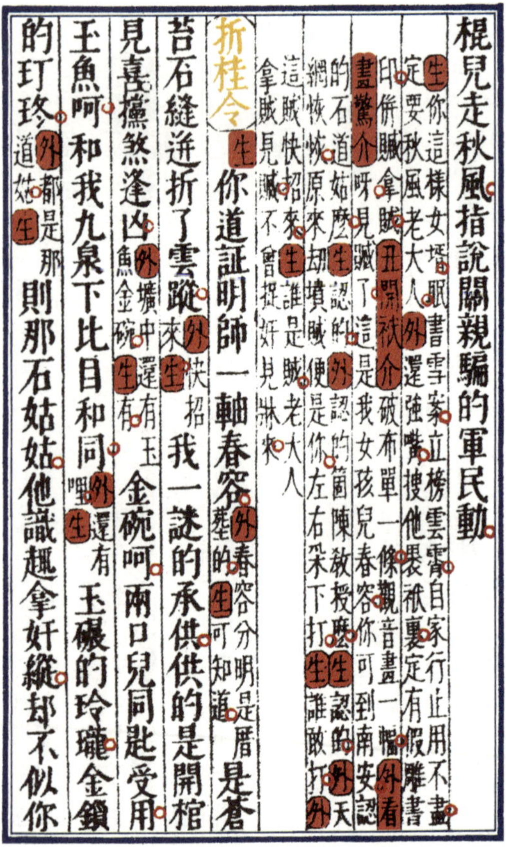
棍兒走秋風指說關親騙的軍民動
生你這樣女婿眠書雪案立榜雲霄自家行止用不盡
定要秋風老大人外還強嘴搜他褁袱裏定有假雕書
印併贜拿賊丑開袱介破布單一條觀音畫一幅外看
畫驚介呀見贜了這是我女孩兒春容你可到南安認
的石道姑麽生認的外認的箇陳教授麽生認的外天
網恢恢原來劫墳賊便是你左右采下打生誰敢打外
這賊快招來生誰是賊老大人
拿賊見贜不曾捉奸見牀來
折桂令生你道証明師一軸春容外春容分明是厝葬的生可知道是蒼
苔石縫迸折了雲蹤外快招生我一謎的承供供的是開棺
見喜擋煞逢凶外壙中還有玉魚金碗生有玉魚金碗呵兩口兒同匙受用
玉魚呵和我九泉下比目和同外還有玉碾的玲瓏金鎖
的玎玲道姑外都是那生則那石姑姑他識趣拿奸縱却不似你

鱼、金碗。（生）有金碗呵，两口儿同匙受用；玉鱼呵，和我九泉下比目和同。（外）还有哩。（生）玉碾的玲珑，金锁的玎玲。（外）都是那道姑。（生）则那石姑姑他识趣拿奸纵，却不似你杜爷爷逞拿贼威风。

（外）他明明招了。叫令史取过一张坚厚官绵纸，写下亲供：『犯人一名柳梦梅，开棺劫财者，斩。』写完发与那死囚，于斩字下押个花字。会成一宗文卷，放在那里。（贴扮吏取供纸上）禀爷，定个斩字。（外写介）（贴叫生押花字）（生不伏介）（外）你看这吃敲才！

江儿水（外）眼脑儿天生贼，心机使的凶。还不画花？（生）谁惯来！（外）你纸笔砚墨则好招详用。（生）生员又不犯奸盗。（外）你奸盗诈伪机谋中。（生）因令爱之故。（外）你精奇古怪虚头弄。（生）令爱现在。（外）现在那么，把他玉骨抛残心痛。（生）抛在那里？（外）后苑池中，月冷断魂波动。

杜爺爺逞拿賊威風

外他明明招了叫令史取過一張堅厚官綿紙寫下親供犯人一名柳夢梅開棺劫財者斬寫完發與那死囚於斬字下押箇花字會成一宗文卷放在那裡貼扮吏取供紙上稟老爺定箇斬字外寫介貼叫生押花字生不伏介外你看這吃敲才

江兒水外眼腦兒天生賊心機使的凶還不畫花生誰慣來外你紙筆硯墨則好招詳用生生員又不犯奸盜外你奸盜詐偽機謀中生因令愛之故外你精奇古怪虛頭弄生令愛現在外現在麼把他玉骨拋殘心痛生拋在那裡外後苑池中月冷斷魂波動生誰見來外陳教授來報知生生員爲小姐費心除了天知地知陳最良那得知

鴈兒落生我爲他禮春容叫得凶我爲他展幽期耽怕險

（生）谁见来？（外）陈教授来报知。（生）生员为小姐费心，除了天知地知，陈最良那得知！

雁儿落（生）我为他礼春容、叫的凶，我为他展幽期、耽怕恐，我为他点神香、开墓封，我为他唾灵丹、活心孔，我为他偎熨的体酥融，我为他洗发的神清莹，我为他度情肠、款款通，我为他启玉肱、轻轻送，我为他软温香、把阳气攻，我为他抢性命、把阴程进。神通，医的他女孩儿能活动。通也么通，到如今风月两无功。

（外）这贼都说的是甚么话？着鬼了。左右，取桃条打他，长流水喷他。（丑取桃条上）要的门无鬼，先教园有桃。桃条在此。（外）高吊起打。（众吊起生，作打介）（生叫痛，转动）（众浑打鬼介）（喷水介）（净扮郭驼拐杖同老旦、贴扮军校持金瓜上）天上人间忙不忙？开科失却状元郎。一向找寻柳梦梅，今日再寻不

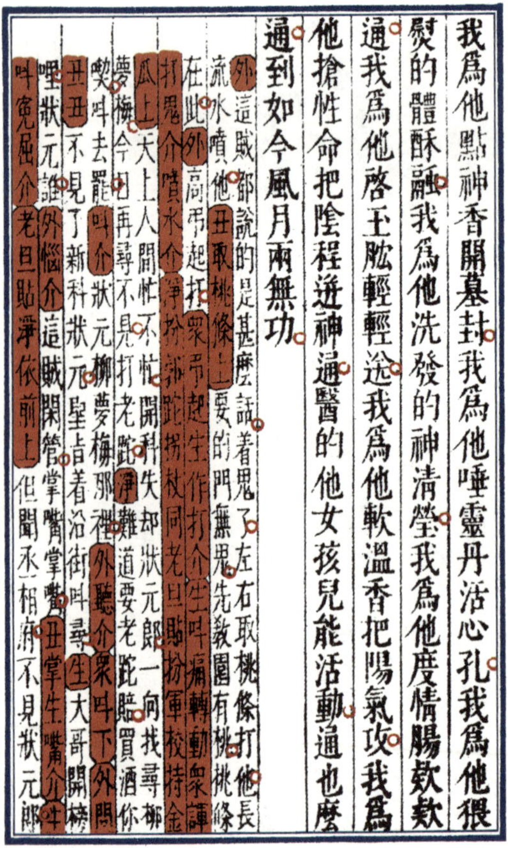
我爲他點神香開墓封。我爲他唾靈丹活心孔。我爲他偎
熨的體酥融。我爲他洗發的神清瑩。我爲他度情腸款款
通。我爲他啓玉肱輕輕送。我爲他軟溫香把陽氣攻。我爲
他搶性命把陰程迸。神通。醫的他女孩兒能活動。通也麼
通。到如今風月兩無功。
外這賊都說的是甚麼話。着鬼了。左右取桃條打他。長
流水噴他。丑取桃條上要的門無鬼。先教園有桃。桃條
在此。外高吊起打。衆吊起生作打介生叫痛轉動衆諢
打鬼介噴水介淨扮郭駝拐杖同老旦貼扮軍校持金
瓜上天上人間忙不忙。開科失卻狀元郎。一向找尋柳
夢梅。今日再尋不見。打老駝。淨難道要老駝賠。買酒你
喫。叫去罷。叫介狀元柳夢梅那裡。外聽介衆叫下外問
丑丑不見了新科狀元。聖旨着沿街叫尋。生大哥開榜
哩。狀元誰。外惱介這賊閑管。掌嘴掌嘴。丑掌生嘴介生
叫冤屈介老旦貼淨依前上但聞丞相府。不見狀元郎。

见，打老驼。（净）难道要老驼赔？买酒你吃，叫去罢。（叫介）状元柳梦梅那里？（外听介）（众叫下）（外问丑）（丑）不见了新科状元，圣旨着沿街寻叫。（生）大哥，开榜哩。状元谁？（外恼介）这贼闲管，掌嘴，掌嘴。（丑掌生嘴介）（生叫冤屈介）（老旦、贴、净依前上）但闻丞相府，不见状元郎。咦，平章府打喧闹哩。（听介）（净）里面声息，像有俺家相公哩！（众进介）（净向前见哭介）吊起的是我家相公也！（生）列位救我。（净）谁打相公来？（生）是这平章。（净将拐杖打外介）拼老命打这平章。（外恼介）谁敢无礼？（老旦、贴）骂上的，来寻状元柳梦梅。（生）大哥，柳梦梅便是小生。（净向前解生）（外扯净跌介）（生）你是老驼，因何至此？（净）俺一径来寻相公，喜的中了状元。（生）真个的！快向钱塘门外，报与杜小姐知道。（老旦、贴）

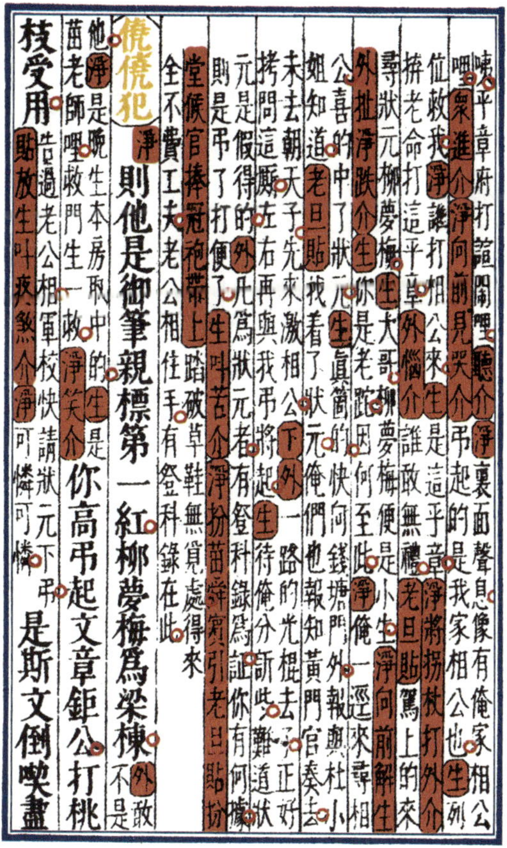
咦平章府打諠閙哩（聽介）（淨）裏面聲息像有俺家相公哩（衆進介）（淨向前見哭介）弔起的是我家相公也（生）列位救我（淨）誰打相公來（生）是這平章（淨將拐杖打外介）拚老命打這平章（外惱介）誰敢無禮（老旦貼）罵上的來尋狀元柳夢梅（生）大哥柳夢梅便是小生（淨向前解生）（外扯淨跌介）（生）你是老駝因何至此（淨）俺一逕來尋相公喜的中了狀元（生）眞箇的快向錢塘門外報與杜小姐知道（老旦貼）我着了狀元俺們也報知黃門官奏去未去朝天子先來激相公（下）（外）一路的光棍去了正好拷問這厮左右再與我弔將起（生）待俺分訴些難道狀元是假得的（外）凡爲狀元者有登科錄爲証你有何據則是弔了打便了（生叫苦介）（淨扮苗舜賓引老旦貼扮堂候官捧冠袍帶上）踏破草鞋無覓處得來全不費工夫老公相住手有登科錄在此

【僥僥犯】（淨）則他是御筆親標第一紅柳夢梅爲梁棟（外）敢不是他（淨）是晚生本房取中的（生）是苗老師哩救門生一救（淨笑介）你高弔起文章鉅公打桃枝受用（貼放生叫疼痛介）（淨）可憐可憐告過老公相軍校快請狀元下弔是斯文倒喫盡

找着了状元，俺们也报知黄门官奏
去。未去朝天子，先来激相公。（下）
厮。（外）一路的光棍去了，正好拷问这
俺分诉些，难道状元是假得的？（生）待
凡为状元者，有登科录为证。你有何
据？则是吊了打便了。（生叫苦介）（外）
（净扮苗舜宾引老旦，贴扮堂候官，
捧冠袍带上）踏破草鞋无觅处，得来
全不费工夫。老公相住手，有登科录
在此。

侥侥犯（净）则他是御笔新标第一红，
柳梦梅为梁栋。（外）敢不是他？（净）
是晚生本房取中的。（生）是苗老师哩，
救门生一救！（净笑介）你高吊起文章钜
公，打桃枝受用。告过老公相，军校，
快请状元下吊。（贴放）（生叫『疼煞』
介）（净）可怜，可怜！是斯文倒吃尽斯
文痛，无情棒打多情种。（生）他是我丈
人。（净）原来是倚太山压卵欺鸾凤。
（老旦）状元悬梁刺股。（净）罢了，
一领宫袍遮盖去。（外）甚么宫袍，
扯了他！

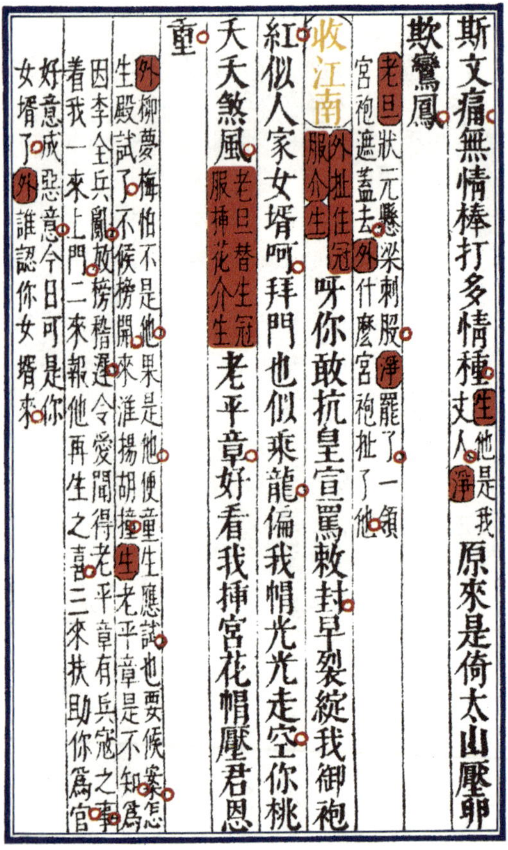
斯文痛無情棒打多情種生他是我丈人淨原來是倚太山壓卵
欺鸞鳳老旦狀元懸梁刺股淨罷了一領
宮袍遮蓋去外什麼宮袍扯了他
收江南外扯住冠服介生呀你敢抗皇宣罵敕封早裂綻我御袍
紅似人家女壻呵拜門也似乘龍偏我帽光光走空你桃
夭夭煞風老旦替生冠服插花介老平章好看我插宮花帽壓君恩
重
外柳夢梅怕不是他果是他便童生應試也要候案怎
生殿試了不候榜開來淮揚胡撞生老平章是不知為
因李全兵亂放榜稽遲令愛聞得老平章有兵寇之事
着我一來上門二來報他再生之喜三來扶助你為官
好意成惡意今日可是你
女壻了外誰認你女壻來

收江南（外扯住冠服介）（生）呀，你敢抗皇宣骂敕封，早裂绽我御袍红。似人家女婿呵，拜门也似乘龙。偏我帽光光走空，你桃夭夭煞风。（老旦替生冠服插花介）（生）老平章，好看我插宫花帽压君恩重。

（外）柳梦梅怕不是他。果是他，便童生应试，也要候案。怎生殿试了，不候榜开，来淮扬胡撞？（生）老平章是不知。为因李全兵乱，放榜稽迟。令爱闻得老平章有兵寇之事，着我一来上门，二来报他再生之喜，三来扶助你为官。好意成恶意，今日可是你女婿了？（外）谁认你女婿来！

园林好（净众）嗔怪你会平章的老相公，不刮目破窑中吕蒙。忒做作、前辈们性重。（笑介）敢折倒你丈人峰？

（外）悔不将劫坟贼监候奏请为是。

沽美酒（生笑介）你这孔夫子把公冶长陷缧绁中。我柳盗跖打地洞向鸳鸯冢。有日呵，把燮理阴阳问相公，要无语对春风。则待列笙歌画堂中，抢丝鞭御街

園林好（净衆）嗔怪你會平章的老相公○不刮目破窰中呂蒙○忒做作前輩們性重○（笑介）敢折倒你丈人峰○

（外）悔不將刼墳賊監候奏請爲是○

沽美酒（生笑介）你這孔夫子把公冶長陷縲絏中○我柳盜跖打地洞向鴛鴦塜○有日呵把燮理陰陽問相公○要無語對春風○則待列笙歌畫堂中○搶絲鞭御街攔縱○把窮柳毅賠笑在龍宮○你老夫差失敬了○韓重○我呵人雄氣雄○老平章深躬淺躬○請狀元升東轉東○呀那時節纔提破了牡丹亭杜鵑殘夢○

（生）老平章請了○女婿赴宴去也○

拦纵。把穷柳毅赔笑在龙宫，你老夫差失敬了韩重。我呵，人雄气雄，老平章深躬浅躬，请状元升东转东。呀，那时节才提破了牡丹亭杜鹃残梦。

（生）老平章请了，你女婿赴宴去也。

北尾（生）你险把司天台失陷了文星空，把一个有对付的玉洁冰清烈火烘。咱想有今日呵，越显的俺玩花柳的女郎能，则要你那打桃条的相公懂。（下）

（外吊场）异哉，异哉！还是贼，还是鬼？堂候官，去请那新黄门陈老爹到来商议。（丑）知道了。谒者有如鬼，状元还似人。（下）（末扮陈黄门上）官运精神老不眠，早朝三下听鸣鞭。多沾圣主随朝米，不受村童学俸钱。自家陈最良，因奏捷，圣恩可怜，钦授黄门。此皆杜老相公抬举之恩，敬此趣谢。（丑上见介）正来相请，少待通报。（进报）（见介）（外笑介）可喜，可喜！昔为陈白屋，今作老黄门。（末）新恩无报效，旧恨有还魂。适间老先生三喜临门：一喜官居宰辅，二喜小姐活在人间，三喜

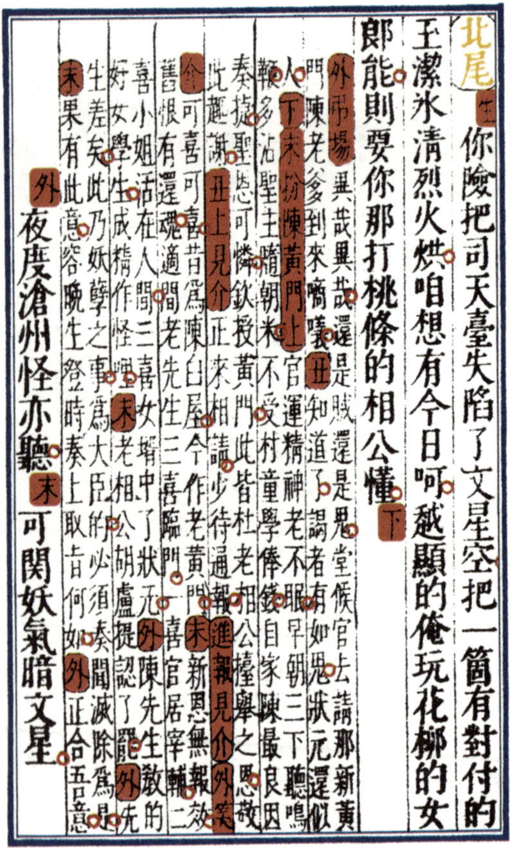

北尾 生 你險把司天臺失陷了文星空把一箇有對付的玉潔氷清烈火烘咱想有今日呵越顯的俺玩花柳的女郎能則要你那打桃條的相公懂 下

外吊場 異哉異哉還是賊還是鬼堂候官去請那新黃門陳老爹到來商議 丑 知道了謁者有如鬼狀元還似人 下 末扮陳黃門上 官運精神老不眠早朝三下聽鳴鞭多沾聖主隨朝米不受村童學俸錢自家陳最良因奏捷聖恩可憐欽授黃門此皆杜老相公擡舉之恩敬此趣謝 丑上見介 正來相請少待通報 進報見介 外笑介 可喜可喜昔爲陳白屋今作老黃門 末 新恩無報效舊恨有還魂適間老先生三喜臨門一喜官居宰輔二喜小姐活在人間三喜女壻中了狀元 外 陳先生敢的好女壻生成精作怪 末 老相公胡盧提認了罷 外 先生差矣此乃妖孽之事爲大臣的必須奏聞滅除爲是 末 果有此意容晚生登時奏上取旨何如 外 正合吾意

外 夜度滄州怪亦聽 末 可閑妖氣暗文星

女婿中了状元。（外）陈先生教的好女学生，成精作怪哩！（末）老相公，胡卢提认了罢。（外）先生差矣！此乃妖孽之事。为大臣的，必须奏闻灭除为是。（末）果有此意，容晚生登时奏上取旨何如？（外）正合吾意。

（外）夜渡沧州怪亦听，
（末）可关妖气暗文星。
（外）谁人断得人间事？
（末）神镜高悬照百灵。

第五十四出　闻喜

绕地游（贴上）露寒清怯，金井吹梧叶，转不断辘轳情劫。

咳，俺小姐为梦见书生，感病而亡，已经三年。老爷与老夫人，时时痛他孤魂无靠。谁知小姐到活活的跟着个穷秀才，寄居钱塘江上。母子重逢。真乃天上人间，怪怪奇奇，

外 誰人斷得人間事。末 神鏡高懸照百靈。

第伍拾肆齣 聞喜

遶地遊 貼上 露寒清怯。金井吹梧葉。轉不斷轆轤情刼。

咳。俺小姐爲夢見書生。感病而亡。已經三年。老爺與老夫人。時時痛他孤魂無靠。誰知小姐到活活的跟着箇窮秀才。寄居錢塘江上。母子重逢。眞乃天上人間。怪怪奇奇。何事不有。今日小姐分付。安排綉牀溫習針指。小姐早來到也。

遶紅樓 旦上 秋過了平分日易斜。恨辭梁燕語周遮。人去空江。身依客舍。無計七香車。

秋風吹令破愁懷。夫婿揚州不到家。玉箸淚彈江北草。金釵閑刺嶺南花。春香。我同柳郎至此。即赴試闈。虎榜未開。揚州兵亂。我星夜貴發柳郎打聽爹娘消息。且喜老萱堂不意而逢。則老相公未知下落。想柳郎刻下可

何事不有！今日小姐分付，安排绣床，温习针指。小姐早来到也。

绕红楼（旦上）秋过了平分日易斜，恨辞梁燕语周遮。人去空江，身依客舍，无计七香车。

秋见吹冷破窗纱，夫婿扬州不到家。玉指泪弹江北草，金针闲刺岭南花。春香，我同柳郎至此，即赴试闱。虎榜未开，扬州兵乱。我星夜贵发柳郎打听爹娘消息。且喜老萱堂不意而逢，则老相公未知下落。想柳郎刻下可到，料今番榜上高题。须先剪下罗衣，衬其光彩。（贴）绣床停当，请自尊裁。（旦裁衣介）裁下了，便待缝将起来。（缝介）（贴）小姐，俺淡口儿闲嗑，你和柳郎梦里、阴司里，两下光景何如？

罗江怨（旦）春园梦一些，到阴司里有转折。梦中逗的影儿别，阴司较追的情儿切。（贴）还魂时像怎的？（旦）似梦重醒，猛回头放教跌。（贴）阴司可也有好耍子处？（旦）一般儿轮回路

到料今番榜上高題須先剪下羅衣襯其光彩（貼）綉牀停當請自尊裁（旦裁衣介）裁下了便待縫將起來（縫介）（貼）小姐俺淡口兒閑嗑你和柳郎夢裏陰司裏兩下光景何如

羅江怨（旦）春園夢一些到陰司裏有轉折夢中逗的影兒別陰司較追的情兒切（貼）還魂時像怎的（旦）似夢重醒猛回頭放敎跌（貼）陰司可也有好耍子處一般兒輪迴路駕香車愛河邊題紅葉便則到鬼門關逐夜的望秋月

前腔（貼）你風姿慫惹邪情腸害劣小姐你香魂逗出了夢兒蝶把親娘腸斷了影中蛇不道燕塚荒斜再立起鴛鴦舍則問你會書齋燈怎遮迤情杯酒怎賒取喜時也要那破頭稍一泡血

驾香车，爱河边题红叶。便则到鬼门关逐夜的望秋月。

前腔（贴）你风姿恁惹邪，情肠害劣。小姐，你香魂逗出了梦儿蝶，把亲娘肠断了影中蛇。不道燕冢荒斜，再立起鸳鸯舍。则问你会书斋灯怎遮？送情杯酒怎赊？取喜时，也要那破头稍一泡血。

（旦）蠢丫头，幽欢之时，彼此如梦，问他则甚！呀，奶奶来的恁忙也！

玩仙灯（老旦慌上）人语闹吱嚓，听风声，似是女孩儿关节。

（老旦）儿，听见外厢喧嚷，新科状元是岭南柳梦梅。（旦）有这等事！

前腔（净忙走上）旗影儿走龙蛇，甚宣差，教来近者！

（进见介）奶奶、小姐，驾上人来。俺看门去也！（下）

入赚（外、丑扮军校持黄旗上）深巷门斜，抓不出状元门第也。这是了。（敲门介）（老旦）声息儿恁怔忡！把门儿偷瞥。（启门，校卫开介）（老旦）那衙门来的？（校）星飞不迭。你看这

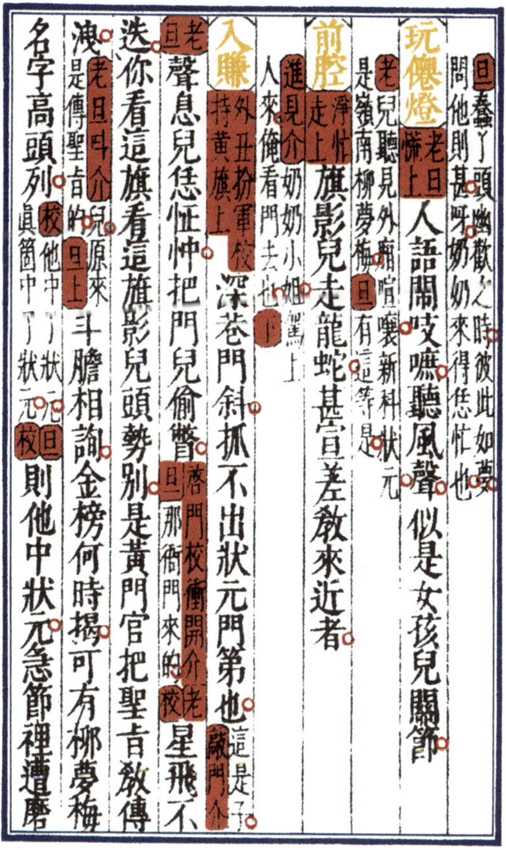

旦蠢丫頭幽歡之時彼此如夢問他則甚呀奶奶來得恁忙也

玩僊燈 老旦慌上 人語鬧吱嚓聽風聲似是女孩兒關節

老兒聽見外廂喧嚷新科狀元是嶺南柳夢梅 旦 有這等事

前腔 淨忙走上 旗影兒走龍蛇甚宣差教來近者

進見介 奶奶小姐駕上人來俺看門去也 下

入賺 外丑扮軍校持黃旗上 深巷門斜抓不出狀元門第也這是了 敲門介

老旦 聲息兒恁怔忡把門兒偷瞥 啓門校衛開介 老旦 那衙門來的 校 星飛不迭你看這旗看這旗影兒頭勢別是黃門官把聖旨敕傳洩 老旦問介 兒原來是傳聖旨的 旦上 斗膽相詢金榜何時揭可有柳夢梅名字高頭列 校 他中了狀元 旦 真箇中了狀元 校 則他中狀元急節裡遭磨

旗，看这旗影儿头势别。是黄门官把圣旨教传泄。（老旦叫介）儿，原来是传圣旨的。（旦上）斗胆相询，金榜何时揭？可有柳梦梅名字高头列？（校）他中了状元。（旦）真个中了状元？（校）则他中状元，急节里遭磨灭。（旦惊介）是怎生？（校）往淮扬触犯了杜参爷，扭回京把他做劫坟茔的贼决。（老旦）我儿，谢天谢地，老爷平安回京了。他那知世间有此重生之事。（旦）这却怎了？（校）正高吊起猛桃条细抽掣，被官里人抢去游街歇。（旦）恰好哩。（校）平章他势大，动本了。说劫坟之贼，不可以作状元。（旦）状元可也辩一本儿？（校）状元也有本。那平章奏他，恶茶蘼赖把阴人窃。那状元呵，他说头带魁罡不受邪。便是万岁爷听了成痴呆。（旦）后来？（校）侥幸，有个陈黄门，是平章爷的故人。奏准，要平章、状元和小姐三人，驾前勘对，方取圣裁。（老旦）呀，陈黄门是谁？（校）是陈最良，他说南安教授曾官舍，因此杜平章抬举他掌朝班、

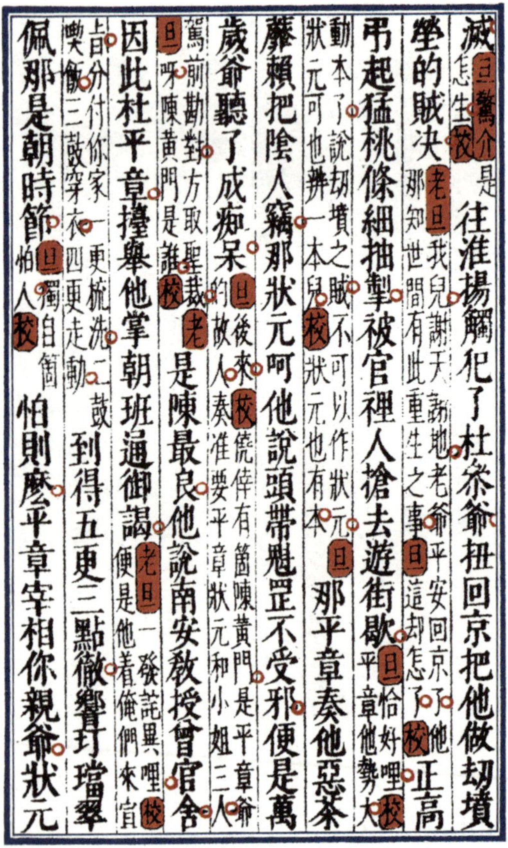
滅（旦驚介）是怎生（校）往淮揚觸犯了杜參爺扭回京把他做刼墳
塋的賊決（老旦）我兒謝天謝地老爺平安回京了他那知世間有此重生之事（旦）這却怎了（校）正高
弔起猛桃條細抽掣被官裏人搶去遊街歇（旦）恰好哩（校）平章他勢大
動本了說刼墳之賊不可以作狀元（旦）狀元可也辨一本兒（校）狀元也有本那平章奏他惡茶
蘼賴把陰人竊那狀元呵他說頭帶魁罡不受邪便是萬
歲爺聽了成痴呆（旦）後來（校）僥倖有箇陳黃門是平章爺的故人奏准要平章狀元和小姐三人
駕前勘對方取聖裁（老）呀陳黃門是誰（校）是陳最良他說南安教授曾官舍
因此杜平章擡舉他掌朝班逼御謁（老旦）一發詫異哩便是他着俺們來宣（校）
旨分付你家一更梳洗二鼓喫飯三鼓穿衣四更走動到得五更三點徹響玎璫翠
佩那是朝時節（旦）怕人（校）獨自箇怕則麼平章宰相你親爺狀元

通御谒。（老旦）一发诧异哩。（校）便是他着俺们来宣旨。分付你家一更梳洗，二鼓吃饭，三鼓穿衣，四更走动。到得五更三点彻，响玎珰翠佩，那是朝时节。（旦）独自个怕人。（校）怕则么！平章宰相你亲爷，状元妻妾。俺去了。（旦）再说些去。（校）明朝金阙，讨你幅撞门红去了也。（下）（旦）娘，爹爹高升，柳郎高中。小旗儿报捷，又是平安帖。把神天叩谢，神天叩谢。

滴溜子（拜介）当日的，当日的，梅根柳叶。无明路，无明路，曾把游魂再叠。果应梦，花园后折。甫能够进到头，抢了捷。鬼趣里因缘，人间判贴。

前腔（老旦）虽则是，虽则是，希奇事业。可甚的，可甚的，惊劳驾帖？他道你，是花妖害怯，看承的柳抱怀，做花下劫。你那爹爹呵，没得个符儿，再把花神召摄。

尾声（老旦）女儿，紧簪束扬尘舞蹈摇花颊。（旦）叫我奏个甚么来？（老旦）少不的万岁君王听臣妾。

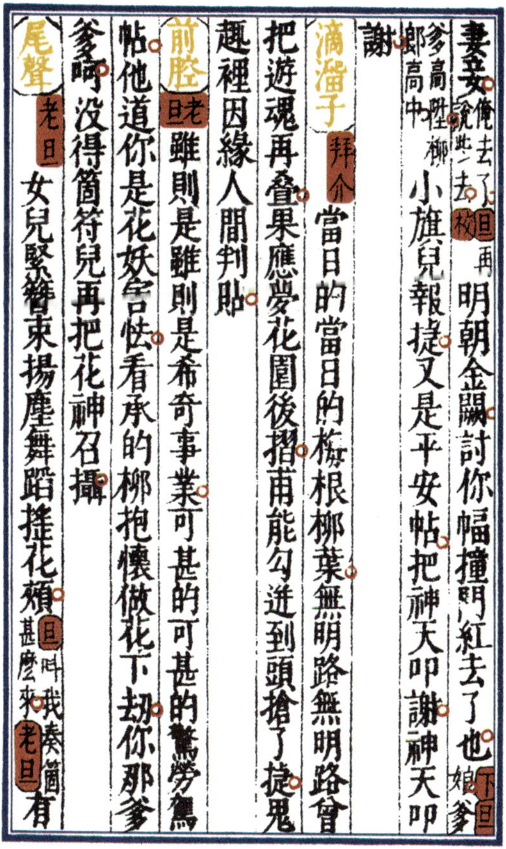
妻妾。俺去了。旦再說些去。校明朝金闕討你幅撞門紅去了也。下旦娘爹爹高陞柳郎高中。小旗兒報捷。又是平安帖。把神天叩謝。神天叩謝。

滴溜子 拜介 當日的當日的梅根柳葉。無明路無明路曾把遊魂再疊。果應夢花園後摺。甫能勾進到頭搶了捷。鬼趣裡因緣人間判貼。

前腔 老旦 雖則是雖則是希奇事業。可甚的可甚的驚勞駕帖。他道你是花妖害怯。看承的椰抱懷做花下刼。你那爹爹呵。沒得箇符兒再把花神召攝。

尾聲 老旦 女兒緊簪束揚塵舞蹈搖花頰。旦叫我奏箇甚麼來。老旦有

（净扮郭驼上）要问鼋鼍窟，还过乌鹊桥。两日再寻个钱塘江不着，正好撞着老军，说知夫人下处。抖擞了进去。（见介）（老旦）你是谁？（净）状元家里的老驼，恭喜。（旦）辛苦你，可见状元么？（净）俺往平章府抢下了状元，要夫人去见朝也。

（老旦）往事闲征梦欲分，
（旦）今晨忽见下天门。
（净）分明为报精灵辈，
（旦）淡扫蛾眉朝至尊。

第五十五出　圆　驾

（净、丑扮将军持金瓜上）日月光天德，山河壮帝居。万岁爷升朝，在此直殿。

北点绛唇（末上）宝殿云开，御炉烟霭，乾坤泰。（回身拜介）日影金阶，早唱道黄门拜。

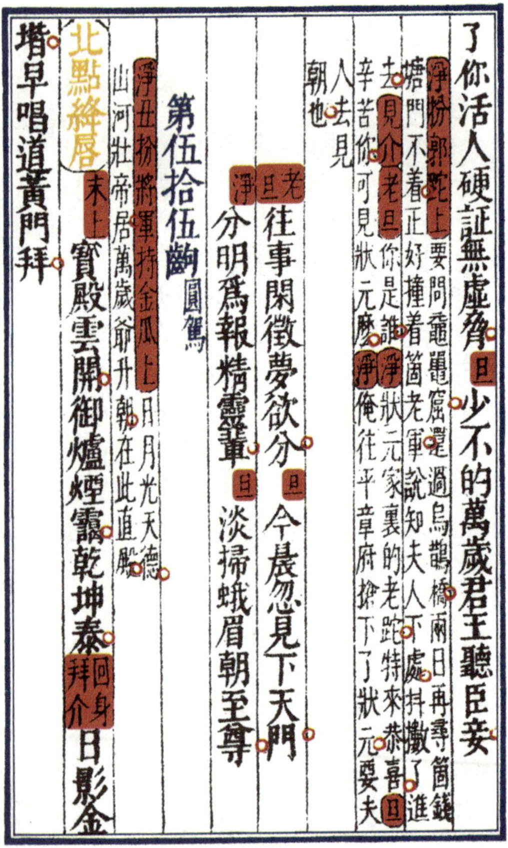
了你活人硬証無虛脅旦少不的萬歲君王聽臣妾
淨扮郭駝上要問黿鼉窟還過烏鵲橋兩日再尋箇錢塘門不着正好撞着箇老軍說知夫人下處抖擻了進去見介老旦你是誰淨狀元家裏的老駝特來恭喜旦辛苦你可見狀元麼淨俺往平章府搶下了狀元要夫人去見
朝也
老旦往事閑徵夢欲分旦今晨忽見下天門
淨分明爲報精靈輩旦淡掃蛾眉朝至尊
第伍拾伍齣　圓駕
淨丑扮將軍持金瓜上日月光天德山河壯帝居萬歲爺升朝在此直殿
北點絳脣末上寶殿雲開御爐煙靄乾坤泰回身拜介日影金堦早唱道黃門拜

集唐 鸾凤旌旗拂晓陈，传闻阙下降丝纶。兴王会净妖氛气，不问苍生问鬼神。自家大宋朝新除授一个老黄门陈最良是也。下官原是南安府饱学秀才，因柳梦梅发了杜平章小姐之墓，径往扬州报知。平章念旧，着俺说平李寇，告捷效劳，蒙圣恩钦赐黄门奏事之职。不想平章回朝，恰遇柳生投见，当时拿下，递解临安府监候。却说柳生先曾攛过卷子，中了状元。找寻之间，恰好状元吊在杜府拷问，当被驾前官校人等冲破府门，抢了状元，上马而去，到也罢了。又听的说，俺那女学生杜小姐也返魂在京。平章听说女儿成了个色精，一发恼激。央俺题奏一本，为诛除妖贼事。中间劾奏柳梦梅系劫坟之贼，其妖魂托名亡女，不可不诛。杜老先生此奏，却是名正言顺。随后柳生也奏一本，为辨明心迹事。都奉有圣旨：『朕览所奏，幽隐奇特。必须返魂之

集唐 鸞鳳旌旗拂曉陳傳聞闕下降絲綸與王會淨妖氛氣不問蒼生問鬼神自家大宋朝新除授一箇老黃門陳最良是也下官原是南安府飽學秀才因柳夢梅發了杜平章小姐之墓徑往揚州報知平章念舊着俺說平李寇告捷效勞蒙聖恩欽賜黃門奏事之職不想平章回朝恰遇柳生投見當時拿下遞解臨安府監候却說柳生先曾攛過卷子中了狀元找尋之間恰好狀元吊在杜府拷問當被駕前官校人等衝破府門搶了狀元上馬而去到也罷了又聽的說俺那女學生杜小姐也返魂在京平章聽說女兒成了箇色精一發惱激央俺題奏一本為誅除妖賊事中間劾奏柳夢梅係劫墳之賊其妖魂托名亡女不可不誅杜老先生此奏却是名正言順隨後柳生也奏一本為辨明心迹事都奉有聖旨朕覽所奏幽隱奇特必須返魂之女面駕敷陳取旨定奪老夫又恐怕真是杜小姐返魂私着官校傳旨與他五更朝見正是三生石上看來去萬歲臺前辨假真道尤未了平章狀元早到

前腔 外生幞頭袍笏同上介 外 有恨裝排無明號帶真奇怪 生 啞謎難

女，面驾敷陈，取旨定夺。』老夫又恐怕真是杜小姐返魂，私着官校传旨与他，五更朝见。正是：三生石上看来去，万岁台前辨假真。道犹未了，平章、状元早到。

前腔（外、生幞头、袍、笏同上介）

（外）有恨装排，无明耽带，真奇怪。（生）哑谜难猜，今上亲裁划。

岳丈大人拜揖（外）谁是你岳丈！（生）平章老先生拜揖。（外）谁和你平章！（生笑介）古诗云：『梅雪争春未肯降，骚人阁笔费平章。』今日梦梅争辩之时，少不得要老平章阁笔。（外）你罪人咬文哩。（生）小生何罪？老平章是罪人。（外）俺有平李全大功，当得何罪？（生）朝廷不知，你那里平的个李全，则平的个『李半』。（外）怎生止平的个『李半』？（生笑介）你则哄的个杨妈妈退兵，怎哄的全？（外恼作扯生介）谁说？和你官里讲去。（末作慌出见介）

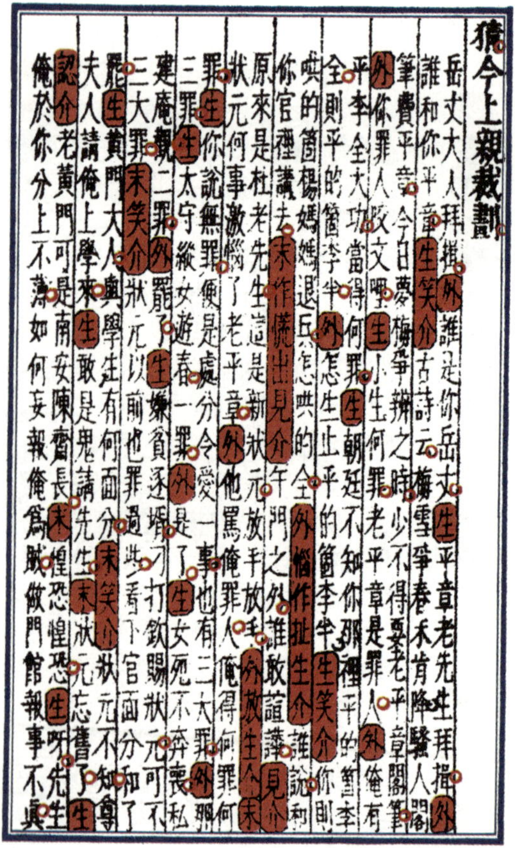
猜今上親裁劃
岳丈大人拜揖外誰是你岳丈生平章老先生拜揖外
誰和你平章生笑介古詩云梅雪爭春未肯降騷人閣
筆費平章今日夢梅爭辯之時少不得要老平章閣筆
外你罪人咬文哩生小生何罪老平章是罪人外俺有
平李全大功當得何罪生朝廷不知你那裡平的箇李
全則平的箇李半外怎生止平的箇李半生笑介你則
哄的箇楊媽媽退兵怎哄的全外惱作扯生介誰說和
你官裡講去末作慌出見介午門之外誰敢諠譁見介
原來是杜老先生這是新狀元放手放手外放生介末
狀元何事激惱了老平章外他罵俺罪人俺得何罪何
罪生你說無罪便是處分令愛一事也有三大罪外那
三罪生太守縱女遊春一罪外是了生女死不奔喪私
建庵觀二罪外罷了生嫌貧逐壻刁打欽賜狀元可不
三大罪末笑介狀元以前也罪過此少看下官面分和了
罷生黃門大人與學生有何面分末笑介狀元不知尊
夫人請俺上學來生敢是鬼請先生末狀元忘舊了生
認介老黃門可是南安陳齋長末惶恐惶恐生呀先生
俺於你分上不薄如何妄報俺爲賊做門館報事不眞

午门之外，谁敢喧哗？（见介）原来是杜老先生。这是新状元。放手，放手。（外放生介）（末）状元何事激恼了老平章？（外）他骂俺罪人，俺得何罪？何罪？（生）你说无罪，便是处分令爱一事，也有三大罪。（外）那三罪？（生）太守纵女游春，一罪。（外）是了。（生）女死不奔丧，私建庵观，二罪。（外）罢了。（生）嫌贫逐婿，刁打钦赐状元，可不三大罪？（末笑介）状元以前也罪过些。看下官面分，和了罢。（生）黄门大人，与学生有何面分？（末笑介）状元不知，尊夫人请俺上学来。（生）敢是鬼请先生？（末）状元忘旧了。（生认介）老黄门可是南安陈斋长？（末）惶恐，惶恐。（生）呀，先生，俺于你分上不薄，如何妄报俺为贼？做门馆报事不真，则怕做了黄门也奏事不以实。（末笑）今日奏事实了。远望尊夫人将到，二公先行叩头礼。（内

唱礼介）奏事官齐班。（外、生同进叩头介）（外）臣杜宝见。（生）臣柳梦梅见。（末）平身。（外、生立左右介）（旦上）丽娘本是泉下女，重瞻天日向丹墀。

黄钟北醉花阴（旦）平铺着金殿琉璃翠鸳瓦，响鸣梢半天儿刮刺。（净、丑喝介）甚的妇人冲上御道？拿了！（旦惊介）似这般狰狞汉叫喳喳，在阎浮殿见了些青面獠牙，也不似今番怕。（末）前面来的，是女学生杜小姐么？（旦）来的黄门官，像陈教授，叫他一声：陈师父，陈师父！（末应介）是也。（旦）陈师父喜哩！（末）学生，你做鬼，怕不惊驾？（旦）噤声。再休提探花鬼乔作衙，则说状元妻来面驾。（净、丑下）

（内）奏事人扬尘舞蹈。（旦作舞蹈，呼『万岁，万岁』介）（内）平身。（旦起）（内）听旨：杜丽娘是真是假，就着伊父杜宝、状元柳梦梅，出班识认。（生觑旦作悲介）俺的丽娘

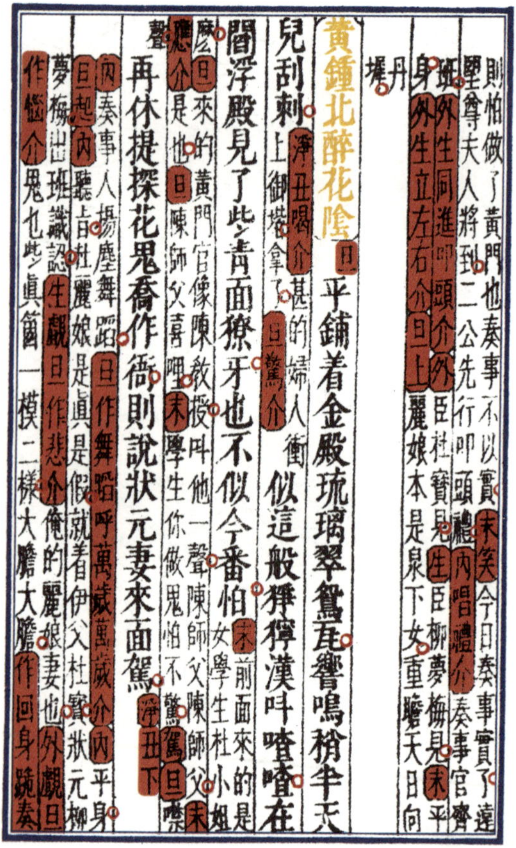

則怕做了黃門也奏事不以實（末笑）今日奏事實了這壁尊夫人將到二公先行叩頭禮（內唱禮介）奏事官齊班（外生同進叩頭介）（外）臣杜寶見（生）臣柳夢梅見（末）平身（外生立左右介）（旦上）麗娘本是泉下女重瞻天日向丹墀

黃鍾北醉花陰（旦）平鋪着金殿琉璃翠鴛瓦響鳴稍半天兒刮剌（淨丑喝介）甚的婦人衝上御堦拿了（旦驚介）似這般猙獰漢叫喳喳在閻浮殿見了些青面獠牙也不似今番怕（末）前面來的是女學生杜小姐麼（旦）來的黃門官像陳教授叫他一聲陳師父陳師父（末應介）是也（旦）陳師父喜哩（末）學生你做鬼怕不驚駕（旦）噤聲再休提探花鬼喬作衙則說狀元妻來面駕（淨丑下）（內）奏事人揚塵舞蹈（旦作舞蹈呼萬歲萬歲介）（內）平身（旦起）（內）聽旨杜麗娘是真是假就着伊父杜寶狀元柳夢梅出班識認（生覷旦作悲介）俺的麗娘妻也（外覷旦作惱介）鬼也些真箇一模二樣大膽大膽（作回身跪奏

妻也。（外觑旦作恼介）鬼也些，真个一模二样，大胆，大胆！（作回身跪奏介）臣杜宝谨奏：臣女亡已三年，此女酷似，此必花妖狐媚，假托而成。俺王听启：

南画眉序（外）臣女没年多，道理阴阳岂重活？愿吾皇向金阶一打，立见妖魔。（生作泣）好狠心的父亲！（跪奏介）他做五雷般严父的规模，则待要一下里把声名煞抹。（起介）（合）便阎罗包老难弹破，除取旨前来撒和。（内）听旨：朕闻人行有影，鬼形怕镜。定时台上有秦朝照胆镜。黄门官，可同杜丽娘照镜，看花阴之下，有无踪影，回奏。（末应，同旦对镜介）女学生是人是鬼？

北喜迁莺（旦）人和鬼，教怎生酬答？形和影现托着面菱花。（末）镜无改而委系人身。再向花街取影而奏。（行看影介）（旦）波查。花阴这答，一般儿莲步回莺印浅沙。（末奏）杜丽娘有踪有影，

介臣杜寶謹奏臣女亡已三年此女酷似此必花妖狐媚假託而成俺王聽啓
南畫眉序外臣女沒年多道理陰陽豈重活願吾皇向金堦一打立見妖魔生作泣好狠心的父親跪奏介他做五雷般嚴父的規模則待要一下裡把聲名煞抹起介合便閻羅包老難彈破除取旨前來撒和
內聽旨朕聞人行有影鬼形怕鏡定時臺上有秦朝照膽鏡黃門官可同杜麗娘照鏡看花陰之下有無踪影回奏末應同旦對鏡介女學生是人是鬼
北喜遷鶯旦人和鬼教怎生酬答形和影現托着面菱花末鏡無改而委係人身再向花街取影而奏行看影介旦波查花陰這答一般兒蓮步迴鶯印淺沙末奏杜麗娘有踪有影的係人身內聽旨麗娘既係人身可將前亡後化事情奏上旦萬

的系人身。（内）听旨：丽娘既系人身，可将前亡后化事情奏上。（旦）万岁！臣妾二八年华，自画春容一幅。曾于柳外梅边，梦见这生。妾因感病而亡，葬于后园梅树之下。后来果有这生，姓柳名梦梅，拾取春容，朝夕挂念。臣妾因此出现成亲。（悲介）哎哟，凄惶煞！这底是前亡后化，抵多少阴错阳差。

（内）听旨：柳状元质证，丽娘所言真假？因何预名梦梅？（生打躬呼『万岁』介）

南画眉序（生）臣南海泛丝萝，梦向娇姿折梅萼。果登程取试，养病南柯。因借居南安府红梅院中，游其后苑，拾的丽娘春容，因而感此真魂，成其人道。（外跪介）此人欺诳陛下，兼且点污臣之女也。论臣女呵，便死葬向水口廉贞，肯和生人做山头撮合！（合前）便阎罗包老难弹破，除取旨前来撤和。

（内）听旨：朕闻有云：『不待父母之命，媒妁之言，则国人父母皆贱之。』杜丽娘自媒自婚，有何主见？

歲臣妾二八年華自畫春容一幅曾於柳外梅邊夢見這
生妾因感病而亡葬於後園梅樹之下後來果有這生姓
名柳夢梅拾取春容朝夕掛念
臣妾因此出現成親悲介哎喲悽惶煞這底是前亡後化
抵多少陰錯陽差
內聽旨柳狀元質證麗娘所言眞假
因何預名夢梅生打躬呼萬歲介
南畫眉序生臣南海泛絲蘿夢向嬌姿折梅萼果登程取
試養病南柯因借居南安府紅梅院中遊其後苑拾的麗
娘春容因而感此眞魂成其人道外介此人
欺誑陛下兼且點污
臣之女也論臣女呵便死葬向水口廉貞肯和生人做山
頭撮合合前便閻羅包老難彈破除取旨前來撒和
內聽旨朕聞有云不待父母之命媒妁之言則國人父
母皆賤之杜麗娘自媒自婚有何主見旦泣介萬歲臣
妾受了柳夢
梅再活之恩

（旦泣介）万岁！臣妾受了柳梦梅再活之恩。

【北出队子】（旦）真乃是无媒而嫁？（外）谁保亲？（旦）保亲的是母丧门。（外）送亲的？（旦）送亲的是女夜叉。（外）这等胡为！（生）这是阴阳配合正理。（外）正理，正理！花你那蛮儿一点红嘴哩！（生）老平章，你骂俺岭南人吃槟榔，其实柳梦梅唇红齿白。（旦）噤声！眼前活立着个女孩儿，亲爷不认。到做鬼三年，有个柳梦梅认亲。则你这喇生生回阳附子较争些，为甚么翠呆呆下气的槟榔俊煞了他？爹爹，你不认呵，有娘在。（指鬼门）现放着实丕丕贝母开谈亲阿妈。（老旦上）多早晚女儿还在面驾。老身踹入正阳门叫冤去也。（进见跪伏介）万岁爷，杜平章妻、一品夫人甄氏见驾。（外、末惊介）那里来的？真个是俺夫人哩。（外跪介）臣杜宝启：臣妻已死扬州乱贼之手，臣已奏

北出隊子 旦 眞乃是無媒而嫁。外 誰保親。旦 保親的是母喪門。外 送親的。旦 送親的是女夜叉。外 這等胡爲。生 這是陰陽配合正理。外 正理正理。花你那蠻兒一點紅嘴哩。生 老平章你罵俺嶺南人喫檳榔。其實柳夢梅脣紅齒白。旦 噤聲。眼前活立着箇女孩兒親爺不認。到做鬼三年有箇柳夢梅認親。則你這喇生生回陽附子較爭些。爲甚麼翠呆呆下氣的檳榔俊煞了他。爹爹你不認呵。有娘在。指鬼門 現放着實丕丕貝母開談親阿媽。老旦上 多早晚女兒還在面駕。老身踹入正陽門叫冤去也。進見跪伏介 萬歲爺。杜平章妻一品夫人甄氏見駕。外末驚介 那裡來的。眞箇是俺夫人哩。外跪介 臣杜寶啓。臣妻已死揚州亂賊之手。臣已奏請恩旨褒封。此必妖鬼捏作母子一路。白日欺天。起介 生 這箇婆婆是不曾認的他。內 聽旨。甄氏既死於賊手。何得臨安母子同居。老旦 萬歲。起介

请恩旨褒封。此必妖鬼捏作母子一路，白日欺天。（起介）（生）这个婆婆，是不曾认的他。（内）听旨：甄氏既死于贼手，何得临安母子同居？（老旦）万岁！（起介）

南滴溜子（老旦）扬州路，扬州路，遭兵劫夺。只得向，只得向，长安住托。不想到钱塘夜过，黑撞着丽娘儿魂似脱。少不的子母肝肠，死同生活。

（内）听甄氏所奏，其女重生无疑。则他阴司三载，多有因果之事。假如前辈做君王臣宰不臻的，可有的发付他？从直奏来。（旦）这话不提罢了，提起都有。（末）女学生，『子不语怪』，比如阳世府部州县，尚然磨刷卷宗，他那里有甚会案处！

北刮地风（旦）呀，那阴司一桩桩文簿查，使不着你猾律拿喳。是君王有半副迎魂驾，臣和宰玉锁金枷。（末）女学生，没对证。似这般说，秦桧老太师在阴司里可受用？（旦）也知道

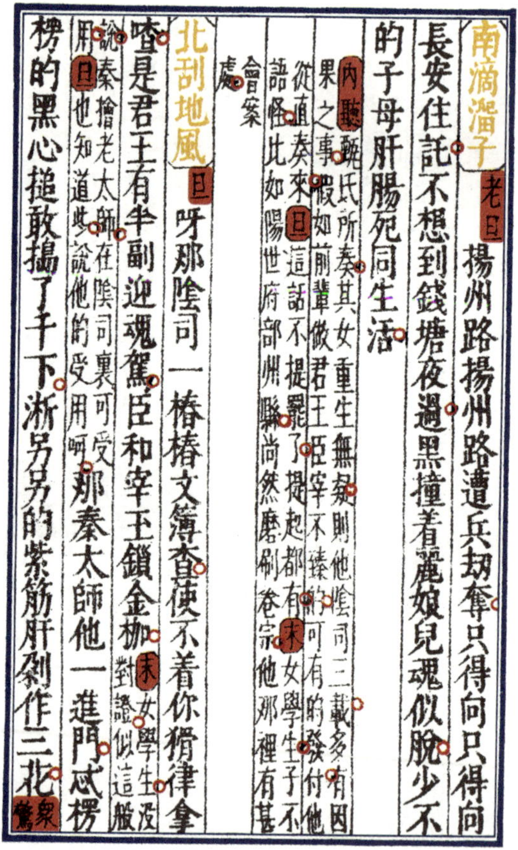
南滴溜子 老旦 揚州路揚州路遭兵刼奪只得向只得向長安住託不想到錢塘夜過黑撞着麗娘兒魂似脫少不的子母肝腸死同生活
內聽甄氏所奏其女重生無疑則他陰司三載多有因果之事假如前輩做君王臣宰不臻的可有的發付他從直奏來 旦 這話不提罷了提起都有 末 女學生子不語怪比如陽世府部州縣尚然磨刷卷宗他那裏有甚會案處
北刮地風 旦 呀那陰司一樁樁文簿查使不着你猾律拿喳是君王有半副迎魂駕臣和宰玉鎖金枷 末 女學生沒對證似這般說秦檜老太師在陰司裏可受用 旦 也知道些說他的受用呵那秦太師他一進門忒楞楞的黑心搥敲搗了千下淅另另的紫筋肝剁作三花 衆驚

些。说他的受用呵，那秦太师他一进门，忒楞楞的黑心锤敢搗了千下，淅另另的紫筋肝剁作三花。（众惊介）为甚剁作三花？（旦）道他一花儿为大宋，一花为金朝，一花儿为长舌妻。（末）这等，长舌夫人有何受用？（旦）若说秦夫人的受用，一到了阴司，去了凤冠霞帔，赤体精光。跳出个牛头夜叉，只一对七八寸长指弧儿，轻轻的把那撇道儿搯，长舌揸。（末）为甚？（旦）听的是东窗事发。（外）鬼话也。且问你，鬼也邪，人间私奔，自有条法。阴司可有？（旦）有的是，柳梦梅七十条，爹爹发落过了，女儿阴司收赎。桃条打，罪名加，做尊官勾管了帘下。则道是没真场风流罪过些。有甚么饶不过这娇滴滴的女孩家。（内）听旨：朕细听杜丽娘所奏，重生无疑。就着黄门官押送午门外，父子夫妻相认，归第成亲。（众呼『万岁』，行介）（老旦）恭喜相公高转

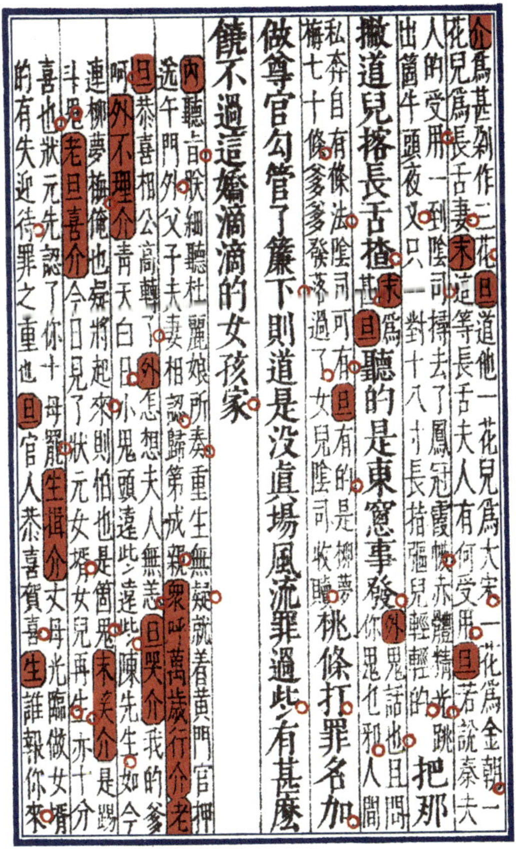
介爲甚剁作三花旦道他一花兒爲大宋一花爲金朝一花兒爲長舌妻末這等長舌夫人有何受用旦若說秦夫人的受用一到陰司揚去了鳳冠霞帔赤體精光跳出箇牛頭夜叉只一對十八寸長指彄兒輕輕的把那撇道兒搯長舌揸甚末爲旦聽的是東窗事發外鬼話也且問你鬼也邪人間私奔自有條法陰司可有旦有的是柳夢梅七十條爹爹發落過了女兒陰司收贖桃條打罪名加做尊官勾管了簾下則道是沒眞場風流罪過些有甚麼饒不過這嬌滴滴的女孩家內聽旨朕細聽杜麗娘所奏重生無疑就着黃門官押送午門外父子夫妻相認歸第成親衆呼萬歲行介老旦恭喜相公高轉了外怎想夫人無恙旦哭介我的爹呵外不理介青天白日小鬼頭遠此遠此陳先生如今連柳夢梅俺也疑將起來則怕也是箇鬼末笑介是踢斗兒老旦喜介今日見了狀元女婿女兒再生亦十分喜也狀元先認了你十母罷生揖介丈母光臨做女婿的有失迎待罪之重也旦官人恭喜賀喜生誰報你來

了。（外）怎想夫人无恙！（旦哭介）我的爹呵！（外不理介）青天白日，小鬼头远些，远些！陈先生，如今连柳梦梅俺也疑将起来，则怕也是个鬼。（末笑介）是踢斗鬼。（老旦喜介）今日见了状元女婿，女儿再生，亦十分喜也。状元，先认了你丈母罢。（生揖介）丈母光临，做女婿的有失迎待，罪之重也。（旦）官人恭喜，贺喜。（生）谁报你来？（旦）到得陈师父传旨来。（生）受你老子的气也。（末）状元，认了丈人翁罢。（生）则认的十地阎君为岳丈。（末）状元，听俺分劝一言。

南滴滴金（末）你夫妻赶着了轮回磨，便君王使的个随风柁，那平章怕不做赔钱货。到不如娘共女，翁和婿，明交割。（生）老黄门，俺是个贼犯。（末笑介）你得便宜人偏会撒科。则道你偷天把桂影那，不争多、先偷了地窟里花枝朵。

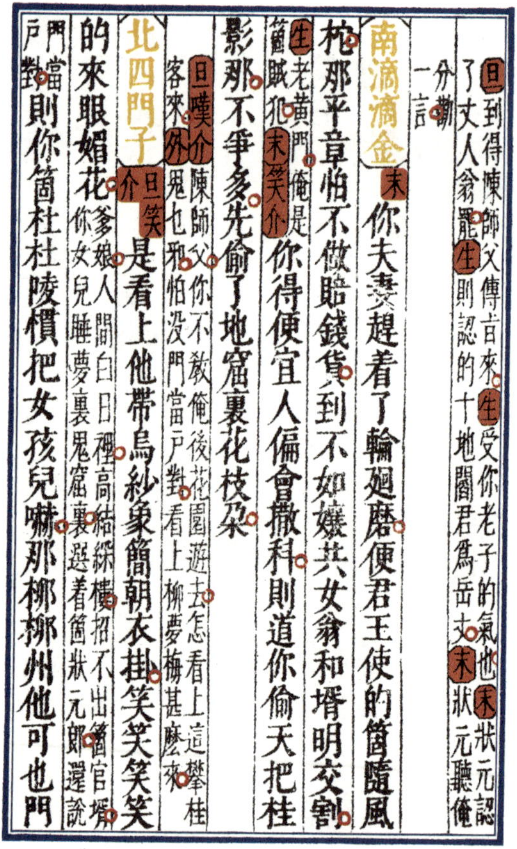
旦到得陳師父傳旨來生受你老子的氣也末狀元認了丈人翁罷生則認的十地閻君爲岳丈末狀元聽俺分勸一言

南滴滴金末你夫妻趕着了輪迴磨便君王使的箇隨風柁那平章怕不做賠錢貨到不如娘共女翁和壻明交割生老黄門俺是箇賊犯末笑介你得便宜人偏會撒科則道你偷天把桂影那不爭多先偷了地窟裏花枝朵旦嘆介陳師父你不敎俺後花園遊去怎看上這攀桂客來外鬼乜邪怕沒門當戶對看上柳夢梅甚麼來

北四門子旦笑介是看上他帶烏紗象簡朝衣掛笑笑笑的來眼媚花爹娘人間白日裏高結綵樓招不出箇官壻你女兒睡夢裏鬼窟裏選着箇狀元郎還說門當戶對則你箇杜杜陵慣把女孩兒嚇那柳柳州他可也門

（旦叹介）陈师父，你不教俺后花园游去，怎看上这攀桂客来？（外）鬼也邪，怕没门当户对，看上柳梦梅甚么来！

北四门子（旦笑介）是看上他戴乌纱象简朝衣挂，笑、笑、笑的来眼媚花。爹、娘，人家白日里高结彩楼，招不出个官婿。你女儿睡梦里、鬼窟里选着个状元郎，还说门当户对！则你个杜杜陵惯把女孩儿吓，那柳柳州他可也门户风华。爹爹，认了女孩儿罢。（外）离异了柳梦梅，回去认你。（旦）叫俺回杜家，赸了柳衙。便作你杜鹃花，也叫不转子规红泪洒。（哭介）哎哟，见了俺前生的爹，即世嬷，颠不刺悄魂灵立化。

（旦作闷倒介）（外惊介）俺的丽娘儿！（末作望介）怎那老道姑来也？连春香也活在？好笑，好笑！我在贼营里瞧甚来？

南鲍老催（净扮石姑同贴上）官前定夺，官前定夺。（打望介）原来一众官

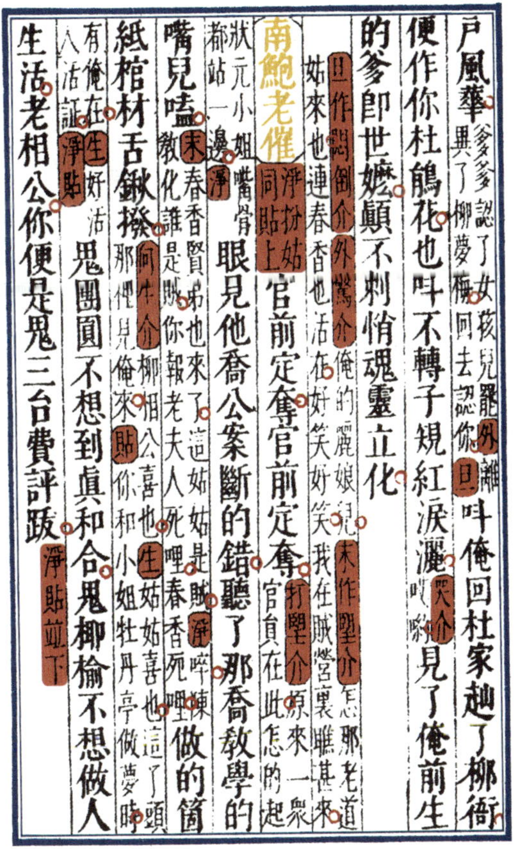
戶風華。爹爹認了女孩兒罷。外 離異了柳夢梅回去認你。旦 叫俺回杜家趄了柳衙。
便作你杜鵑花也叫不轉子規紅淚灑。哭介 哎喲 見了俺前生
的爹即世嬤顛不剌悄魂靈立化。
旦作悶倒介 外驚介 俺的麗娘兒 末作望介 怎那老道姑來也連春香也活在好笑好笑我在賊營裏瞧甚來
南鮑老催 淨扮姑同貼上 官前定奪官前定奪。打望介 原來一衆官員在此怎的起
狀元小姐嚙骨都站一邊 淨 眼見他喬公案斷的錯聽了那喬教學的
嘴兒嗑 末 春香賢弟也來了這姑姑是賊 淨 啐辣教化誰是賊你報老夫人死哩春香死哩 做的箇
紙棺材舌鍬撥 向生介 柳相公喜也 生 姑姑喜也這了頭那裏兒俺來 貼 你和小姐牡丹亭做夢時
有俺在 生 好活人活証 淨貼 鬼團圓不想到真和合鬼揶揄不想做人
生活老相公你便是鬼三台費評跋 淨貼並下

员在此。怎的起状元、小姐嘴骨都站一边？（净）眼见他乔公案断的错，听了那乔教学的嘴儿嗑。（末）春香贤弟也来了。这姑姑是贼。（净）啐，陈教化，谁是贼？你报老夫人死哩，春香死哩！做的个纸棺材，舌锹拨。（向生介）柳相公喜也。（生）姑姑喜也。这丫头那里见俺来？（贴）你和小姐牡丹亭做梦时有俺在。（生）好活人活证。

（净、贴）鬼团圆不想到真和合，鬼揶揄不想做人生活。老相公，你便是鬼三台，费评跋。（净、贴并下）

（末）朝门之下，人钦鬼伏之所，谁敢不从！少不得小姐劝状元认了平章，成其大事。（旦作笑劝生介）柳郎，拜了丈人罢！（生不伏介）

北水仙子（旦）呀、呀、呀，你好差。（扯生手，按生肩介）好、好、好，点着你玉带腰身把玉手叉。（生）几百个桃条！（旦）拜、拜、拜，拜荆条曾下马。（扯外介）（旦）扯、扯、扯，做太山倒了架。（指生介）他、他、他，点黄钱聘

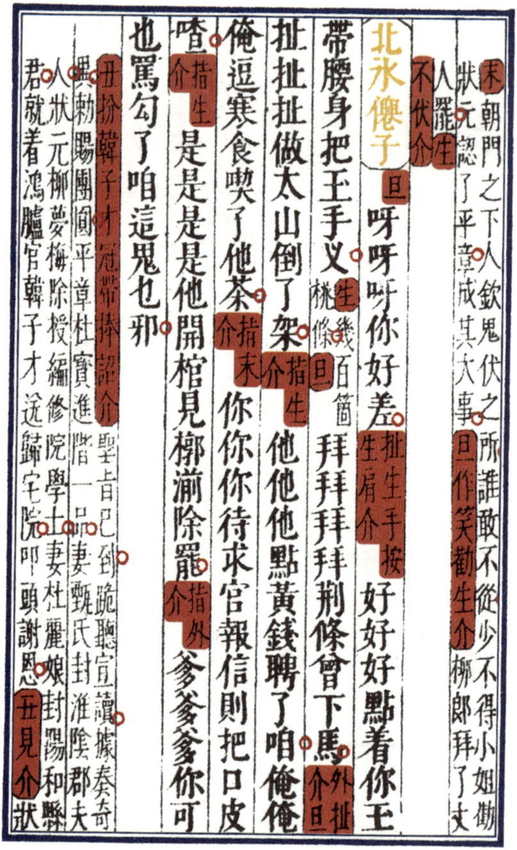

末 朝門之下人欽鬼伏之所誰敢不從少不得小姐勸狀元認了平章成其大事 旦作笑勸生介 柳郎拜了丈人罷 生不伏介

北水僊子 旦 呀呀呀你好差 扯生手按生肩介 好好好點着你玉帶腰身把玉手叉 生 幾百箇桃條 旦 拜拜拜拜荆條曾下馬 外扯介 旦 扯扯扯做太山倒了架 指生介 他他他點黄錢聘了咱俺俺俺逗寒食喫了他茶 指末介 你你你待求官報信則把口皮喳 指生介 是是是他開棺見槨湔除罷 指外介 爹爹爹你可也罵勾了咱這鬼也邪

丑扮韓子才冠帶捧詔介 聖旨已到跪聽宣讀據奏奇異敕賜團圓平章杜寶進階一品妻甄氏封淮陰郡夫人狀元柳夢梅除授翰林院學士妻杜麗娘封陽和縣君就着鴻臚官韓子才送歸宅院叩頭謝恩 丑見介 狀

了咱。俺、俺、俺，逗寒食吃了他茶。（指末介）你、你、你，待求官报信则把口皮喳。（指生介）是、是、是，是他开棺见榇湔除罢。（指外介）爹、爹、爹，你可也骂勾了咱这鬼乜邪。

（丑扮韩子才冠带捧诏介）圣旨已到，跪听宣读：『据奏奇异，敕赐团圆。平章杜宝，进阶一品。妻甄氏，封淮阴郡夫人。状元柳梦梅，除授编修院学士。妻杜丽娘，封阳和县君。就着鸿胪官韩子才送归宅院。』叩头谢恩。（丑见介）状元，恭喜了。（生）呀，是韩子才兄。何以得此？（丑）自别了尊兄，蒙本府起送先儒之后，到京考中鸿胪之职，故此得会。（生）一发奇异了。（末）原来韩老先生也是旧朋友。（行介）

南双声子（众）姻缘诧，姻缘诧，阴人梦黄泉下。福分大，福分大，周堂内是这朝门下。齐见驾，齐见驾。真喜洽，真喜洽。领阳间诰敕，去阴司销假。

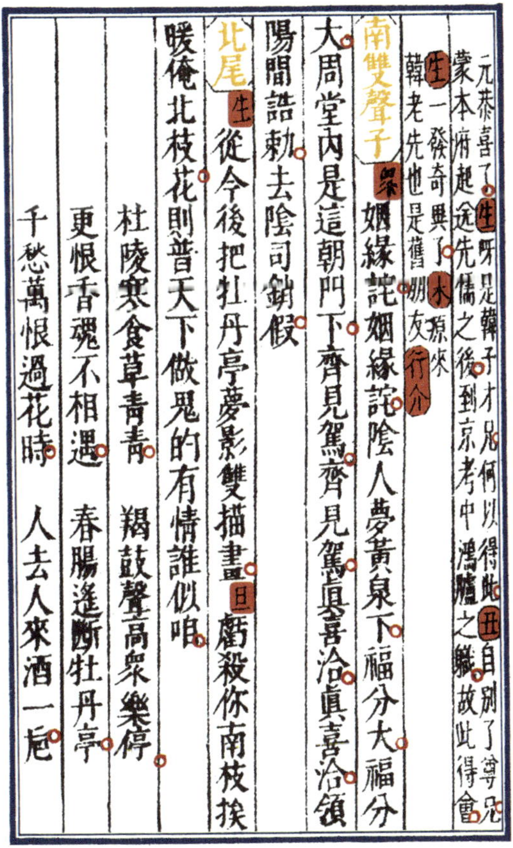
元恭喜了 生 呀是韓子才兄 何以得此 丑 自别了尊兄
蒙本府起送先儒之後 到京考中鴻臚之職 故此得會
生 一發奇異了 末 原來韓老先也是舊朋友 行介
南雙聲子 衆 姻緣詫 姻緣詫 陰人夢黃泉下 福分大 福分
大 周堂内是這朝門下 齊見駕 齊見駕 真喜洽 真喜洽 領
陽間誥勑 去陰司銷假
北尾 生 從今後把牡丹亭夢影雙描畫 旦 虧殺你南枝挨
暖俺北枝花 則普天下做鬼的有情誰似咱
杜陵寒食草青青 羯鼓聲高衆樂停
更恨香魂不相遇 春腸遥斷牡丹亭
千愁萬恨過花時 人去人來酒一卮

北尾（生）从今后把牡丹亭梦影双描画。（旦）亏杀你南枝挨暖俺北枝花。则普天下做鬼的有情谁似咱！

杜陵寒食草青青，
羯鼓声高众乐停。
更恨香魂不相遇，
春肠遥断牡丹亭。

千愁万恨过花时，
人去人来酒一卮。
唱尽新词欢不见，
数声啼鸟上花枝。

唱盡新詞懽不見。數聲啼鳥上花枝。

牡丹亭還魂記卷下終